劉禹錫集箋證

[唐]劉禹錫 著
瞿蛻園 箋證

圖書在版編目(CIP)數據

劉禹錫集箋證：典藏版 /（唐）劉禹錫著；瞿蜕園箋證. —上海：上海古籍出版社，2021. 2（2022.8重印）
（中國古典文學叢書〔典藏版〕）
ISBN 978-7-5325-9863-2

Ⅰ. ①劉… Ⅱ. ①劉… ②瞿… Ⅲ. ①劉禹錫(772-843)—全集 Ⅳ. ①I214. 242

中國版本圖書館 CIP 數據核字(2021)第 031435 號

中國古典文學叢書〔典藏版〕
劉禹錫集箋證
（全四册）
〔唐〕劉禹錫 著
瞿蜕園 箋證
上海古籍出版社出版發行
（上海市閔行區號景路 159 弄 1-5 號 A 座 5F 郵政編碼 201101）
（1）網址：www. guji. com. cn
（2）E-mail：guji1@guji. com. cn
（3）易文網網址：www. ewen. co
浙江新華數碼印務有限公司印刷
開本 890×1240 1/32 印張 59. 375 插頁 23 字數 1,805,000
2021 年 2 月第 1 版 2022 年 8 月第 2 次印刷
印數：1,501 — 2,550
ISBN 978-7-5325-9863-2
I・3539 定價：480. 00 元
如有質量問題，請與承印公司聯繫

典藏

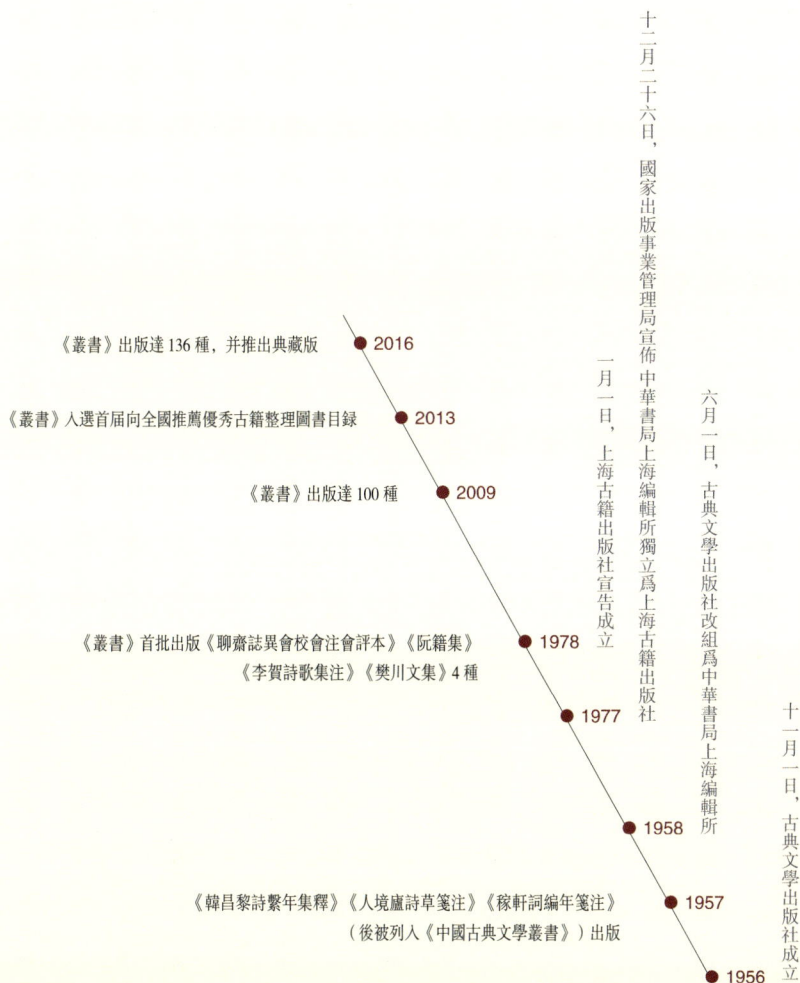

2016 《叢書》出版達 136 種，并推出典藏版

2013 《叢書》入選首届向全國推薦優秀古籍整理圖書目録

2009 《叢書》出版達 100 種

1978 《叢書》首批出版《聊齋誌異會校會注會評本》《阮籍集》《李賀詩歌集注》《樊川文集》4 種

一月一日，上海古籍出版社宣告成立

1977 十二月二十六日，國家出版事業管理局宣佈中華書局上海編輯所獨立爲上海古籍出版社

1958 六月一日，古典文學出版社改組爲中華書局上海編輯所

1957 《韓昌黎詩繫年集釋》《人境廬詩草箋注》《稼軒詞編年箋注》（後被列入《中國古典文學叢書》）出版

1956 十一月一日，古典文學出版社成立

瞿蜕園（一八九四—一九七三），名宣穎，字兑之，晚號蜕園。湖南長沙人。曾任中華書局上海編輯所特約編審。

劉賓客文集卷第一

正議大夫檢校禮部尚書兼太子賓客贈兵部尚書劉禹錫

賦

問大鈞賦并序

始余失臺郎爲刺史又貶州司馬俟罪朗州三見閏月人咸謂數之極理當遷焉因作謫九年賦以自廣是歲臘月詔追明年自闕下重領連山郡印綬入咸曰美惡周必復第行無恤歲杪其復乎居三年不得調歲二月

有事于社前一日致齋孤居慮靜滯念歘起伊人理之不可以曉也將質諸神乎謹貢誠馳精敢問大鈞其夕有遇寤而次第其詞以爲賦

圓方相函兮浩其無垠窅冥翕闢兮走三辰以騰振孰主張是兮有工其神迎隨不見兮强名之曰大鈞敢以臨下兮巍兮雄尊天爲獨陽高不可問工居其中與人差近身執其權心平其運循名想像斯可以諷曰嘻蒙之未生其猶泥耳落乎埏埴唯鈞所指忽然爲人爲幸大矣工賦其形七情與俱嗇智不授畀之以愚坦坦之衢萬人所趨蒙一布武化爲畏途人或譽平聲之百說徒虛人或排之半言有餘物壯則老乃唯其常否終則傾

朱氏結一廬刊本《劉賓客文集》

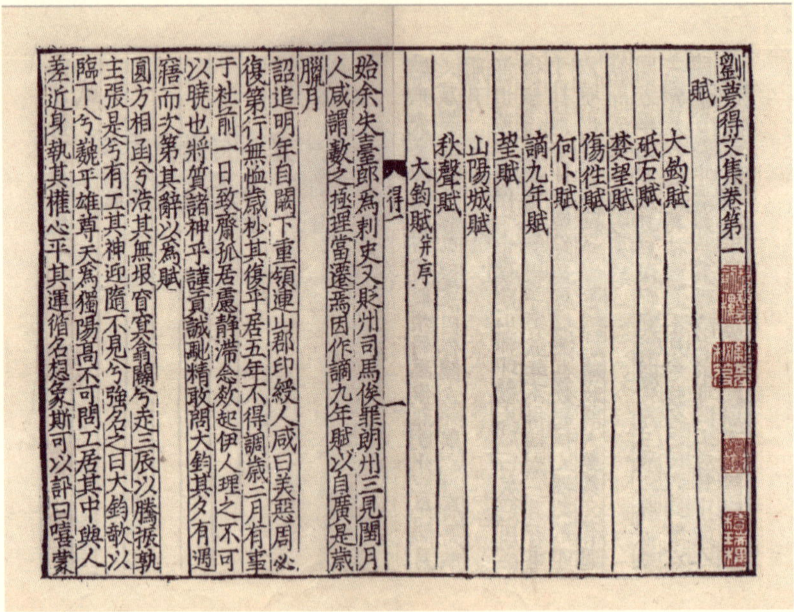

劉夢得文集卷第一

賦

大鈞賦并序

始余失臺郎爲刺史又貶州司馬俟罪朗州三見閏月人咸謂數之極理當遷焉因作謫九年賦以自廣是歲臘月

詔追明年自闕下重領連山郡印綬人咸曰美惡周必復第行無恤歲杪其復乎居五年不得調歲二月有事于社前一日致齋孤居處靜滯念欻起伊人理之不可以曉也將質諸神乎謹貢誠亟精敢問大鈞其夕有遇寤而次第其辭以爲賦

圓方相函兮浩其無垠窅冥翕闢兮走三辰以騰振孰主張是兮有工其神迎隨不見兮強名之曰大鈞歆以臨下兮巍乎雄尊天爲獨陽高不可問工居其中與人差近身執其權心平其運循名想象斯可以詶曰噫蒙

宋刻本《劉夢得文集》

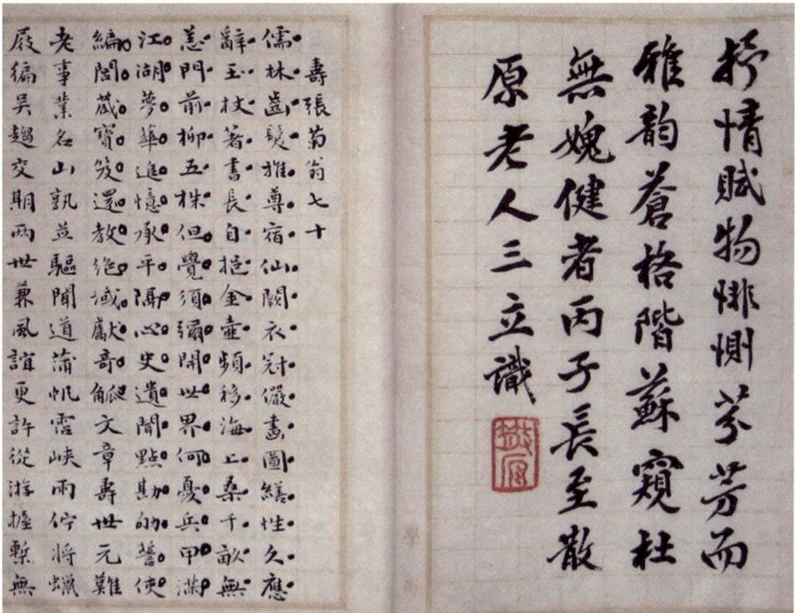

壽張菊笥七十

儒林盡鬢推尊宿仙闕衣冠徵畫圖綺性久應
辭玉杖著書長自揮金壺頻移海上桑千畝無
恙門前柳五株但覺須彌開世界何憂兵甲滿
江湖夢華追憶承平隔心史遺聞點勘勤箸使
編閱藏寶笈還教絕域獻奇觚文章壽世元難
老事業名山就並驅聞道蒲帆雲峽雨停將蠟
屐編吳趨交期兩世兼風誼更許從游握槧無

抒情賦物悱惻芬芳而
雅韻蒼格階蘇窺杜
無媿健者丙子長至散
原老人三立識

瞿蜕園《丙子詩存》稿本

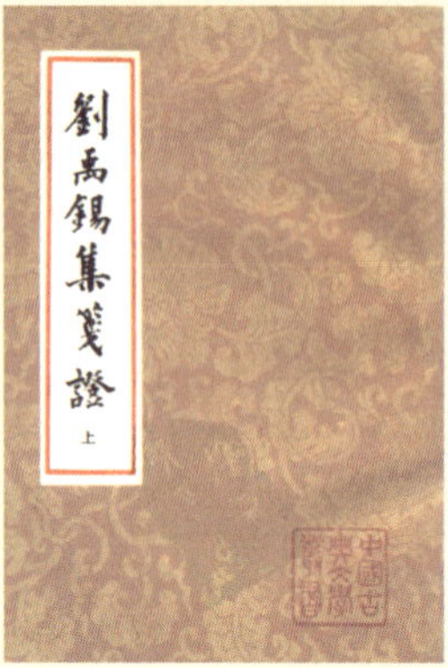

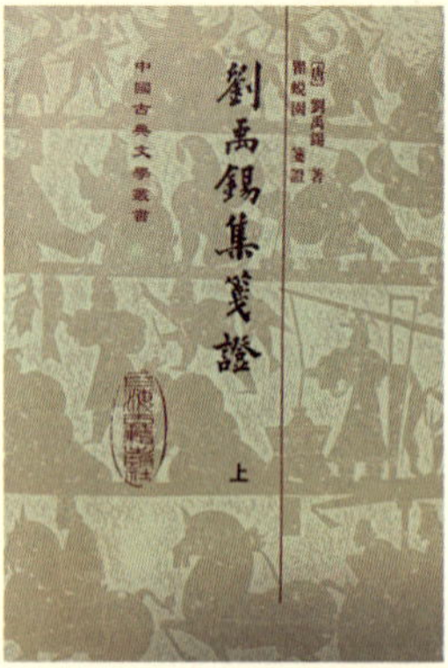

《中國古典文學叢書》版書影

出版説明

劉禹錫（公元七七二—八四二），字夢得，唐代著名文學家。洛陽（今河南洛陽）人。父名緒，天寶末避難舉族東遷，嘗爲浙西觀察使韋元甫幕僚。禹錫出生在其父遷徙之後，故童年時代曾生活在江南。禹錫弱冠即有文名。貞元九年（七九三），年二十二歲登進士第，復登拔萃科。授太子校書。後爲渭南主簿。貞元十九年（八〇三），擢監察御史裏行，與王叔文、韋執誼等始有過從。德宗以貞元二十一年（八〇五）正月卒，太子李誦即位，是爲順宗，改元永貞。時韋執誼爲相，王伾、王叔文爲翰林學士，叔文旋爲户部侍郎、度支鹽鐵副使。柳宗元、劉禹錫諸人均擢居要職，宗元爲禮部員外郎；禹錫遷屯田員外郎，實掌度支鹽鐵使之文案。正當吏治革新之時，宦官集團與藩鎮勢力内外勾結，逼迫順宗遜位，擁立李純爲憲宗。於是，革新集團成員盡遭迫害。禹錫初貶連州刺史，再貶朗州司馬。遂居朗州十年。元和九年（八一四），永貞時被貶諸人得以召還。禹錫於次年二月自朗州回京，三月復貶爲播州刺史。播州遠而請改連州，因復居連州六年。至長慶元年（八二一），得量移改授夔州刺史。長慶四年（八二四），轉授和州刺史。大和二年（八二八），起爲主客郎中，充集賢院學士，遂重返京師。未幾，除禮部郎中，仍兼集賢院學士。大和五年（八三一）十月，爲蘇州刺史。八年（八三四）七月轉汝州刺史，九年（八三五）除同州刺史。開成元年（八三六），授太子賓客分司東都。三年（八三八）改秘書監分司之職。會昌元年（八四一），加檢校禮部尚書兼太子賓客。會昌二年（八四二）七月卒，年七十一歲，贈户部尚書。

劉禹錫生活的七十年，正值唐王朝經安史之亂而日趨衰敗，藩鎮割據、宦官擅權、統治集團中各種矛盾激化的時代。故其一生的進退出處，無不與當時的社會政治緊密相關。永貞革新失敗後他顛沛困頓三十餘年。然而政治上的失意，並未使這位才華出衆的文學家有所懈怠。相反，在逆境中，他積極從事詩文創作，取得了輝煌的成就。著名的樸素唯物主義哲學論著天論三篇，即成於初貶朗州時。其「能執人理，與天交勝」的觀念，是他對自然現象與社會現象深刻觀察思索的結晶，也是他身歷目擊當時政治風雲反思的悟徹，這使他對貶謫生活采取了不同流俗、超越同儕的態度，在憤懣中表現出豪健的氣概，並貫串于其創作中，這在其詩歌中表現尤爲特出。

朗州期間他還創作了不少寓言詩，諸如聚蚊謡、百舌吟、飛鳶操、秋螢引等，均寓託遥深，是發抒政見的怨誹之作，爲集中之表表者。

劉禹錫無論在什麽環境中，始終具有一種樂觀奮發的精神，他被貶斥十年後與柳宗元等人復歸京師，有感而作戲贈看花諸君子詩：「紫陌紅塵拂面來，無人不道看花回。玄都觀裏桃千樹，盡是劉郎去後栽。」至大和二年（八二八），起爲主客郎中，又有再遊玄都觀絶句：「百畝中庭半是苔，桃花浄盡菜花開。種桃道士歸何處，前度劉郎今又來。」即是這種樂觀進取精神的一例。至如酬樂天揚州初逢席上見贈：「巴山楚水凄涼地，二十三年棄置身。懷舊空吟聞笛賦，到鄉翻似爛柯人。沉舟側畔千帆過，病樹前頭萬木春。今日聽君歌一曲，暫憑杯酒長精神。」則在回顧自己的坎坷經歷後，現出企圖振拔的努力。

劉禹錫在朗、連、夔諸州，所至必表其風物之嘉，民俗之厚，創作了數量衆多、膾炙人口的佳作。如在夔州所作的竹枝詞，清新悦目，具有濃郁的鄉土氣息。浪淘沙詞、楊柳枝詞，亦明快爽朗，節奏感强而富有民歌的特色，對於詞的形成，其功孔偉。至其詠懷古蹟，指點江山，如金陵五題、西塞山懷古，則寄意深遠，具有高度的藝術感染力。即使晚年與白居易等唱和之作，雖遠離政治，以詩酒留連、亭榭勝遊爲多，但也都表現出活潑的意興和超脱的妙理。

劉禹錫詩上承大曆而予以新變，善用典實而透脱不滯，詞采豐美而筆致流利，特别是其中的豪健之氣，矯拔之致，讀來别有一種深長的韻味，在當時就贏得白居易「詩豪」之贊。在詩史上與樂天並稱劉白，其實劉詩拔戟自成一隊，對後來温李詩派，有多方面的影響。

在唐代，詩文並擅的作者並不很多。劉禹錫即爲其中之一，詩歌而外，其文章的成就，也可列入屈指可數的大家之内。除天論三篇等哲學政論著作廣爲人們所注意外，其碑、記、表、狀、啓、銘、集紀、祭文等，均即體成勢而因時制宜，顯示了這位文學家的全面才華。他的許多作品，往往具有想像豐富、説理透闢、比喻精巧、徵引貼切、論證嚴密而氣機暢達的特點。他在祭韓吏部文中以「子長在筆，予長在論」自許，道出其文長于説理的優點。禹錫在唐代古文運動中的地位，正如李翱所云：「翱昔與韓吏部退之爲文章盟主，同時倫輩，惟柳儀曹宗元、劉賓客夢得。」（唐故中書侍郎平章事韋公集紀引）確實在唐代古文史上，劉文能在韓、柳、白外别樹一幟。

現在出版的劉禹錫集箋證，是瞿蜕園先生的遺稿。瞿先生博通經史，對兩唐書、通鑑以及歷代職官深有研究。他早在五十年代末即已開始從事劉集的箋證，至一九六五年，已完成全稿和四個附録。箋證包括劉禹錫集三十卷，外集十卷。附録爲劉禹錫集傳、劉禹錫交遊録、永貞至開成時政記、餘録。全稿注釋精要不繁，尤深於名物典章的詮解與史實人事的考訂。間參評語，則發微探隱，於唐代詩史多獨到之見。歷經二十多年，此稿已有數卷缺佚散亂，編輯部指定專人從瞿先生草稿中鈎取散佚，整理補苴，得成全帙。爲保持原稿面貌，内容方面不作改動，只作技術性的加工。深爲遺憾的是，瞿先生在十年動亂中慘遭迫害而離開了人世。故此書的出版，也是對他的一種紀念。

上海古籍出版社
一九八七年十一月

校記序例

劉禹錫集，今世所傳景印宋刊兩種，最爲近古，其次則明郭氏刊中山集及清雍正中趙氏刊劉賓客詩集。然摹印既不免失真，流傳亦苦於罕見，試加讎斠，互見短長。兹取習見之結一廬本爲底本，以校兩宋本，參以全唐文、全唐詩及文苑英華以下各選本，并有關諸書，輯爲校記如次。凡字體異同之無關宏旨者，或顯爲傳寫偶誤者，皆不一一具録，以省繁文。惟取其有裨於考證詩意及史事者，比而觀之。確然有據者，定其是非；介於兩可者，存而不論。以供治此集者之參考。大抵各本之必不可從者，一由于不知詩意。如卷二十四李賈二大諫拜命後寄楊八壽州：「肯放淮陽高卧人」，淮陽或作淮南，此不知楊歸厚曾以劾中官得罪，故用汲黯爲比也。一由于不諳唐制。如卷二十七邊風行：「出號夜翻營。」或作寒號，或作安號，此不知出號爲唐軍中習用語，本集即屢見也。一由于不知出處。如卷三十哭王僕射相公：「子侯一日病。」或作于侯，此不知語出史記封禪書，比王播之暴卒也。所據結一廬本，雖訛脱不尠，然亦有獨勝處。

如卷一問大鈞賦：居三年，他本皆作五年，據禹錫在連州不及五年，知三年爲是。全唐詩多由館臣竄改，然如卷二十傷我馬詞「前日」句無「前」字，尤合古義，外集卷六酬淮南牛相公述舊見貽詩，「三入」句不作「三日」，尤合事實。故知皆有不可盡廢者。至於兩宋本之多存古義，於禹錫原作爲合，更不待言。如紹興本卷九連州刺史廳壁記「庚其責」，卷三十文宗挽歌「兄日下西山」，皆經前人指出多被校者臆改，幸尚能存其真。崇蘭館本卷二奚公神道碑：京兆充，謂李充也，而紹興本「充」字亦有改竄痕，此又校者疑其不合文義而臆斷爲「尹」字。此則崇本又勝紹本處。各本於寫刻之際，不能審慎，或刪去箋表之年月，或刪去自注。若不擷取衆長，則於詩文本事必滋扞格，此誠不可稍忽者。不能備舉，幸覽者詳之。

各本簡稱列舉如左。

紹本　景印紹興八年本。

崇本　景印崇蘭館本。

畿本　畿輔叢書本。

結一本　朱氏結一廬刊本。

明鈔本　傳鈔傳增湘藏校本。

中山集　明郭氏刊本。

英華　文苑英華　明隆慶刊本。

文粹　唐文粹　杭州許氏校刊本。
樂府　樂府詩集　文學古籍刊行社景印宋本。
絶句　唐人萬首絶句　文學古籍刊行社景印明嘉靖刊本。
又玄集　古典文學出版社景印日本江户昌平坂學問所官板本。
才調集　四部叢刊景印述古堂鈔本。
全唐文　清嘉慶内府刊本。
全唐詩　揚州詩局本。
其他偶引羣書如本事詩、唐詩紀事、方輿勝覽、雲麓漫鈔、金石萃編，皆不作簡稱。

目録

卷四　碑下

卷五　論上

卷六　論中

卷十一　表章一　爲淮南杜相公

佑修，凡十首。

卷十二　表章二　爲淮南杜相公

佑修，凡十一首。

卷十三　表章三

卷十四　表章四　牋附……三六九

卷十八　啓……四七三

卷十九　集紀……五〇三

卷二十二　五言今體三十首……六二三

卷二十三　古調十六首 …… 六七一

卷二十五　雜體詩三十九首……七七九

卷二十六　樂府上……八二三

卷二十七　樂府下

卷二十八　送别四十六首……九〇三

外集

卷三　詩……一一八三

卷五　雜詩

卷六　律詩

劉禹錫集箋證卷第一

賦

問大鈞賦 并序

始余失臺郎爲刺史，又貶州司馬，俟罪朗州，三見閏月。人咸謂數之極，理當遷焉。因作謫九年賦以自廣。是歲臘月，詔追。明年，自闕下重領連山郡印綬。人咸曰美惡周必復。第行無恤，歲杪其復乎！居三年不得調。歲二月，有事于社。前一日致齋，孤居慮静，滯念欻起。伊人理之不可以曉也，將質諸神乎！謹貢誠馳精，敢問大鈞。其夕有遇，寤而次第其詞以爲賦。

圓方相函兮，浩其無垠。窅冥翕闢兮，走三辰以騰振。孰主張是兮，有工其神。迎隨不見兮，强名之曰大鈞。皷以臨下兮，巍兮雄尊。天爲獨陽，高不可問。工居其中，與人差近。身執其權，心平其運。循名想像，斯可以訊。曰：「嘻！蒙之未生，其猶泥耳。落乎埏埴，唯鈞所指。忽然爲人，爲幸大矣。工賦其形，七情與俱。嗇智不授，畀之以愚。坦坦之衢，萬人所趨。蒙一布武，化爲畏途。人或譽之，百説徒虚。人或排之，半言有餘。物壯則老，乃唯其常。否終則傾，亦不可長。老先期而驟至兮，否踰數而叵量。雖一夫之不獲兮，亦大化之攸病。謹薦誠上問兮，俛伏以聽。」

是夕寢熟，夢遊兮無何有之鄉。抗陛級于重霄兮，異人間之景光。中有威神兮，金甲而煒煌。頷之使前兮，其音琅琅。曰：「吾大化之一工也，居上臨下，廉其不平。汝今有辭，吾一以聽。播形肖貌，生類積億。槖籥圈匡，鎔鍊消息。我之司智，初不爾嗇。不守以愚，覆爲汝賊。既賦汝形，輔之聰明。盍求世師，資適攸宜。胡然抗志，遐想前烈？倚梯青冥，舉足斯跌。韜爾智斧，無爲自伐。鑿竅太繁，天和乃洩。利逕前誘，多逢覆轍。名腸內煎，外火非熱。今哀汝窮，將厚汝愚。剔去剛健，納之柔濡。塞前竅之傷痍兮，招太和而與居。恕以待人兮，急以自拘。道存邃奥，無示四隅。軋物之勢不作兮，見傷之機自無。汝不善用，吾焉嗇乎？且夫貞而騰氣者朣朣，健而垂精者昊昊。我居其中，猶輪是蹈。以不息爲體，以日新爲道。倮鱗蜚走，灌莽苞阜。乃牙乃甲，乃殈乃剖。陽榮陰悴，生濡死槀。各乘氣化，不以意造。賦大運兮無有淑慝，彼多方兮自生醜好。爾奚不德余以驟壯，姑尤我以速老邪？觀汝百爲，又或不然。赤子哇哇，急其能言。亦既名物，幾時蹁躚。春耕其丘，投種之日。釋耒而歎，何時實栗？望所未至，謂余舒舒。欲其久留，謂我瞥如。我一子二，誰之曲歟？彼蒹葭之蒼蒼兮，霜霰苦而中堅。松竹之皸皴索籜兮，不若樠筍之可憐。納材葦而構明堂兮，固容消而力完。揚且之晳兮，不可以常然，當錫爾以老成。蒼眉皓髯，山立時行。去敵氣與矜色兮，噤危言以端誠。俾人望之，侮黷不生。爾之所得，孰與壯多？不善處老，問余而何？」

受教而回，蘧蘧形開。嚮之威神，孰爲來哉？乃遽衣促盥，端慮滌想。委佩低簪，持簿叩顙而言曰：「楚臣天問不訓，今臣過幸，一獻三售。始厚以愚，終期以壽。忘上問之罪，濯已然之咎。心憎故術，腹飽新授。馳神清玄，拜手稽首。」

【校】

〔人咸曰〕紹本、崇本曰均作謂，文粹無人字。

〔三年〕紹本、崇本、畿本、中山集、明鈔本、英華、文粹三均作五。按禹錫授連守在元和十年（七九四），至十五年（七九九）正月，穆宗即位，必有大赦，則量移在即，且禹錫亦丁母憂行矣。似以作三年者爲是。

〔欸起〕全唐文欸作數。

〔走三辰〕文粹無走字。

〔巍兮〕紹本、崇本、畿本、中山集、明鈔本、文粹、全唐文兮均作乎。

〔斯可〕崇本可下有得字，英華、全唐文斯均作或，注云：一作斯。

〔其猶泥耳〕崇本耳作爾，全書均同，以後不複舉。又句首無其字。

〔幸大〕崇本作大幸。

〔工賦〕畿本作上賦。

〔畀之〕崇本畀作卑，下注去聲。

〔或譬〕結一本下有「平聲」兩字，此爲後人所加，今删，後同。

〔一夫之不獲〕崇本無之字。

〔寢熟〕文粹寢作寐。

〔遊兮〕崇本、畿本、全唐文兮均作乎。

〔無何有〕文粹無有字。

〔抗陛級于〕紹本、崇本、全唐文于均作乎。

〔兮金甲〕紹本作巾金巾。按：周禮春官鄭注：巾猶衣也。中山集、文粹、全唐文均作巾金甲，於義爲長。英華作巾金巾而注云：見黄庭經，一作甲。

〔頟之〕全唐文頟作命，畿本頟下注云：一作命。明鈔本與一作同。

〔肖貌〕紹本肖作宵，誤。
〔積億〕紹本、崇本、億均作意。按：文以億叶息、嗇、賊爲韻，作意非。
〔汝賊〕崇本賊作賦。按：此似涉下而誤。
〔盇求〕崇本盇作去。按：去疑是盇字之壞。
〔抗志〕文粹志作心。
〔傷痍〕英華痍下注云：一作疾。
〔與居〕文粹與作興。
〔恕以〕紹本、崇本、全唐文恕均作貰。
〔邃奥〕崇本邃作宦，紹本、畿本、英華、全唐文均作壺。按：作宦較近於古。
〔軋物〕明鈔本、文粹軋均作軌。
〔死藁〕全唐文作槁，英華藁下注云：一作蕘，畿本與一作同。
〔淑慝〕紹本、崇本、中山集、明鈔本、文粹、全唐文慝均作惡。
〔急其〕畿本、全唐文急均作忽。
〔實粟〕紹本、崇本、中山集均作粟實。按：實粟句出詩生民：「實穎實粟」，似爲淺人所改。文粹作實粟，不叶韻，尤非。
〔而回〕英華回作巡。

〔心憎〕崇本、英華、文粹憎均作增。
〔稽首〕畿本、中山集首下均有兮字，非。

【注】

〔大鈞〕鈞是作陶器的轉輪。「大鈞播物」，語出漢書賈誼傳。
〔臺郎〕禹錫在永貞時自監察御史遷屯田員外郎，臺郎是沿用東漢習慣，以尚書爲臺，尚書郎爲臺郎。唐代制度，郎官爲要職，出任刺史是降調，所以説失臺郎爲刺史。見兩唐書本傳。
〔州司馬〕唐代中期以後的州司馬是有名無實的官，專以位置閑散及得罪的人，詳見白居易江州司馬廳壁記。
〔三見閏月〕舊時曆法五年再閏，三閏約等於九年。禹錫以永貞元年（八〇五）貶朗州司馬、元和九年（八一〇）召還京，共九年。
〔詔追〕唐人公牘中以召爲追。
〔圓方〕指天地。
〔三辰〕日月星。
〔主張〕用莊子天運篇語：「天其運乎，地其處乎，日月其事於其所乎，孰主張是？」
〔埏埴〕陶工燒製粘土的器具。
〔橐籥〕冶鑄所用的風箱。老子：「天地之間其猶橐籥乎？」

〔圈匡〕即圓方之意。周禮考工記輪人：「規之以眡（視）其圜也，萬（矩）之以眡其匡也。」圈當即圜。

〔膴膴〕〔昊昊〕前者形容大地，後者形容上天。詩大雅緜：「周原膴膴。」

〔苞皁〕苞是茂盛之意，皁是穀實而未堅之意。以上幾種都是指動植物的各種不同情況。

〔殈〕禮記樂記：「卵生不殈。」鄭注：殈，裂也。

〔瞥如〕即一瞬間之意，以上以撫養孩童及種植穀物爲比，謂希望早些長成，就嫌造物的太慢；希望能够久留，又嫌造物的太快。

〔皸皴索籜〕大概指松竹營養不良的狀態。

〔榯〕竹木直豎狀。

〔揚且之晳〕語出詩鄘風君子偕老。

〔天問〕楚辭天問王逸注：「屈原放逐，見楚有先王之廟及公卿祠堂，圖畫天地山川神靈，琦瑋譎詭，及古聖賢怪物行事，因書其壁，呵而問之。」禹錫與柳宗元所貶皆古楚地，故引以爲比。宗元亦有天對。

〔三售〕指以下三點，即：厚以愚，期以壽，濯已然之咎。

【箋證】

按：此賦序中明言作此賦之時在作謫九年賦之後。所謂自闕下重領連山郡印綬，謂元和十年（八一五）再貶連州刺史也。云居三年不得調，歲二月有事于社，則當是元和十三年（八一八）之春，殆無可疑者。

又按：此賦以問大鈞爲名，實即質問秉政之宰相，故曰：「天高不可問，工與人差近。」天指時君，工指時相。唐人習慣，以宰相爲操化權，本集中即屢見。按之實際，唐時仕宦之升沉進退，固大半由宰相操其柄。禹錫元和十年（八一五）連州之貶，其時秉政者爲武元衡，最與禹錫不協。未幾元衡遇刺，裴度繼相，則於禹錫相知稍深。至十二年（八一七），度平淮西後復知政事，資望既高，而在用兵奏凱之後亦宜有寬宥之典，禹錫望度之援必甚切。（見本集卷十八上門下裴相公啓）及至平淮西後而仍未獲量移，則不能不甚感失望矣。此文中「居三年」一語，各本及文苑英華、唐文粹，三皆作五。考之史實，元和十年之後，若更經五年，則穆宗即位，朝政一新，流人之牽復不問可知，禹錫亦不須作此賦矣。朱氏結一廬刊本獨作三，雖未知其何據，似有可取。且元和十五年之春，禹錫已丁母憂，揆之情理，似亦非作此賦之時。賦中「剔去剛健，納之柔濡」，「去敵氣與矜色，噤危言以端誠」等語乃自明韜晦以祛疑忌之意。

又按：韓愈集中有孟東野失子詩，詞意及結構均與此賦相似，蓋一時之文風如此。

砥石賦　并序　時在朗州。

南方氣泄而雨淫，地慝而傷物。媪神噫溼，渝色壞味。雖金之堅，亦失恒性。始余有佩刀甚良，至是澀不可拔。剖其室乃出。遡陽眇眂，傅刃蒙脊。鱗然如痏痂，如黑子，如青蠅之惡。鋭氣中錮，猶人被病然。客有聞焉，裹密石以遺予。沃之草腴，雜以烏膏，切劘下上，真質焯見。躊躇四顧，逌奈周切爾謝客：「微子之貽，幾喪吾寶。」客曰：「吾聞諸梅福曰：『爵禄者，天下之砥石也。高皇帝所以礪世磨鈍。』有是耶！」余退感其言，作砥石賦。

我有利金兮，以利爲佩。遭土卑而慝作兮，雄鋩爲之潛晦。如景昏而蝕既兮，與肌漆而爲瘝。顧秋蓬之不可剸兮，尚可遊乎髖髀之外。利物蒙蔽，材人惆悵。俾百汰之至精，蟠一檢而多恙。豈害氣之獨然兮，將久不試而然！彼屠者之刃兮，獵者之鋋。不灌不淬兮，揉錯銜鉛。日鼓月揮兮，封腴擊鮮。睆㸌爅以耀芒，蓊淫夷而騰羶。豈不涉暑而蒙沴兮，鼎用之而成妍？

有客自東，遺余越砥。圭形石質，蒼色膩理。劙其鱗皴，滑以滫瀡。如衣澣垢，如鼎出否。霧盡披天，萍開見水。拭寒焱以破眥，擊清音而振耳。故態復還，寶心再起。既賦形而終用，一蒙垢焉何恥？感利鈍之有時兮，寄雄心於瞪視。

嗟乎！石以砥焉，化鈍爲利。法以砥焉，化愚爲智。武王得之，商俗以厚。高帝得之，傑材以湊。得既有自，失豈無因？漢氏以還，三光景分。隨道闊狹，用之得人。五百餘年，唐風始振。懸此天砥，以礱兆民。播生在天，成器在君。天爲物天，君爲人天。安有執礪世之具而患乎無賢歟！

【校】

〔媪神〕紹本、崇本媪均作嫗，崇本神作伏。

〔乃出〕崇本乃下有能字。

〔傅刃〕全唐文傅作傳。

〔裹密石〕紹本裹作衷，崇本裹作袖，畿本裹下注云：一作哀。全唐文與一作同。按：哀當是衷之誤。

〔鳥膏〕崇本鳥作烏。按：古以鷉鵜膏瑩刀劍，以作鳥者爲是。

〔磨鈍〕紹本、英華磨均作摩。按：漢書梅福傳作摩。

〔顧秋蓬〕明鈔本作拂秋風，似非。

〔尚可〕明鈔本、英華、全唐文可均作何。

〔材人〕崇本材作才。

〔蟠一〕結一本蟠作播。

〔之刃〕崇本、明鈔本、英華、全唐文刃均作刀。

〔不淬〕紹本淬作碎，明鈔本作晕，誤。

〔日鼓〕崇本日作曰，下文日亦作曰。

〔睨〕紹本、畿本均作睆，注云：一作睨。

〔爟爦〕明鈔本、文粹爦均作爟。英華此句注云：一作醜爟爦以輝芒。

〔豈不〕崇本、全唐文不下均有以字，按：似不當有。

〔成妍〕紹本妍作研。

〔以湊〕崇本注云：一作奔走。明鈔本、英華均與一作同。

〔天祇〕紹本、崇本、全唐文天均作大。

〔天爲物天〕此句明鈔本作天爲物君，英華作天爲人君，皆可通。

【注】

〔媪神〕古代指大地的神，語出漢書禮樂志。

〔遡陽眇眂〕眂同視，意即向陽光中微閉眼瞼以細察之。

〔青蠅之惡〕古語謂糞爲惡。

〔烏膏〕古代所用以淬刀的油質。爾雅釋鳥郭注：「鷿鷉似鳧而小，膏中瑩刀。」杜甫詩：「鐫錯碧罌鷿鵜膏。」

〔躊躇四顧〕語出莊子養生篇：「躊躇滿志。」

〔逌爾〕自得之貌，見列子力命篇釋文。

〔梅福〕事詳漢書本傳。

〔利金〕指鐵，見卷四夔州始興寺移鐵像記一文。
〔肌漆〕生漆粘在皮膚上生癩瘡，語出史記刺客列傳。
〔秋蓬〕喻最脆弱之物。説苑：「秋蓬惡於根本而美於枝葉。」
〔髖髀〕髖髀是牛身最堅之處，屠牛時在此處須用大斧。漢書賈誼傳：「屠牛坦一朝解十二牛而芒刃不頓者，所排擊割剥，皆衆理解也。至於髖髀之間，非斤則斧。」
〔鼎〕鼎有方意。鼎用之即方用之。參漢書匡衡傳注。
〔越砥〕古代優良的砥石出於越地。李尤佩刀銘有「礪以越砥」語，可證。見初學記二二引。
〔滫瀡〕禮記内則：「滫瀡以滑之。」疏：「以物相和，滫瀡之令柔滑也。」

【箋證】

按：本集卷二十二武陵書懷詩有云：「塵翌劍成痕」，以此知江鄉卑溼之地，刀劍繡翌，是禹錫初至朗州所覩之實事，故以形之詩文。此文云：「故態復還，寶心再起。既賦形而終用，一蒙垢焉何恥？感利鈍之有時兮，寄雄心於瞪視。」有百折不撓之勁節，有待時而起之雄心，禹錫所以自處者於此可見。題下「時在朗州」四字，疑是自注。即無此注，參以武陵書懷詩亦可斷定其作於朗州矣。

楚望賦 并序

予既謫于武陵，其地故郢之裔邑，與夜郎諸夷錯雜。繫乎天者，陰伏陽驕是已。繫乎人者，風巫氣竄是已。囂雰浮浮，利于樓居。城之麗譙，實鄰所舍。四垂無蔽，萬景坌入。因道其遠邇所得，爲楚望賦云。

翼軫之野，祝融司方，陰迫而專，專實生沴。天濡而雺，土洩而泥。氣罕淑清兮，淫氛曀曀。中人支體兮，爲瘥爲瘵。以廣滌煩兮，利居高于物外。我卜我居，于城之隅。宛在藩落，麗譙渠渠。四阿垂空，洞户發樞。眸子不運，坐陵虛無。歲更周流，時極慘舒。萬象起滅，森來貺予。

櫺軒之外，羣山巃嵸。岡陵靡阤，勢若相拱。出雲見怪，窈蔚森聳。露夕霞朝，望如飛動。簷廡之下，大江澒洞。支流合輸，泄入雲夢。羲和望舒，出没兩涯。涵泳之族，聱牙巘呀。秋水灌盈，漩石飄沙。流枿軒昂，舞于盤渦。逮及收潦，澹如醁醽。白石磷磷，倒影羅生。蘋末風起，有文無聲。悠遠煙緜，與空蒼然。

湘沅之春，先令而行。臘月寒盡，温風發榮。土膏如濡，言鳥嚶嚶。三星噣其晚中，植物颯以飄英。雲歸高唐，草蔽洞庭。日與天盡，神將化并。圓方相涵，遊氣杳冥。熙熙藹藹，藻飾羣形。枿樹童立，積空凝青。環洲曲塘，含景曜明。

恢台之氣，發于春季。涉夏如鑠，逮秋愈熾。土山焦熬，止水瀵沸。翔禽跕墮，呀味垂翅。曦赫歊蒸，陽極反陰。二儀交精，下上相歆。雲興天際，欻若車蓋。凝矑未瞬，瀰漫霮䨴。驚雷出火，喬木靡碎。殷地爇空，萬夫皆廢。懸霤綆縋，日中見昧。移晷而收，野無完塊。

少陰之中，景物澂鮮。丹葉星房，燭耀川原。夕月既望，曜于丹泉。上鏡下冰，湔塵濯煙。宿麗潛芒，獨行高躔。皓一氣之悠然，潔有形而溢清玄。杳微明而斐亹，想遊目於化先。夜無朕以徂征，金霞暈乎海壖。明星方揚，斜漢西懸。璿柄如墮，半沈層瀾。

雞啁哳而晨鳴兮，日荏苒以騰晶。動植瞭兮已分，山川鬱乎不平。復人寰之喧卑，洶浩浩以營營。追向時之景光，不可驟得以再更。意華胥之夢還，獨仿像而馳精。

日次于房，天未降霜。百卉猶澤，水泉收脈。故道朘音宣削，衍爲廣斥。水禽嬉戲，引吭伸翮。紛驚鳴而決起，拾綵翠于沙礫。時時北風，振槁揚埃。蕭條邊聲，與雁俱來。寒氛委積，萬竅交激。楚雲改容，飛雨凝滴。灑林遞響，淅瀝梢槭。飛電照雪以騰光，柔蔬傲霜而秀坼。

躔次殊氣，川谷異宜。民生其間，俗鬼言夷。招三閭以成謡，德伏波而構祠。投粔籹尼吕反以鼓檝，豢鱣魴而如犧。蟠木靚深，孽祅憑之。祈年祛癘，蠲敬祇威。擊鼓肆筵，河旁水湄。薦誠致祝，卻略躞跜。

渚居鱻食，大掩水物。罟張餌啗。不可遁伏。顯舉潛縋，晝撞夜觸。設機沈深，如拾于陸。彼遊儵之瑣類，咸跳脱於窘束。雖三趾與六眸，時或加乎一目。亦有輕舟，軒輊泛浮。柁綸往復，馴鷗相逐。暮夜瀓寂，嘯歌羣族。傖音俚態，幽怨委曲。逗疏柝於江城，引哀猿於山木。

巢山之徒，捽木開田。灼龜伺澤，兆食而燔。鬱攸起于巖阿，騰絳氣而蔽天。熏歊雨濡，穎垂林巔。盜天和而藉地勢，諒無勞而有年。

罷士閑人，逸爲末作。求金渚涘，淘汰瀺灂。流注濆沱，繁光熠爚。貪賈來貿，發於懷握。無翼而飛，潤于豐屋。哂耕耘之悒悒，徒胼胝以自鞠。

我處層軒，日星回還。閲天數而視民風，百態變見乎其間。非耳剽以臆説兮，固幽永而縱觀。觀物之餘，遂觀我生。何廣覆與厚載，豈有形而無情？高莫高兮九閽，遠莫遠兮故園。舟有檝兮車有轄，江山坐兮不可越。吾又安知其所如？怳臨高以觀物。

【校】

〔司方〕全唐文作所司。按：方字失韻，未知爲何字之誤。日知録雖云古詩有不用韻之例，唐人作賦恐不如此。

〔淫氛曀曀〕英華注云：一作漫淫氣曀。

〔支體〕紹本、畿本均作體支，崇本作體胑。

〔以廣〕紹本、崇本、畿本、全唐文廣均作曠。

〔聱牙〕紹本、全唐文牙作耴，崇本、明鈔本均作取。按：作取必非。

〔嘒其晚中〕崇本作明其曉中，紹本、畿本、明鈔本、全唐文晚均作曉。

〔日與〕紹本、崇本、畿本、全唐文日均作目。

〔童立〕紹本、崇本、中山集、明鈔本、全唐文立均作丘，英華此二字作同丘。按：立必爲丘之壞字。

〔呀咮〕畿本呀作呃，全唐文咮作喙。

〔反陰〕英華反作友，全唐文作召。

〔曜于〕英華曜作躍。

〔悠然〕全唐文作悠悠。

〔獨仿像〕紹本、崇本、中山集、全唐文獨均作猶。

〔百卉〕崇本百作木。

〔捨綵翠〕紹本、崇本、畿本、明鈔本、全唐文捨均作拾，是。

〔時時〕全唐文作於時。

〔秀坼〕英華、全唐文秀均作透。

〔祛癘〕紹本、崇本、全唐文祛均作去。

〔躨跜〕此下結一本注云：「躨跜，虯龍動貌，見靈光賦。」不知何人所加。

〔如拾〕英華拾作捨。

〔柁綸〕紹本、全唐文柁作拕，崇本作拖。按：此皆柁之别體或誤刊，後不複舉。

〔捽木〕紹本、崇本、中山集、明鈔本、英華、全唐文捽均作抨。

〔自鞠〕紹本、崇本鞠作鞫，非。

〔幽永〕紹本、崇本、畿本、明鈔本、全唐文永均作求。

〔江山〕英華山下注云：一作上。

【注】

〔陰伏陽驕〕指氣候多暖少寒。

〔風巫氣窳〕風巫指風俗迷信，氣窳指風土耗薄。

〔麗譙〕城上的高樓，見莊子徐無鬼篇。

〔翼軫〕翼、軫是星宿名，古代認爲星宿各有分野，翼軫分野爲楚地。見漢書地理志。

〔四阿〕四面有簷下垂之屋，見周禮考工記匠人。

〔羲和、望舒〕詞賦中常用爲日與月的代詞。

〔蘋末〕文選宋玉風賦：「夫風生於地，起於青蘋之末。」

〔三星〕詩唐風綢繆：「三星在天。」毛傳：「三星，參星也。」

〔恢台〕形容夏天，楚辭九辯：「收恢台之孟夏兮。」

〔伏波〕指東漢馬援曾有遺迹，見卷二十二經伏波神祠詩。

〔粔籹〕古代蜜和米麪煎成的食品，語出楚辭招魂。

〔三趾〕〔六眸〕語出文選郭璞江賦：「有鼈三足，有龜六眸。」

〔鬱攸〕指火氣，見左傳哀公三年注。

〔末作〕不屬農業生産的職業，語出管子侈靡篇，并見周禮太宰疏。

〔豐屋〕易豐卦：「豐其屋。」

【箋證】

北齊顔之推有觀我生賦，取易觀卦之語爲名，紀其一生之遭際，禹錫襲其意而以二語括之曰：「觀物之餘，遂觀我生。」二語乃此篇之警策，以敍武陵之物色。其敍物色處當與本集卷二十二武陵書懷詩及卷二十五晚歲登武陵城顧望水陸悵然有作二首參看。賦之第一段至「森來貺予」，總敍登樓所見。第二段至「與空蒼然」，敍江水。第三段至「含景曜明」，敍春時。第四段至「野無完塊」，敍炎熱之候。第五段至「半沉層瀾」，敍秋夜之景。第六段至「獨仿像而馳精」，敍由夜而晨。第七段至「柔蔬傲霜而秀坼」，敍冬景。第八段至「卻略躨跜」，敍民間祠祀。第九段至「引哀猿於山木」，敍漁業。第十段至「諒無勞而有年」，敍畬田。第十一段至「徒胼胝以自鞠」，敍淘金。以下總結觀物之意。畬田淘金二事，集中又别有詩。（見本集卷二十六莫傜歌、卷二十七畬田作及浪淘沙詞）此文中「哂耕耘之悒悒，徒胼胝以自鞠」等語，深爲勞苦之農民致不平，其文固非苟作也。本集卷二十一賈客詞「農夫何爲者，辛苦事寒耕」，亦猶此意。

〔楚望〕左傳有「江、漢、沮、漳，楚之望也」一語（見哀六年），但此賦命名，不過寫所見之景物，非用左傳原意。

〔麗譙〕據吴景旭歷代詩話云：「莊子：魏武侯欲偃兵，徐無鬼曰：君亦必無盛鶴列於麗譙之間。注：麗譙，戰樓名。一云，魏城門名。漢書陳勝傳：戰譙門中。師古注：門上爲高樓以望，故曰譙門。劉貢父云，譙，陳之旁邑，此通譙之門耳。猶宋門、鄭門之類。楊升庵云：城門名麗譙者，麗如魚麗之麗，力支切，譙呵之譙，謂守門人成列而譙呵之也。余觀劉賦中有云：我卜我居，於城之隅。宛在藩落，麗譙渠渠。是時謫武陵，謂以身居其中也。而全文皆居高望遠之詞。李嶠亦作楚望賦，傷劉也。序云：思必深而深必怨，望必遠而遠必傷。賦云：生遠情於地表，起遥恨於天末，則麗譙於譙望之義居多。」按：禹錫在朗州，居招屈亭附近（見本集卷二十四酬朗州崔員外詩），據輿地紀勝，招屈亭在安濟門之右。又卷二十觀市：「余得自麗譙而俯焉。」又卷二十二武陵書懷詩引亦云：「招屈亭，今郡城東南亭舍。」皆足見禹錫在朗州，所居實近城樓，吴氏之説深與此文相發明。

傷往賦　并序

人之所以取貴於飛走者，情也，而誕者以遣情爲智，豈至言耶！予授室九年而鰥，痛若人之夭閼弗遂也。作賦以傷之，冀夫覽者有以增伉儷之重云。

歎獨處之悒悒兮，憤伊人之我遺。情可殺而猶毒，境當歡而復悲。人或朝歎而暮息，夫何越月而逾時！太極運乎三辰，轉寒暑而下馳。有歸於無兮，盛復于衰。猶昧爽之必暮，又安得而怨咨？我今怨夫若人兮，曾旭旦而潛暉。飄零日及之萼，日及，槿也。朝生暮落，一名王蒸。爾雅。倏忽蜉蝣之衣。川走下而不還，露迎暘而易晞。恩已甚兮難絶，見無期兮永思。

我行其野，農民桑者；舉桉來饁，亦在林下。我覩于途，裨販之夫；同荷均挈，荆釵布襦。羽毛之蕃，鱗介之微；和鳴灌叢，雙泳漣漪。薨薨伊蟲，蠢蠢伊豸；遊空穴深，兩兩相比。何動類之萬殊，必雄雌而與俱！物莫失儷以孤處，我方踽踽而焉如！

我復虚室，目淒涼兮心伊鬱，心伊鬱兮將語誰？坐匡牀兮撫嬰兒；何所勾沐兮，何從仰飴？襦袴在身兮，昔圍差跌；鞶囊附臂兮，餘馥葳蕤。誠天性之潛感，顧童心兮如疑。嘵然有難繼之慕，漠然滅好弄之姿。指遺袿兮能認，遡空帷兮欲歸。

我入寢宫，痛人亡兮物改其容。寶瑟僵兮弦柱絶，瑶臺傾兮鏡匳空。寒鑪委灰，虚幌多風。隙駟晨轉，窗蟾夜通。步摇昏兮網黏翡翠，芳褥掩兮塵化蛩蛩。閲刀尺之餘澤，見巾箱之故封。玩服儼兮猶具，繁華謝兮焉從！想翩躚於是非，求倸䆉與冥蒙。信奇術之可致，嗟此生兮不逢。徒注視以寂聽，恍神疲而目窮。還抱影以獨出，紛百哀而攻中。

系曰：龍門風霜苦，别鶴哀鳴夜銜羽。吴江波浪深，雌劍一去無遺音。悲之來兮憤予心，洶如行波洊浸淫。悵緣情而莫極，思執禮以自箴。已焉哉！苒苒生死，悠悠古今。乘彼一氣兮，聚散相尋。或鼓而興，或罷而沈。以無涯之情愛，悼不駐之光陰。諒自迷其有分，徒終怨於匪忱。彼蒙莊兮何人，予獨累歎而長吟。

【校】

〔飛走〕紹本、崇本、畿本、文粹、全唐文飛均作蜚。

〔日及〕紹本日作白，誤。崇本及作反。

按：此顯係及字形壞，爲校者所誤改。此句下「日及槿也」云云，當是舊本相沿，揆諸外集卷一蘇州白舍人寄新詩有歎早白無兒之句因以贈之一詩之注例，蓋禹錫之自注也。禹錫亦慮後人不知出處而妄改耳。英華注云：「日及，木槿也，晉成公綏、潘尼有賦。」則不知何人所加。文苑英華辨證云：「凡草木名有訛舛及與他本異者，……劉禹錫傷往賦：飄零日及之萼，集作日反。按廣志：日及，木槿也。晉成公綏、潘尼並有日及賦，反字恐非。」據此，則彭氏所見之劉集作日及也。

〔永思〕紹本思作患。

〔目淒涼〕崇本目作自，非。

〔差跌〕全唐文差作蹉。

〔遺袿〕中山集袿作挂，是。

〔瑟僵〕紹本、崇本、英華僵均作偃。按：瑟僵似用漢書金日磾傳語，瑟偃無據。

〔隙駟〕紹本、繼本、全唐文駟均作駒。

〔蛩蛩〕全唐文作蚷蛩。

〔翩躚〕文粹、全唐文躚作翻。

〔恍神疲〕紹本、崇本、繼本恍均作悦。

〔憒予心〕紹本、畿本、中山集、全唐文憒均作憤，崇本注云：一作憤。按：作憒近是。

【注】

〔夭閼〕挫折阻礙，語出莊子逍遥遊篇。

〔日及〕日及指槿花，蜉蝣是生存期極短的蟲，都比喻人的夭折。

〔舉桉來饁〕舉桉用東漢梁鴻妻孟光事，饁是婦女向田中工作的男子送飯。

〔遊空、穴深〕前者指飛蟲，後者指地下的無足蟲。蟲豸之别，見爾雅釋蟲。

〔匡牀〕方牀。

〔遺袿〕文選潘岳悼亡詩：「遺挂猶在壁。」袿是借用字。

〔蛩蛩〕即爾雅釋地之邛邛岠虚，是一種獸名，據説與蹷共同生活。山海經作蛩蛩。但在此處恐不如此解，蛩似指鳴蟲，上一字或是别一字，方能與上文翡翠爲對偶。

〔奇術〕也是用潘岳詩：「獨無李氏靈，髣髴覩爾容」之意。李氏指李少君，據説爲漢武帝招來所愛李夫人的幽靈。

〔雌劍〕傳説干將莫邪爲楚王作劍，一雄一雌。見搜神記。

【箋證】

禹錫娶薛謇之長女，見本集卷三薛公神道碑。據碑，禹錫之婚於薛氏，在入尚書省爲屯田員外郎之前一年，即貞元二十年（八〇四）也。是時禹錫已三十三歲，恐初娶不應如此之遲。此文云：「授室九年而鰥。」今試推之，禹錫二十二歲登第，若於此時授室，則九年之後爲三十一歲，悼亡之後，間一、二年，乃續娶於薛，於事理較合，故此文似悼其元配而作。文中無一語及於遷謫，尤爲明徵。惜未能考其元配爲何氏耳。但仍有可疑者，本集卷三十有謫居悼往詩，且有「牛衣獨自眠」及「長安遠如日」之語。據此，則禹錫初貶之時，必喪偶而尚未續婚，與薛公碑中語殊有抵觸。豈薛謇以女許字禹錫而未及成婚，彼此睽隔，禹錫遂仍以獨身往貶所耶？又豈婚於薛氏後再度悼亡，故有謫居悼往之詩耶！疑莫能明，特拈出以俟知者。又禹錫所撰各碑多著録於金石録，薛碑未見。然其文確爲禹錫手筆，絶無可疑，其婚於薛氏，亦禹錫身世中一大事也。據文中「坐匡牀兮撫嬰兒」及「誠天性之潛感，顧童心兮如疑」等語，知禹錫元室已生有一子，且亦非甚稚矣。

何卜賦

余既幻惑力命之説兮，身久放而愈疑。心回穴其莫曉兮，將取質夫東龜。楚人俗巫而好術兮，叟有鬻卜而來思。乃招而祝之曰：「嘻！人莫不塞，有時而通，伊我兮久而愈窮。人莫不病，有時而間，伊我兮久而滋蔓。吾聞人肖五行，動止有則。四時轉續，變於所極。一歲之旱，人思具舟。三月之熱，人思具裘。極必反焉，其猶合符。予首圓而足方，予腹陰而背陽。胡形象之有肖，而變化之殊常？經日剥極則賁，居賁而未嘗剥者其誰？否極受泰，居否而未嘗泰者又其誰？鶴胡不截？鳧胡不裨？夔何罰而踸踔，蚿何功而扶持？紛紜恣睢，交作舛馳。似予似奪，似信似欺。孰主張之？問于子龜。」

卜者曰：「招我以粗，問我以微。有天下之是非，有人人之是非。在此爲美兮，在彼爲蚩。或昔而成，或今而虧。君問曷由？主張其時。時乎時乎，去不可邀，來不可逃。淹淹兮孰捨孰操？烏喙之毒堇，雞首之賤毛，各於其時而伯音霸其曹。屠龍之伎，非曰不偉。時無所用，莫若履狶。作俑之工，非曰可珍。時有所用，貴於斲輪。絡首縻足兮，驥不能踰跬。前無所阻兮，跛鼈千里。同涉于川，其時在風。沿者之吉，泝者之凶。同蓺于野，其時在澤。伊穜之利，乃穋之厄。故曰：是耶非耶，主者時耶！諒淑惡之同出兮，顧所丁之若何！夫如是，得非我美，失非我恥。其去曷思，其來曷期！姑蹈常而俟之，夫何卜爲！」言訖，執龜而起。

予退而作何卜賦。於是蹈道之心一，而俟時之志堅。內視羣疑，猶冰釋然。

【校】

〔幻惑〕紹本、畿本、全唐文幻均作幼。

〔回穴〕崇本穴作泬。

〔東龜〕畿本、全唐文東作秉。按：東龜出周禮春官，爲六龜之一。張衡思玄賦云：「懼筮氏之長短兮，鑽東龜以觀禎。」畿本必爲淺人所改。

〔祝之〕崇本、明鈔本、全唐文祝均作訊。

〔人肖〕紹本肖作宵，崇本作禀。

〔人思〕紹本、崇本、畿本、明鈔本、文粹、全唐文思均作斯。

〔予首〕紹本、全唐文予均作子，下予複同。

〔有肖〕崇本肖作宵。

〔居賁〕崇本脱此二字。

〔人人〕崇本、明鈔本、文粹、全唐文均作仁人。

〔爲蚩〕紹本、崇本、畿本蚩均作嗤。按：妍媸之媸，古多作蚩，作嗤非。

〔淹淹兮〕全唐文作淹兮，下注闕字。

〔烏喙之毒堇〕紹本、崇本烏均作堇，堇作苓，畿本、全唐文烏均作豕，文粹作堇之毒豕苓，恐有誤。

〔作俑〕崇本俑作踊。按：作踊本於左傳昭三年屨賤踊貴之語，文意似合。

〔時耶〕崇本此下有主者命耶四字。按：紹本、崇本、畿本凡耶皆作邪，合於古義，後不複舉。

〔所丁〕全唐文丁作卜，恐誤。

〔其去〕崇本去作惡。

【注】

〔烏喙〕急救篇：「烏喙附子椒芫華。」注：「烏喙形似烏之喙。」按：此句皆毒藥名。

〔雞首〕莊子徐無鬼：「雞廱也。」注以爲即雞頭，一名芡，服之延年。按：兩句分舉毒藥良藥，謂各有所用之時。

〔屠龍〕莊子列禦寇篇：「朱泙漫學屠龍於支離益，單千金之家，三年技成而無所用其巧。」因此以屠龍喻技巧雖高而無用。

〔履豨〕莊子知北游：「正獲之問於監市，履豨也，每下愈況。」注：「豨，大豕也。履，踐也。夫市魁履豕，履其股脚豨難肥處，故知豕肥也。問道亦況下賤，則知道也。」

〔作俑〕俑是殉葬的冥器。

〔斲輪〕語出莊子天道篇，習用以指熟練的技工。

〔伊穜〕周禮内宰鄭司農注：「先種後熟謂之穜，後種先熟謂之稑。」似即今早稻晚稻之别。王應麟云：「劉夢得何卜賦云：同涉於川，其時在風。沿者之吉，泝者之凶。同藝於野，其時在澤。伊穜之利，乃稑之厄。東坡詩：耕田欲雨刈欲晴，去得順風來者怨。本此意。」（困學紀聞）按：問大鈞賦云：「望所未至，謂余舒舒。欲其久留，謂我瞀如。我一子二，誰之曲歟！」禹錫固屢揭此義矣。

〔淑惡〕善惡。

【箋證】

賦之名取左傳「卜以決疑，不疑何卜」語（見桓十一年）。假卜人之辭以明卜之無益，與外集卷十絶編生墓表之言一致。蓋其平昔深知卜筮之妄，故屢形於言也。此文駁列子力無如命何之論，而以各有所當釋吉凶利害之不齊。此以爲吉者，彼或爲凶，此或爲害者，正彼之利。然若如莊子所言「此亦一是非，彼亦一是非」，則又不軌於正矣。故禹錫明揭二語曰：「有天下之是非，有人人之是非。」人人之是非，私也，各有其是非可也；天下之是非，則公也，一而已矣，不容辯也。是非明，則守之亦不容變也。賦末云：「蹈道之心一而俟時之志堅」，與砥石賦所云：「故態復還，寶心再起。感利鈍之有時兮，寄雄心於瞪視。」語意相合。

謫九年賦

古稱思婦，已歷九秋。未必有是，舉爲深愁。莫高者天，莫濬者泉。推以極數，無踰九焉。伊我之謫，至於數極。長沙之悲，三倍其時。廷尉不調，行當跂而。天有寒暑，閏餘三變。朝有考績，明幽三見。顧堯之明兮，亦昏墊而有歎。歎息兮徜徉，登高高兮望蒼蒼。突弁之夫，我來始黄。合抱之木，我來猶芒。山增昔容，水改故坊。童者鬱鬱兮而涸者洋洋。天覆地生，翕兮無傷。彼族而居，鄙之投荒。彼軒而遊，昨日桁楊。信及澤濡，俄然復常。稽天道與人紀，咸一僨而一起。去無久而不還，棼無久而不理。何吾道之一窮兮，貫九年而猶爾。噫！不可得而知，庸詎得而悲？苟變化之莫及兮，又安用夫肖天地之形爲？

【校】

〔推以〕崇本以作已。按：已、以古多通用，以上、以往等語用已字，唐代猶習見，但此處仍以作以爲宜。

〔九焉〕全唐文焉作年，誤。

〔明兮〕紹本、崇本、畿本、中山集、全唐文明均作民，注云：一作明。

〔鬱鬱兮〕此句崇本、紹本、畿本均無兮字。

〔俄然〕英華然作病。

〔噫不〕崇本噫作意。

【注】

〔長沙之悲〕漢書賈誼傳：「誼爲長沙王太傅三年，有服飛入誼舍」三倍其時，則九年也。

〔廷尉〕史記張釋之傳：「釋之以訾爲騎郎，十歲不得調。」廷尉指釋之後此所至之官。

〔昏墊〕書益稷：「禹曰：洪水滔天，浩浩懷山襄陵，下民昏墊。」文中用此，指堯時有九年之災。

〔突弁〕詩齊風甫田：「未幾見兮，突而弁兮。」意謂忽已成人加冠。

〔始黄〕新唐書食貨志：「凡民始生爲黄，四歲爲小。」

〔桁楊〕語出莊子在宥篇。指囚犯所上的刑具。以上四句是説：從前投荒的人已經成了大户，囚犯也成了富人。

〔信及〕易中孚卦：「信及豚魚。」意謂對動物都不失信。

〔肖天地之形〕指人類。文章最後一句是説既是一個人，就應當能掌握變化，否則何貴於爲人呢？與卷五天論中人勝天之説相通，可見是禹錫一貫的見解。

【箋證】

按：禹錫以永貞元年（八〇五）謫官，此賦以謫九年爲名，則當作於元和八年、九年（八一三、八一四）之間。九年，李絳罷相，李吉甫卒，新入相者爲武元衡、張弘靖、韋貫之；與禹錫或無深分，或非素交，其不能援手，抑可知矣。此禹錫所以不能無慨也。然終篇云：「不可得而知，庸詎得而悲？」禹錫之意仍不肯委之於運命。謂既爲智之所不及，則亦悲之所不必施。後申論之曰：「苟變化之莫及兮，又安用夫肖天地之形爲？」其意若曰：既已爲人矣，則人能造命者也。能造命，則必能待其變化而善爲因應。此亦與本集卷五天論中人誠務勝乎天之説相合。蓋禹錫謫居朗州既久，故能爲深湛之思，天論殆與此賦之作相先後。元和九年以後，人事漸繁，又有吏職之責，未必能從容爲文。本卷各篇，除山陽城、秋聲二篇外，皆作於在朗州時。

又按：賦中「推以極數，無踰九焉」一語，謂常語中極言天之高則曰九天，極言泉之深則曰九泉，數皆至九而極。凡言九者，極言盈滿而已，非以此計實數也。汪中釋三九之例，禹錫早見及之。

望賦

邈不語兮臨風，境自外兮感從中。晦明轉續兮，八極鴻濛。上下交氣兮，羣生異容。發孤照於寸眸，騖遐情乎太空。物乘化兮多象，人遇時兮不同。嗟乎！有目者必騁望以盡意，當望者必緣情而感時。有待者瞿瞿，忘懷者熙熙。慮深者瞠然若喪，樂極者沖然無違。外徙倚其如一，中紖紛兮若迷。

望如何其望最樂，睎慶霄兮遡阿閣。如雲兮天顔咫尺，如草兮臣心踊躍。扇交翟兮葳蕤，旗升龍兮蠖略。日轉黄道，天開碧落。凝瑞景於庭樹，掬非煙於殿幕。

望如何其望且懽，登灞岸兮見長安。紛擾擾兮紅塵合，鬱葱葱兮佳氣盤。池象漢兮昭回，城依斗兮闌干。避御史之驄馬，逐倖臣之金丸。

望如何其望攸好，宗萬靈兮越四隩。漢帝仙臺兮，秦皇海嶠。霓衣踊于河上，馬跡窮于越徼。紫氣度關而斐亹，神光屬天而照耀。晥眷眷以馳精，聳專專而觀妙。望如何其望有形，視蠢蠢兮窮冥冥。楚塞氛惡兮，蕭關燧明。暈籠孤月兮，角奮長庚。沙多似雪，磧有疑城。煙雲非女子之氣，草木盡王者之兵。審曳柴之虚警，破來騎之先聲。信有得於風馬，示無言於旆旌。

望如何其望且慕，恩意隔兮年光度。雕輦已辭兮，金屋何處？長信草生兮，長門日暮。徯翠華之儻來，仰玄天以自訴。況復湘水無還，漳河空注。淚染枝葉，香餘紈素。風蕭蕭兮北渚波，煙漠漠兮西陵樹。夫不歸兮江上石，子可見兮秦原墓。拍琴翻朔塞之音，挾瑟指邯鄲之路。

望如何其望最傷，俟環玦兮思帝鄉。龍門不見兮，雲霧蒼蒼。喬木何許兮，山高水長。春之氣兮悦萬族，獨含嚬兮千里目。秋之景兮懸清光，偏結憤兮九回腸。羨環拱於白榆，惜馳暉於落桑。諒衡斗兮誰見，伊戴盆兮何望？平聲

豈止蘇武在胡，管寧浮海。送飛鴻之滅没，附陰火之光彩。鶴頸長引，烏頭未改。恨已極兮平原空，起何時兮在山東。永望如何，傷懷孔多。降將有依風之感，宫人成憶月之歌。歌曰：張衡側身愁思久，王粲登樓日回首。不作渭濱垂釣臣，羞爲洛陽拜塵友。

【校】

〔晦明〕文粹作明晦。

〔若迷〕紹本、崇本、畿本、文粹、全唐文迷均作斯。按：唐人不以齊韻叶支微，迷字似非。

〔交翟〕崇本翟作鳳。

〔攸好〕文粹攸作彼。

〔霓衣〕英華、全唐文衣作裳。

〔沙多〕英華多作長，按：於義爲勝。

〔來騎〕崇本騎作鏑。按：文意是言風聲，故用史記匈奴傳「鳴鏑」之語。注：韋昭曰：「矢鏑飛則鳴。」作騎疑是淺人所改。

〔風馬〕紹本、崇本、畿本、全唐文馬均作鳥。

〔可見〕崇本可作何。

〔拍琴翻朔塞之音〕崇本拍作柏，誤。英華拍琴作拊瑟，之音作之思。

〔侯環玦〕明鈔本侯作佩。

〔落桑〕紹本、崇本、中山集、明鈔本、全唐文桑均作棠。

〔在山東〕紹本、崇本、畿本、中山集、英華、全唐文均作東山在。按：似是用謝安東山事，於義較長。

〔羞爲〕英華爲作隨。

【注】

〔金丸〕西京雜記：「韓嫣好彈，常以金爲丸。」韓嫣是漢武帝的倖臣，見漢書佞幸傳。

〔紫氣〕傳説關令尹登樓望見紫氣而知老子將經過，杜甫詩「東來紫氣滿函關」，指此。

〔觀妙〕馳精觀妙都是追求渺茫無稽之説。以上一節説求仙者的望。

〔蕭關〕漢書匈奴傳：孝文十四年，匈奴單于十四萬騎入朝那蕭關。

〔曳柴〕〔風馬〕「輿曳柴而僞遁」，「馬牛其風」，都是左傳中寫戰場中的情景。以上一節説軍人作戰時的望。

〔長信〕〔長門〕都是漢代長安后妃所居宫名。

〔湘水〕〔漳河〕前者指傳説中虞舜的二妃，隨舜往南方，在湘水爲舜哀哭，淚滴竹成斑。後者指曹操遺令（見文選陸機弔魏武帝文中告戒他的妃妾要時常望他的西陵）。以下北渚波、西陵樹仍是指此兩事。

〔拍琴〕指蔡文姬作胡笳十八拍。

〔挾瑟〕漢書張釋之傳：「上（文帝）指視慎夫人新豐道曰：此走邯鄲道也。使慎夫人鼓瑟，上自倚瑟而歌，意悽愴悲懷。」以上一節説帝王后妃的望。

〔環玦〕荀子大略篇：「絶人以玦，返人以環。」注：「古者臣有罪待放於境，君賜以環即返，以玦即去。」

〔白榆〕〔落桑〕古樂府：「天上何所有，歷歷種白榆。」初學記一：日西垂，景在樹端，謂之桑榆。兩句對照，喻天象也有變化。

〔管寧〕管寧於漢末避難至遼東，至魏初始浮海而歸，見三國志本傳。

〔降將〕指李陵與蘇武詩：「欲因晨風發，送子以賤軀。」

〔宮人〕指班婕妤怨歌行：「裁爲合歡扇，團團似明月。」以上一節説逐臣遷客的望。

〔張衡〕張衡四愁詩有「側身東望」等句，望四方各成一首，所以名四愁，都是對當時黑暗政治的憂憤。

〔王粲〕王粲登樓賦第一句是「登兹樓以四望兮，聊假日以銷憂」，也是他在荆州時爲時局動亂而寫的。

〔渭濱垂釣〕指吕尚釣於渭濱，佐周文王伐商。此句是説自己不去希冀這種際遇。文王遇吕尚時有「太公望子久矣」一句話，所以禹錫借這個望字發揮。

〔洛陽拜塵〕晉書石崇傳：「與潘岳諂事賈謐，謐與之親善，號曰二十四友，廣成君（謐母）每出，崇降車路左，望塵而拜，其卑佞如此。」以上張衡、王粲、吕尚、石崇四事，各寓一望字。

【箋證】

此文第一段至「中糺紛兮若迷」，敍人對外物之感應不同，而以「物乘化兮多象，人遇時兮不同」二語括之。以下分詠：望最樂、望且懽、望攸好、望有形、望且慕、望最傷，略仿江淹別賦之體，即別賦所謂「別方不定，別理千名」也。但前五者皆賓，而以「望最傷」爲主，故曰：「俟環玦兮思帝鄉」，又曰：「諒衝斗兮誰見，伊戴盆兮何望！」鬱伊感憤之意如見，然最後四語尤見禹錫之性格，以張衡、王粲自比，則不止遷客之思，尤切憂時之意也。以吕尚、石崇爲喻，則謂倘不逢時，必不附和權貴，苟求利禄也。

山陽城賦 并序

山陽故城，遺趾數雉，四百之運，終於此墟。裔孫作賦，蓋閔漢也。詞曰：

我止行車，霣涕于山陽之墟。是何蒼莽與慘悴，春陵之氣兮焉如？踣昌運於四百，辭至尊而伍匹夫。有利器而倒持兮，曾何芒刃之足舒！懿王迹之肇基，暨坤維之再敷。邈汜陽與鄗上，怳蛇變而龍攄。痛人亡而事替，終此地焉忽諸。嗟乎！積是爲治，積非成虐。文景之欲，處身以約。播其德芽，迄武乃穫。桓靈之欲，縱心於昏。然其妖燄，逮獻而焚。彼伊周不世兮，奸雄乘釁而騰振。物象濯以易位，被虚號而陽尊。終勢殫而事去，胡竊揖讓以爲文？嗚呼！維神器之至重兮，蓋如山之不騫。使人得譬乎逐鹿，固健步者所先。諒人事之云爾，孰云當塗之兆也自天！

亂曰：久矣莫可追，陟彼墟兮噫嘻。躅遺武兮貽後王之元龜。

【校】

〔肇基〕英華肇作聿。

〔坤維〕明鈔本、英華坤均作絶。

〔德芽〕紹本芽作牙。

〔然其〕紹本、崇本、明鈔本、全唐文然均作爇。

〔漼〕全唐文作摧。

〔勢殫〕紹本、崇本勢均作世。

〔固健步〕明鈔本、英華固均作因。

〔躅遺〕紹本、崇本、畿本、全唐文躅均作獨。

【注】

〔山陽故城〕三國志魏志文帝紀：「以河内之山陽邑萬户，奉漢帝爲山陽公。」據通鑑胡注，此城乃魏所特築以囚獻帝者，且設軍以監之。至晉武帝時始廢。

【箋證】

此篇似非空詠古跡。禹錫自貞元末登朝以後，連年外謫，大和以後，來往京、洛近畿，無緣行至山陽。殆有感於唐自天寶以後，岌岌不保者屢矣，而主德之昏如故，終必有勢殫而事去之一日。故篇末有「貽後王之元龜」一語，以明其非泛然弔古。李賀於金盤仙人辭漢歌序自稱唐諸王孫，禹錫於此亦自稱裔孫，殆皆有深意。

秋聲賦 并序

相國中山公賦秋聲，以屬天官太常伯，唱和俱絶。然皆得時行道之餘興，猶動光陰之歎，況伊鬱老病者乎？吟之斐然，以寄孤憤。

碧天如水兮，窅窅悠悠。百蟲迎莫兮，萬葉吟秋。欲辭林而蕭颯，潛命侶以啁啾。送將歸兮臨水，非吾土兮登樓。晚枝多露蟬之思，夕草起寒螿之愁。至若松竹含韻，梧楸蚤脱。驚綺疏之曉吹，墮碧砌之涼月。念塞外之征行，顧閨中之騷屑。夜蛩鳴兮機杼促，朔鴈叫兮音書絶。遠杵續兮何泠泠，虚窗静兮空切切。如吟如嘯，非竹非絲。當自然之宫徵，動終歲之别離。廢井苔合，荒園露滋。草蒼蒼兮人寂寂，樹摵摵兮蟲咿咿。則有安石風流，巨源多可。平六符而佐主，施九流而自我。猶復感陰蟲之鳴軒，歎涼葉之初墮。異宋玉之悲傷，覺潘郎之幺麽。嗟乎！驥伏櫪而已老，鷹在韝而有情。聆朔風而心動，盻天籟而神驚。力將瘏兮足受絏，猶奮迅于秋聲。

【校】

〔行道〕紹本、崇本二字均乙。

〔猶動〕紹本、崇本、全唐文動均作有。

〔吾土〕籤本吾作我。按：此用王粲登樓賦「雖信美而非吾土」，不當作我。

〔草起〕紹本、崇本均作蔓趣，崇本趣下注云：一作起。

〔當自然〕紹本、崇本、明鈔本、全唐文當均作合。

〔苔合〕紹本、崇本、全唐文合均作冷。

〔九流〕明鈔本流作品。

【注】

〔天官太常伯〕唐高宗一度改六部尚書爲太常伯，天官借用周禮冢宰之稱。

〔安石〕〔巨源〕安石爲晉謝安字，以比李德裕之爲宰相。巨源爲山濤字，晉書本傳説他選舉得人，而又善於揣摩君主的意旨，所以説巨源多可，以比令狐楚之爲吏部尚書。

〔六符〕語出漢書東方朔傳，古代傳説天象與人事相應的徵兆。

〔幺麽〕瑣細的意思，潘岳有秋興賦，意謂潘岳所感慨的未免顯得瑣細了。

【箋證】

中山公爲李德裕初封之號，見新唐書一八〇本傳，舊唐書失載。此文稱相國中山公，必作於其初入相之時。德裕集中載其秋聲賦原文云：「昔潘岳寓直騎省，因感二毛，遂作秋興賦。況余百齡過半，承明三入，（原注：自中書舍人及今三參掖垣。）清秋可悲。尚書十一丈，鵷掖上僚，人文大匠，聊爲此作，以俟知音。露華肅，天氣晶。碧空無氛，霽海清明。當其時也，草木陰蟲皆有秋聲。自虛無而響作，由寂莫而音生。始蕭瑟於林野，終混合於太清。出哀壑而憤起，臨悲谷而怨盈。朔雁聽而增逝，孤猿聞而自驚。此聲也，異桐竹之韻，非金石之鳴。足以動羈人之魄，感君子之情。況乎臨淄藻思，薛縣英名。遽興華屋之歎，預想曲池之平。豈待琴而魂散？固聞笛以涕零。亦有毁家蔡琰，降北李卿。聽朔吹之夜動，見霜鴻之曉征。既慷慨而誰訴，獨汍瀾而流纓。雖復蘇門傲世，秦青送行，詎能寫自然之天籟，究吹萬之清泠？客有貞詞瀏亮，逸氣縱橫。賦掩漏卮之妙，文同蟠木之精。聊染翰以寫意，期報之以瑶瓊。」據文中十一丈一語，若爲同姓，則當是李夷簡。武元衡有酬李十一尚書書懷見贈詩。然夷簡爲相，在元和十三年（七九七），亦未嘗爲吏部尚書，與文中天官太常伯語不合，且已早卒矣。以其時考之，當爲令狐楚。楚之行第是否爲十一，無他證，但大和中德裕入相之時，楚正爲吏部尚書。楚有文名，於文中「人文大匠」一語亦較合。德裕云「承明三入」，蓋并學士、舍人及入中書計之。然則文當作於大和七八年（八三三、八三四），是初相之際，未能大行其志，故有抒懷之作。至於禹錫，此時方六十二三歲，在蘇州刺史任，故有「伊鬱老病」之語。大和七年之春，德裕入相，其夏，楚除吏部尚書，秋聲之賦，蓋即在是年之秋。次年秋初，禹錫移刺汝州，或即由德裕與楚之推挽。未幾，德裕遂出鎮矣。文末

「驥伏櫪而已老，鷹在韝而有情」二語，固是禹錫陳情自效之意，亦足見禹錫不肯作頽唐蕭索之態，所謂「異宋玉之悲傷，覺潘郎之幺麽」也。賦中安石風流指德裕爲相，巨源多可，指楚爲吏部尚書。又，錢大昕十駕齋養新録一六云：「李德裕有秋聲賦，在歐陽公之前。」平步青霞外攟屑七云：「秋聲賦，今人傳誦者，歐陽文忠作耳。劉賓客文集秋聲賦序云……又會昌一品集亦有秋聲賦，是唐人賦此者不知幾篇也。猶之劉賓客陋室銘亦皆傳誦，今按：新唐書崔沔傳，當作陋室銘以見志，在劉前。」平氏蓋不知相國中山公即李德裕，誤爲别一人。

劉禹錫集箋證卷第二

碑上

代郡開國公王氏先廟碑

唐制，五等有爵服而無山川。登于三事，得立四廟。備物崇祀，以交神明，敬先報本，以輔孝治，有國之令典也。維長慶三年，前相國王公始卜廟于西京崇業里。公時鎮劍南東川，上章曰：臣涯官秩印綬品俱第三，請如式以奉宗廟。制曰：可。是歲仲冬，申命長男孟堅祔其主于三室。明年，公入爲御史大夫，復以十二月躬行烝祭。開歲，公出梁州，就拜司空，禮崇異數，廟加祀室。大和二年，增新室既成，祔顯考于尊位，告饗由禮，觀之者以爲世程。

第一室曰上儀同豳州别駕府君諱元政，以妣博陵崔氏配；第二室曰湖州安吉縣令贈尚書刑部員外郎府君諱賓，以妣贈扶風縣太君馬氏配；第三室曰朝散大夫青州司馬贈户部侍郎府君諱祚，以妣贈武威郡太夫人賈氏配；第四室曰温州刺史贈太尉府君諱冕，以妣贈魯國太夫人博陵崔氏配。

初，周靈王太子晉遇浮丘公，化爲神仙，時人號曰王家。其後遂以命氏。顯於秦者曰翦，三世將秦師，子孫分居晉代間。東漢有徵君霸，霸孫甲亦號徵君，徙居祁縣，爲著姓，故至于今爲太原人。自漢涉魏，益以熾昌。凡十葉，至後魏度支尚書廣陽侯冏。廣陽有二子神念、神感。神念南奔梁，神感北仕齊。惟儀同府君，廣陽侯五代孫也。唐興于太原，實從義旗，佐成王業，故有開府儀同之寵。惟刑部府君以功臣子理二邑，不躋貴仕，故有錫羨後大之祥。惟户部府君幼孤，以孝聞於鄉曲。未冠，以文售於有司。由前進士補延州臨安縣主簿。會詔徵賢良，策在甲科，授瀛州饒陽尉。歲滿遷渭南。天后在神都，而東畿差重，遂由渭南轉河陽。適逢建萬象神宫，甸内吏分董其役，因上書切諫。繇是名益聞。開元初，以大理司直馳軺車，聯讞大獄。閩禺朔漠，所至決平。蚤以欒棘傷生，晚成劇恙，樂就夷曠，故不至大官。惟太尉府君生於治平時，以文學自奮。年十有五，賁然從秋賦。明年春，升名于司徒。又一年，玄宗御層樓，發德音，懸文詞政術科以烝髦士。府君策最高，授太常寺太祝。未幾，復以能通道德、南華、沖虚三真經，進盩厔尉。天寶中，歷右拾遺、左補闕、禮部、司駕二外郎。屬幽陵亂華，遣兵南服，因佐閩粵，改檢校比部郎中、行軍司馬。時中原甫寧，江南爲吉地，二千石多用名德，乃以府君牧温州。朝廷虚公卿以俟高第。及聞訃，永嘉人輟春罷社，搢紳間以不淑相弔焉。雖位負于道，而邁德垂矩，後之人得以纘承丕揚之。其儲休启祐，有自云爾。生三子，皆聰明絶人。長曰沼，以神童仕至檢校禮部郎中。次曰潔，以奇文仕至國子司業。今代郡公實季子也。早在文士籍，射策連中，咸世其家。貞元中，德宗聞其名，自藍田尉召入禁中視草。厥後三典書命，再參内廷。憲宗器之，付以國柄。翊贊有道，雖册免常居大僚。今年自梁州請覲，上思用舊臣爲羽儀，遂領太常，其公府如故。以一心事六君，顯官重務，靡不揚歷。且夫起諸生至三公，而心愈卑，道益廣。出授黄鉞，以伯諸侯；入服華章，以謁家廟。追崇極大位，血食備多室，享全榮而奉昭薦。嗚呼！公侯之孝歟！宜書廟器，以視喬公之三鼎。其辭曰：

閟宇神庭，邃清而嚴。上公之儀，四室眈眈。犧以潔牲，粢以大糦。交神尚敬，合魄尚氣。子姪宗工，駿奔奉事。副笄侈袂，儼恪居次。孝孫兢兢，執爵而升。以祼以濯，以伏以興。水陸具來，羶薌畢登。列于圜方，其氣增增。乃禴乃嘗，敬而追遠。

二昭二穆，孝以尊本。瞻瞻几幄，蹜蹜堂梱。禮成起慕，涕落玄衮。濡露踐霜，誰無永懷？不如達者，哀與榮偕。逢時奮庸，誰不得位？不如仁人，以道爲貴。惟公之達兮，名以顯親。惟公之仁兮，德以澡身。六朝之清臣，一代之全人。宜其世家，翼翼振振。罔不祗肅，于廟之門。

【校】

〔題〕全唐文此篇題作唐興元節度使王公先廟碑，次篇則作東都留守令狐楚家廟碑，按：必非原本如是，乃館臣改定。興元節度使尤不典之甚，唐人無此稱也。

〔印綬〕崇本綬作授。

〔十二月〕崇本二作一。

〔開歲〕紹本、崇本、全唐文開均作間。

〔祀室〕紹本作常祀。

〔大和〕畿本作太和。按：唐文宗第一紀元爲大和，前人已據碑刻證實，各書刊本有作太和者，乃誤字，本集各集本作大者，其作太者或未悉改，此後不複舉。

〔豳州〕紹本、全唐文豳均作幽。

〔諱冕〕全唐文冕作晃，按：史傳作晃，冕乃誤字。

〔曰翦〕紹本、崇本曰作王。
〔錫羨〕結一本羨作美，誤。
〔渭南〕崇本南下有尉字。
〔而東〕崇本無而字。
〔朔漠〕崇本、畿本漠作漢，誤。
〔以烝〕紹本、崇本烝均作罝，畿本、明鈔本、全唐文均作置，則又爲罝之誤。
〔及聞訃〕紹本、崇本均無訃字，是。
〔文士〕結一本、崇本、明鈔本士均作仕，似非。
〔以伯〕崇本、全唐文伯均作臨，似是。
〔喬公〕紹本喬作橋，是。
〔以濯〕紹本、崇本、中山集濯均作擩。
〔其氣〕明鈔本、全唐文氣均作器。
〔乃綸〕崇本綸作衲。
〔几幄〕結一本几作凡，誤。

【注】

〔司直〕據舊唐書職官志，大理寺置司直六人，從六品上，掌出使推按。此猶唐初之制，中葉以後，司直出使者漸不見記載。

〔決平〕漢書杜周傳：「周爲廷尉，其治大抵放張湯，而善候司，客有謂周曰：君爲天下決平，不循三尺法，專以人主意旨決獄，獄者固如是乎？」決平二字本此。

〔三真經〕據新唐書選舉志：「明皇注老子道德經成，詔天下家藏其書，貢舉人減尚書、論語策，而加試老子。」藝文志：「天寶元年，詔號莊子爲南華真經，列子爲沖虛真經，文子爲通玄真經，亢桑子爲洞靈真經。」

〔輟舂〕〔罷社〕鄰有喪，舂不相，語見禮記曲禮。然此文實用史記商君列傳：「五羖大夫死，秦國男女流涕，舂者不相杵。」本當云輟相，不當云輟舂，蓋六朝人已習用輟舂。任昉出郡傳舍哭范僕射詩「已矣余何歎，輟舂哀國均」是也。罷社事出三國志魏志王脩傳，云：「母以社日亡，來歲鄰里社，脩感念母，哀甚。鄰里聞之，爲之罷社。」

〔不淑〕古語不淑不弔皆哀惜之詞，禮記雜記：「寡君使某，如何不淑。」即左傳之「有君不弔」。淑、弔本一字，前人以不善釋不淑，實未盡合，此文以不淑相弔，亦仍舊説耳。

【箋證】

按：此文爲王涯作。涯，舊唐書一六九、新唐書一七九均有傳。禹錫與涯相知較早。本集卷二十四有逢王十二（當作二十）學士入翰林詩，即指涯。其時在貞元末。據文中「今年自梁州請覲，遂領太常」等語，參涯本傳（舊唐書一六九、新唐書一七九）所載仕履，乃大和三年（八二九）

事。禹錫方以郎官直集賢院。集中徇人之請而作碑誌，多在此時及晚年退居洛陽時，蓋惟此數年中身名稍泰也。

又按：禹錫與涯相知雖早，後此蹤跡非親。大和末，涯被甘露之禍，在作此文後六年，集中遂無一語及之。

〔得立四廟〕新唐書禮樂志：「開元十二年著令，一品二品四廟，三品三廟。三品以上，不須爵者亦四廟。」此文云：「唐制，五等有爵服而無山川，登于三事，得立四廟。」三事，謂涯官司空也，司空秩正一品。

〔崇業里〕唐兩京城坊考四：崇業坊在朱雀門街之西。

〔温州刺史贈太尉府君諱冕〕按據世系表，王涯之父温州刺史名晃，新舊唐書本傳同。集作冕，恐誤。世系表他事皆與碑合，疑即據此碑。殆字形相近，寫刻之訛。又王晃事見太平廣記二一七，云：「補闕王晃，七月内訪卜於路生。路云：九月當入省，官有禮字。時禮部員外郎陶翰在坐，乃曰：公即是僕替人。九月，陶病請假，敕除王禮部員外。後又令卜，云：必出，當爲倉字官。果貶温州司倉。既而路生以其二子託晃，晃又問畢竟當何如，路云：某所以令兒託公，其意可知也。」郎官石柱考題名二〇引此，云與碑不合。按：碑云：「幽陵亂華，遣兵南服，因佐閩粤」，蓋晃以陷身安史貶官，碑特隱約其詞耳。廣記所載卜者之詞純爲妄説，但藉此得爲此文佐證。

〔廣陽有二子神念神感〕據世系表云：「烏丸王氏，霸長子殷……六世孫光，後魏并州刺史，生冏，度支尚書護烏丸校尉，廣陽侯，因號烏丸王氏，生神念。北齊亡，徙家萬年。」與碑大致相合。神念事見南史六三，云：「仕魏位潁川太守，與子僧辯據郡縣歸梁。」

〔再參内廷〕舊唐書王涯傳：貞元二十（原脱十字）年（八〇四）十一月，自藍田尉召充翰林學士，拜右拾遺、左補闕，起居舍人，皆充内職。元和三年（八〇八），爲宰相李吉甫所怒，罷學士，守都官員外郎，再貶虢州司馬。五年（八一〇），入爲吏部員外。七年（八一二），改兵部員外郎，知制誥。九年（八一四）八月，正拜舍人。十年（八一五），轉工部侍郎，知制誥。此文所謂三典書命者，元和三年以前，雖轉官，仍充翰林學士，一也。七年，又以兵部員外郎知制誥，二也。九年，正拜舍人，即當出學士院，而仍知制誥，三也。所謂再參内廷者，以翰林學士爲一參，以知制誥爲再參也。傳云爲李吉甫所怒者，新唐書本傳云：會其甥皇甫湜以賢良方正對策異等忤宰相，涯坐不避嫌罷學士，再貶虢州司馬。

〔雖册免常居大僚〕新唐書涯傳云：「俄拜中書侍郎同中書門下同平章事，坐循默不稱職罷，再遷吏部侍郎。穆宗立，出爲劍南東川節度使，長慶三年，入爲御史大夫，遷户部尚書，鹽鐵轉運使。」碑云：雖册免常居大僚，指此。

彭陽侯令狐氏先廟碑

今上元年七月十三日，汴州刺史、宣武軍節度副大使知節度事、汴宋亳等州觀察處置使、銀青光禄大夫、檢校禮部尚書兼御史大夫、上柱國、彭陽縣開國伯令狐公西鄉拜章上言：守臣楚蒙被恩澤，列爲元侯，得立家廟，以奉常祀。制書下其奏于有司，於是善相考祥，得地于京師通濟里。居無何，新廟成。公以守藩故，申命季弟監察御史定卜牲練日，越八月丁亥，祔饗三室。埳墉以尚幽，設幄以迎精。禮無尤違，神用寧謐。第一室曰秦州上邽縣尉諱濬，以妣太原王氏配；第二室曰緜州昌明縣令贈吏部尚書諱崇亮，以妣贈太原郡夫人河東柳氏配；第三室曰太原府功曹參軍、贈太子太保諱承簡，以妣贈魏國太夫人富春孫氏配。

明年十月公由浚郊以介圭入覲。真拜户部尚書，進爵爲魯侯。既辭戎旃，得以列侯謁三廟。是歲南至，上不視朝，又得以時展祭。先期致齋，栗然以敬，既齋盡志，歆然永思。奉其百順，陳以具物。始蹐而虔恭，終獻而汍瀾。既卒事，顧麗牲之石，宜有刊紀，乃俾家老，授其諜于所知云。

令狐，晉邑也。晉大夫魏顆以輔氏之功始封焉。其易名曰文，國語所謂令狐文子是已。其先周文王之昭，畢公高之裔。畢萬爲晉卿，始封于魏，自萬至顆蓋四世。其後三十七世藍田侯虯仕拓跋魏，爲燉煌郡太守，子孫因家，遂占數爲郡人。藍田之孫熙，在隋爲納言。惟上邽府君，納言之玄孫，道克肖而位不至。惟尚書府君，西州之右族，光未耀而德已基。惟太保府君志爲君子儒，以經明居上第，調補陽安縣主簿，歷正平尉，汾州司法參軍，陝州大都督府兵曹，終于太原府首掾。始以頴經進，既仕，旁通百家。愛穀梁子清而婉，左丘明國語辨而工，司馬遷史記文而不華，咸手筆朱墨，究其微旨。愷悌以肥家，信誼以急人。德充齒耋，獨享天爵。故休祐集于身後，徽章流乎佳城。凡以子貴承澤降命書告第者，始贈尚書祠部郎中，再贈禮部尚書，三加右僕射，四爲今稱。先夫人亦四徙封。蜜印纍纍，邦族聳慕。生三子皆才，彭陽公爲嗣。次子從端實肅給，今爲檢校膳部郎中參河東軍事。季子前所謂監察御史，今主柱下方書，温敏而有文，綽綽然真令兄弟。

唯彭陽以詞筆取科名，累參侍從。由博士主尚書牋奏，典内外書命，遂登樞衡，言文章者以爲冠。擁節總戎，率身和衆，留惠于盟津，變風于浚都，言方略者以爲能。夫浚師嚄唶難治，乘釁竊發，寖成習俗。莅止五載，飲和革心。東馬來朝，熊羆隕涕。問公還期，觴必祝之，留爲常伯，旋命居守。汴人聞公之東，近而愈懷，翹翹瞿瞿，盡西其首。言遺愛者可紀焉。貴而率禮，老而能慕，怵惕乎霜露，齋莊乎廟祧，睦其仲季，施及鄉黨。言孝悌者歸厚焉。勒名于碑，以代夷鼎。文曰：

已孤之孝，莫如備物。顯顯新廟，四阿三室。時惟仲月，卜用柔日。醴醆苾芬，牲牷博腯。籩甒在堂，蕭膋在庭。孝孫烝烝，躬若奉盈。低簪委紳，薦俎登鉶。肸蠁交感，涕流緣纓。禮以備儀，誠以致美。祖考來格，錫之丕祉。工祝告訖，退循軒戺。乃授風人，作詩以紀。猗歟彭陽之寵光，佐憲皇穆皇。西省東臺，迭爲侍郎。國之大政，咨爾平章。敬宗凝旒，俾鎮雎丘。入爲地官。令守東周。彭陽之忠厚，宜介福以壽。東郊既釐，可復朝右。緜緜其胄，系于周舊。由我顯起，必昌其後。大和紀元，作廟之首。刻碑廟門，龍集己酉。

【校】

〔題〕文粹作唐宣武軍節度副大使檢校禮部尚書令狐公先廟碑，按：此乃節碑文中之結銜而製題，但恐非作者本意，蓋結銜非可删節也。

〔申命〕結一本申作甲，誤。

〔第三室曰〕崇本脱曰字。

〔太子太保〕英華作司空。

〔魯侯〕紹本、崇本均無魯字，似是。按：唐制未見以大國爲侯封者，魯字可疑。

〔戎旃〕崇本旃作旗。

〔以時展祭〕崇本時展二字乙。

〔諜〕按：此爲譜牒之牒，當作牒，但古書多已通用。

〔經明〕崇本、畿本、英華、全唐文均作明經，文粹作經學。

〔陽安〕文粹作安陽。

〔正平〕文粹作平正縣。

〔身後〕崇本注云：一作支後。

〔四爲今稱〕英華、全唐文此句均作四進太保、五爲上公。

〔蜜印〕除結一本外，各本蜜皆作密，依周密説，作蜜爲是。

〔唯彭陽以詞筆取科名累參侍從〕英華此句作唯彭陽公以才名翰飛參侍從。

〔東馬〕文粹東作車。

〔熊羆〕英華作憑熊，取憑畫熊軾之意，似與東馬爲對。然文意乃言士卒之戀慕而隕涕，似不當云憑熊。

〔仲季〕文粹二字乙。

〔夷鼎〕崇本、畿本、明鈔本、文粹、全唐文夷均作彝。

〔蕭膋〕紹本、崇本蕭均從竹，按：依禮記郊特牲當作蕭。

〔丕祉〕英華、全唐文丕均作休。

〔穆皇〕畿本、中山集、全唐文均作穆穆皇皇，文粹則無穆皇二字。按：下文稱敬宗，則此處不得無穆皇二字，就文體而言，亦宜以參差之句法與上文相平衡。此必校者未諦觀上下文而臆改。

【箋證】

按：彭陽侯謂令狐楚。舊唐書一七二、新唐書一六六均有傳。禹錫與楚訂交，始於楚貶衡州刺史時，見外集卷九彭陽唱和集後引所云：「公登用至宰相，出爲衡州，方獲會面。」其時爲元和十五年（八二〇）。及長慶、大和之間，禹錫自和州北歸，楚方鎮宣武，曾與白居易訪之於汴州。此後唱和頻仍，情好逾篤。觀楚之爲人，在當時黨派之中，所親者爲皇甫鎛、蕭俛，所惡者爲元稹、李紳，與禹錫趨舍異趣，而交誼反似逾於他人，蓋純爲文字因緣耳。彭陽唱和集引云：「丞相彭陽公始由貢士以文章爲羽翼，……鄙人少時亦嘗以詞藝梯而航之。」後引又云：「貞元中，予爲御史，彭陽公從事於太原，以文章相往來有日矣。」唐人以幕府箋奏爲專門之學，禹錫與楚皆長於此事，皆由使幕出身。楚傳云：「德宗好文，每太原奏至，能辨楚之所爲，頗稱之。」其爲朝野上下所豔稱如此。故楚以其學授李商隱，而商隱亦爲名使幕。禹錫此文云：「言文章者以爲冠。」挽詩亦有「文章不朽」之語。而和楚之詩，一則曰：「更能四面占文章。」再則曰：「人間聲價是文章。」禹錫殆亦但以文章許之。

又按：馮浩樊南文集詳注云：「文苑英華，劉禹錫有令狐楚家廟碑。蓋大和元年（八二七）楚鎮宣武，奏立家廟於京師通濟里。唐制，貴臣得立廟京師，必奏請而後立。英華、文粹諸廟碑可證。廟中第三室曰太原府功曹參軍贈司空諱承簡，是爲楚之父，故曰『先人亦贈司空』，鈔本劉集作『贈太子太保』，小異。其時楚爵方自彭陽縣開國伯進爲侯，至五年（八三一），在天平鎮，進爵爲公，見楚所作刻蘇公太守二文記，至九年（八三五）乃進爲郡公，見紀傳也。」以楚之禄秩衡之，似以贈太子太保爲是。又文中「四爲今稱」句下，結一本注云：「一作四進太保，五爲上公。」殆即太子太保與司空所以兩歧之故。

〔宣武軍節度副大使〕紀傳皆不云副大使，按唐制：親王出鎮稱節度大使，出鎮者多不行，以副大使知節度事。然其後雖無親王出鎮，亦稱副大使，蓋以不欲遽授旌節之故，史文亦遂略之，但稱節度使，其實無别也。

〔彭陽縣〕徐樹穀李義山集箋云：「漢地理志，安定郡有彭陽縣，周封令狐熙之父以此。唐無彭陽，其封彭陽，蓋仍其先祖之號耳。」

〔通濟里〕唐兩京城坊考三：通濟坊在朱雀門街東第三街。

〔監察御史定〕楚本傳云：「弟定，字履常，元和十一年進士及第，累辟使府。大和九年（七九五），累遷至職方員外郎，弘文館直學士，檢校右散騎常侍、桂州刺史，桂管都防禦觀察等使，卒贈禮部尚書。」碑有「公由浚郊以介圭入覲」之語，指大和二年（八〇七）楚之徵入爲户部尚書。其稱定官爲監察御史，在遷職方員外之前故也。

〔垍墉〕垍墉謂藏主之處。通典吉禮七載麋信引衞次仲曰：「宗廟主皆用栗，若祭訖則納于西壁垍中，去地一尺六寸。」續漢書禮儀志劉注引漢舊儀曰：「高帝崩三日，小斂室中墉下，作栗木主置墉中，已葬，收主爲木函，藏廟太室中西墻壁垍中。」又祭祀志注引摯虞決疑要注曰：「毀廟主藏廟外户之外，西墉之中。」

〔藍田侯虯〕世系表云：「令狐氏出自姬姓，周文王子畢公高裔孫畢萬爲晉大夫，生芒季，芒季生武子魏犨，犨生顆，以獲秦將杜回功，別封令狐，生文子頡，因以爲氏。世居太原。秦有太原守五馬亭侯範，十四世孫漢建威將軍邁，與翟義起兵討王莽，兵敗死之。三子：伯友、文公、稱，皆奔敦煌。伯友入龜兹，文公入疏勒，稱爲故吏所匿，遂居效轂（當作穀）。稱六子：扶、堅、由、羨、瑾、猛。由字仲平，後漢伊吾都尉。六子：禹、霸、容、明、渙、淳。禹字巨先，博陵太守。四子：輝、洽、延、溥。溥字文悟，蒼梧太守。三子：潢、叡、湯。溥五世孫晉諫議大夫馨，馨孫亞，字就胤，前涼西海太守，安人亭侯。二子：璭、綏。亞孫敏，字永昌，前涼鳴沙令。四子：達、忠、襲、越。敏五世孫虯，字惠獻，後魏敦煌郡太守，鸛陰縣子。」以上蓋即令狐氏之譜牒，禹錫此文所謂授其諜于所知者，新唐書亦據以爲表。然據史記魏世家，畢萬生武子，自萬至顆實三世，此云四世，不合。又周書令狐整傳云：「父虯，仕歷瓜州司馬，敦煌郡守，郢州刺史，封長城縣子。」無藍田縣侯之文。

〔蜜印〕齊東野語一：「蜜章二字見晉書山濤等傳，然其義殊不能深曉。自唐以來，文士多用之。近世若洪舜俞行喬行簡贈祖母制亦云：欲報食飴之德，可稽制蜜之章。蜜字皆從虫。相傳謂贈典既不刻印，而以蠟爲之。蜜即蠟，所以謂之蜜章。然劉禹錫爲杜司徒謝追贈表云：紫書忽降於九重，密印加榮於後夜。李國長神道碑云：没代流慶，密章下賁。宋祁孫奭謚議云：密章加等，昭飾下泉。又祭文云：恤恩告第，虢書密章。密字乃並從山，莫知其義爲孰是。豈古字可通用乎？或他別有所出也。」按：從山當是寫刻之訛，仍以從虫爲是。權德輿詩以蜜印對龍泉，足徵唐人決不書作密。權詩見本集卷二十二箋證。又：桂馥札樸四云：「古官印有殁後殉葬者。吴志孫綝傳云：發孫峻棺取其印綬，是也。有繳上者，晉書陶侃傳：遣左長史奉送太尉章，荆、江州刺史印，是也。若追贈之爵，則用蜜印，亦不復用。魏志王基傳：贈以東武侯蜜印綬，晉書山濤傳：策贈司徒蜜印紫綬。唐音癸籤，贈官刻蠟爲印，謂之蜜印。西京雜記：南越王獻高帝蜜燭二百枚。即今之蠟燭。」

〔尚書箋奏〕舊唐書楚本傳：「貞元七年（七九一）登第，桂管觀察使王拱愛其才，欲以禮辟召，懼楚不從，乃先聞奏而後致聘。楚以父掾太原，有庭闈之戀，又感拱厚意，登第後遥往桂林謝拱，不預宴遊，乞歸奉養，即還太原，人皆義之。李説、嚴綬、鄭儋相繼鎮太原，高其行義，皆辟爲從事，自掌書記至節度判官，歷殿中侍御史。……丁父憂……免喪，徵拜右拾遺，改太常博士，禮部員外郎。母憂去官，服闋以刑部員外郎徵，轉職方員外郎，知制誥。」碑所云典尚書箋奏，指爲郎官。

〔内外書命〕唐宋相承，皆以中書舍人之職爲外制，翰林學士之職爲内制。中書舍人或不親職事，則帶知制誥者即外制也。據楚本傳，楚與皇甫鎛、蕭俛同年登進士第。元和九年（八一四），鎛初以財賦得幸，薦俛、楚俱入翰林充學士。遷職方郎中、中書舍人，皆居内職。其以職方員外郎知制誥者，乃所謂外書命，翰林學士雖遷至中書舍人仍未出院者，即内書命也。楚後以草裴度招討淮西制不合度意，罷内職守中書舍人，則出院專任舍人，不掌内制矣。此讀唐人文字所不可不細察者。參見本集卷十九唐故相國贈司空令狐公集紀箋證。

〔盟津〕盟津即孟津。唐於河陽縣置孟州，河陽節度使先治懷州，後乃移孟州。據楚本傳，元和十三年（八一八）四月，出爲華州刺史，其年十月，皇甫鎛作相，其月，以楚爲河陽節度使。文中「留惠於盟津」語指此。

〔飲和革心〕舊唐書楚本傳云：「汴軍素驕，累逐主帥，前後韓弘兄弟率以峻法繩之，人皆偷生，未能革志。楚長於撫理，前鎮河陽代烏重胤，重胤移鎮滄州，以河陽軍三千人爲牙卒，卒咸不願從，中路叛歸，又不敢歸州，聚於境上。楚初赴任，聞之，乃疾驅赴懷州，潰卒亦至，楚單騎喻之，咸令櫜弓解甲，用爲前驅，卒不敢亂。及蒞汴州，解其酷法，以仁惠爲治，去其太甚，軍民咸悦，翕然從化，後竟爲善地。」此文所謂「變風於浚都」及「飲和革心」，即指其事。參見外集卷一和汴州令狐相公詩。

〔常伯〕唐高宗時曾改六部尚書爲太常伯，故唐人文詞中往往猶以此爲稱。據楚本傳，大和二年（八二八）九月，徵爲户部尚書，三年（八二九）三月，檢校兵部尚書東都留守。所謂「留爲常伯，旋命居守」，即指此也。

〔躬若奉盈〕金石録跋尾云：「右唐令狐公先廟碑，劉禹錫撰。集本云躬若奉盈，而碑本躬作躹。按史記周公世家云：躹躹然如畏。徐廣曰：躹躹，謹畏貌也。出三蒼。後人不知躹字所出，遂改爲躬，誤矣。其他異同尚多，不盡録矣。」又金石録列此碑爲第一千八百五，云：「劉禹錫撰並正書，大和五年（八三一）。」但據碑銘末云：「大和紀元，作廟之首。刻碑廟門，龍集己酉。」己酉，大和三年（八二九）也。金石録或誤三字爲五字。此文蓋楚自洛陽乞禹錫爲之。

〔光佐憲皇穆皇〕穆皇二字，畿本、中山集、（明郭氏刊本）、全唐文均作穆穆皇皇，文粹則並此二字無之。按：下文稱敬宗，則此處不得無穆皇二字，文體亦宜用參差之句法，與上文相平衡。必校者疑其用「天子穆穆，諸侯皇皇」之語，未諦觀上下文而臆改。

高陵縣令劉君遺愛碑

縣内之大夫鮮有遺愛在其去者，蓋邑居多豪，政出權道，非有卓然異績結于人心，浹于骨髓，安能久而愈思？大和四年，高陵人李士清等六十三人思前令劉君之德，詣縣請金石刻。縣令以狀申府，府以狀考于明法吏，吏上言：謹按寶應詔書，凡以政績將立碑者，其具所紀之文上尚書考功，有司考其詞宜有紀者乃奏。明年八月庚午，詔曰：可。今書其章明有以結人心者，揭于道周云。

涇水東行注白渠，釃而爲三，以沃關中，故秦人常得善歲。按水部式：決洩有時，畎澮有度，居上游者不得擁泉而顓其腴。每歲少尹一人行視之，以誅不式。兵興已還，寖失根本。涇陽人果擁而顓之，公取全流，浸原爲畦，私開四竇，澤不及下。涇田獨肥，它邑爲枯。地力既移，地征如初。人或赴訴，泣迎尹馬。而占涇之腴皆權倖家，榮勢足以破理，訴者覆得罪。繇是咋舌不敢言，吞冤銜忍，家視孫子。

長慶三年，高陵令劉君勵精吏治，視人之瘼如瘰疽在身，不忘決去。乃循故事，考式文暨前後詔條。又以新意請更水道入于我里。請杜私竇，使無棄流。請遵田令，使無越制。別白纖悉，列上便宜。掾吏依違不決。居二歲，距寶曆元年，端士鄭覃爲京兆，秋九月，始具以聞。事下丞相、御史。御史屬元谷實司察視，持詔書詣白渠上，盡得利病，還奏青規中。上以谷奉使有狀，乃俾太常撰日，京兆下其符。司録姚康、士曹掾李紹實成之，縣主簿談孺直實董之。冬十月，百衆雲奔，憤與喜并，口謠手運，不屑鼛鼓，揆功什七八。而涇陽人以奇計賂術士上言曰：白渠下高祖故墅在焉，子孫當恭敬，不宜以畚鍤近阡陌。上聞，命京兆立止絕。君馳詣府控告，具發其以賂致前事。又謁丞相，請以顙血污車茵。丞相彭原公斂容謝曰：「明府真愛人，陛下視元元無所恡，第未周知情僞耳。」即入言上前，翌日果有詔許訖役。

仲冬，新渠成。涉季冬二日，新堰成。駛流渾渾，如脈宣氣。蒿荒漚冒，迎耜澤澤音釋。開塞分寸，皆如詔條。有秋之期，投鍤前定。孺直告已事，君率其寮躬勞徠之。烝徒讙呼，奮襏襫而舞，咸曰：吞恨六十年，明府雪之。擿姦犯豪，卒就施爲。嗚呼！成功之難也如是，請名渠曰劉公，而名堰曰彭城。按服引而東千七百步，其廣四尋而深半之，兩涯夾植杞柳萬本，下垂根以作固，上生材以備用。仍歲旱沴，而渠下田獨有秋。

渠成之明年，涇陽、三原二邑中又擁其衝，爲七堰以折水勢，使下流不厚。君詣京兆索言之，府命從事蘇特至水濱，盡撤不當擁者。繇是邑人享其長利，生子以劉名之。

君諱仁師，字行輿，彭城人。武德名臣刑部尚書德威之五代孫，大曆中詩人商之猶子。少時好文學，亦以籌畫干東諸侯，遂參幕府，歷尹劇縣，皆以能事見陟，率不時而遷。既有績于高陵，轉昭應令，俄兼檢校水曹外郎充渠堰副使，且錫朱衣銀章。計相愛其能，表爲檢校屯田郎中兼侍御史，斡池鹽于蒲，錫紫衣金章。歲餘，以課就加司勳正郎中，執法理人爲循吏，理財爲能臣，一出於清白故也。先是高陵人蒙被惠風而惜於捨去，發于胸懷，播爲聲詩。今采其旨而變其詞，志于石。文曰：

噫！涇水之逶迤，溉我公兮及我私。水無心兮人多僻，錮上游兮乾我澤。時逢理兮官得材，墨綬藥兮劉君來。能愛人兮恤其隱，心既公兮言既盡。縣申府兮府聞天，積憤刷兮沈痾痊。劃新渠兮百畝流，行龍蚍兮止膏油。遵水式兮復田制，無荒區兮有良歲。嗟劉君兮去翺翔，遺我福兮牽我腸。紀成功兮鐫美石，求信詞兮昭懿績。

【校】

〔士清〕崇本、文粹、全唐文士均作仕。

〔思前令〕崇本、文粹思均作具。按：作具似是，上文已有思字，不當重用。

〔申府〕文粹申下有于字。

〔寶應〕全唐文作天寶，無據。

〔今書〕明鈔本、全唐文今均作令。

〔白渠〕文粹無白字，下同。

〔已還〕全唐文還作遷，誤。

〔四竇〕結一本竇作瀆，按：各本均無作瀆者，據下文亦當作竇。

〔瘭疽〕紹本、崇本、中山集、文粹瘭均作慓。按：漂疽疥癰語見莊子則陽篇，本亦作瘭。

〔盡得利病〕文粹盡作書，似非。

〔司録〕文粹無此以下二句。

〔鼙鼓〕崇本鼙作鼕，誤。

〔上言曰〕畿本注云：一無曰字。全唐文無。

〔具發〕紹本具作且。

〔情僞耳〕崇本耳作爾，紹本耳字亦有改竄痕。按：作爾近古，疑唐人寫本如是，後來刊本從簡也。

〔漚冒〕畿本冒作胃，注云：一作冒。

〔迎耜〕英華耜作稆。

〔澤澤〕紹本、全唐文作釋釋，崇本作釋怨。按：詩周頌載芟：其耕澤澤。爾雅疏：澤音釋，故作釋亦通，作釋怨則義乖矣。可證崇本有字壞而爲校者所臆改處。

〔卒就〕文粹就作孰，似非。

〔而名堰〕文粹無名堰二字。

〔按服〕紹本、崇本、中山集、明鈔本、文粹、全唐文服均作股，畿本注云：一作股。

〔明年〕文粹作二年。

〔以折〕文粹折作析。

〔少時〕紹本、崇本均無時字，畿本無少字，非。

〔籌畫〕英華作書字。

〔正郎中〕崇本無中字，英華、文粹均無司勳正郎四字，似是。

〔惜於〕紹本、崇本於作其。

〔今采〕紹本采作來，誤。

〔蘂兮〕崇本蘂作榮，文粹蘂作移，均誤。按：此蓋校者不知語出左傳哀十三年而臆改。

〔百畝〕紹本、畿本、明鈔本畝均作畖。

【箋證】

按：此文爲劉仁師作。新唐書地理志，京兆府高陵下注云：「有古白渠，寶曆元年，令劉仁師請更水道，渠成，名曰劉公，堰曰彭城。」蓋即采禹錫此文。

又按：涇水經流之地，鄉里豪族，倚恃權勢，壟斷水源，蓋已非一日之事。韓愈虢州司户韓府君墓誌銘載韓紳卿爲涇陽令，破豪家水碾，利民田頃凡百萬，事在大曆中。禹錫此文曲折述涇陽豪家挾制官吏，欺壓良民，行賄造謡，熒惑觀聽諸情狀，備見任事興利鉏姦破邪之難有如此者。固非高陵、涇陽二邑爲然。唐之官政民瘼，舉此亦足概其餘矣。且豪族之壟斷白渠水利，至宋時猶如故，見宋史陳堯佐傳。禹錫作此文時，據碑當爲大和五年（八三一），禹錫方在長安。

又按：劉仁師爲王仲舒壻，見韓愈集中王仲舒墓誌。

〔遺愛〕日知録生碑條云：「唐武后聖曆二年制，州縣長吏非奉有敕旨，毋得擅立碑。劉禹錫……舊唐書鄭瀚傳：改考功員外郎，刺史有驅迫人民上言政績請刊石紀德者，瀚探得其情，條責廉使，巧跡遂露。人服其敏識。是唐時頌官長德政之碑，必上考功，奉旨乃得立。」此文謂上尚書考功，有司考其詞宜有紀者，即指此。

〔水部式〕唐之水部爲工部子司之一，舊唐書職官志云：「掌天下川瀆陂池之政令，以導達溝洫，堰決河渠。」式謂所定之科條禁令也。

〔端士鄭覃〕鄭覃舊唐書一七三、新唐書一六五均有傳。據傳，寶曆元年（八二五），自御史中丞權工部侍郎拜京兆尹。覃爲珣瑜之子，史稱其長於經學，稽古守正，故文中稱爲端士。當時爲京兆尹者，多熱中之人，視爲傳舍，以爲獵官之階梯，從未有久於其任者。

〔御史屬〕唐制，御史臺無屬官，若主簿、録事，但主臺内文書，不能按事，此所謂御史屬，即指三院御史，謂侍御史、殿中侍御史及監察御史也。

〔姚康〕新唐書歸融傳：「户部員外郎盧元中、左司員外郎判户部案姚康受平羅官秦季元絹六千匹。」藝文志：「姚康科第録，字汝諧，南仲孫也，兵部郎中，金吾將軍。」未知即其人否。又全唐詩小傳：「姚康字汝諧，登元和十五年（八二〇）進士第，試右武衛曹參軍，劍南觀察推官，大中時終太子詹事。」

〔丞相彭原公〕寶曆元二年間，爲相者有李程、竇易直、李逢吉、韋處厚。惟李程封彭原郡公，亦禹錫故人也。

〔刑部尚書德威〕〔詩人商〕劉德威，舊唐書七七、新唐書一〇六均有傳。劉商官至汴宋節度判官，見唐詩紀事。全唐詩有商詩二卷，小傳云：字子夏，彭城人，少好學，工文善畫，登大曆進士第。

唐故朝議郎守尚書吏部侍郎上柱國賜紫金魚袋贈司空奚公神道碑

嗚呼！有唐清臣尚書吏部侍郎奚公，貞元十五年十月甲子薨于位，詔贈禮部尚書。太常考行，謚曰某。是歲臘月丁酉，葬于萬年縣之某原。後三十有四年，子爲諸侯，爲大夫，門户有煒，於是門下生琢石紀德揭于新阡云。

公諱陟，字殷衡，其先在夏爲車正，以功封于薛下，故以降爲譙郡人。或因仕適楚，復之秦，今爲京兆人。隋唐之際，再世以明經爲博士，家有賜書。曾祖簡亦以文學爲太子司議郎。大父乾繹，仕至光州刺史。烈考諱某，有道而尚晦，終徐州司功參軍，贈和州刺史，由子貴也。

天以大運生萬物，而以正氣鍾賢人。至和來宅，其德乃具，公實有焉。幼而擢陵苕之秀，長而成清廟之器。羣倫月旦，咸以第一流處之。及從鄉賦，暨升名太常，果居上第。明年，詔郡國徵賢良，設四科以盡材。公居文詞清麗之目，授弘文館校書郎。

時德宗新即位，聲怛虜庭，西戎畏威，底貢内附。詔諫議大夫崔河圖，持節即虜帳以報之。使臣欲盛其賓寮以自大，遂嘌表公爲介，換大理評事。除書到門，公方爲人子，不敢許以遠，稱病弗果行。歸寧壽春，養志盡敬。丞相楊炎勇於用才，擢公爲左拾遺，奉安輿而西。未幾再集荼蓼，居後喪將闋，是歲，建中四年，京師急變，黄屋順動，狩于巴梁。公徒行間道以歸王所。既中月而詔授起居郎，充翰林學士。創鉅愈遲，病不拜職。改太子司議郎。從大駕回，入尚書爲司金元士，且參榷筦之務。有頃，持愍册宣恩于薊門，將行，錫銀朱於青蒲上。復命稱旨轉吏部外郎。是曹在南宮爲眉目，在選士爲司命。公執直筆，閲簿書，紛拏盤錯，一瞬而剖。時文昌缺左右丞，都曹差重，遂轉左司郎中，尋遷中書舍人。執事者繄公識精，以斟酌大政，非獨用文飾也。

會江淮間民被水禍，上愍焉，特命公宣撫之。時以便宜及物。赤車所至，如東風變枯，條其利病，復奏咸可。轉刑部侍郎。時主計臣延齡以險刻貴倖，而與京兆尹相惡，以危事中之，尹坐譴，已又逮繫其吏，峻繩之，事下司寇，主奏議者欲文致而甘心焉。公侃然持平，挫彼嶽嶽。君子聞之，善其知道不私。刑曹既清，以餘刃兼領選事。居一年，授權知吏部侍郎，又一年即真。是秩言能審官者，本朝有裴、馬、盧、李四君子，物論以公媲焉。時得疾發癱，有國醫方直禁中，上促遣如第，且敕之曰：「某賢臣也，悉術以治之。」及有司以不起聞，上震悼加等。

公娶琅琊王氏石泉公之曾孫，友壻皆一時彦士。長子某，早不禄。第二子敬則，歷太僕少卿，今爲濮州刺史兼御史中丞，賜金紫，以廉最就加貴秩，俾視九卿。第三子敬玄，以詞藝似續，登文科，歷左補闕，今爲尚書刑部郎中。第四子炅，舉進士。最小子某。咸砥礪纂脩，宜爲名公家子。其邁德垂裕之光乎！

公少以名器自任，及顯達，急於推賢。視其所舉，則在西省薦權丞相，由右史掌訓詞；在中銓表楊僕射，由地曹郎綜吏部。二公後爲天下偉人。凡執文章權衡以揣量多士，一入中禁考策詞，三在天官第章句。披沙剖璞，由我而顯者落落然居多。推是風鑒，移于大冶，則鎔範之内無非祥金。嗟乎！天不遐其福而孤民望，使由庚之什不作於貞元中，惜也。初公既齊終，詔贈大宗伯，後以第三子在郎位被霈澤，再追褒至司空。故昔之葬儀用常伯，而今之碑制用三公云。銘曰：

仁麟智龍，爲瑞一辰。未若君子，瑞于人倫。惟唐德宗，道類漢宣。責實繩下，風稜言言。公丁斯時，籍在儁賢。從難表節，執覊而還。帝曰汝器，黄流瑟然。可爲大僚，左右化源。乃飾王度，乃馳輶軒。既執刑柄，亦操吏權。陽和熙熙，貯在顔間。守法持正，嶷如秋山。火不侵玉，倖臣畏伏。鳳鳴祥煙，梟噪低跧。帝方倚用，天不假年。公寐無寤，其名愈遠。門人達者，赤舄玄衮。公居甚卑，其德愈尊。兩子朝服，騈驅朱輪。佳城何在？冑貴之里。螭首龜趺，悳煇是紀。嗚呼後人，下拜于此。

【校】

〔爲大夫〕崇本無爲字。

〔新阡〕紹本、崇本新均作我。

〔殷衡〕兩唐書本傳均作殷卿。按：其名爲陟，其字取書序「伊陟相太戊」之義，故疑殷衡、殷卿兩用。

〔故以降〕紹本、崇本、全唐文故均作古。

〔鍾賢〕鐖本鍾作録，恐非。

〔有焉〕崇本有作具，按：與上具字複，恐非。

〔第一流〕文粹無此三字。

〔聲怛〕紹本怛作烜，有改竄痕，畿本注云：一作烜。文粹、全唐文均與一作同。按：似本爲烜字，宋諱缺筆，復訛作怛，崇本、畿本均作洎，似校者臆改。

〔换大理〕紹本、畿本、全唐文换均作授，非。按：自校書郎正九品上换評事從八品上，所差一級，故云换。

〔許以遠〕崇本、明鈔本許均作訴，恐非。英華作辭，亦費解。

〔擢公〕崇本無公字。

〔後喪〕文粹後上有從字。

〔薊門〕明鈔本薊作蘇，誤。

〔外郎〕崇本、畿本、文粹、全唐文外上均有員字。

〔緊公〕畿本、文粹、全唐文緊均作繄，似誤。

〔時以〕紹本、崇本、明鈔本、文粹、全唐文時均作許，似是。

〔京兆尹〕崇本尹作充，下同，紹本尹字有改竄痕。按：充者李充，事具兩唐書本傳，與裴延齡稱名一例，作尹者必校者不詳其事而臆改。

〔尹坐譴〕文粹無尹字。

〔峻繩之〕結一本繩作絶，誤。

〔餘刃〕結一本刃作力，誤。

〔友壻〕結一本友作女。按：此校者不知古稱僚壻爲友壻（見漢書嚴助傳），以形近而臆改。

〔兼御史中丞〕全唐文御上有侍字，非。

〔廉最〕崇本、全唐文廉作課，注云：一作連；紹本、繖本均與一作同。按：唐制觀察使稱廉車，支郡刺史由觀察使舉劾，故可云廉最，廉最猶察最也，作連最則謂一再舉最也。

〔右史〕明鈔本、英華俱作右掖。按：權德輿本傳，自起居舍人知制誥。起居舍人例稱右史，屬中書省，亦得稱右掖，兩者均合。

〔一入〕崇本入作人，誤。

〔剖璞〕結一本剖作割，誤。

〔齊終〕繖本齊作齋，全唐文無齊字。

〔刑柄〕繖本刑作利。按：作刑者與所歷官尤合。

【箋證】

按：此文撰於貞元十五年（七九九）後之三十四年，當是大和六七年（八三二、八三三）。禹錫他碑皆作於在長安時，此則已至蘇州刺史任矣。

〔奚公〕謂奚陟，舊唐書一四九、新唐書一六四均有傳。

〔清臣〕謂有清節之臣，與本卷王氏先廟碑「六朝之清臣」語意同，與外集卷一河南王少尹宅宴……詩之「三省清臣到外臺」語意略異。

〔太常考行〕據舊唐書職官志，太常博士之職，凡公以下，擬謚皆迹其功行，爲之褒貶。大行大名、小行小名之，所謂考行也。

〔京兆人〕柳河東集先侍御史府君神道碑陰先友記云：「奚陟，江都人，柔敏，至吏部侍郎。世謂陟善宦，然其智足以自處也。」此碑云京兆人，蓋奚氏爲外州人之占籍京兆者。觀下文有「歸寧壽春」之語，則其家亦不居江都。

〔及從鄉賦暨升名太常〕此謂郡試得解後進士及第也。馮浩樊南文集詳注解祭裴氏姊文「既登太常之第」一語云：「漢書儒林傳，置博士弟子，太常選民年十八以上者補之，郡國謹察可者，常與計偕詣太常，得受業如弟子。一歲皆輒課，通一藝以上補文學掌故，其高第可以爲郎中。太常籍奏，即有秀才異等，輒以名聞。揚雄太常箴：『翼翼太常，實爲宗伯。』通典：唐龍朔二年，改禮部尚書爲司禮太常伯，咸亨元年復舊。侍郎一人，掌策試貢舉及齋郎、弘、崇、國子生等事。」按：唐人通以登進士第爲登太常第，蓋借用常與計偕詣太常之意。漢代無禮部一官，即以太常當之，故揚雄箴有是語。至高宗時所改之太常伯，乃以太常伯代尚書，非以太常伯代禮部，太常與太常伯截然爲二事，馮氏似誤會。

〔崔河圖〕兩唐書吐蕃傳皆載是時入蕃使爲崔漢衡，崔河圖未詳。

〔黃屋順動〕此指朱泚之亂，德宗出奔興元。

〔中月〕儀禮士虞禮：「中月而禫。」注：「中月謂間一月也。」

〔司金元士〕此謂尚書金部員外郎之職。

〔榷筦〕此當謂充鹽鐵判官之類，本傳不載。

〔愍册〕貞元元年（七八五），幽州節度使劉怦卒，即以其子濟繼任，是德宗姑息藩鎮之始。蓋遣陟奉使弔祭，兼授新命也。本傳亦不載。

〔在南宮爲眉目〕趙殿成王右丞集注云：「唐人通呼尚書省爲南宮，後人因禮部郎有南宮舍人之目，及杜工部寄禮部賈侍郎詩有南宮吾故人之句，遂謂南宮專稱禮部，誤矣。白樂天詩：我爲憲部入南宮，是其除刑部侍郎時詩也。盧綸詩：南宮樹色曉森森，是酬金部王郎中詩也。李嘉祐詩：多雨南宮夜，仙郎寓直時，是和都官員外詩也。因話録：尚書省東南隅通衢有小橋，相承目爲拗項橋，言侍御史及殿中諸郎久次者，至此必拗項而望南宮。參互考之，其義見矣。」按：吏部爲尚書省六部之首，吏部又爲本部之頭司，故曰南宮眉目。

〔都曹〕左右司在尚書左右丞下，分轄六部，故曰都曹。謂總爲都，乃唐人常語。

〔赤車所至〕赤車爲漢時使者所乘，見漢書司馬相如傳。據唐會要七七「貞元八年八月詔……宜令中書舍人奚陟往江陵及襄、郢、隨、復、鄂、申、光、蔡等州……宣撫，應諸州百姓因水不能自存者，委宣撫使賑給，死者各加賜揚」此即其事。

〔主計臣延齡〕舊唐書一三五裴延齡傳：「時鹽鐵轉運使張滂、京兆尹李充、司農卿李銛以事相闕，皆證延齡矯妄。德宗罷陸贄知政事，爲太子賓客；滂、充、銛悉罷職左遷。十一年春暮，上數畋於苑中，時久旱，人情憂惴，延齡遽上疏曰：陸贄、李充等失權，心懷怨望。今專大言於衆曰：天下炎旱，人庶流亡，度支多欠缺諸軍糧草，以激怒羣情。後數日，上又幸苑中，適會神策軍人訴度支欠廐馬芻草。上思延齡言，即時迴駕，下詔斥逐贄、充、滂、銛等，朝廷中外惴恐。延齡方謀害在朝正直之士，會諫議大夫陽城等伏閤切諫，事遂且止。贄、充等雖已貶黜，延齡憾之未已，乃掩捕李充腹心吏張忠，捶掠楚痛，令爲之詞，云前後隱没官錢五十餘萬貫，米麥稱是，其錢物多結託權勢。充妻常於犢車中將金寶繒帛遺陸贄妻。忠不勝楚毒，並依延齡教抑之詞，具於欵占。忠妻、母於光順門投匭訴寃，詔御史臺推問，一宿得其實狀，事皆虚，乃釋忠。延齡又奏京兆府妄破用錢穀，請令比部勾覆。以比部郎中崔元翰（翰字缺，依奚陟傳補）嘗爲陸贄所黜故也。」奚陟傳云：「元翰曲附延齡，劾治府史，府史到者，雖無過犯，皆笞決以立威，時論喧然。陟乃躬自閲視府案，具得其實，奏言：據度支奏，京兆府貞元九年（七九三）兩税及已前諸色羨餘錢共六十八萬餘貫，李充並妄破用。今所勾勘一千二百貫已來是諸縣供館驛加破，及在諸色人户腹内合收，其斛㪷共三十二萬石，惟三百餘石，諸色輸納所由欠折，其餘並是準敕及度支符牒給用已盡。」此文謂陟侃然持平，即指此事。

〔而與京兆尹相惡〕尹字景印崇蘭館本（後簡稱崇本）作充，下同，是也。李充事見前條，與裴延齡稱名一例。作尹者必校者不詳其事而臆改。

〔裴馬盧李〕舊唐書一〇〇盧從愿傳云：「初高宗時，裴行儉、馬載爲吏部，最爲稱職，及是從愿與李朝隱同時典選，亦有美譽，時人稱曰：吏部前有馬裴，後有盧李。」

〔石泉公〕石泉公謂王方慶。據舊唐書八九方慶傳：周少司空石泉公褒之曾孫，則天時自廣州都督遷洛州、并州長史，入相，以好著述藏書畫名。

〔友壻〕結一本作女壻，非。此指王氏之壻，非陟之壻，友壻即僚壻也。釋名：「兩壻相謂曰亞，又曰友壻，言相親友也。」友壻之稱見漢書嚴助傳。

〔右史〕唐之門下省居東爲左，中書省居西爲右。起居舍人屬中書省，掌修記言之史，古者右史記言，故號爲右史。西省亦指中書省。

〔第三子敬玄〕按：新唐書陟本傳云：子敬玄位左補闕，似漏采本文「今爲尚書刑部郎中」一語。

〔權丞相〕〔楊僕射〕謂權德輿及楊於陵。德輿傳：「貞元十年（七九四），遷起居舍人，歲中兼知制誥。」此文所謂「由右史掌訓詞」也。於陵傳：「貞元八年（七九二）始入朝爲膳部員外郎，歷考功、吏部三員外，判南曹，遷右司郎中，復轉吏部郎中。」此文云「由地曹郎綜吏部」，微不合。德輿，舊唐書一四八、新唐書一六五，於陵舊唐書一六四、新唐書一六三均各有傳。

〔中銓〕據職官志：吏部侍郎二人分爲中銓及東銓。

〔公居甚卑〕奚陟官不爲卑，此語殆指其居處之儉。據傳云：「擢拜中書舍人……先是右省雜給率分等第，皆據職田頃畝，即主書所受與右史等。陟乃約以料錢爲率，自是主書所得減拾遺。時中書令李晟所請紙筆雜給皆不受，但告雜事舍人，令且貯之，他日便悉以遺舍人。前例，雜事舍人自攜私入，陟以所得均分省内官。又躬親庶務，下至園蔬皆悉自點閲，人以爲難，陟處之無倦。」柳宗元先友記云陟善宦，此殆其一節。

劉禹錫集箋證卷第三

碑　中

唐故福建等州都團練觀察處置使福州刺史兼御史中丞贈左散騎常侍薛公神道碑

薛在三代爲侯國，介于鄒、魯間，傳世三十有一，爲齊所并。其公子奔楚，錫土田于沛。漢末避仇之成都。曹魏平蜀，徙家汾陰，遂爲河東臨晉人。自奚仲爲夏車服大夫，距今數千年，乘軒服冕，舄奕冠世，言氏族者署爲關内甲姓。天意若曰：始有功於車服，錫爾子孫，世世有之。

公諱謇，字某。曾祖寶胤，以名家子且有學行，歷尚書郎、雍州司馬、邠州刺史。王父繪，有儁材，刺三郡金、密、緜，皆以治聞。累績至銀青光禄大夫，封龍門侯。烈考承矩，以文亡害仕至大理丞。公幼承前人之覆露，補崇文生，歲滿得調主簿，書于亳之譙、苦二邑，又尉于東畿之河清。

貞元中，上方與丞相調兵食，思得通吏治而習邊事者，計相以公爲對，乃授監察御史裏行充京兆水運使。局居鴈門，主穀糴，具舟檝，募勇壯且便弓矢者爲榜夫千有餘人，隸尺籍伍符，制如舟師。詔以中貴人護之，聲震塞上。每發粟泝河北行，涉戎落以饋緣邊諸軍及乘障者，雖河塞回遠，必克期如合符，一歲中省費萬計。累加侍御史内供奉，賜緋魚袋。有司條白其勞，入拜殿内史。未幾，淮海節將以戎倅缺聞，事下丞相御史擇可者。僉曰公政事已試，遂授檢校户部外郎兼御史淮南軍司馬，尋轉駕部郎中，錫以金紫。遇府遷，申命真相趙國公帶中書侍郎代之。公主行臺留務，趙公文茵及境，視置郵供帳；及郊，視將迎部伍；下車，視簾幃器備。乃曰：信奇才也，此不足以展驥。朝廷知之，擢爲泗濱守。既報政，就加御史中丞。俄遷福建都團練觀察使。閩有負海之饒，其民悍而俗鬼，居洞砦音寨家桴筏者，與華言不通。公兼戎索以治之，五州民咸説。元和十年某月某日薨于位，年六十七。贈左散騎常侍。

夫人趙郡李氏，無兒早世。繼夫人隴西李氏，檢校禮部尚書河東節度使説之女。生子凝爲嗣。季子茂弘，以諸侯禮儀返葬故里蛾眉原，從周也。後二十有三年，元曰開成，凝爲平盧從事，謹按甲令，礱碑石，來乞詞以垂于悠久。初公治粟于朔陲，愚方冠惠文冠，察行馬外事，聆風相厚，謂可妻也，以元女歸之。明年，愚入尚書爲郎，職隸計司，因白計相，召公來會府。行有日矣，遇内禪惟新，愚以緣坐左貶，間關外役，竟不克面。然而公之德善灌注心耳。孝悌爲根柢，誠明梗葉之；直方爲天質，禮讓緣飾之。所至藹然，繇此道也。公初下世，故人丞相李太師誌其墓，其略曰：弘深莊重，幹敏絶人，此與遊者傳信之詞也，豈誣也哉！故作銘曰：

河汾滀淪，鼎氣歊雲。散爲昌光，凝爲賢人。常侍之生，其宗孔碩。從祖昆弟，詵詵三百。文館入仕，幽龍未光。尺木爲階，歘然欲翔。司會知材，績宣朔方。邊師萬喉，俟我嬴糧。泝于黄河，路出戎疆。募乃勇士，皁衣挽航。膺索臂弧，穹廬在旁。虜聞公名，憚不敢攘。安北以南，列城相望。率有儲偫，皆成金湯。入居殿中，分巡輦下。淮海軍大，往爲司馬。軍中之治，可移諸民。乃牧于泗，乃廉于閩。閩悍而囂，夷風脃急。恩信綏之，妥然如蟄。閩方不淑，天奪其福。公薨于寢，玄赬以復。天王廢朝，贈之金貂。莓莓晉原，鬱矣中條。大墓舊阡，松楸蕭蕭。笳鼓以歸，德音孔昭。

【校】

〔題〕結一本御史中丞上有侍字，誤。

〔介于〕崇本介作分，非。

〔王父繪〕英華繪作會。

〔承矩〕崇本承作丞。

〔文亡害〕崇本亡作母，誤。

〔募勇〕崇本募作慕，銘文同，非。

〔殿内史〕英華、全唐文殿下有中字。

〔兼御史〕崇本兼下有侍字，是。

〔主行臺〕結一本主作至，誤。

〔年六十七〕崇本年上有享字。

〔左散騎〕紹本、崇本、英華、全唐文左均作右。

〔生子〕崇本無生字。

〔禮儀〕紹本、崇本儀均作議，明鈔本作義。

〔白計相〕崇本無白字。

〔外役〕結一本役作没，誤。

〔梗葉〕紹本、崇本、全唐文梗均作枝。
〔其略〕紹本其作具，非。全唐文無其字。
〔欻然〕崇本欻作啾、英華、全唐文均作俄。
〔以南〕紹本、崇本、全唐文以均作已。
〔儲偫〕崇本、明鈔本、英華偫均作峙。
〔妥然〕崇本、全唐文妥作委。
〔天奪〕英華奪作集。

【箋證】

按：薛公謂薛謇。憲宗紀：元和八年（八一三）十一月，以泗州刺史薛謇爲福建觀察使。新、舊書皆無謇傳。是時在相位者，爲李吉甫、李絳、武元衡，不知爲謇援者何人。禹錫娶謇女，似非元配，參見本集卷一傷往賦箋證。此文作於開成元年（八三六），是禹錫退居洛陽時。

又按：通鑑二三八：「（元和六年四月）庚午，以刑部侍郎鹽鐵轉運使盧坦爲户部侍郎、判度支。或告泗州刺史薛謇爲代北水運使，有異馬不以獻，事下度支，使巡官往驗，未返，上遲之。……」所謂代北水運使即此碑所云充京兆水運使，局居雁門也。謇事見史者僅此。謇得罪後，以韓重華代之，韓愈集有送水陸運使韓侍御歸所治序即述其事。

〔徙家汾陰〕世系表：「薛氏……永字茂長，從蜀先主入蜀，爲蜀郡太守。永生齊，字夷甫，巴、蜀二郡太守。蜀亡，率户五千降魏，拜光禄大夫，徙河東汾陰，世號蜀薛。」按：此後河東汾陰遂爲薛氏一族聚居之地，在南北朝時，幾與仇池楊氏之勢力相埒。

〔奚仲〕世系表：「奚仲爲夏車正，禹封爲薛侯，其地魯國薛縣是也。」

〔文亡害〕猶文無害，語出史記及漢書蕭何傳，舊注解其義多牽强。王先謙漢書補注據漢書通例釋之曰：宣紀詔云：能使生者不怨，死者不恨，則可謂文吏矣。文者循理用法之謂，過於理則爲文深，爲無文。集解引漢書音義云：無害者猶言無比，陳留間語也。此無害之確詁。文無害猶言文吏之最能者耳。周亞夫稱趙禹云：極知禹無害，然文深不可以居大府。既言禹無害，又云然文深，則無害非無嫉害不刻害之義甚明。按：此文云以文無害仕至大理丞，蓋亦謂明習法令能任事也。

〔崇文生〕新唐書選舉志云：「東宮有崇文館，生二十人，以皇緦麻以上親、皇太后、皇后大功以上親、宰相及散官一品、功臣食實封者，京官職事從三品、中書黄門侍郎之子爲之。」又云：「貞元……是時弘文、崇文生不補者，務取員闕以補，速於登第，而用蔭乖實，至有假市門資，變易昭穆，及假人試藝者。」蓋其後定制已隳矣。

〔殿内史〕殿内史蓋即殿中侍御史之别稱。唐制，侍御史從六品下，殿中侍御史從七品下，此當是真授殿中侍御史。

〔趙國公〕趙國公謂李吉甫，據紀，元和三年（八〇八）九月，吉甫罷相，出鎮淮南，替王鍔。文中所謂主行臺留務，謂鍔有河中之新命，不及待吉甫交代，以謇任留後也。

〔行馬〕隋書百官志載御史中丞之職云：「掌督司百僚，皇太子已下，其在宮門行馬内違法者，皆糾彈之，雖在行馬外，而監司不糾，亦得奏之。」故察行馬外事者，魏、晉以來各御史之通職也。禹錫時爲監察御史，故云。

〔計相〕漢書張蒼傳：「遷爲計相。」注：「專主計簿，故號計相。」永貞元年（八〇五），同平章事杜佑爲度支鹽鐵使，王叔文爲副使，此計相指佑。曰職隸計司者，謂禹錫以屯田員外郎判度支鹽鐵案也。唐制，非正官之所屬必有判官，以綜理其職任内之文書事務。

〔李太師〕李太師謂李逢吉，舊唐書一六七、新唐書一七四均有傳。逢吉以元和十一年（八一六）入相，與薛謇之下世不遠。逢吉與裴度水火，禹錫與之無深交，文中所稱故人，謂謇之故人耳。外集卷六將赴蘇州途出洛陽留守李相公累申宴餞寵行話舊形於篇章謹抒下情以申仰謝詩，雖亦有「洛水故人别」之句，與此文所指不同。又逢吉爲太子太師在大和五年（八三一），禹錫以丞相李太師稱之者，所以别於其他李姓之爲相者也。

許州文宣王新廟碑

歲在丙辰，元曰開成，許州牧尚書杜公作文宣王廟暨學舍于兑隅，革故而鼎新也。前年，公受社與鉞，且董淮陽、汝南之師。八月上丁，釋菜于宣父之室。陋宇荒階，不足回旋，已事而歎，乃詢黄髮。有鄉先生前致辭曰：「自盜起幽陵，許爲兵衝，連戰交捽，卒無寧歲。耳悦鉦鼓，不聞弦歌，目不知書，不害爲智。爾來生聚教養、起居祖習，壹出於軍容。今幸天子憐許民，爲擇賢侯，此人人思治之時也。」公曰：「諾，吾當先後之。」於是，元年脩戎律以通衆志，次年成郡政以蠲民瘼，季年崇教本以厚民風。

我言既從，乃卜新宫。瀷水之瀕，城池在東。登登其杵，坎坎其斧。繩之墨之，鑿枘枝梧。載塈載塗，默焉陵虚。寢廟弘敞，齋宫嚴閟。軒墀廂廡，儼雅清潔。門庭牆仞，望之生敬。外飾觚稜，中設黼幄。嚮明當宁，用王禮也。堯頭禹身，華冠象佩之容，取之自鄒魯；及門都奥，偶形畫像之儀，取之自太學。尊彝籩豆、青黄規矩之器，秉周禮也；犧牲制幣、薦獻陞降之節，遵國章也。藏經于重檐，斂器于庋櫝。講筵有位，鼓篋有室。授經有博士，督課有助教；指蹤有役夫，灑埽有廟幹。公又割隙地爲廣圃，蒔其柔蔬，而常菹旨蓄之禦備。捨己俸爲子錢，榷其孳贏，而鹽酪釭膏之用給。濟濟莘莘，化行風驅。家慕恭儉，户知敬讓。父誨其子，兄規其弟。不遊學堂，與撻市同。繇是麋勇爵戴鶡冠者，往往弭雄姿而觀習禮。矜甲胄者知根於忠信，服縵胡者不敢侮逢掖。教化之移人也，如置郵焉。

冬十一月，許人以新儒宫成來告，且乞詞，欲行乎遠也。公名悰，字永裕，故丞相岐國公之孫。岐公弼諧三帝，碩學冠天下，嘗著書二百餘篇，言禮樂刑政，古今損益，統名曰通典，藏在石室，副行人間。今孝孫聿脩之，刑乎事業，播于聲詩，懿哉能世其家也！禹錫昔年忝岐公門下生，四參公府。近年牧汝州，道許昌，躬閲其政，故不得讓。遂銘于麗牲之碑。銘曰：

許分韓魏，四征之地。兵興已還，其鬬嚬嚬。亦有儒宫，軋于兵間。賢侯戾止，思樂泮水。俾人嚮學，王化之始。便地爰相，新規鬱起。廟貌斯嚴，堂煌有煒。秩秩禮物，祁祁胄子。入于門牆，如造闕里。春誦夏弦，載颺淑聲。風于閭閻，浹于郊坰。途讓斑白，家尊父兄。與化而遷，其猶性成。昔之委巷，相詬交侮。今逢親戚，不道媟語。昔之連營，誇力使酒。今遇賓客，斂容拱手。魯有泮林，鳥革其音。許崇學斆，民説其教。鐫于圭石，以志新廟。

【校】

〔元曰〕崇本、結一本、全唐文曰均作日，誤。按：前篇薛公神道碑句法相同可證。

〔淮陽〕全唐文陽作揚，誤。

〔交捽〕崇本捽作抨。

〔卒無〕紹本、崇本、英華、全唐文卒均作率。

〔濩〕崇本作翼，中山集作濮。

〔載墍載塗〕畿本注云：一作載塗載奐。全唐文與一作同。

〔默焉〕紹本、中山集、全唐文默均作黕，崇本、明鈔本均作黟。焉作烏，英華作黝。

〔都奥〕紹本、崇本、中山集、明鈔本、全唐文都均作覩。

〔制幣〕崇本制作贄。

〔重檐〕崇本重作童，非。

〔庋櫝〕崇本庋作虔。

〔蒔其〕畿本蒔作萌，誤。

〔許分〕明鈔本，英華、全唐文分均作介，是。

〔堂煌〕紹本、崇本、中山集、全唐文煌均作皇。

〔春誦〕英華誦作詠。

【箋證】

按：此文爲杜悰作。杜悰事附載舊唐書一四七杜佑傳中。佑之次子式方，子悰以蔭三遷太子司議郎。元和九年（八一四）選尚公主，召見于麟德殿，尋尚岐陽公主，累遷至司農卿。大和六年（八三二），轉京兆尹。七年（八三三），檢校刑部尚書。出爲鳳翔尹、鳳翔隴右節度使。丁内艱，八年（八三四）起復，授忠武軍節度使。開成初，入爲工部尚書、判度支。據文宗紀，大和九年（八三五）九月，以李聽爲忠武節度使，旋復以命杜悰。開成二年（八三七）十一月壬戌，以太子賓客分司東都殷侑爲忠武軍節度使，蓋即替悰者。故此文敍開成二年事，悰尚未離任。又據傳，會昌中入相，無他長，常延接寒士，甘食竊位而已。舊五代史趙犨傳亦云：「唐朝駙馬都尉杜悰位極將相，以服御飲食自奉，務極華侈。」此文亦僅以能世其家許之。禹錫於杜佑雖不廢府主之禮，而元和初佑在相位，於禹錫恩紀不終。詳見本集卷十上杜司徒書及卷十八上杜司徒啓。

又按：金石録列此碑爲第一千八百三十，云：劉禹錫撰，盧遥正書，開成二年二月。與碑中年月合。禹錫作此文時已罷同州退居洛陽矣。

〔受社與鉞〕社謂民政，鉞謂軍事。社指許州刺史陳、許、蔡觀察使，鉞指忠武軍節度使。下文云：且董淮陽、汝南之師。淮陽謂陳州，汝南謂蔡州。此時忠武軍轄此三州，而節度使則駐許州，故於許州特修孔廟。文中首稱許州牧，而不入節度觀察使銜，以節度觀察使銜中不能表明許州爲治所也。唐中葉以後，方鎮區畫時有變置，銜號往往不與事實相應。如宣武節度、宋、汴、亳、潁觀察使治汴州，淄青、平盧節度使治青州之類是也。他如湖南初治衡州，後治潭州，浙西初治蘇州，後治潤州，考史者須就其時代而決之。

〔岐國公〕岐國公謂杜佑，弼諧三帝，指佑在德、順、憲三朝皆爲宰相。

〔四參公府〕此禹錫自言四度爲佑之幕僚，據外集卷九子劉子自傳：徐泗掌書記，一也。淮南掌書記，二也。崇陵使判官，三也。判度支鹽鐵案，四也。

〔道許昌〕禹錫以大和八年（八三四）七月自蘇州刺史移汝州，蓋取淮泗道西行，先過汴州，繼過許州。

唐故朝散大夫檢校尚書吏部郎中兼御史中丞賜紫金魚袋清河縣開國男贈太師崔公神道碑

太師名倕，字某，清河東武城人。太公望既封于營丘，子伋嗣侯，伋之孫曰穆伯，食邑于崔，遂以爲氏。後十四世至秦末，東萊侯意如，東萊之子伯基，始居清河。又十五葉生琰，爲魏名臣。又九葉生休，仕後魏爲七兵尚書。七兵之弟曰寅，爲樂安太守。公即樂安八代孫。始以門子補鄭州參軍，力行好學。於子道以孝聞，處伯仲間以友聞，讀易至編絶，以精義聞。至德中，戎羯猾夏，王師出征。公少有奇志，思因時以自奮，乃作伐鯨鯢賦上獻。既聞爾矣，果器之。會第五丞相以善言利得幸，盡付利權，始有鹽鐵使之目。慎選寮屬，表公爲介，轉臨晉縣丞，處繁應卒，鋩刃不頓。府罷再遷至太子司議郎。韓晉公時爲户部侍郎，掌邦賦，急於用材，薦公爲監察御史，主河東租庸之務。尋轉侍御史，充京東平糴使。建中初，德宗始親萬幾，儲精治本，有漢宣與我共理之歎。謂大臣求可當良二千石者，遂以公帶本官權知袁州刺史。期月有成，詔書顯揚，就加真秩，益以金紫。

居無何，韓晉公爲丞相，制國用，思公前績，乃傳召之。抵京師，授檢校户部郎中兼侍御史，斡池鹽于蒲，脩牢盆，謹衡石，煎和既精，飴散乃盈。商通而薦至，吏懼而循法。民不絓網而國用益饒。歲杪會其所入，贏羡什百。詔下褒其能，轉吏部正郎兼御史中丞，且加五等之爵。方倚以重任，天富其材而不遐其福。享齡六十有五，貞元七年某月某日遘疾，終于治所。上聞悼之，因降愍册，贈鄭州刺史，賚錢三百萬以備飾終之禮。明年某月某日，返葬于成周之偃師，從世墓也。累贈至太師。

夫人隴西李氏，汾州司倉參軍成一之女。生才子六人。長曰郊，及公時已爲左拾遺，後至太常。次曰酆，至太府卿。次曰酈，至外臺尚書。次曰郇，今爲廷尉。次曰鄯，至執金吾。季曰鄆，今爲太常卿同中書門下平章事。惟夫人姑臧冠族，以蘋蘩組紃輔佐君子爲令妻，積三十餘年，以慈儉忠厚訓誡諸子，爲賢母二十有三年。當永貞初，順宗踐阼，澤流自葉。長子郊時爲詞臣，草册書，以文當進階，遂上疏乞移榮於親。優詔允之，特封清河郡太君。士林聳慕，皆自痛其不及。郊爲太常。酆爲大農，咸白髮貴綬，以奉膳脩；諸季各以簪裾給事左右，愉愉然先意無違。言世榮者，舉無與比。以子貴累封贈至涼國太夫人。元和八年三月十六日捐館舍，壽七十有九。是歲十月某日合祔。

惟太常及尚書暨今相國，皆自中書舍人爲禮部侍郎，凡五貢賢能書，得士百四十有八人，言兄弟者許爲人瑞。崔氏之門六人，皆入文昌宫，其間三人歷八侍郎。統而論之，三大卿，兩連率，二翰林學士，一執金吾，言冠冕者許爲世雄。與姑臧李、范陽盧世爲婚媾，入于姻黨，無第二流，言門閥者許爲時表。太常二子亦以才能同入尚書，璜爲吏部郎，瓘爲司勳郎。其它支孫未登金閨籍者，詵詵然魚貫而進，文業甚似而孝謹不衰。猗歟！君子之澤，其所從來遠而有光乎！

開成己未歲七月甲辰，相君受詔于明庭，始操國柄。仲月，奉嘗事于家，禮成起慕，悄然永懷，曰：古者卿大夫，廟有鼎，墓有碑，皆銘之以紀先德也。今備位宰相，敢不敫前人之耿光？乃俾家老條白事功，咨於學古者徵其詞，尚信也。又命宗祝卜柔日告于廟，盡誠也。儀甚備而敬有餘，斯所謂達禮之君子。遂刊勒如式，揭于道周。銘曰：

奕奕四姓，崔爲之冠。瞻其門牆，倬若雲漢。善積家肥，子孫多材。如彼榱棟，必生徂徠。太公之後，彌二千祀。炯如貫珠，焯見圖史。顯顯太師，丕承德基。構于其堂，亦既塈茨。生逢艱虞，戎夏交師。獻賦伐叛。忠存乎詞。兵興事叢，飛輓四馳。歷踐劇職，視屯如夷。乃主平糴，乃分竹使。治粟爲邦，其道一致。蒲實近地，鹽爲利泓。使車來思，剗弊立程。吏廉商通，歲倍其贏。奏課連最，德音褒明。就加執法，好爵兼榮。天賦之才，不與壽并。生樹德本，没揚淑聲。上聞軫懷，侑樂爲停。贈襚之禮，侔于公卿。萬石貽訓，根於孝友。太丘種德，乃稔身後。家有令子，妻爲壽母。三十餘年，人倫之首。六子來侍，如龍如虎。衆婦來饋，維筐及筥。佩玉鳴環，交響庭户。申申秩秩，歡不踰矩。昔爲甲族，今爲興門。天爵人爵，蔚然兩尊。先德蔭之，黙如重雲。孕和含粹，濯潤本根。景亳之原，圖書之川。陽陵帝壇，旁礴回環。世安其神，世嗣其賢。聆德風者，拜于碑前。

【校】

〔字某〕全唐文作字平仲。

〔門子補〕全唐文作閥閱授，恐是竄改。

〔戎羯〕全唐文此二句作「時有邊警，從師出征」，未知所據。

〔思因時〕全唐文作思越拘攣，未知所據。

〔聞爾〕紹本、崇本爾均作耳。按：此句仍有疑義。全唐文聞爾作上聞。

〔爲監察〕崇本無爲字。

〔之目〕全唐文目作官。

〔府罷〕全唐文此句云：再遷至大理評事，府罷歷河中府司隸參軍。

〔建中〕全唐文此上云：尋轉殿中侍御史，後遷侍御史，充京東和糴使。

〔共理〕崇本理作治。全唐文作此，用漢書原文。按：唐人應諱治字，上文治本、下文治所亦當作理，此後人校書或改或不改也。

〔兼侍御史幹池鹽〕全唐文無兼侍御史，幹作輯，非。

〔正郎〕全唐文作侍郎，非。

〔某月某日〕全唐文作二月二日，未知所據。

〔治所〕全唐文作官。

〔三百萬〕纖本、全唐文三均作五。

〔明年某月某日〕全唐文作明年八月二日，未知所據。

〔夫人隴西〕全唐文此上無累贈至太師一句。

〔成一〕紹本、崇本、纖本、中山集、全唐文成均作咸。

〔及公時〕崇本公下有卒字。

〔今爲〕全唐文此句作：自太常卿加同中書門下平章事，今爲尚書侍郎平章事如故。

〔自葉〕全唐文自作百，似是。

〔貴綬〕中山集綬作緩，誤。

〔膳脩〕紹本、崇本脩作羞。

〔諸季〕按：此句以下，全唐文頗不同，今録至「世雄」爲止如左。諸季皆翩翩人傑，各以簪裾給事左右，愉愉然承順無違。鼎鐘致養，居然一室，雍熙太和，言世榮者舉無以比。以子貴累封贈至涼國太夫人。元和八年（八一三）三月十六日捐館舍，壽七十有九。是歲十月十八日合祔。惟太常及尚書暨今相國皆自中書舍人爲禮部侍郎，凡五貢賢能書，得士百四十有八人，言兄弟者許爲人瑞。崔氏之門六人皆入南宮賜金紫，其間三人歷八侍郎，統而論，四卿一相兩連率，二翰林學士，一執舍吾，言冠冕者許爲世雄。

〔得士百四十有八人〕按：登科記考云：「按太常謂邠，尚書謂郾，相國爲鄲。今數五知貢舉，凡進士一百四十六人。」蓋登科記有誤字。

〔奉嘗事〕崇本嘗事作常有，非。

〔儀甚備〕崇本甚作其，非。

〔顯顯〕紹本、崇本、鐵本、中山集、明鈔本、全唐文均作顯允。

〔戎夏〕全唐文作中外。按：此顯爲館臣所改。

〔上聞軫懷侑樂爲停〕全唐文作里巷罷春音樂爲停。未詳其故。

〔萬石〕結一本石作古。按：以萬石君比崔氏最允當，作古必非。

〔孝友〕崇本孝作季，非。

〔三十餘年〕紹本、崇本、全唐文三均作二。

〔之首〕結一本首作道，誤。

〔兩尊〕崇本尊作存。

〔蔭之〕全唐文作陰隲。

〔黕〕紹本作黖。

〔含粹〕崇本、畿本、全唐文含均作合。

〔陽陵帝壇〕全唐文陽作湯、帝作之，恐是竄改。

【箋證】

按：文中有云：「生才子六人，季曰鄲，今爲太常卿同中書門下平章事。」是碑爲鄲在相位時所立。舊唐書一五五崔邠傳附載鄲事云：「登進士第，累遷監察御史，三遷考功郎中。大和三年（八二九），以本官充翰林學士，轉中書舍人。六年，罷學士。八年，爲工部侍郎集賢殿學士，權知禮部，真拜兵部侍郎。……開成二年（八三七），出爲宣州刺史、兼御史中丞、宣歙觀察使。四年（八三九），入爲太常卿，七月，以本官同中書門下平章事。……會昌初，李德裕用事，與鄲弟兄素善，鄆在相位累年，歷方鎮、太子師保卒。」然考宰相表，會昌元年十一月，鄆檢校吏部尚書同平章事，劍南西川節度。是與德裕同時爲相亦甚暫。其人蓋亦庸謹無他能者，此文僅據其家門之盛而鋪敍之耳。與次篇王質神道碑皆似緣德裕所厚而乞得禹錫之文。禹錫與德裕之交誼亦於此可見。

又按：金石録列此碑爲第一千八百五十八，云：「劉禹錫撰，柳公權正書，會昌元年（八四一）五月。」若撰文後即立碑，則此殆禹錫碑誌中絕筆之作矣。又跋尾云：「右唐崔倕碑，據新唐史倕子邠傳云：倕位吏部侍郎，今以碑考之，倕仕至檢校吏部郎中兼御史中丞爾，蓋傳誤也。」檢舊唐書云倕官卑，則新唐書侍郎二字當爲郎中之誤。然倕已加金紫，帶臺長，云官卑亦未允當。

〔第五丞相〕第五丞相謂第五琦，舊唐書一二三、新唐書一四九均有傳。舊唐書琦本傳云：「奏言方今之急在兵，兵之强弱在賦，賦之所出，江淮居多。若假臣職任，使濟軍需，臣能使賞給之費不勞聖慮。玄宗大喜，即日拜監察御史，勾當江淮租庸使。尋拜殿中侍御史，尋加山南等五道度支使。促辦應卒，事無違闕。遷司金郎中，兼御史中丞，使如故。於是創立鹽法，就山海井竈收榷其鹽，官置吏出糶。其舊業户并浮人願爲業者，免其雜徭，隸鹽鐵使。盜煮私市罪有差。百姓除租庸外無得横賦。人不益税而上用以饒。遷户部侍郎，兼御史中丞，專判度支，領河南等道支度都勾當轉運租庸鹽鐵鑄錢司農、太府出納、山南東西江西淮南館驛等使。乾元二年（七五九），以本官加同中書門下平章事。」史之所言，此碑以數語括之。

又按：新唐書食貨志云：「永泰二年（七六六），分天下財賦鑄錢常平轉運鹽鐵置二使，東都畿內、河南、江東、西、湖南、荆南、山南東道，以轉運使劉晏領之，京畿、關內、河東、劍南、山南西道，以京兆尹判度支第五琦領之。及琦貶，以户部侍郎判度支韓滉與晏分治。」崔倕與禹錫之父緒皆鹽鐵轉運使下之僚吏，崔氏隸琦與滉，而劉氏則隸晏，兩家當早有淵源，此可就緒在江淮之行止而推知者。

〔韓晉公〕韓晉公謂韓滉，舊唐書一二九、新唐書一二六均有傳。據傳，滉以貞元二年（七八六）十一月，自鎮海節度使同平章事入朝知政事，兼度支轉運鹽鐵等使，三年（七八七）二月卒，崔倕之被召即在此時。

〔外臺尚書〕崔郾官至浙西觀察使，贈吏部尚書，故以外臺尚書稱之，别於正任尚書也。其兄弟事跡均詳舊唐書一五五、新唐書一六三崔邠傳中。

〔言門閥者〕唐語林一：「博陵崔倕，緦麻親三世同爨，貞元已來，言家法者以倕爲首。倕生六子，一爲宰相，五爲要官。太常卿邠，太原尹酆，外臺尚書郎郾，廷尉郇，執金吾鄯，左僕射平章事鄲，（原注：郾及鄲五知貢舉，得士百四十八人。）兄弟亦同居光德里一宅。宣宗嘗歎曰：崔鄲家門孝友，可爲士族之法矣。鄲嘗構小齋於别寢，御書賜額曰德星堂。」與此文可相參證。語林「外臺尚書郎」衍郎字。注云「郾及鄲五知貢舉」即禹錫文中所謂五貢賢能書。知貢舉者，據傳尚有崔邠。此文云：「六人皆入文昌宫」，謂入尚書省也。此文云：「鄯至執金吾」，據傳，大和元年（八二七）自太子詹事拜左金吾（衞）大將軍，十二衞於古無徵，姑以漢之執金吾當之耳。可見語林即采禹錫此文。

〔景亳〕史記殷本紀集解：「宋州北五十里大蒙城爲景亳，湯所盟地，因景山爲名，河南偃師爲西亳。」此文之景亳乃借用。史記五帝紀集解引皇甫謐説：「高辛都亳，今河南偃師是。」崔氏世葬於偃師，故云。

唐故宣歙池等州都團練觀察處置使宣州刺史兼御史中丞贈左散騎常侍王公神道碑

常侍諱質，字華卿。始得姓自周靈王太子晉，賓天而仙，時人曰王子，因去姬爲王氏。自秦、漢以還，世多顯名。由今而上十有一代名傑，仕元魏爲并州刺史，子孫因家，遂爲太原祁人。并州六代孫名通，字仲淹。在隋朝諸儒，唯通能明王道，隱居白牛谿，遊其門皆天下儁傑，著書行於世，既没謚曰文中子。文中生福祚，爲蔡州上蔡主簿。上蔡生勉，舉進士，徵賢良，皆上第，仕至河中府寶鼎令。寶鼎即公之曾祖也。祖諱怡，渝州司户參軍。考諱潛，揚州天長縣丞，贈尚書吏部郎中。公其季子也。

始文中先生有重名於隋末，其弟績亦以有道顯于國初，自號東皋子，文章高逸，傳乎人間。議者謂兄以大中立言，弟遊方外遂性，二百年間，君子稱之，雖四夷亦聞其名字。

公雅有遠志，常自忖度，我大名之後，不宜無見焉。遂力學厚自淬琢，於春秋得其公是，於禮得之約。僑居淝水上，躬督穡事，善積於己，而淮楚間羣彥多與之遊。公歉然自少，無進取意。與遊者激之曰：「卿文儒家子，篤志如是，盍求發聞，去聲。俾家聲不頹。今夫以文學茫洋當世者，誰如華卿，庸自棄邪？」入謀于閨門，咸以外言爲是。因決策而西，在貢士籍。天和内充，不以時尚屑意。角逐攻取，初無此心。如梗柟生于深林，未始自貴，而度材者一眄，歆然在懷，故以不爭而速售。

既登第，東諸侯交辟之，從主者書記于嶺南，授正字；參謀于淮右，進協律郎。其後佐許下暨梓潼、南梁，率爲上介。官至兼監察御史。司憲聞其賢，徵入南臺，轉殿内，歷侍御史，改尚書户部外郎。復爲知己所薦，遷檢校司封郎中攝御史中丞，紫衣金章，充山南西道節度副使，入爲尚書户部郎中。以方雅特立，除諫議大夫。會宋丞相坐狷直爲飛語所陷，抱不測之罪。大僚進言無益，公率諫官數輩，日晏伏閤，上爲不時開便殿。公於旅進中獨感激雪涕居多。由是上怒稍解，得從輕比。公終以言責爲憂，求爲虢州刺史。宰相惜去，又重違誠請，增之以兼御史中丞，用示異於人也。

大凡以智謀而進者，有時而衰，以朴厚而知者，無迹而固。公雅爲今揚州牧贊皇公所知，人不見其迹。方在虢略，贊皇入相，擢爲左曹給事中。凡有大官缺，必寵薦。居數月，遷河南尹。又未幾，鎮宛陵。是三者，中外所注意，不旬歲而周歷之，時論不以爲黨。河南，帝之別京，其治尚體度風采，而別白區處之。宣城，國之奧壤，其治在束吏惠下，蘇罷羸，讋剽輕，而勞徠澄汰之。公兩得其道，不由一揆。率身以儉，而素風存；任人以誠，而羣務舉；遇中貴人以禮，而故態革。內潔其志，下盡其忠，外無以撓於理。三者具，求政之有秕曷由哉？在鎮三載，開成元年十二月八日薨于位，享年六十三。監軍使上言，有詔軫悼不視朝。贈左散騎常侍。明年八月十一日，葬于河南府永寧縣洛川鄉史原，從舊阡也。

初，公娶于滎陽鄭氏，生三女而没，今葢祔焉。一子曰慶存，方齔矣。猶子前太原府參軍扶，執宗長書來請曰：「扶也早孤，荷世父常侍之覆露。今其嗣幼，未任克家，姑封琴書，司管鑰以俟其長。竊懼世父之德音不斁，思有以垂于後者，以誠告于從叔大司農，復命曰俞。謹礱貞石以乞詞，無忽。」余昔爲郎，與常侍同列，已熟其行實。及讀墓誌，即今丞相益州牧趙郡李公之文，自稱爲忘形友。其在宣州，李公再入相，議以第一官處之，牢讓不取。羔鴈所禮，則河東裴夷直、天水趙晳、隴西李行方、吴郡陸紹、梁國劉蕡、博陵崔珦，人咸曰得士。夫揚州少與也，而見器；益州寡合也，而見親；六從事材不一也，而畢樂用。是足以觀德，庸可勿紀焉？銘曰：

隋有文中，紹敭微言。當時偉人，咸出其門。粹氣紆餘，鍾于後昆。常侍恂恂，文中來孫。發原高麓，中泳後大。蘭芽茁然，秀出叢薈。善不近名，其聲日彰。行勇於退，其道愈光。哲者知之，寘如周行。以正持憲，以文爲郎。以和佐戎，以惠臨邦。以直司諫，以公駁正。守于三川，頑民底定。乃鎮于宣，先馳淑聲。邑中婆娑，瞻我旆旌。問誰詢謀？濟濟君子。問誰出内？潔潔廉士。道本乎心，暢于四支。治本乎正，形于百爲。黠吏斂手，齊民揚眉。江淮藪空，夜柝弗施。公卧于齋，邦民悽悽。公衣升屋，邦民行哭。牙璋斯來，柳翣言旋。棠樹未老，周人慕焉。熊耳之陽，泱泱洛川。佳城在兹，既固且安。松楸颼然，石馬矯然。過者必敬，宛陵之阡。

【校】

〔傳乎〕英華、全唐文乎均作在。

〔二百年〕全唐文二作三，非。

〔雅有〕紹本、崇本雅均作性。
〔今夫以文學〕崇本無夫字，學作字，英華、全唐文文均作字。
〔從主者書記〕崇本、英華主均作至，書記作記室。
〔檢校〕英華作秩授。
〔飛語〕崇本飛作非。
〔輕比〕畿本比作吡，誤。
〔方在〕中山集在作其，誤。
〔一揆〕紹本、崇本、中山集揆均作檢。
〔三者具〕紹本具作其，誤。
〔六十三〕全唐文三作八。
〔樂用〕崇本、英華樂上無畢字。
〔中泳後大〕按：此句疑有誤字。
〔寘如〕紹本、崇本如均作于，英華作於。
〔駮正〕紹本、中山集、全唐文正均作政。

【箋證】

按：金石録列此碑爲第一千八百三十九，云劉禹錫撰，并正書，開成四年（八三九）十一月。

蓋既葬而後立碑，碑紀葬之年月爲開成二年（八三七）八月也。

又按：碑爲王質作。質，舊唐書一六三，新唐書一六四均有傳。據舊唐書質傳：「大和中，王守澄搆陷宰相宋申錫，文宗怒，欲加極法，質與常侍崔玄亮雨泣極諫，請付外推，申錫方從輕典。質爲中人側目，執政出爲虢州刺史。質射策時，深爲李吉甫所器，及德裕爲相，甚禮之，事必咨決。尋召爲給事中、河南尹。八年（八三四），爲宣州刺史兼御史中丞、宣歙團練觀察使。在政三年，開成元年（八三六）十二月，無疾暴卒，時年六十八（碑作六十三），贈左散騎常侍，謚曰定。質清廉方雅，爲政有聲，雖權臣待之厚，而行己有素，不涉朋比之議。在宣城辟崔珦、劉蕡、裴夷直、趙晳爲從事，皆一代名流。視其所與，人士重之。」新唐書質傳略同，惟敍德裕事則云：「雖與德裕厚善，而中立自將，不爲黨。」所辟從事，去崔珦，增李行方。其實兩傳皆據此碑，而於當時朋黨之争，殊未能揭發隱微。考舊唐書一七三李固言傳云：「（大和）四年（八三〇），李宗閔作相，用爲給事中。五年（八三一），宋申錫爲王守澄誣陷，固言與同列伏閤論之。八年（八三四），李德裕輔政，出爲華州刺史，其年十月，宗閔復入，召拜吏部侍郎。九年（八三五）五月，遷御史大夫。六月，宗閔得罪，固言代爲門下侍郎平章事，尋加崇文館大學士。時李訓、鄭注用事，自欲竊輔相之權，宗閔既逐，外示公體，爰立固言，其實惡與宗閔朋黨。九月，以兵部尚書出爲興元節度使，李訓自代固言爲平章事。訓、注誅，文宗思其讜正，開成元年（八三六）四月，復召爲平章事，判户部事。二年（八三七），以門下侍郎平章事出爲成都尹、劍南西川節度使，代楊嗣復。會昌初入朝，歷兵、户二尚書。宣宗即位，累授檢校司徒，東都留守，東畿汝都防禦使。」據此，碑中所謂「李公再入相，議以第一官處之」者，亦正質暴卒之歲也。質處於德裕、固言之間，而爲固言所厚如此。碑云：「雅爲今揚州牧贊皇公所知，人不見其迹」，蓋發其覆而譏之也。（開成初德裕方鎮淮南，故云揚州牧。）傳云：「不涉朋比之議」，亦是微詞。當時反復兩黨之間，以爲得計者，蓋多有其人，不足異也。

〔太原祁人〕據世系表，王離二子，元、威。元之後爲琅邪王氏，威之後爲太原王氏。自東漢王允以後，史皆云太原祁人。今此文云：王傑仕魏爲并州刺史，子孫因家，遂爲太原祁人，未知所本。

〔文中子〕王明清揮麈前録三云：「文中子王通，隋末大儒，歐陽文忠公、宋景文修唐書，房、杜傳中略不及其姓名，或云，其書阮逸所撰，未必有其人。然唐李習之嘗有讀文中子，而劉禹錫作王華卿墓銘序載其家世行事甚詳，云門多偉人，則與書所言合矣，又何疑之有？又皮日休有文中子碑，見于文粹。」按：王氏此論是矣，然猶不甚確。新唐書隱逸傳云：「王績字無功，絳州龍門人，兄通，隋末大儒也。聚徒河汾間，仿古作六經，又爲中説以擬論語，不爲諸儒稱道，故書不顯，惟中説獨傳。」舊唐書隱逸傳亦載於王績傳後，云：「兄通字仲淹，隋大業中名儒，號文中子，自有傳。」是新舊唐書皆未嘗遺此人，舊唐書或本欲立傳而未果，或已立傳又以其爲隋代人而删去耳。又：唐語林一：「文中子隋末隱於白牛谿，著王氏六經。北面受學者皆時偉人，國初多居佐命之列，自貞觀後，三百年間號稱至治，而王氏六經卒不傳。至元和初，劉禹錫撰宣州觀察使王質碑，盛稱文中子能昭明王道，以大中立言，游其門者皆天下俊傑，自餘士大夫擬議及史册，未有言文中子者。」其推重此文如此。然此文乃作於開成中，絶非元和初也。其實王通事迹，唐人紀之多矣。四庫全書總目提要但據楊炯集有王勃集序，稱祖父通云云。今考全唐文一三三薛收文中子碣銘：「……十八舉本州秀才，射策高第，十九除蜀州司户，辭不就列。……乃續詩書，正禮樂，修元經，讚易象……兩加太學博士，一加著作郎。……先君内史屈父黨之尊，楊公僕射忘大臣之貴，漢侯三請而不覿，尚書四召而不起，……以大業十三年五月甲子，遘疾終於萬春鄉甘澤里第，春秋三十二。」其行履年月尤爲詳確。又全唐文一三五杜淹文中子世家，所述加詳，有云：「門人自遠而至，河南董恒、太山姚義、京兆杜淹、趙郡李靖、南陽程元、扶風竇威、河東薛收、中山賈瓊、清河房玄齡、鉅鹿魏徵、太原温大雅、潁川陳叔達等，咸稱師北面，受五佐之道焉。」（王績遊北山賦自注略同。）與禹錫此文所云游其門皆天下儁傑者合。此文云著書行於世，而新傳云，不爲諸儒稱道，故書不顯，似相抵牾。考王福時王氏家書雜録（見全唐文一六一），通之中説，經杜淹告通弟凝，始求得其草於家，其他六經亦有亡佚，凝以授福時，而福時亦僅云：「空傳子孫，以爲素業。」故當禹錫之時，雖行而猶未行也。又王績遊北山賦（見全唐文一三一）有云：「白牛溪裏，峯巒四峙。信兹山之奥域，昔吾兄之所止。」又答馮子華處士書有云「吾往見薛收白牛溪賦」，即禹錫此文所謂隱居白牛谿。

〔東皋子〕新唐書王績傳云：「遊北山東皋，著書自號東皋子」。舊傳則云：「嘗躬耕於東皋，故時人號曰東皋子。」

〔入謀于闈門〕質本傳此句作「白於母」，傳雖取材於碑，似以碑此句爲得其旨。

〔宋丞相〕宋申錫被禍事，舊唐書一六七、新唐書一五二均有傳，舊傳頗多徇隱，新傳詞繁。今據通鑑挈其綱領云：「上（文宗）患宦者强盛……嘗密與翰林學士宋申錫言之，申錫請漸除其偪……大和四年（八三〇）七月癸未，以申錫同平章事。……（五年）申錫引吏部侍郎王璠爲京兆尹，以密旨諭之。璠泄其謀，鄭注、王守澄知之，陰爲之備。上弟漳王湊賢，有人望，注令神策都虞候豆盧著誣告申錫謀立漳王。……三月庚子，申錫罷爲右庶子。……癸卯，貶漳王湊爲巢縣公，宋申錫爲開州司馬，坐死及流竄者數十百人。」此冤獄之大出情理外者。杜牧有詩（或作許渾詩）云：「鼂氏有恩忠作禍，賈生無罪直爲災。貞魂誤向崇山殁，冤氣疑從汨水回。」新傳云天下以爲冤，是也。是時禹錫方爲集賢學士，於此事亦親所見聞。據新傳又云：「召三省官御史中丞、大理卿、京兆尹，會中書集賢院雜驗申錫反狀。翌日，延英召宰相，羣臣悉入。初議抵申錫死，僕射竇易直率然對曰：人臣無將，將而必誅。聞者不然，於是左散騎常侍崔玄亮、給事中李固言、諫議大夫王質、補闕盧鈞、舒元褒、羅泰、蔣係、裴休、竇宗直、韋温，拾遺李羣、韋端符、丁居晦、袁都等，伏殿陛請以獄付外。帝震怒，叱曰：

吾與公卿議矣，卿屬第出。」玄亮、固言執據愈切，涕泣懇到，由是議貸申錫於嶺表。」玄亮與申錫尤舊交，禹錫之同情申錫亦不待言，但以己無言責，且黨争方烈，不欲置身其中，故集中詩文未嘗顯言之。是年之冬，禹錫即出爲蘇州刺史，蓋亦利於居外以避禍。

〔遷河南尹〕文宗紀載大和七年（八三三），給事中王質權知河南尹，次年爲宣歙觀察使，皆李德裕初相時事。舊傳無權知字，蓋紀據實録官書，而傳據私家碑狀。

〔開成元年〕紀又載：開成二年（八三七）正月乙丑朔丙寅，宣州觀察使王質卒，蓋實以元年（八三六）十二月八日卒，至次年正月始聞於朝，官書但據聞報之日。

〔從叔大司農〕此人未詳，是時户部侍郎判度支爲王彦威，或即以大司農稱之。

〔丞相益州牧〕丞相益州牧謂李固言，據傳，固言，趙郡人，開成二年（八三七）十月以門下侍郎平章事出爲西川節度使。所謂再入相者，固言以大和九年（八三五）自御史大夫入相，旋出鎮興元，開成元年（八三六）復召入相也。

〔裴夷直〕新唐書一四八張茂昭傳云：「夷直字禮卿，亦婞亮，第進士，歷右拾遺，累進中書舍人。武宗立，夷直視册牒不肯署，乃出爲杭州刺史，斥驩州司户參軍。宣宗初内徙，復拜江、華等州刺史，終散騎常侍。」又通鑑二四六開成五年（八四〇）正月「武宗敕，大行以十四日殯，成服。諫議大夫裴夷直上言期日太遠，不聽。又故事，新天子即位，兩省官同署名。武宗即位，夷直漏名，十一月，出爲杭州刺史。」此裴夷直之略歷。

〔趙晳〕李商隱集有贈趙協律晳詩，首四句云：「俱識孫公與謝公，二年歌哭處還同。已叨鄒馬聲華末，更共劉盧族望通。」自注云：「愚與趙俱出今吏部相公門下，又同爲故尚書安平公所知，復皆是安平公表姪。」吏部相公謂令狐楚，安平公謂崔戎。張采田玉谿生年譜會箋云：趙晳充兖海判官，見文集狀。

〔李行方〕唐詩紀事五二：元和十一年（八一六），中書舍人李逢吉下三十三人，所擢多寒素，李行方輩皆預選。又據郎官石柱題名，行方曾任吏部郎中、吏部、户部員外。

〔劉蕡〕此似即大和二年（八二八）對策之劉蕡。舊唐書一九〇、新唐書一七八均有傳，據傳云：令狐楚在興元，牛僧孺鎮襄陽，辟爲從事，却不言宣州事。

〔崔珦〕據世系表博陵崔氏：「頲，同州刺史。八子：琯、珦、珙、琪、瑨、球、顒、顗。」舊唐書崔珙傳則云「父頲，有子八人皆至達官，琯、珙以外有瑨、璪、璵、球、珦。」與表不甚合。

唐故邠寧慶等州節度觀察處置使朝散大夫檢校户部尚書兼御史大夫賜紫金魚袋贈右僕射史公神道碑

僕射名孝章，字得仁，本北方之强，世雄朔野。其後因仕中國，遂爲靈武建康人。

曾祖道德，贈右散騎常侍，封懷澤郡王。祖周洛，銀青光禄大夫、檢校太常卿兼御史中丞、北海郡王，贈太子太保。考憲誠，早以武勇絶人，積功至魏博節度使，終于河中晉絳慈隰等州節度觀察使，檢校司徒兼侍中，河中尹，贈太保。其薨也，大臣中書令，晉國公裴氏爲之碑，其名益顯。公即侍中之元子，母曰冀國夫人李氏。幼而聰寤，父母賢而加愛焉。及長，好學遷善，秀出儕輩，鄴下諸兒號爲書生。元和中，太尉愬爲魏帥，下令掄才於轅門，取大將家翹秀者爲子弟軍，列于諸校之上。公獨昌言願效文職，太尉深奇之，遂假魏州大都督府參軍。

長慶二年，常山衆叛，害其帥沂國公田司徒於帳下。沂公發迹于魏，人猶懷之。詔命其子布以尚書授鉞，統魏兵問罪于北疆，且報家禍。布既啓行，士氣不振，涣然内潰，獨與冗從之旅，偃旗而歸。百憤攻中，卒自引決。先侍中時爲中軍都知兵馬使，兼御史中丞，全師在野，闔然推戴之，請爲假侯以鎮定。中貴人飛馹上聞。穆宗夜召翰林學士草詔書，以真侯命之，實有魏土。從衆而合權也。是歲，公自攝官轉本府士曹參軍兼監察御史，賜朱衣銀印，推恩以及子也。一旦跪於父母前進苦言曰：「臣竊惟大河之北，地雄兵精，而天下賢士心侮之，目曰河朔間，視猶夷狄，何也？蓋有土者多乘兵機際會，非以義取。今臣家父侯母封，化爲貴門，君恩至矣。非痛折節礪行，彰信於朝廷，無以弭識者之譏，寤明君之意。節著於外，福延于家。乘時蹈機，禍不旋踵。」言訖，泣下數行。父俞母贊，天性交感，三心既叶，萬衆潛化。天子聞而嘉之曰：「彼真有子。」乃授檢校太子左諭德兼侍御史，充節度副使。累遷至散騎常侍兼御史大夫，賜金印紫綬。既貳軍政，事如命卿，弛張損益，得以參決，潛革故態，人知嚮方。

大和二年，滄景節度使李全略卒，其子同捷竊據故地，詔下以文告，弗革。遂用大刑。先侍中表請率先諸侯，使元子以督戰。制曰：可。公承君父之命，乃捐其軀，一舉而下平原、壓滄壘，由是加工部尚書。及王師凱旋，上表願一識承明廬，詔允之。遂赴北闕下，得覲於便殿。上曰：「嚮吾始征滄州，議者皆曰：彼魏之姻也，慮陰爲寇謀。吾發使數輩以偵之，其還也，僉曰：爾父瀝款於賓筵，爾母抗詞于簾下，願絶姻以立效，其經始啓發，出於爾心。今滄海底平，策勳之日，宜貴爾三族。命爾父爲侍中，還鎮于近地。加爾禮部尚書，析相、衞、澶三州爲鎮以居之。俾爾一門大榮，以誇天下。」公拜稽首，謝父還，讓己爵，禮無違者。翌日，詔下于明庭，人咸曰：史氏之寵光，古無有也。

牙旗碧幢，方指東道。侍中以帳下生變聞，泰極而否，當歌而哭。迎柩于路，仰天長號。因葬于洛陽之邙山，冀國夫人祔焉。寢苫枕塊，以所仇同天爲大酷。未幾，詔舉金革之義，起爲右金吾將軍。累表陳乞，有司以違命督之，輿疾即路。間歲擢授鄜坊丹延等州節度觀察處置等使。居四年，遷鎮于滑。一歲，入爲右領軍衛大將軍，旋改右金吾大將軍。又授鉞于邠土。孟秋至治所，首冬遘疾，拜章入覲，不克展和鑾鞗革之儀。薨于靖恭里之私第，享齡三十九。當開成三年十月二十日。上聞而悼之，不視朝一日。贈尚書右僕射。明年二月，歸葬于洛都，夫人琅邪王氏祔焉。繼室深澤縣君博陵崔氏，有一子，曰煥，生七年而孤。僕射之喪，自復魄至葬，當門户，備祭祀，建碑表，皆縣君之能。且命其家老具事功來請曰：「嫠不恤家而憂幼嗣不知其先人之官業，乞詞以傳于後也。」君子以爲知禮，謹書之。銘曰：

斗極之下，崆峒播氣。鍾于侍中，孔武且貴。奉上致命，宜昌後嗣。僕射承之，良弓不墜。耳煩鉦鼓，心說文字。虎穴之中，生此騏驥。大和紀元，滄景不虔。子弄父兵，跳踉海壖。有鄰陰交，蝟起雞連。詔下薄伐，艮隅騷然。時惟侍中，實統魏師。蓄鋭未發，衆心危疑。僕射爲子，陳謀盡詞。興言涕零，有感尊慈。絶姻效節，精貫神祇。滄波底寧，王師褒之。乃遷元侯，來鎮近畿。乃胙元子，别建旌麾。一門四節，焜燿當時。倏忽變生，魏郊紛披。喬木雖大，盲風不知。干雲之臺，列缺焚之。

哀哀孝嗣，丁此大酷。迎護幃輤，葬于東洛。訴天觸地，血染縗服。禮有金革，詔書敦促。不遂枕戈，驟膺推轂。雕陰白馬，暨于郃谷。雖榮三鎮，不荷百禄。綺紈之間，珪組纍纍。如彼晨葩，日中而萎。有妻名家，有子穉齒。行號執禮，歸窆蒿里。洛水之陽，循邙之趾。昭尊穆敬，幽顯同理。舊松新柏，亦象喬梓。刻石紀功，垂于萬祀。

【校】

〔憲誠〕明鈔本、文粹誠均作成。

〔長慶二年〕全唐文作三年，誤。

〔北疆〕紹本北作比，英華、全唐文均作此。

〔禍不旋踵〕崇本禍作必。

〔慮陰〕崇本慮作虜。

〔播氣〕崇本播作撞，誤。

〔王師〕紹本、崇本、英華、全唐文師均作命。

〔乃胙〕崇本胙作祚。

〔循邙〕全唐文循作修。

〔昭尊〕崇本作尊卑，非，英華此句作尊穆敬恭。

〔垂于〕紹本、崇本于均作千。

【箋證】

按：此文爲史孝章作。孝章，舊唐書附一八一史憲誠傳，新唐書一四八有傳，多取於此文。惟新唐書不載其爲義成節度使，而載其本名唐，後改今名。此文所述憲誠事當與田弘正事比而觀之。舊唐書一四一田弘正傳云：弘正本名興，魏博節度使田季安卒，軍中推興爲留後，興以六州歸朝，遂予以節鉞，仍賜名弘正。元和十年（八一五），朝廷用兵討吴元濟，弘正遣子布率兵三千進討，俄而成德王承宗叛，詔弘正以全師壓境，承宗懼，遂獻德、棣二州以自解。十五年（八二〇），王承宗卒，穆宗以弘正爲成德節度使。弘正以新與鎮人戰伐，有父兄之怨，乃以魏兵二千爲衞從。……明年七月，歸卒于魏州。是月二十八日夜軍亂，弘正并家屬參佐將吏等三百餘口並遇害。布，弘正第三子。弘正移鎮成德軍，仍以布爲河陽三城懷節度使。長慶元年，移鎮涇原。其秋鎮州軍亂，害弘正，都知兵馬使王庭湊爲留後。時魏博節度使李愬病不能軍，無以捍庭湊之亂，且以魏軍田氏舊旅，乃急詔布至，起復爲魏博節度使，乘傳之鎮。布以魏軍三萬七千討之，以史憲誠爲先鋒兵馬使。時朱克融囚張弘靖，據幽州，與庭湊犄角拒命。河朔三鎮素相連衡，憲誠陰有異志，而魏軍驕侈，怯於格戰，又屬雪寒，糧餉不給，以此愈無鬬志。憲誠從而間之。俄有詔分布軍與李光顔合勢，東救深州，其衆自潰，多爲憲誠所有，布得其衆八千。是月十日還魏州，十一日會將卒復議興師，而將卒益倨，咸曰：尚書能行河朔舊事，則死生以之，若使復戰，皆不能也。布以憲誠離間，度衆終不爲用，即日密表陳軍情，奉表號哭，授其從事李石，入啓父靈，抽刀自刺。此文所謂百憤攻中，卒自引決，謂此事也。及觀史憲誠傳，則云：時幽州朱克融援助庭湊，布不能制，因自引決，軍情囂然，憲誠爲中軍都知兵馬使，乘亂以河朔舊事動其人心，諸軍即擁而歸魏，共立爲帥，國家因而命之。已與弘正傳語氣不侔矣。要之，憲誠爲悍將，爲害布之主謀，顯然可見，禹錫爲憲誠之子作碑，不得不斡旋其詞，非實録也。又討李同捷之役，據舊唐書憲誠傳敍其事云：「憲誠與全略婚媾，及同捷叛，復潛以糧餉爲助，上屢發使申諭，及滄景平，憲誠心不自安，乃遣子孝章入覲，又飛章願以所管奉命，移鎮河中，夜爲軍衆所害。揆其情勢，蓋魏軍不願隨憲誠赴河中，而恨憲誠之歸朝爲獨爲身計耳。碑文飾詞以美孝章，讀者勿以詞害意可也。

此文開成四年（八三九）禹錫退居洛陽時作。

〔靖恭里〕唐兩京城坊考三：靖恭坊在朱雀門街東第五街。靖一作静。

〔雕陰白馬〕史孝章凡居鄜坊、義成、邠寧三鎮，文意蓋以雕陰爲鄜坊，然雕陰爲隋郡名，實當以夏綏爲主。白馬則以義成軍治滑州，滑州有白馬津也。

劉禹錫集箋證卷第四

碑　下　釋門銘記附

大唐曹溪第六祖大鑒禪師第二碑

元和十一年某月日，詔書追褒曹溪第六祖能公，謚曰大鑒，實廣州牧馬總以疏聞，繇是可其奏。尚道以尊名，同歸善善，不隔異教，一字之褒，華夷孔懷，得其所故也。馬公敬其事，且謹始以垂後，遂咨於文雄今柳州刺史河東柳君爲前碑。後三年，有僧道琳率以其徒由曹溪來，且曰願立第二碑，學者志也。

維如來滅後，中五百歲而摩騰、竺法蘭以經來，華人始聞其言，猶夫重昏之見曶爽。後五百歲而達摩以法來，華人始傳其心，猶夫昧旦之覩白日。自達摩六傳至大鑒，如貫意珠，有先後而無同異，世之言真宗者，所謂頓門。

初，達摩與佛衣俱來，得道傳付，以爲真印。至大鑒置而不傳，豈以是爲筌蹄邪，芻狗邪！將人人之莫己若而不若置之邪！吾不得而知也。按大鑒生新州，三十出家，四十七年而没，百有六年而謚。始自蘄之東山從第五師得授記以歸，高宗使中貴人再徵，不奉詔，第以言爲貢，上敬行之。銘曰：

至人之生，無有種類。同人者形，出人者智。蠢蠢南裔，降生傑異。父乾母坤，獨肖元氣。一言頓悟，不踐初地。五師相承，授以寶器。宴坐曹溪，世號南宗。學徒爰來，如水之東。飲以妙藥，差其瘖聾。詔不能致，許爲法雄。去佛日遠，羣言積億。著空執有，各走其域。我立真筌，揭起南國。無脩而脩，無得而得。能使學者，還其天識。如黑而迷，仰見斗極。得之自然，竟不可傳。口傳手付，則礙於有。留衣空堂，得者天授。

【校】

〔孔懷〕崇本、文粹孔均作也，英華亦作也，而上衷字作衮。

〔率以〕畿本、全唐文率下均無以字。

〔摩騰〕崇本摩作麼，下同，誤。

〔同異〕全唐文二字乙。

〔而没〕崇本、明鈔本、全唐文没均作歿，下有既歿二字。

〔以歸〕文粹歸作師，誤。

〔寶器〕結一本器作氣，誤。

【箋證】

按：此文有云：「今柳州刺史河東柳君爲前碑，後三年，有僧道琳率以其徒由曹溪來，且曰願立第二碑。」則此文之作在元和十三四年（八一八、八一九）間，禹錫在連州時。

又按：柳河東集舊注云：「公在柳州時作此碑，時年四十三。（宗元以元和十四年卒，年四十七，則作碑時當爲元和十年，要之爲初至柳州時。）東坡嘗曰：子厚南遷，始究佛法，作曹溪、南嶽諸碑，妙絶古今，儒釋兼通，道學純備，自唐至今，頌述祖師者多矣，未有通亮簡正如子厚者。邵太史曰：「東坡於古人但寫淵明、子美、太白、退之、子厚之詩，爲南華寫子厚六祖大鑒禪師碑，南華又欲寫劉夢得碑，則辭之。」其實宗元之文專記馬總奏請賜謚之事，而於慧能之立南宗未有所敍述，是其意有所專主，而第二碑所以亦不可無也。後人軒輊之論恐未得古人之意。文中標舉大鑒置衣鉢而不傳，似亦略有破除迷執之微旨。當參看下篇佛衣銘。

〔能公〕舊唐書一九一僧神秀傳：「初，神秀同學僧慧能者，新州人也。與神秀行業相埒。弘忍卒後，慧能住韶州廣果寺，韶州山中舊多虎豹，一朝盡去，遠近驚歎，咸歸伏焉。神秀嘗奏則天，請追慧能赴都，慧能固辭。神秀又自作書重邀之，慧能謂使者曰：吾形貌短陋，北土見之恐不敬吾法。又先師以吾南中有緣，亦不可違也。竟不度嶺而死。天下乃散傳其道，謂神秀爲北宗，慧能爲南宗。」又：傳燈録：「大鑒即慧能禪師，俗姓盧氏，父武德中仕於南海之新州，遂占籍焉。始因聞客讀金剛經，遂問法焉，客以得於黄梅忍法師爲對。師去直抵韶州，與尼無盡藏者解説涅槃經，尼驚異之，告鄉里耆老云：能有道者。居人於是競來瞻禮，且營葺寶林古寺舊地居之，師謂我求大法，豈可中道而止？明日遂行，遇智遠禪師請益，遠曰：菩提達摩傳心印於黄梅，宜往參決。師辭去，遂造焉。忍默識之，後果傳衣法。至儀鳳元年（六七六），届南海，遇印宗法師於法性，師大異，因請出所傳信衣瞻禮，會諸名德，爲之剃髮，受滿分戒於智光律師。明年，要歸舊隱，遂返曹溪，學者不下千數，中宗嘗詔之不起，後化於新州國恩寺，肅宗、代宗皆敬事之。至憲宗時始賜謚大鑒禪師。」

〔馬總〕馬總以元和八年（八一三）十二月自桂管觀察使除嶺南節度使。舊唐書一五七、新唐書一六五均有傳。

〔曹溪〕傳燈録：「梁天監元年，有僧智藥泛舶至韶州曹溪水口，聞其香，嘗其味曰：此水上流有勝地。遂開山立寺曰寶林。」此後曹溪遂爲佛教名區。

〔高宗使中貴人再徵〕據傳燈録高宗作中宗。

〔五師相承〕舊唐書於神秀傳中具述禪宗源流曰：「昔後魏末，有僧達摩者，本天竺王子，以護國出家，入南海得禪宗妙法，云自釋迦相傳，有衣鉢爲記，世相付授。達摩賫衣鉢航海而來，至梁，詣武帝，帝問以有爲之事，達摩不悦，乃至魏，隱於嵩山少林寺，遇毒而卒。達摩傳慧可，慧可嘗斷其左臂，以求其法，慧可傳璨，璨傳道信，道信傳弘忍。弘忍姓周氏，黄梅人。初，弘忍與道信並住東山寺，故謂其法爲東山法門。神秀既師事弘忍，弘忍深器異之，謂曰：吾度人多矣，至於懸解圓照，無先汝者。」此文「後五百歲而達摩以法來」，以至「從第五師得授記以歸」，皆叙此事。達摩爲初祖，慧可二祖，璨三祖，道信四祖，弘忍五祖，而神秀與慧能俱爲六祖，分啓南北二宗。柳碑則但以「梁氏好作有爲，師達摩譏之，空術益顯，六傳至大鑒」數語括之。

佛衣銘 并引

吾既爲僧琳撰曹溪第二碑，且思所以辯六祖置衣不傳之旨，作佛衣銘曰：

佛言不行，佛衣乃争。忽近貴遠，古今常情。尼父之生，土無一里。夢奠之後，履存千祀。惟昔有梁，如象之狂。達摩救世，來爲醫王。以言不痊，因物乃遷。如執符節，行乎復關。民不知官，望車而畏。俗不知佛，得衣爲貴。壞色之衣，道不在兹。由之信道，所以爲寶。六祖未彰，其出也微。既還狼荒，憬俗蚩蚩。不有信器，衆生曷歸？是開便門，非止傳衣。初必有終，傳豈無已？物必歸盡，衣胡久恃？先終知終，用乃不窮。我道無朽，衣於何有？其用已陳，孰非芻狗？

【校】

〔僧琳〕英華琳作珠，非。

〔有梁〕紹本有作存。

〔狼荒〕全唐文荒作𦬸。

〔衣胡〕崇本、全唐文胡均作乎。

【箋證】

按：高僧傳三集八：「系曰：佛衣至能不傳，莫同夏禹之家天下乎？通曰：忍言受傳衣者命若懸絲，如是忍之意也。又會也稟祖法則有餘，衍化行則不足，故後致均部之流，方驗能師之先覺，不傳，無私恪之咎矣。」

又按：同卷神會傳：「先是兩京之間皆宗神秀，若不淰之魚鮪附沼龍也。從見會明心，六祖之風蕩其漸修之道矣。南北二宗，時始判焉，致普寂之門盈而後虛。天寶中，御史盧奕阿比於寂，誣奏會聚徒，疑萌不利，玄宗召赴京，時駕幸昭應湯池，得對，言理允愜，敕移往均部。」今此文有「佛衣乃争」及「忽近貴遠」之語，於禪家之競立宗派各不相下，言之頗切至，可見當時佛教之弊。

〔履存〕晉書五行志：「惠帝元康五年（二九五）閏月庚寅，武庫火。張華疑有亂，先命固守然後救火，是以累代異寶，王莽頭，孔子屐，漢高祖斷白蛇劍，及二百八萬器械一時蕩盡。」據陶穀清異録，唐宣宗令有司仿孔子履製進，名魯風鞵。時尚傳其形製，故禹錫引以爲言。又演繁露續集四云：「東坡跋歐公家書曰：仲尼之存，人削其迹，蔓莫之後，履藏千載。劉禹錫佛衣銘曰：尼父之生，土無一里，夢奠之後，履存千祀。東坡語意或因劉耶？然其作問處不如東坡脈貫也」。

唐故衡嶽大師湘潭唐興寺儼公碑

佛法在九州間，隨其方而化。中夏之人汨於榮，破榮莫若妙覺，故言禪寂者宗嵩山。北方之人鋭以武，攝武莫若示現，故言神通者宗清涼山。南方之人剽而輕，制輕莫若威儀，故言律藏者宗衡山。是三名山爲莊嚴國，必有達者，與山比崇。南嶽律門以津公爲上首，津之後雲峯證公承之，證之後湘潭儼公承之。星月麗天，珠璣同貫。由其門者，爲正法焉。

公號智儼，曹氏子，世爲郴之右姓。兆形在孕，母不嗜葷。成童在侶，獨不嗜戲。其夙植固厚者歟！生九年，樂爲僧。父不能奪其志，抱經笥入岣嶁山，從名師執業，凡進品受具聞經傳印，皆當時大長老。我入明門，不住諸乘。我行覺路，徑入智地。居室方丈，名聞大千。護法大臣，多所賓禮。嗣曹王臯之鎮湖南，請爲人師。自是登壇莅事三十有八載，由我得度者萬有餘人。人持寶衣解瓔珞爲禮，公色受之。謂門弟子曰：「彼以有相求我，我以有爲應之。」凡建寶幢、修廢寺、飾大像，皆極其工，應物故也。元和十三年九月二十七日中夜，具湯沐剃頤頂，與門人告别，即寂，而視身與色無有壞相。嗚呼！豈生能全吾真，故死不速朽，將有願力邪！余不得而知也。問年八十二，問臘六十一。葬于寺東北隅。傳律弟子中巽、道準，傳經弟子圓晈、貞璨與其徒圓静、文外、惠榮、明素、存政等欲其師之道光且遠，故咨予乞詞。乃作長句，偈以銘之曰：

祝融靈山禹所治，非夫有道不可止。中有毗尼出塵士，以津視儼猶孫子。登壇人師四十祀，南方學徒宗奥旨。幼無童心至兒齒，識滅形全異凡死。長沙潭西幾五里，陶侃故居石頭寺，門前一帶湘江水。吁嗟律席之名兮，與湘流而不已。

【校】

〔題〕崇本、英華大師上均有律字。

〔破榮〕崇本無此二字，多一利字，似非。畿本榮下注云一有利字。

〔神通〕崇本通作道。

〔津公〕崇本津作律，下同。

〔正法焉〕畿本焉作馬，誤。

〔郴〕全唐文作柳，誤。

〔固厚〕崇本、畿本、中山集固均作因。

〔傳印〕畿本即作印，誤。

〔我行〕全唐文行作得。

〔剃頤頂〕崇本頤作頭。按：此爲校者臆改，頤指剃鬚，頂指剃髮，不當頭頂並言。

〔即寂〕崇本、全唐文即上均有既字。

〔文外〕崇本文作丈。

〔塵士〕崇本士作土。

〔兒齒〕崇本兒作齯。

〔潭西〕崇本潭作湘，注云：一作潭。

〔律席〕崇本席作虎，誤。

【箋證】

按：碑載儼公以元和十三年（八一八）卒，知禹錫作文時必尚在連州。文中稱「嗣曹王皋之鎮湖南，請爲人師」，據韓愈曹成王碑，皋爲湖南觀察使在建中二年（七八一）。越三十八年則爲元和十三年，與此文「登壇莅事三十有八載」之語合。

又按：此文以嵩山之言禪寂，清涼山之言神通，衡山之言律藏並舉，具見唐代釋門趨尚隨兩戒山川風土而殊。至其謂「人持寶衣解瓔珞爲禮，公色受之，謂門弟子曰：彼以有相求我，我以有爲應之」云云，世俗以佈施爲福田，其迷妄於此可見。

牛頭山第一祖融大師新塔記

初，摩訶迦葉授佛心印，得其人而傳之，至師子比丘凡二十五葉，而達摩得焉。東來中華，華人奉之爲第一祖。又三傳至雙峯信公，雙峯廣其道而岐之。一爲東山宗，能、秀、寂其後也；一爲牛頭宗，巖、持、威、鶴林、徑山其後也。分慈氏之一支，爲如來之别子。咸有祖稱，粲然貫珠。

大師號法融，姓韋氏，延陵人。少爲儒，博極羣書，既而歎曰：「此仁誼言耳，吾志求出世間法。」遂入句曲，依僧炅，改逢掖而緇之。徙居是山，宴坐石室。以慧力感通，故旱麓泉涌；以神功示現，故皓雪蓮生。巨蛇摧伏，羣鹿聽法。貞觀中，雙峯過江，望牛頭頓錫曰：「此山有道氣，宜有得之者。」乃來，果與大師相遇。性合神授，至于無言。同躋智地，密付貞印。揭立江左，名聞九圍。學徒百千，如水歸海。由其門而爲天人師者，皆脈分焉。顯慶二年，報身示滅。道在後覺，神依故山。戒香不絶，龕坐未飾。夫豈不思乎？蓋神期冥數，必有所待。

大和三年，潤州牧、浙江西道觀察使、檢校禮部尚書趙郡李公在鎮三閏，百爲大備，尚理信古，儒玄交脩，始下令禁桑門皈佛以眩人者，而於真實相深達焉。常謂大師像設宜從本教，言自我啓，因自我成。乃召主吏籍我月入，得緡錢二十萬，俾秣陵令如符經營之。三月甲子，新塔成，事嚴而工人盡埶，誠達而山神來護。願力既從，衆心知歸。撞鐘告白，龍象大會。諸天聲香之藴，如見如聞。即相生敬，明幽同感。尚書欲傳信于後，遠命愚志之。

夫上士解空而離相，中士著空而嫉有。不因相何以示覺？不由有何以悟無？彼達真諦而得中道者，當知爲而不有，賢乎以不脩爲無爲也。

【校】

〔摩訶〕結一本訶作阿，誤。

〔巖持〕紹本持作待，英華、全唐文巖均作嚴，皆非。

〔徑山〕崇本徑作經，誤。

〔炅〕明鈔本、文粹均作晁。

〔乃來〕英華、全唐文來均作東。

〔神授〕英華、全唐文授均作契。

〔貞印〕畿本印作邱，誤。

〔示滅〕結一本示作不，誤，畿本二字作示賊，亦誤。

〔月入〕結一本月作日，誤。

〔知歸〕文粹此下作歸重造白，誤。

〔示覺〕結一本示作不，誤。文粹作視覺。

〔爲無爲也〕全唐文無下爲字。

【箋證】

按：文中之趙郡李公謂李德裕。舊唐書一七四德裕傳載：「元和已來，累敕天下州府不得私度僧尼。徐州節度使王智興聚貨無厭，以敬宗誕月，請於泗州置僧壇，度人資福，以邀厚利，江淮之民皆羣黨渡淮。德裕奏論曰：王智興於所屬泗州置僧尼戒壇，自去冬於江淮已南所在懸榜招置。江淮自元和二年（八〇七）後不敢私度，自聞泗州有壇，户有三丁，必令一丁落髮，意在規避王徭，影庇資産，自正月已來，落髮者無算。臣今於蒜山渡點其過者，一日一百餘人，勘問唯十四人是舊日沙彌，餘是蘇、常百姓，亦無本州文憑，尋已勒還本貫。訪聞泗州置壇次第，凡僧徒到者，人納二緡，給牒即迴，別無法事。若不特行禁止，比到誕節，計江淮已南失却六十萬丁壯，此事非細，繫於朝廷法度」。又寶曆二年（八二六）亳州言出聖水，飲之者愈疾。德裕奏曰：「臣訪聞此水本因妖僧誑惑，校計丐錢，數月已來，江南之人奔走塞路，每三二十家都雇一人取水。昨點兩浙、福建百姓渡江者，日三五十人，臣於蒜山渡已加捉搦。」以上皆德裕深抑僧徒之事。及第二次入相，會昌五年（八四五），拆天下寺四千六百餘所，還俗僧尼二十六萬五百人，即其平日宗旨。禹錫此文所謂下令禁桑門皈佛以眩人者。

又按：德裕以長慶二年（八二二）鎮浙西，大和三年（八二九）八月內召，凡七年，故文云在鎮三閏，其修塔即在去鎮之年。禹錫方在長安，直集賢院，故文云「遠命愚志之」，蓋德裕未自料亦將入朝也。

〔牛頭山〕據一統志等書，牛頭山在江寧南三十里，又稱雙峰、天闕、破頭山、牛首山。相傳梁武帝於此建精舍，唐貞觀中，法融禪師駐此山幽棲寺之北巖石室。四祖道信聞之，往尋訪，因附法，自是法席大盛。法融下智巖、慧方、法持、智威、慧忠，六世相付。慧忠下有維則，則下有雲居智，又智威之門有玄素，素下有道欽，欽開徑山，欽門有鳥窠道林，與白居易問答有名。此牛頭一宗之大要也。高僧傳二集一：遺則傳：「始天竺達摩以釋氏心要至，傳其道者有曹溪能、嵩山秀，學能者謂之南宗學，學秀者謂之北宗學。而信祖又以其學傳慧融，融得之居牛頭山，弟子以次傳授，由是達摩心法有牛頭學。」李華徑山大師碑銘：「初，達摩祖師傳法三世至信大師，信門人達者融大師居牛頭山，得自然智慧，大師就而證之。……融授巖大師，巖授方大師，方授持大師，持授威大師，凡七世矣。……門人法欽，徑山長老是也。」（見唐文粹六四）

〔雙峯〕此文雙峯信公即道信。能、秀、寂即慧能、神秀、惠寂。三人已見曹溪第二碑。

〔巖持威〕巖即智巖。高僧傳三集八，法持、智威皆有傳。智威傳云：隸名於幽巖寺，因從持禪師諮請禪法。

〔鶴林徑山〕按：高僧傳三集九潤州幽棲寺玄素傳：「因事威禪師，躬歷彌載……開元年中，僧汪密請至京口，郡牧韋銑屈居鶴林。」又杭州徑山法欽傳：「年二十有八，俶裝赴京師，路由丹徒，因遇鶴林素禪師……德宗貞元五年（七八九）……欽之在京及迴浙，令僕、王公、節制、州邑名賢執弟子禮者，相國崔涣、裴晉公度、第五琦、陳少遊等。」又李吉甫杭州徑山寺大覺禪師碑銘云：「自達摩三世傳法於信禪師，信傳牛頭融禪師，融傳鶴林馬素禪師，素傳於徑山，山傳國一禪師，二宗之外又別門也。」（全唐文五一二）又李德裕奏云：「潤州鶴林寺故禪師元素傳牛頭山第五祖智威心法，是徑山大覺之師，伏請依釋門例賜謚號大額。」（全唐文七〇一）

袁州萍鄉縣楊岐山故廣禪師碑

天生人而不能使情欲有節，君牧人而不能去威勢以理。至有乘天工之隙以補其化，釋王者之位以遷其人。則素王立中樞之教，懋建大中；慈氏起西方之教，習登正覺。至哉！乾坤定位，有聖人之道參行乎其中，亦猶水火異氣，成味也同德；輪轅異象，致遠也同功。然則儒以中道御羣生，罕言性命，故世衰而寖息。佛以大悲救諸苦，廣啓因業，故劫濁而益尊。自白馬東來而人知象教，佛衣始傳而人知心法。弘以權實，示其攝脩。味真實者，即清浄以觀空；存相好者，怖威神而遷善，厚於求者，植因以覬福；罹於苦者，證業以銷寃。革盜心於冥昧之間，泯愛緣於生死之際。陰助教化，總持人天。所謂生成之外，別有陶冶。刑政不及，曲爲調柔。其方可言，其旨不可得而言也。惟四海之大，羣倫之富，必有以得其門而會其宗者，爲世導師焉。

禪師諱乘廣，其生容州，姓張氏。七歲尚儒，以俎豆爲戲。十三慕道，遵壞削之儀。至衡陽，依天柱想公，以啓初地；至洛陽，依荷澤會公，以契真乘。洪鐘藴聲，扣之斯應。陽燧含焱，晞之乃明。始由見性，終得自在。常謂機有淺深，法無高下。分二宗者，衆生存頓漸之見；説三乘者，如來開方便之門。名自外得，故生分別；道由内證，則無異同。遂以攝化爲心，經行不倦。愍彼南裔，不聞佛經。由是結廬此山，心與境寂。應念以起教，隨方而立因。居涉旬而善根者知歸，逮周月而帶縛者漸悟。以月倍日，以年倍時。瘖矇洞開，荒憬潛革。邑中長者，十方善衆，咸發信願，大其藩垣。法堂四阿，服引僧舍，身心恒寂，象馬交馳。墮其去來，皆得利益。踰嶺之北，涉湘而南。仰兹高山，知道有所在。此地緣盡，翛然化俱。神歸佛境，悲結人世。自趺坐而滅至于荼毗，三百有六旬矣。爪髮加長，容澤差衰。真子號呼，圍繞薪火，得舍利如珠璣者數十百焉。於戲！肖圓方之形，故寂滅以示盡；入菩提之位，故殊相以現靈。亦猶鳳毛成字，麟角生肉，必有以異，不知其然。於是服勤聞法之上首曰甄升，乃率其徒圓寂、道弘、如亮、如海等相與抆淚具役，建塔於禪室之右端，從衆也。

初，廣公始生之辰，歲在丁巳，當玄宗之中元。生三十而受具，更臘五十二而終。終之夕，歲直戊寅，當德宗之後元，三月既望之又十日也。後九年，其門人還源，以爲崇塔以存神與建銘以垂休，皆憑像寄懷，不可以闕一。謬謂余爲習於文者，故繭足千里，以誠相攻。大懼其先師德音與時寖遠。且曰：「白月中黑，東川無還，颺于金石，傳信百劫。彼墮淚之感，豈儒家者流專之？」敬酬斯言，銘示真俗。文曰：

如來説法，徧滿大千。得勝義者，强名爲禪。至道不二，至言無辯。心法東行，羣迷丕變。七葉無嗣，四魔潛扇。佛衣生塵，佛法如綫。吾師覺者，冥極道樞。承受密印，端如貫珠。一室寥然，高山之隅。爲法來者，千百人俱。裔民嗤嗤，户有犀渠。攝以方便，家藏佛書。願力既普，度門斯盛。合爲一乘，散爲萬行。即動求静，故能常定。絶緣離覺，乃得究竟。生非我樂，死非我病。現滅者身，常圓者性。本無言説，付囑其誰？等空無礙，後覺得之。像閟虚塔，迹留仁祠。十方四輩，瞻禮於斯。

【校】

〔中樞〕紹本、崇本、明鈔本樞均作區，畿本注云：一作區。

〔有聖人〕紹本、崇本、全唐文有均作而。

〔弘以〕畿本弘作私，誤。

〔權實〕英華權作確，誤。

〔生死〕崇本二字乙。

〔有以得〕金石萃編有下缺一字，非二字。

〔扣之〕金石萃編之作至。

〔帶縛〕傳增湘校石刻本帶作滯。

〔洞開〕畿本開作聞。

〔長者〕金石萃編下有衆字。

〔服引〕紹本、崇本、中山集服均作股，英華作復，金石萃編作股宏，誤。

〔墮其〕紹本、崇本、全唐文墮均作隨。

〔數十〕崇本作幾百千，畿本十作千。

〔現靈〕崇本靈作虚。

〔甄升〕傅校石刻本升作叔，云：「甄叔大師塔銘今在楊岐山。」按：英華亦作叔，叔、升二字草書近似而訛。

〔拉淚〕崇本作校徒。

〔禪室〕金石萃編室作堂。

〔相攻〕全唐文攻作投。

〔徧滿〕崇本徧下注云：一作普。

〔無嗣〕結一本嗣作詞，誤。

〔嗤嗤〕明鈔本作蚩蚩。

〔犀渠〕崇本渠作磲，非。

〔既普〕紹本普作昔，誤。

〔生非我樂〕英華此下四句作：「死即我休，生非我病，常藏者身，常圓者性。」

〔無礙〕紹本礙作得。

〔於斯〕傳校石刻本此下尚有：「時宜春得良守齊□，理行第一，雅有護持之功，化被于邑之庶僚及里之右族，咸能回向如邦君之志，故偕具爵里名字，刻于其陰。」又碑末行有：「元和二年五月二十七日建。」

【箋證】

按：錢大昕潛研堂金石跋尾云：「右楊岐山禪師廣公碑。廣公者，乘廣也。古人稱僧曰某公，皆以名下一字，故支道林曰林公，佛圖澄曰澄公，竺道生曰生公，慧遠曰遠公，寶誌曰誌公，齊己曰己公。宋元人稱僧或名字兼舉，若洪覺範、妙高峰、柏子庭、噩夢堂、訢笑隱、泐季潭之類，亦取名下一字。今世知之者尠矣。此文載於劉賓客集，以石刻校之，不同者廿餘字，皆當以石本爲正。乘廣弟子甄叔亦有塔銘，今集本叔作升，誤之甚矣。碑文之末有：時宜春得良守齊□（似是君字），理行第一，雅有護持之功，化被於邑之庶僚及里之右族，咸能回向如邦君之志，故偕具爵里名氏列于其陰，凡五十字，集本無之，當是夢得編定文集時刪去之耳。碑云：始生之辰，歲在丁巳，當玄宗之中元，終之夕，歲直戊寅，當德宗之後元，考明皇三改元，先天、開元、天寶，則開元爲中元也。德宗亦三改元，建中、興元、貞元，則貞元爲後元也。夢得自署銜云朗州司馬員外置同正員，蓋當時遷謫惡地不必待缺，大率員外置之，東坡詩云：逐客不妨員外置，正用唐故事。」又云：「右甄叔大師塔銘，甄叔者，乘廣之弟子也，卒于元和庚寅（八一〇）正月，至大和壬子（八三二），沙門至閑爲製塔銘，相距二十有三歲矣。題稱塔銘而篆額作碑銘，篆人爲琅邪王周古，書碑人則僧元幽也。此碑向無著録者，餘姚邵二雲侍讀爲余言，在萍鄉之楊岐山，訪之廿年不得，頃澤州胥燕亭訪余吴門，燕亭嘗宰萍鄉，檢匧中乘廣、甄叔二碑相贈，喜海内之有同好也，因書數言識之。」

又按：二碑皆著録於金石萃編。惟石本容有不易辨者，錢氏云「與集不同者廿餘字，皆當以石本爲正」，亦不確。傅增湘劉集校本録有黄丕烈校語云：「趙氏金石録云：唐乘廣禪師碑，劉禹錫撰并正書，元和二年（八〇七）五月。右唐乘廣禪師碑，劉禹錫撰，余爲金石録，頗采唐賢所爲碑版正文集之誤。禹錫之文，所録才數篇，最後得此碑，以板是正者凡數十字。以此知典籍藏久，轉寫脱誤，可勝數哉！乾隆癸丑十二月，得此碑搨本校之甚有益。劉賓客書法從歐、虞兩家得來，體密而神和，想在當時亦一書家，金石録中載有數碑也。」

又按：碑文有云「繭足千里，以誠相攻」，知必由乘廣門人之聞風乞請，而未著作文之時與地，賴諸家據石本知爲元和元年（八〇六）在朗州時。是時禹錫與釋氏之徒往還爲多。〔楊岐山〕據輿地紀勝，楊岐山在萍鄉縣北七十里，世傳楊朱泣岐之所。江西通志勝蹟略：普通禪寺在萍鄉縣北宣化里楊岐山下，舊名廣利，唐開元間廣利禪師所創，殁後立塔。似即乘廣之訛。

夔州始興寺移鐵像記

佛薪盡于乾竺，而象教東行。是法平等，故所至爲浄土。是身應供，故隨念如降生。先是魚復人有以利金爲彌勒像者，重千鈞，晬容瑞相，人天兩足。皛氏卒事而他工未備，故寓于西偏，不知其幾年矣。寺僧法照，瞻禮發信，赤肩白足，入諸大城，乃至聚落，無空過者。積十餘年，得信財無量。繇是購工以嘗巧，募徒而畢力。四輩增增，工麾以肱。中樞外脈，陰轉陽動。欻如地踴，岌如山行。大匠無言，尊容嚮明。青蓮承趺，金獸捧持。藻井花鬘，葱蘢四垂。邑人膜拜，如佛出世。法照以願力能就，泣于佛前，因持片石，乞詞以示後。

按此寺始於宇文周初，瀕江埤庳。皇唐神龍中，爲水所壞。有波那賴耶國僧廣照浮海而至，頓錫不去，遂移於今道場所，山曰磨刀，嶺曰虎岡。其經始與克脩，皆蓄僧是力。後之有志者，豈無人哉？

法照，夔人，姓穆氏。年十有五出家，依江陵名僧受具。肇自貞元二十年甲申，歸此寺願，崇建有爲，凡脩大殿，立菩薩，大弟子侍佛左右。逮長慶癸卯有成，其善植德本者歟！

【校】

〔彌勒〕崇本彌作珍，誤。

〔欸如〕結一本欸作凝，誤。

〔膜拜〕崇本膜作瞻。

〔如佛〕結一本如作於，誤。

〔頓錫〕紹本錫作湯，誤。

〔道場所〕結一本脱所字。

【箋證】

按：文中有「長慶癸卯」語，是長慶三年（八二三）禹錫任夔州刺史時作。

〔利金〕國語齊語：「美金以鑄劍戟。」利金蓋亦此意。

毗盧遮那佛華藏世界圖讚

佛説華嚴經直入妙覺，不由諸乘，非大圓智不能信解。德宗朝有龍象觀公，能於是經了第一義，居上都雲華寺，名聞十方。沙門嗣肇是其上足，以經中九會纂成華藏，俾人瞻禮，即色生敬，因請余讚之，即説讚曰：

清浄不染花中蓮，捧持世界百億千。湧出香海浩無邊，風輪負之晝夜旋。大雄九會化諸天，釋梵八部來森然。從昏至覺不依緣，初初極極性自圓。寫之綃素色相全，是色非色言非言。

【校】

〔直入〕崇本作真人，誤。

〔華藏〕崇本、畿本、明鈔本、英華、全唐文藏下均有圖字，是。

成都府新修福成寺記

益城右門衔大逵，坦然西馳，曰石筍街。街之北有仁祠，形焉直啓，曰福成寺。寺之殿臺與城之樓，交錯相輝，繡于碧霄，望之如崑閬間物。大和四年，蜀帥非將材，不脩邊備。南詔君長諜得内空，乘隙坌入，闞于城下，或縱火以駭衆，此寺乃焚。高門脩廊，委爲寒燼，如是者再歲，帝念坤維，丞相復來。山川如迎，父老相識，環視故地，寺爲焦墟。載興起廢之歎，爰有植因之願。乃命主倖吏以吾緡錢三十萬爲經營之基。自公來思，蜀號無事。時康歲稔，人樂檀施。公言既先，應如決川。乃傾囊楮，乃出懷袖。勝因化愚，慧力攝慳。男奔女驟，急於徵令。匠者度材以指衆徒，藝者運思以役衆技。斤鋸磨礱，丁丁登登。陶者儲精，圬者效能。欻自火宅，復爲金繩。治故鼎新，因毀成妍。華夷縱觀，萬目同聳。既告訖役，公來慶成。雲鮮日潤，輝映前後。

於是都人舞抃而謡曰：昔公去此，福成以燬。今公重還，福成復完。民安軍治，亦如此寺。庸可勿紀乎？公實聞斯言，遂折簡見命，謹月而日之。時大和某年某月日，大檀越具官封爵段氏，其他發大願者、程功董事者，自中貴人及賓寮將吏若僧徒，偕籍之而刻于石。

【校】

〔門銜〕全唐文無銜字，畿本注云一無銜字，英華銜作街，城下有有字。

〔緡錢〕畿本緡作絡，誤。

〔囊楮〕畿本楮作袖，下袖字作神，誤，紹本、全唐文作褚，是。

〔董事〕紹本董作量。

【箋證】

按：通鑑二四四載：「（大和三年）十二月己酉，以東川節度使郭釗爲西川節度使，兼權東川節度事。嵯顛自邛州引兵徑抵成都。庚戌，陷其外郭，杜元穎率衆保牙城以拒之。……釗兵寡弱不能戰，以書責嵯顛，嵯顛復書曰，杜元穎侵擾我，故興兵報之耳。與釗修好而退。蠻留成都西郭十日，其始慰撫蜀人，市肆安堵；將行，乃大掠子女百工數萬人及珍貨而去。」此文云：「蜀帥非將材，不脩邊備，南詔君長諜得内空，乘隙坌入，鬪于城下，或縱火以駭衆。」即其事也。又云：「如是者再歲，帝念坤維，丞相復來」者，四年（八三〇）十月，李德裕自滑州移西川，六年（八三二）冬，德裕内召，段文昌代之，文昌於長慶元年（八二一）曾自中書出鎮西川也。禹錫蓋在長安，承文昌之命而作。

劉禹錫集箋證卷第五

論上

辯迹論

客有能通本朝之雅故者曰：「時之污崇，視輔臣之用房與杜，迹何觀焉？建官取士之制，地征口賦之令，禮樂刑法之章，因隋而已矣。二公奚施爲？」余愀然曰：「三王之道，猶夫循環，非必變焉，審所當救而已。隋之過豈制置名數之間邪？顧名與事乖耳。因之何害焉？夫上材之道，非務所舉必的然可使户曉爲迹也。吾觀梁公之迹，章章如懸寓矣。曷然哉？請借一以明之。史不云乎！初，太宗怒渾戎之横于塞也，度諸將不足以必取，當宁而歎曰：得李靖爲帥，快哉！靖時告老且病矣。梁公虚其心以起之，靖忘老與病，一舉虜其君，郡縣其地而還。夫非伐國之難能，起靖之難能也。靖非不克之爲慮，居功之爲慮也。古之爲將，度柄輕不足以遂事，重則嫌生焉。是以有辭第以見志，有多産以取信，有子質以滅貳，有嬖監以虞謗。其多患也如是。若靖者，名既成，位既崇，重失畏偪，其患又甚焉。微梁公之能盡材，能捍患，能去忌，能照私，彼姑藉舊勞居素貴足矣。惡乎起哉？夫豈感空言而起邪？心相見久矣。夫豈飾小信而要邪？道相籠久矣。其後敬玄擅能，失材臣而敗隨之。林甫自便，進蕃將而亂隨之。由是而言，固相萬矣。子方規規然窺上材以户曉之迹，此吾之所不取也。若杜萊公者，在相位日淺，將史失其傳。然以梁公之鑒裁，自天策府遂以王佐材許之，則是又能以道籠房公者矣。房之許與，迹孰甚焉？」客無以應而作。

子劉子曰：「觀書者當觀其意，慕賢者當慕其心。循迹而求，雖博寡要，信矣。」

【校】

〔污崇〕緐本崇下注云：一作隆，英華、全唐文均與一作同。按：唐人不當用隆字，變污隆爲污崇，必原本如是。

〔施爲〕緐本爲作焉。

〔懸寓〕紹本、緐本寓作寓。

〔當宁〕紹本宁作守，誤。
〔爲帥〕紹本、全唐文帥均作師，誤。
〔伐國〕繖本伐作滅。
〔敬玄〕崇本敬上有李字。
〔之所〕英華所上有以字。
〔其意〕全唐文意作志。

【箋證】

按：此文所謂「上材之道，非務所舉必的然可使户曉爲迹」，其意蓋謂賢相之所爲，有不能僅以事迹爲衡者，得一志同道合之賢才而能盡其用，此即其所施爲之大者。房玄齡傳稱其不以求備取人，不以己長格物。又云：房知杜之能斷大事，杜知房之善建嘉謀，蓋唐時之輿論如此。然文中獨舉玄齡勸李靖自請將兵一事，而再三申説靖之以功名之際爲難居，其意必非專以贊玄齡也。蓋德宗之於李晟，憲宗、穆宗之於裴度，皆幾有不終之虞，非但鳥盡弓藏爲君主之常態，而小人之讒間尤足令人短氣。禹錫距晟之時稍遠，未必指晟，則此文殆爲裴度發也。裴度於平淮西後，亦頗有「名成位崇，重失畏偪」之患，禹錫不獨諷當時之君相，或亦譏度之晚節頹唐歟？房玄齡起李靖事，新舊唐書靖傳皆但言靖往見玄齡請行，而玄齡傳中亦不言之。不如此文之詳，似禹錫專假此以發意而已。又鄒炳泰午風堂叢談云：「劉禹錫辯迹論云：觀書者當觀其志，慕賢者當慕其心，循迹而求，雖博寡要。其論房梁公，特舉其起李衛公一事，能盡才捍患，去忌照私，與人心相見，持論獨見其大，如此，可以論世。」此文知者甚少，鄒氏注意及之，固爲難得，但亦恐未能深體作者之意。

〔敬玄〕舊唐書八一李敬玄傳：「爲洮河道大總管兼安撫大使，仍檢校鄯州都督，率兵以禦吐蕃。及將戰，副將工部尚書劉審禮先鋒擊之，敬玄聞敵至，狼狽却走，審禮既無繼援，遂歿于陣。」似指此事。

〔林甫〕舊唐書一〇六李林甫傳：「嘗奏曰：文士爲將，怯當矢石，不如用寒族、蕃人……自是高仙芝、哥舒翰皆專任大將，林甫利其不識文字，無入相由，然而禄山竟爲亂階。」

明贄論

古之人，動必有以將意，故贄之道，自天子達焉。夫芬芳在上，臭達于下，而温粹無擇，有似乎聖人者，鬯也；故用於天子。清越而瑕不自揜，潔白而物莫能汚，内堅剛而外温潤，有似乎君子者，玉也；故用乎諸侯。執之不鳴，刑之不嗥，似死義，乳必能跪，似知禮者，羔也；故卿執焉。在人之上而有先後行列者，雁也；故大夫執焉。耿介而一志者，雉也；故士執焉。視其所執而知其任。

是故食愈重而志愈卑，位彌尊而道彌廣。耿介之志，唯士得以行之。何也？務細而所試者寡，齒卑而所蔽者衆。言未足以動聽，故必激發以取異；行未足以應遠，故必砥礪以沽聞。借令由士爲大夫，捨雉而執雁，其志也隨之，故耿介之名不施於大夫矣，況其上乎？然則爲士也，不思雉之介；爲卿也，能思羔之禮歟？今夫或者不明分推理而觀之，則曰，此居下而嗜直者，是必得志而稔其訐矣。彼當介而務弘者，是必處高而肥其德矣。曾不知訐當其分，則地易而自遷；弘非其所，則志遠而無制矣。於戲！責士以卿大夫之善，猶諭君以士之行耳。予以執贄之道得其分，苟推分明矣，求刑賞之僭濫得乎？

【校】

〔故贄〕全唐文故下有執字。

〔沽聞〕崇本沽作姑。

〔借令〕紹本、崇本、中山集令均作今。

〔故耿介〕英華故作顧。

〔志遠〕紹本、崇本、全唐文遠均作遂。

〔刑賞〕全唐文賞作罰。

【箋證】

按：禮記曲禮：「凡贄，天子鬯，諸侯圭，卿羔，大夫雁，士雉。」正義云：「卿羔者，鄭注宗伯云：羔，小羊，取其羣而不類也。白虎通云：羔取其羣而不黨，卿職在盡忠率下，不黨也。大夫雁者，鄭注宗伯云：雁取其候時而行也。白虎通云：雁取飛有行列也。大夫職在奉命使四方，動則當以正道事君也。士雉者，雉取性耿介，唯敵是赴，士始升朝，宜爲赴敵，故用雉也。羔雁生持，雉則死持，亦表見危授命，書云二死一生，是也。故鄭注宗伯云：雉取其守介而死，不失其節也。」此文於羔雁不取鄭義，於雉則兼取白虎通説，蓋以所重在雉，其他可不斤斤也。文之要旨在「食愈重而志愈卑，位彌尊而道彌廣」二語，謂在上位不可驕人，欲其謙以自牧，寬能容衆。然此二語猶非禹錫爲文之主旨，主旨在唯士能行耿介之志。以士在下位，居卑職，無可自表見。若不耿介其行，有以矯異於衆，則不足以申其所蓄也。禹錫於貞元、永貞之際，鋒芒顯露，致來讒疾，必有人規其以激切賈禍，故爲此文，婉其詞以自明所守。然此非獨禹錫爲然，唐代由科名進身者，年少初仕，頗能自厲風節，但久歷仕途，則圭角漸刓者亦比比也。

華佗論

史稱華佗以恃能厭事爲曹公所怒。荀文若請曰：「佗術實工，人命繫焉，宜議能以宥。」曹公曰：「憂天下無此鼠輩邪！」遂考竟佗。至蒼舒病且死，見賢偏反。醫不能生，始有悔之之歎。嗟乎！以操之明略見幾，然猶輕殺材能如是。文若之智力地望，以的然之理攻之，然猶不能返其恚。執柄者之恚，真可畏諸，亦可慎諸！

原夫史氏之書于册也，是使後之人寬能者之刑，納賢者之諭，而懲暴者之輕殺。故自恃能至有悔悉書焉。後之惑者，復用是爲口實。悲哉！夫賢能不能無過。苟寘于理矣，或必有寬之之請。彼壬人皆曰：「憂天下無材邪！」曾不知悔之日方痛材之不可多也。或必有惜之之歎。彼壬人皆曰：「譬彼死矣將若何！」曾不知悔之日方痛生之不可再也。可不謂大哀乎？

夫以佗之不宜殺，昭昭然不可言也，獨病夫史書之義，是將推此而廣耳。吾觀自曹魏以來，執死生之柄者，用一恚而殺材能衆矣。又烏用書佗之事爲？嗚呼！前事之不忘，期有勸且懲也，而暴者復藉口以快意，孫權則曰：「曹孟德殺孔文舉矣，孤於虞翻何如？」而孔融亦以應泰山殺孝廉自譬。仲謀近霸者，文舉有高名，猶以可懲爲故事。矧他人哉？

【校】

〔實工〕鐵本工作上，誤。

〔悔悉〕崇本悉作恚。

〔惑者〕紹本、崇本惑作或。

〔不可〕紹本、崇本、中山集、英華可均作足。

【箋證】

按：此文假魏武帝殺華佗事立論，其用意在「寬能者之刑，納賢者之諭，而懲暴者之輕殺」數語。德宗一朝，先誅劉晏，次殺竇參，而陸贄亦幾於不免，其猜忌好殺亦已甚矣。然此皆禹錫少時之事，恐此文非因此而發，殆仍是爲王叔文、韋執誼一案言之耳。文中「執死生之柄，用一恚而殺材能」一語最爲其主旨所在，此譏君主，非刺時相也。憲宗之誅王韋，固緣王韋力主改革，爲宦官、藩鎮及守舊徇私之士大夫所排陷，其本人之隱衷，則尤以王、韋專附順宗，不欲憲宗嗣位，故恨之最深。以至終憲宗之世乃至終唐之世，此案不能平反。所謂「用一恚而殺材能」，明王、韋之觸怒別有在也。唐代君主嗣立之際，宫廷中皆有陰謀，舊唐書一五九衞次公傳云：「德宗昇遐時，東宫疾恙方甚，倉卒召學士鄭絪等至金鑾殿，中人或云：内中商量所立未定，衆人未對，次公遽言曰：皇太子雖有疾，次居冢嫡，内外繫心。不得已猶當立廣陵王（即憲宗），若有異圖，禍難未已。絪等隨而唱之，衆議方定。」即此可知德宗死時，宫廷中亦尚有欲别立諸王者。王、韋之受禍，蓋中人甚言其事以媒蘖於憲宗之前，情事固可揣也。

〔憂天下無此鼠輩邪〕魏志華佗傳，此句作「不憂天下當無此鼠輩邪」。此文無「不」、「當」二字，語意較順，未知傳誤抑禹錫竄改。

天說

柳宗元

韓愈謂柳子曰：「若知天之説乎？吾爲子言天之説。今夫人有疾痛、倦辱、飢寒甚者，因仰而呼天曰：『殘民者昌，佑民者殃！』又仰而呼天曰：『何爲使至此極戾也！』若是者，舉不能知天。夫果蓏飲食既壞，蟲生之；人之血氣敗逆壅底，爲癰瘍、疣贅、瘻痔，蟲生之；木朽而蝎中，草腐而螢飛，是豈不以壞而後出邪？物壞，蟲由之生；元氣陰陽之壞，人由之生。蟲之生而物益壞，食齧之，攻穴之，蟲之禍物也滋甚。其有能去之者，有功於物者也；蕃而息之者，物之讎也。人之壞元氣陰陽也亦滋甚：墾原田，伐山林，鑿泉以井飲，竅墓以送死，而又穴爲堰溲，築爲牆垣、城郭、臺榭、觀游，疏爲川瀆、溝洫、陂池，燧木以燔，革金以鎔，陶甄琢磨，悴然使天地萬物不得其情，倖倖衝衝，攻殘敗撓而未嘗息。其爲禍元氣陰陽也，不甚於蟲之所爲乎？吾意有能殘斯人使日薄歲削，禍元氣陰陽者滋少，是則有功於天地者也；蕃而息之者，天地之讎也。今夫人舉不能知天，故爲是呼且怨也。吾意天聞其呼且怨，則有功者受賞必大矣，其禍焉者受罰必大矣。子以吾言爲何如？」

柳子曰：「子誠有激而爲是邪？則信辯且美矣。吾能終其説。彼上而玄者，世謂之天；下而黄者，世謂之地；渾然而中處者，世謂之元氣；寒而暑者，世謂之陰陽。是雖大，無異果蓏、癰痔、草木也。假而有能去其攻穴者，是物也，其能有報乎？蕃而息之者，其能有怒乎？天地，大果蓏也；元氣，大癰痔也；陰陽，大草木也。其烏能賞功而罰禍乎？功者自功，禍者自禍，欲望其賞罰者大謬；呼而怨，欲望其哀且仁者，愈大謬矣。子而信子之仁義以遊其内，生而死耳，烏置存亡得喪於果蓏、癰痔、草木邪？」

【校】

〔蟲生〕崇本蟲上有亦字。

〔蝎中〕崇本中作出。

〔其有能去之者〕有字當依柳集補。

〔蕃而〕崇本蕃作繁，下同。

〔倖倖〕畿本作倅倅。

〔受罰必大〕紹本、崇本、畿本、中山集必均作亦。

〔賞罰者大謬〕崇本謬下有矣字。

〔愈大謬〕崇本愈作亦，崇本及柳集謬下有矣字，現據補。

【箋證】

按：凡他人之作而有所酬答者，以他人之作置於前而不附於後，此古人編集之通例。

又按：柳河東集舊注云：「韓文公登華而哭，有悲絲泣岐之意，惟沈顔能知之。今其言曰：人能賊元氣陰陽而殘人者則有功，蓋有激而云。柳子因而爲之説，謂天地元氣陰陽不能賞善而罰惡，要其歸，欲以仁義自信，其説當矣。然曰天不能賞善罰惡者，何自而勸沮乎？韓文公曰：今之言性者雜佛老而言，正爲柳子設也。劉禹錫云：子厚作天説以折退之之言，非所以盡天人之際，故作天論三篇以極其辯。然公繼與禹錫書云：凡子之論乃吾天説注疏耳。」今考柳文第一段以人之所謂功過非天所欲之功過，天人猶相對。第二段則天非天，是人所强名耳。天既非天，則何有於功過賞罰？人但當盡人事而已。非有第一説則第二説無由深入，蓋假韓愈以發其端耳，猶詞賦家假梁王、陳王賓主之言以擴文勢，先秦諸子恒用此法，非必韓氏真有此説也。故柳以韓爲有激而爲是，而劉亦以柳爲有激而云，柳集舊注迂闊之論恐不足以窺柳、劉之微旨。

天論上

世之言天者二道焉。拘於昭昭者則曰：「天與人實影響：禍必以罪降，福必以善來，窮阨而呼必可聞，隱痛而祈必可答，如有物的然以宰者。」故陰騭之説勝焉。泥於冥冥者則曰：「天與人實剌音辣異：霆震于畜木，未嘗在罪；春滋乎堇荼，未嘗擇善。跖、蹻焉而遂，孔、顔焉而厄，是茫乎無有宰者。」故自然之説勝焉。余之友河東解人柳子厚作天説以折韓退之之言，文信美矣，蓋有激而云，非所以盡天人之際。故余作天論以極其辯云。

大凡入形器者，皆有能有不能。天，有形之大者也；人，動物之尤者也。天之能，人固不能也；人之能，天亦有所不能也。故余曰：天與人交相勝耳。其説曰：天之道在生植，其用在强弱；人之道在法制，其用在是非。陽而阜生，陰而肅殺；水火傷物，木堅金利；壯而武健，老而耗眊；氣雄相君，力雄相長：天之能也。陽而蓺樹，陰而揫斂；防害用濡，禁焚用光；斬材窾堅，液礦硎鋩；義制强訐，禮分長幼；右賢尚功，建極閑邪：人之能也。

人能勝乎天者，法也。法大行，則是爲公是，非爲公非，天下之人蹈道必賞，違之必罰。當其賞，雖三旌之貴，萬鍾之禄，處之咸曰宜。何也？爲善而然也。當其罰，雖族屬之夷，刀鋸之慘，處之咸曰宜。何也？爲惡而然也。故其人曰：「天何預乃事邪？唯告虔報本、肆類授時之禮，曰天而已矣。福兮可以善取，禍兮可以惡召，奚預乎天邪？」法小弛則是非駮，賞不必盡善，罰不必盡惡。或賢而尊顯，時以不肖參焉。

或過而僇辱，時以不辜參焉。故其人曰：「彼宜然而信然，理也。彼不當然而固然，豈理邪？天也。福或可以詐取，而禍亦可以苟免。」人道駁，故天命之説亦駁焉。法大弛，則是非易位，賞恒在佞而罰恒在直，義不足以制其强，刑不足以勝其非，人之能勝天之具盡喪矣。夫實已喪而名徒存，彼昧者方挈挈然提無實之名，欲抗乎言天者，斯數窮矣。

故曰：天之所能者，生萬物也；人之所能者，治萬物也。法大行，則其人曰：「天何預人邪？我蹈道而已。」法大弛，則其人曰：「道竟何爲邪？任人而已。」法小弛，則天人之論駁焉。今以一已之窮通，而欲質天之有無，惑矣！

余曰：天恒執其所能以臨乎下，非有預乎治亂云爾；人恒執其所能以仰乎天，非有預於寒暑云爾。生乎治者人道明，咸知其所自，故德與怨不歸乎天。生乎亂者人道昧，不可知，故由人者舉歸乎天。非天預乎人爾！

【校】

〔剌異〕崇本剌作相。

〔而厄〕英華厄作危。

〔用光〕崇本光作酒。

〔强訐〕崇本訐下注云：一作禦。英華與一作同。

〔是爲公是非爲公非〕文粹此八字作是非爲公。

〔違之〕崇本之作善。

〔三旌〕英華、全唐文旌均作族。

〔乃事〕崇本、全唐文乃下均有人字。

〔而禍亦可〕紹本、崇本亦均作或。

〔具盡喪〕崇本具作實。

〔任人而已〕文粹人作天。

〔天之有無〕崇本之作云。

〔預於〕紹本、崇本、全唐文於均作乎。

【箋證】

按：禹錫之論天人，雖似以天與人對立，但以天爲自然之規律，人則順應自然之規律以治人事者。人事有不盡而歸怨於天，是常人之淺見也。此與宗元所云「功者自功，禍者自禍，欲望其賞罰者大謬」，皆是有人而無天之説。故宗元以爲與其説無異。惟劉氏立「天人交相勝」一義，於其初意有不盡符，而反滋讀者之惑，宜宗元之不謂然。（宗元答書見後，以便參證。）

又按：文中「天之道在生植，其用在强弱」，而以「水火傷物，木堅金利，壯健老衰，氣力相君長」爲例，即自然之規律也。禹錫所謂「天之能」也。「人之道在法制，其用在是非。春耕秋穫，防水禁火，設政刑以資信守」，即順應自然之規律以治人事也。禹錫所謂「人之能」也。然若法制壞而不修，則賞罰禍福皆顛倒，宜賞而罰，當福而禍，人之所以勝天者既失，則本由人者皆歸之於天矣。宗元與禹錫皆以非罪而得禍，故深慨於人事之自紊而非天道之有知，其言之痛切者，有由也。

天論中

或曰：子之言天與人交相勝，其理微，庸使户曉，盍取諸譬焉。

劉子曰：若知旅乎？夫旅者，羣適乎莽蒼，求休乎茂木，飲乎水泉，必强有力者先焉；否則，雖聖且賢，莫能競也。斯非天勝乎？羣次乎邑郛，求蔭于華榱，飽于餼牢，必聖且賢者先焉；否則，强有力莫能競也。斯非人勝乎？苟道乎虞、芮，雖莽蒼猶郛邑然；苟道乎匡、宋，雖郛邑猶莽蒼然。是一日之途，天與人交相勝矣。吾固曰：是非存焉，雖在野，人理勝也；是非亡焉，雖在邦，天理勝也。然則天非務勝乎人者也。何哉？人不宰則歸乎天也。人誠務勝乎天者也。何哉？天無私，故人可務乎勝也。吾於一日之途而明乎天人，取諸近也已。

或者曰：若是，則天之不相乎人也信矣，古之人曷引天爲？答曰：若知操舟乎？夫舟行乎濰、淄、伊、洛者，疾徐存乎人，次舍存乎人。風之怒號，不能鼓爲濤也；流之泝洄，不能峭爲魁也。適有迅而安，亦人也；適有覆而膠，亦人也。舟中之人未嘗有言天者，何哉？理明故也。彼行乎江、河、淮、海者，疾徐不可得而知也，次舍不可得而必也。鳴條之風，可以沃日；車蓋之雲，可以見怪。恬然濟，亦天也；黯然沈，亦天也；阽危而僅存，亦天也。舟中之人未嘗有言人者，何哉？理昧故也。

問者曰：吾見其駢焉而濟者，風水等耳，而有沈有不沈，非天曷司歟？

答曰：水與舟二物也。夫物之合并，必有數存乎其間焉。數存，然後勢形乎其間焉。一以沈，一以濟，適當其數，乘其勢耳。彼勢之附乎物而生，猶影響也。本乎徐者其勢緩，故人得以曉也；本乎疾者其勢遽，故難得以曉也。彼江、海之覆，猶伊、淄之覆也。勢有疾徐，故有不曉耳。

問者曰：子之言數存而勢生，非天也，天果狹於勢邪？

答曰：天形恒圓而色恒青，周迴可以度得，晝夜可以表候，非數之存乎？恒高而不卑，恒動而不已，非勢之乘乎？今夫蒼蒼然者，一受其形于高大，而不能自還於卑小；一乘其氣于動用，而不能自休於俄頃。又惡能逃乎數而越乎勢邪？吾固曰：萬物之所以爲無窮者，交相勝而已矣，還相用而已矣。天與人，萬物之尤者耳。

問者曰：天果以有形而不能逃乎數，彼無形者，子安所寓其數邪？

答曰：若所謂無形者，非空乎？空者，形之希微者也。爲體也不妨乎物，而爲用也恒資乎有，必依於物而後形焉。今爲室廬，而高厚之形藏乎内也。爲器用，而規矩之形起乎内也。音之作也有大小，而嚮不能踰；表之立也有曲直，而影不能踰。非空之數歟？夫目之視，非能有光也，必因乎日月火炎而後光存焉。所謂晦而幽者，目有所不能燭耳。彼狸狌犬鼠之目，庸謂晦爲幽邪？吾固曰：以目而視，得形之粗者也；以智而視，得形之微者也。烏有天地之内有無形者邪？古所謂無形，蓋無常形耳，必因物而後見耳。烏能逃乎數邪？

【校】

〔求蔭〕崇本蔭作陰。

〔鍼牢〕崇本牢下注云：一作牽。英華、全唐文均與一作同。

〔苟道乎匡宋〕崇本、畿本、全唐文道均作由。

〔可務乎勝〕結一本作可勝乎天，誤。

〔之途〕崇本無之字。紹本作百之途，誤。

〔不相〕紹本、崇本相下注云：一作去。

〔疾徐存乎人〕紹本人作天。

〔峭爲魁〕結一本魁作鬼，誤。

〔有言人者〕崇本作有不言天者。

〔水與舟〕紹本與作興，誤。

〔彼勢〕英華彼上有使字。

〔天果挾於勢〕紹本、崇本、畿本、全唐文挾均作狹。

〔日月火炎〕崇本炎下注云：一作燄。

【箋證】

按：此篇之精粹在「物之合并必有數存乎其間焉，數存然後勢形乎其間焉」以下。其釋數與勢亦具於下文，其意以天之周回晝夜可以測而知者即數也，其屬於人之所見高而且動者即勢也。數者規律之必然，勢者由規律而形之於外。然常人每謂無形可求者必無規律。禹錫則深探其理而斷之，以爲世無無形之物，其無形者，特微眇而不及察耳。且所謂無形者，若不附於有形，亦非人之思慮所能到。例如高與厚必附於室廬，方與圓必附於器用。高厚方圓雖似無形，然必因室廬器用而得見，故無常形耳。既因物而得見，則仍是可測之規律也。宗元於此亦服其見解之精，故答書云：「所謂無形爲無常形者甚善。」禹錫既見及此，惜乎文之前半猶謂：「彼行乎江河淮海者，疾徐不可得而知，次舍不可得而必，濟亦天，沉亦天，僅存亦天。」似猶以天爲有權者，故宗元以爲「愚民恒説」。又文首以旅爲喻，證「天與人交相勝」之説，宗元亦駁之，以爲皆人而非天也。其實禹錫所以言此，乃舉恒言恒事爲譬，其一篇之主旨仍在數與勢之必然，而所以測數與勢者全繫乎人事。故天論三篇以中篇爲最精。

天論下

或曰：古之言天之曆象，有宣夜、渾天、周髀之書；言天之高遠卓詭，有鄒子。今子之言有自乎？

答曰：吾非斯人之徒也。大凡入乎數者，由小而推大必合，由人而推天亦合。以理揆之，萬物一貫也。今夫人之有頭目耳鼻齒毛頤口，百骸之粹美者也，然而其本在乎腎腸心腹。天之有三光懸寓，萬象之神明者也，然而其本在乎山川五行。濁爲清母，重爲輕始。兩位既儀，還相爲庸。噓爲雨露，噫爲雷風。乘氣而生，羣分彙從。植類曰生，按尚書傳云：海隅蒼生，謂草木也。動類曰蟲。倮蟲之長，爲智最大。能執人理，與天交勝。用天之利，立人之紀。紀綱或壞，復歸其始。堯、舜之書，首曰「稽古」，不曰稽天；幽、厲之詩，首曰「上帝」，不言人事。在舜之進，元凱舉焉，曰「舜用之」，不曰天授；在殷高宗，襲亂而興，心知説賢，乃曰「帝賚」。堯民之餘，難以神誣；商俗已訛，引天而毆。由是而言，天預人乎？

【校】

〔頭目〕紹本、崇本頭均作顔。

〔心腹〕崇本、文粹腹均作腑。

〔懸寓〕崇本、全唐文寓均作寓。按：懸寓已見本卷辯迹論。

〔爲智〕文粹無此二字。

〔不言人事〕崇本言下有於字。

〔在舜之進〕紹本、崇本、畿本進均作庭。

〔殷高宗〕結一本作殷中宗，據世綵堂本柳集及史記殷本紀改。

【箋證】

按：此篇即複述中篇之意而括以四語曰：「用天之利，立人之紀，紀綱或壞，復歸其始。」即順應自然之規律以治人事也。人事未盡，則復歸於任天矣。然人之智與時俱進，其初但能小勝乎天而已，其漸則有加焉，又其漸則更有加焉。故後必勝於前，今必優於古。文末舉幽、厲之詩曰上帝，殷高宗舉傅説曰帝賚，是紀綱壞之時則歸於任天。然必以堯、舜不曰稽天不曰天授爲難以神誣，是則天命神道之説皆起於後世而不於古昔矣。事理亦必不然，其詞頗失檢。

又按：武丁假託帝賚之説，禹錫發之，而楊慎亦頗知之。丹鉛總録一〇：「武丁以夢相傅説，事著于書矣，而世猶疑之，曰夢而得賢可也，或否焉，亦將立相之！且其旁求，以象之肖也。天下之貌相似亦多矣，使外象而内否，亦將寄以鹽梅舟楫之任歟！審如是，則叔孫之夢豎牛，漢文之夢鄧通，卒爲身名之累，夢果可憑歟！或曰非也。武丁嘗遯於荒野而後即位，彼在民間已知説之賢矣，一旦欲舉而加之臣民之上，人未必帖然以聽也，故徵之於夢焉。是聖人之神道設教也。是所謂民可使由之而不可使知也。且又商之俗質而信鬼，因民之所信而導之，是聖人所以成務之幾也。劉禹錫之言曰：在舜之庭……蓋亦意料之言也。莊子載太公之事云：文王見一丈夫釣，欲舉而授之政，而恐大臣父兄之弗安也。欲終而釋之，而不忍百姓之無天也，於是旦而屬之大夫曰：昔者寡人夢見良人黑色而髯，號曰：寓而政於臧丈人，庶幾乎民有瘳乎！遂迎臧丈而授之政。顔淵問於仲尼曰：文王其猶未邪，何以夢爲乎？仲尼曰：默，女無言，夫文王盡之也，而又何論刺焉？彼直以循斯須也。禹錫之言蓋本莊子，彼以武丁文王之用説與望，猶田單之用一妄男子爲軍師，類乎聖人之神道設教，以幾成務而不使民知。」

附録　柳宗元答劉禹錫天論書

宗元白：發書得天論三篇，以僕所爲天説爲未究，欲畢其言。始得之，大喜，謂有以開吾志慮。

及詳讀五六日，求其所以異吾説，卒不可得。其歸要曰：非天預乎人也。凡子之論，乃吾天説傳疏耳，無異道焉。諄諄佐吾言，而曰有以異，不識何以爲異也。

子之所以爲異者，豈不以贊天之能生植歟！夫天之能生植久矣，不待贊而顯。且子以天之生植也，爲天邪，爲人邪！抑自生而植乎！若以爲爲人，則吾愈不識也。若果以爲自生而植，則彼自生而植耳，何以異夫果蓏之自爲果蓏，癰痔之自爲癰痔，草木之自爲草木邪！是非爲蟲謀明矣。猶天之不謀乎人也。彼不我謀而我何爲務勝之邪！子所謂天勝者，若天恒爲惡，人恒爲善，人勝天則善者行，是又過德乎人，過罪乎天也。又曰：天之能者生植也，人之能者法制也，是判天與人爲四而言之者也。余則曰：生植與災荒皆天也，法制與悖亂皆人也，二之而已。其事各行不相預，而凶豐理亂出焉。究之矣。凡子之辭，枝葉甚美，而根不取直以遂焉。

又子之喻乎旅者皆人也，而一曰天勝焉，一曰人勝焉，何哉？莽蒼之先者力勝也，邑郛之先者智勝也，虞、芮，力窮也，匡、宋，智窮也。是非存亡，皆未見其可以喻乎天者。若子之説，要以亂爲天理，理爲人理邪！謬矣。若操舟之言人與天者，愚民恒説耳。幽、厲之云爲上帝者，無所歸怨之詞爾。皆不足喻乎道。子其熟之，無羡言侈論以益其枝葉，姑務本以爲得，不亦裕乎？獨所謂無形爲無常形者甚善。宗元白。

劉禹錫集箋證卷第六

論中

因論七篇

劉子閒居作因論，或問其旨曷歸歟？對曰：因之爲言有所自也。夫造端乎無形，垂訓於至當，其立言之徒。放詞乎無方，措旨於至適，其寓言之徒。蒙之智不逮于是，造形而有感，因感而有詞，匪立匪寓，以因爲目。因論之旨也云爾。

鑒藥

劉子閒居有負薪之憂，食精良弗知其旨，血氣交沴，煬然焚如。客有謂予：「子病，病積日矣。乃今我里有方士淪跡於醫，厲者造焉而美肥，輒者造焉而善馳。矧常病也，將子詣諸？」予然之，之醫所。切脈觀色聆聲，參合而後言曰：「子之病，其興居之節舛、衣食之齊乖所由致也。今夫藏鮮能安穀，府鮮能母氣，徒爲美疢之囊橐耳，我能攻之。」乃出藥一丸，可兼方寸，以授予曰：「服是足以瀹昏煩而鉏蘊結，銷蠱慝而歸耗氣。然中有毒，須其疾瘳而止，過當則傷和，是以微其齊也。」予受藥以餌，過信而㿉能輕，痺能和，涉旬而苛癢絶焉，抑搔罷焉。踰月而視分纖，聽察微，蹈危如平，嗜糲如精。或聞而慶予，且闚言曰：「子之獲是藥，幾神乎！誠難遭已。顧醫之態多嗇術以自貴，遺患以要財，盍重求之，所至益深矣。」予昧者也，泥通方而狃既效，猜至誠而惑勦説，卒行其言。逮再餌半旬，厥毒果肆，岑岑周體，如痁作焉。悟而走諸醫，醫大咤曰：「吾固知夫子未達也。」促和蠲毒者投之，濱於殆而有喜，異日進和藥乃復初。

劉子慨然曰：善哉醫乎，用毒以攻疹，用和以安神，易則兩躓，明矣。苟循往以御變，昧於節宣，奚獨吾儕小人理身之弊而已？

【校】

〔劉子閒居作因論〕崇本劉上有子字。

〔至適〕全唐文適作當。
〔子病〕崇本作子疾。
〔輒者〕崇本輒作跛，畿本、全唐文均作蹶。
〔常病也〕崇本也作雅。
〔美疢〕紹本、崇本、畿本、全唐文疢均作疹，誤。
〔攻之〕全唐文攻作功。
〔微其齊〕紹本、崇本齊下均注云：去。按：此皆後人所加，不足取。後不復出。
〔骽〕紹本、崇本作腿。
〔闃言〕崇本闃作闞。
〔大吒〕崇本吒作咤。
〔夫子〕崇本作夫夫。

【注】

〔立言〕按立言指古經傳之訓，寓言指戰國諸子之以譬喻立説者，此文實亦寓言之屬，而託之於身所經目所睹耳。
〔負薪〕按孟子公孫丑下有「采薪之憂」，爲有疾之謙辭。今云負薪，意亦相同也。
〔厲者〕謂癩也，史記刺客列傳，漆身爲厲。莊子，厲憐王。

〔美疢〕左傳襄二十三年，臧孫曰：美疢不如惡石，石猶生我，疢之美，其毒滋多。

〔方寸〕按方寸指量藥之匕，然既云出藥一丸，不宜又云可兼方寸。且下文之意謂餌之過量，則似不止一丸，疑語有訛脱。

〔過信〕左傳莊三年：「再宿爲信。」

〔苛癢〕禮記内則：「問衣燠寒疾痛苛癢而敬抑搔之。」爾雅釋言：「苛，妎也。」即疥字之由來。

〔岑岑〕按漢書外戚傳：「我頭岑岑也，藥中得無有毒！」顔注：「岑岑，痺悶之意。」

〔痁〕左傳昭二十年：「齊侯疥，遂痁。」杜注：「痁，瘧疾。」

〔未達〕論語鄉黨：「康子饋藥，拜而受之，曰：丘未達，不敢嘗。」疏云：「孔子未達其藥之故，不敢先嘗。」此云未達，亦謂未曉醫藥之理也。

【箋證】

〔因論七篇〕按：此文小引云：「劉子閒居作因論」，考禹錫自貞元十六年（八〇〇）入杜佑幕以至開成初罷同州刺史，皆無閒居之日，所謂閒居，惟第進士後未授官以前可以當之。復考七篇之中，有歲月可爲明徵者，莫如訊甿一篇。其中敍汴州之事，有云：「自巨盜間釁而武臣顓焉」，巨盜指李希烈也。希烈以建中四年（七八三）陷汴州，改爲大梁府，即帝位，稱大楚。所謂巨盜間釁也。貞元元年（七八五），劉洽收復汴州，即以爲節度使，洽改名玄佐，所謂武臣顓焉，自此始矣。及八年（七九二）三月，玄佐卒，軍中擁立其子士寧。通鑑（二三四以下各卷）云：「士寧以財賞將士，劫（監軍）孟介以請於朝。上以問宰相，竇參曰：今汴人指李納以邀制命。不許，將合於（李）納。庚寅，以士寧爲宣武節度使。士寧疑宋州刺史翟良佐不附己，託言巡撫，至宋州，以都知兵馬使劉逸準代之。」此一亂也。「（九年十二月），士寧帥衆二萬畋于外野，（都知兵馬使李）萬榮晨入使府，召所留親兵詐之曰：敕徵大夫入朝，以吾掌留務，汝輩人賜錢三十緡，衆皆拜。又諭外營兵，皆聽命。乃分兵閉城門，使馳白士寧曰：敕徵大夫，宜速即路，少或遷延，當傳首以獻。士寧知衆不爲用，以五百騎逃歸京師。……以通王諶爲節度大使，以萬榮爲留後。」此再亂也。「（十二年六月），李萬榮疾病，其子迺爲兵馬使。甲申，迺集諸將，責李湛、伊婁説、張丕以不憂軍事，斥之外縣。上遣中使第五守進至汴州，宣慰始畢，軍士十餘人呼曰：兵馬使勤勞無賞，劉沐何人，爲行軍司馬！沐懼，陽中風舁出。軍士又呼曰：倉官劉叔何給納有姦。殺而食之。又欲斫守進，迺止之。迺又殺伊婁説、張丕。都虞候匡城鄧惟恭與萬榮鄉里相善，萬榮常委以腹心，迺亦倚之。至是惟恭與監軍俱文珍謀，執迺送京師。秋七月乙未，以東都留守董晉同平章事兼宣武節度使……晉既受詔，即與傔從十餘人赴鎮，不用兵衛。至鄭州，迎者不至，鄭州人爲晉懼，或勸晉且留觀變。有自汴州出者，言於晉曰：不可入。晉不對，遂行。惟恭以晉來之速，不及謀。晉去城十餘里，惟恭乃率諸將出迎，晉命惟恭勿下馬，氣色甚和，惟恭差自安。既入，仍委惟恭以軍政。初，劉玄佐增汴州兵至十萬，遇之厚，李萬榮、鄧惟恭又加厚焉，士卒驕不能禦，乃置腹心之士，幕於公庭廡下，挾弓執劍以備之，時勞賜酒肉。晉至之明日，悉罷之。」此三亂也。

訊眂文中稱隴西公，即晉之封爵。又云：「吾帥故爲丞相。」按晉以貞元五年（七八九）入相，九年（七九三）罷爲禮部尚書，亦正與晉之仕履合。通鑑又載：是年八月丙子，以汝州刺史陸長源爲宣武行軍司馬。朝議以董晉柔仁多可，恐不能集事，故以長源佐之。長源性剛刻，多更張舊事，晉初皆許之，案成則命且罷，由是軍中得安。據長源本傳云：自萬年縣令爲汝州刺史。文中有云：「其佐嘗宰京邑，能誅鉏豪右」，則亦與長源之仕履合。綜以上情事觀之，則此文爲貞元十二年（七九六）汴州三亂以後董晉初至鎮時所作，殆無可疑矣。準是以言，參之子劉子自傳，則似即禹錫除太子校書赴官時。更就他篇之行跡觀之，儆舟篇有云「浮於汴，涉淮而東」，原力篇有云「舟次泗濱」，大抵所涉皆不出汴、泗、淮之境，尤可見七篇之作互相關聯，其時必相先後。除訊眂篇明言自徐、泗往長安外，儆舟、力命兩篇皆似言自京東行返淮南，蓋禹錫是時以省覲而來往於其間也。據此，知此七篇乃禹錫之少作，故文義既未甚精，文格亦較集中他篇爲平衍，細察之可辨。卞孝萱劉禹錫年譜據百川學海本題名「唐夔州刺史劉禹錫書」，定爲在夔州所作，未確。或禹錫在夔州時重自寫定，則理或有之。

〔鑒藥〕按：本篇之旨在闡明醫藥之爲用在於以峻利攻伐之劑去其蘊毒，然蘊毒既去，則當求有以和安之，若攻伐不已，則毒發而疾殆。凡藥皆有弊，服之適如量，則有效而無害，過量則有害。服之過量，毒已發矣，故必先投以解毒之劑，然後進調理之方。禹錫少時以多病之故，諳悉醫藥，見卷十答薛郎中書，故就所親歷者言之。然文末數語云：「苟循往以御變，昧於節宣，奚獨吾儕小人理身之弊」，亦必寓有託諷之意。當貞元之末，朝士陷刑網者甚衆，往往一斥十年，不復肆赦。（通鑑二三六：德宗之末，十年無赦，羣臣以微過譴逐者，皆不復敘用。）故新唐書於德宗紀末論之曰：「德宗猜忌刻薄，以强明自任，恥見屈於正論，而忘受欺於姦諛。故其疑蕭復之輕己，謂姜公輔爲賣直，而不能容，用盧杞、趙贊則至於敗亂而終不悔。」綜其所行，施之武人則姑息太過，施之政事則操切失中。禹錫處此時，殆已見變革之不可緩，後此王、韋之佐順宗，蓋即本此旨也。

〔輒者〕穀梁傳昭公二十年：「輒者何也？曰：兩足不能相過，齊謂之綦，楚謂之蹝，衛謂之輒。」此文正用此義。而崇本輒作跛，畿本、全唐文均作蹶，必校者不知穀梁傳有此義而臆改。禹錫深於穀梁之學，於集中常見之。

訊甿

劉子如京師，過徐之右鄙，其道旁午，有甿增增，扶斑白，挈羈角，賫生器，荷農用，摩肩而西。僕夫告予曰：「斯宋人、梁人、亳人、潁人之逋者，今復矣。」予愕而訊云：「予聞隴西公暘觳之止，方踰月矣。今爾曹之來也，欣欣然似恐後者，其聞有勞徠之簿歟，蠲復之條歟，振贍之格歟，碩鼠亡歟，瘈狗逐歟！」曰：「皆未聞也。且夫浚都，吾政之上游也。自巨盜間釁而武臣顓焉。牧守由將校以授，皆虎而冠。子男由胥徒以出，皆鶴而軒。故其上也子視卒而芥視民，其下也鶩其理而蛑其賦。民弗堪命，是軼于他土。然咸重遷也，非阽危擠壑不能違之。曩者雖歸歟成謡，而故態相沿，莫我敢復。今聞吾帥故爲丞相也，能清静畫一，必能以仁蘇我矣。其佐嘗宰京邑也，能誅鉏豪右，必能以法衞我矣。奉斯二必而來歸，惡待事實之及也。」

予因浩歎曰：行積於彼而化行於此，實未至而聲先馳。聲之感人若是之速歟！然而民知至至矣，政在終終也。嘗試論聲實之先後曰：民黠政頗，須理而後勸，斯實先聲後也。民離政亂，須感而後化，斯聲先實後也。立實以致聲，則難在經始；由聲以循實，則難在克終。操其柄者能審是理，俾先後終始之不失，斯誘民孔易也。

【校】

〔之格〕紹本格字缺，崇本作術。

【注】

〔暢轂〕暢，隸變爲暢。詩秦風小戎「文茵暢轂」，謂將帥之戎車也。

〔碩鼠〕詩魏風碩鼠：「刺重斂也，國人刺其君重斂蠶食於民，不修其政，貪而畏人，若碩鼠也。」

〔瘈狗〕左傳襄十七年：「國人逐瘈狗，入于華臣氏。」又哀十二年：「國狗之瘈，無不噬也。」

〔浚都〕詩鄘風干旄：「孑孑干旟，在浚之都。」後人皆以浚都指大梁。

〔吾政之上游〕按宋、汴（文中稱梁）、亳、潁四州皆隸宣武，而節度使治所則在汴州，故云吾政之上游。

〔巨盜〕指李希烈，見卷末箋證。

〔其上〕其上謂節鎮，其下謂官吏。

〔丞相〕董晉於貞元五年（七八九）入相，九年（七九三）罷爲東都留守。

【箋證】

按：此篇全爲董晉及陸長源而發，説已見前。晉之莅宣武在貞元十二年（七九六），其卒也爲十五年（七九九）。據子劉子自傳，禹錫以貞元九年（七九三）登進士第，十年（七九四）登宏詞拔萃科，改太子校書，請告歸省。是時禹錫往來揚州、徐州、洛陽、長安之間或非一度，此文所述行踪，則自揚州取道徐州往京師也。禹錫是時年方二十餘，涉世未深，故聞人言而遽頌晉與長源之能，不知晉固未能弭汴軍之亂，而長源竟以身受禍也。以此觀之，乃禹錫貞元十二年（七九六）據所見聞，偶有此作，已無疑義。並可見禹錫於異日編集時亦未嘗有所改定，更可證此七篇皆在此一二年中彙編，並非事後所湊集也。

〔隴西公〕隴西公謂董晉，舊唐書一四五、新唐書一五一均有傳。據韓愈集，董公行狀結銜有「隴西郡公」，知晉曾受此封。上文宋人、梁人、亳人、潁人云云，蓋宣武節度使是時轄宋、汴、亳、潁四州。

〔其佐嘗宰京邑也〕其佐謂陸長源，舊唐書一四五有傳，新唐書附董晉傳中。據傳，自萬年縣令出爲汝州刺史，自汝州爲宣武行軍司馬。萬年爲京兆附郭邑，京縣令秩五品，例以才幹剛强之人爲之。節度下之行軍司馬即當儲帥之任。見舊唐書一四六嚴綬傳。參見本集卷十一請赴行營表箋證。

歎牛

劉子行其野，有叟牽跛牛于蹊，偶問焉：「何形之瑰歟，何足之病歟？今觳觫然將安之歟？」叟攬縻而對云：「瑰其形，飯之至也；病其足，役之過也。請爲君畢詞焉。我僦車以自給。嘗驅是牛，引千鈞，北登太行，南至商嶺。掣以回之，叱以聳之。雖涉淖躋高，轂如蓬而輈不僨。及今廢矣，顧其足雖傷而膚尚腯，以畜豢之則無用，以庖視之則有贏。伊禁焉莫敢尸也。甫聞邦君饗士，卜剛日矣，是往也，當要售於宰夫。」余尸之曰：「以叟言之則利，以牛言之則悲。若之何？予方窶，且無長物，願解裘以贖，將置諸豐草之鄉，可乎？」叟囅然而咍曰：「我之沽是，屈指計其直可以持醪而齧肥，飴子而衣妻，若是之逸也。奚事裘爲？且昔之厚其生，非愛之也，利其力；

今之致其死，非惡之也，利其財。子惡乎落吾事？」

劉子度是叟不可用詞屈，乃以杖扣牛角而歎曰：所求盡矣，所利移矣。是以員能霸吴屬鏤賜，斯既帝秦五刑具，長平威振杜郵死，垓下敵擒鍾室誅。皆用盡身賤，功成禍歸，可不悲哉，可不悲哉！嗚呼！執不匱之用而應夫無方，使時宜之，莫吾害也。苟拘於形器，用極則憂，明已。

【校】

〔南至〕紹本、崇本、畿本、中山集、全唐文至均作並。

〔商嶺〕崇本嶺下注云一作顔。

〔不僨〕崇本僨作憤，誤。

〔及今〕崇本及作乃。

〔落吾事〕按：落疑當作格。

【注】

〔邦君〕按唐代藩鎮於軍中合樂宴饗以勞吏士，已成習俗。禮，外事以剛日，宴饗外事也，故卜剛日。

〔杜郵〕秦白起賜死於杜郵。

〔鍾室〕漢呂后使武士縛韓信，斬之長樂鍾室。

【箋證】

按：此文主旨在「所求盡，所利移」二語，與鳥盡弓藏之意相類。但不從用人者立言，而從立身應世之道立言，故篇末有「執不匱之用而應夫無方，使時宜之莫吾害」數語。又「拘於形器，用極則憂」二語即莊子「繕刀而藏」之意。考李晟之卒在貞元九年（七九三），即禹錫登第之年也。晟在收京以後，頗被讒謗，不自得，事見通鑑二三二。疑此文爲晟輩爲發。又竇參、陸贄、姜公輔之被斥逐皆在此數年中。禹錫殆不敢斥言德宗之猜忌寡恩，乃以不能應夫無方爲諸人咎耳。

儆舟

劉子浮于汴，涉淮而東，亦既釋綍纚，榜人告余曰：「方今湍悍而舟盬，宜謹其具以虞焉。」予聞言若厲。繇是衈以室之，灰以墐之，鶇以乾之，僕怠而躬行，夕惕而晝勤，景霾晶而莫進，風異響而遄止。兢兢然累辰，是用獲濟。偃檣弭櫂，次于淮陰。於是舟之工咸沛然自暇自逸，或游肆而觴矣，或拊橋而歌矣，隸也休役以高寢矣，吾曹無虞以宴息矣。逮夜分而窾隟潛澍，涣然陰潰，至乎淹篢濡薦，方卒愕傳呼，跣跳登墟，僅以身脱。目未及瞬而樓傾軸墊，抵于泥沙，力莫能支也。

劉子缺然自視而言曰：曏予兢惕也，汩洪漣而無害。今予宴安也，蹈常流而致危。畏之途果無常所哉！不生於所畏而生於所易也。是以越子膝行吴君忽，晉宣尸居魏臣怠，白公厲劍子西哂，李園養士春申易，至于覆國夷族。可不儆哉！嗚呼！禍福之胚胎也，其動甚微；倚伏之矛楯也，其理甚明。困而後儆，斯弗及已。

【校】

〔高寢〕紹本、崇本、全唐文高均作尚。

〔登墟〕崇本墟作坵。

〔抵于〕紹本抵作坵，崇本作圮。

〔缺然〕崇本缺作歃。

〔自視〕崇本自作目。

〔洪漣〕崇本、全唐文漣均作波。

【注】

〔越子〕謂勾踐，春秋於吴越之王皆稱子。

〔晉宣〕謂司馬懿，三國志魏書九曹爽傳：李勝出爲荆州刺史，往詣宣王，宣王稱疾困篤，示以羸形，勝不能覺，謂之信然。通鑑七五，勝退告爽曰：「司馬公廣居餘氣，形神已離，不足慮矣。」（爽傳無此語）魏臣指曹爽等人。

〔白公〕左傳哀十六年：「（白公）勝自厲劍，子期之子平見之，曰：王孫何自厲也？曰：勝以直聞，不告女，庸爲直乎？將以殺爾父。平以告子西，子西曰：勝如卵，余翼而長之，楚國第，我死，令尹、司馬，非勝而誰？」此所謂子西哂，不信而哂之也。

〔李園〕史記春申君列傳載朱英對春申君之言曰：「李園不治國而君之仇也，不爲兵而養死士之日久矣。楚王卒，李園必先入據權而殺君以滅口。」春申君曰：「足下置之，李園弱人也，僕又善之，且又何至此。」此所謂春申易，易者不以爲意也。

【箋證】

按：此文云：「浮汴涉淮，次于淮陰」，自是由京洛往淮南之行程，當在授太子校書後請告東歸時，與訊甿一篇之行程自東而西者恰相反。禹錫方擢科第、履仕途，得此之初，以此自儆，似别無深意。

又按：越子膝行數語，洪邁以爲效漢書贊之「豎牛奔仲，叔孫卒；郈伯毁季，昭公逐。」其模範則本自荀子成相篇。（見容齋四筆九）王應麟困學紀聞則並上篇之「員能霸吴屬鏤賜，斯既帝秦五刑具，長平威振杜郵死，垓下敵禽鍾室誅」，謂爲文法效漢書蒯通傳贊。

原力

劉子于邁，舟次泗濱，維舴艋之于傳，傳吏適傳呼曰：「乘驛者方來。誰何之？」

則曰：「力人也。」雅以力聞于吴楚間，中貴人器之，謂宜爲爪士，獻言于上。有旨趣如京師。頃其至則佐焉五輩，咸碩其體，毅其容，動睛曄如，曳趾岌如，顧瞻遲回，飲啜有聲。泗濱守伾，由將授也，説而勞之，饗以太牢，飲以百壺，酒酣氣振，求試自矜，傍如無人，中若有馮。有盪舟如沿者，抉鼎如飛者，絢鍵如麻者，開兩弧而脈不僨者，屭巨石而濟如流者，異哉！果以力駭世而聞于上也。

異日話於儒家者流，有客悱然自奮曰：「斯誠力矣，上之不過誇胡人而戲角抵，次之不過倅期門而振袀服。我之力異，然以道用之可以格三苗而賓左衽，以威用之可以係六贏而斷右臂。由是而言：彼力也長雄於匹夫，然猶驛其騑，饒其食；我力也無敵於天下，亦當蒲其輪鶴其書矣。」予詰之曰：「彼之力用於形者也，子之力用於心者也。形近而易見，心遠而難明。理乎而言，則子之力大矣；時乎而言，則彼之力大矣。且夫小大迭用，曷常哉？彼固有小矣，子固有大矣。予所不能齊也。」客於邑垂涕洟。劉子解之曰：「屠羊于肆，適味於衆口也；攻玉于山，俟知於獨見也。貪日得則鼓刀利，要歲計而韞櫝多。」客聞之破涕曰：「吾方俟多於歲計也。歲歟歲歟！其我與歟！」

【校】

〔抉鼎〕結一本抉作扶，誤。

〔濟如〕紹本、崇本、中山集濟均作齋，畿本、全唐文均作齊。

〔六贏〕崇本贏作䜌，誤。按：六贏語出史記衛將軍驃騎列傳。

〔彼之〕崇本無之字。

〔劉子〕紹本子作予，誤。

【注】

〔袀服〕左傳僖五年：「均服振振。」釋文：「均如字，同也。字書作袀，音同。」按袀服後世多用爲軍服之稱。

〔蒲其輪〕庾信哀江南賦：「門巷蒲輪」，孔稚珪北山移文：「鶴書赴隴。」蒲輪鶴書皆喻朝廷之徵召。

【箋證】

按：唐語林四云：「李相紳督大梁日，聞鎮海軍進健卒四人，一曰富倉龍，二曰沈萬石，三曰馮五千，四曰錢子濤，悉能拔撅角觝之戲。翌日，于球場内犒勞，以老牛筋皮爲炙，狀瘤魁之礨，坐于地茵，大柈令食之。萬石等三人視炙堅麤，莫敢就食，獨五千瞑目張口，兩手捧炙，如虎啖肉。丞相曰：真壯士也，可以撲殺西域健胡。又令試觝戲，倉龍等亦不利，獨五千勝之。十萬之衆，爲之披靡。于是獨留五千，倉龍等退還本道。語曰：壯兒過大梁，如上龍門也。其所敍力士之狀，與此文參核，如云：「咸碩其體，毅其容，動睛曄如，曳趾岌如。」又云：「有盪舟如沿者，抉鼎如飛者，絢鍵如麻者，開兩弧而脈不僨者，屣巨石而濟如流者。」皆大致相合。所記李紳一事，未必即爲禹錫此文所指，然唐時諸道進力士以達長安，路出汴泗，乃恒有之事。張鷟龍筋鳳髓判：「衛狀稱揚州貢大人魯敬，身長九尺，力敵十夫。」（見全唐文一七三）舊唐書敬宗紀：寶曆二年（八二六）七月乙亥，河中進力士八人，皆其比也。

又按：文中有云：「劉子于邁，舟次泗濱。」是禹陽由京洛赴淮南之行程，與儆舟一篇應爲同時之作。

〔誰何〕顧炎武釋此二字云：「詩：室人交徧摧我。韓詩作誰，玉篇作⿰言堆，丁回切，讁也。六韜：令我壘上，誰何不絶。史記：賈誼過秦論：陳利兵而誰何。誰讙同，何呵同。漢書五行志：故公車大誰卒。注：大誰者，主問非常之人，云姓名是誰何也。此解未當。焦氏易林：當年少寡，獨與孤處。雞鳴犬吠，無敢誰者。說苑：民知十己，則尚與之争曰不如吾也。百己則疵其過，千己則誰而不信。揚雄衛尉箴：二世妄宿，敗於望夷。閻樂矯搜，戟者不誰。史記衛綰傳：歲餘不譙訶綰，漢書作不孰何綰，難曉，疑譙訛爲誰，誰又轉爲孰也。」（見日知録三二）按：顧氏所考固爲詳博，然衛綰傳所言實是不過問綰之意，決非譙訶之意，顧氏駁顏說，仍未免偏執。禹錫此文顯用顏說。蓋傳吏既已傳呼，舟人又焉敢尚譙訶之？

明是問訊來者爲何人之意也。按其情事，禹錫自京洛赴淮南，是東下者，力士由吴、楚如京師，是西上者。一上一下，故得問訊。若同行則無須矣。此尤爲禹錫行程之確證。

〔泗濱守伾〕據舊唐書一四六薛伾傳云：「勝州刺史涣之子，尚父汾陽王召置麾下，著名於諸將間。左僕射李揆使西蕃，伾爲將從役。時賊泚之難，昆夷赴義，伾馳騎嚮導，至于武功，擢授左威衛將軍，使絶域者前後數四。累遷金吾衛大將軍檢校工部尚書兼將作監，出爲鄜坊觀察使，元和八年（八一三）卒于官，贈潞州大都督。」考其時代官資均合，疑即此人，由將授一語，正與傳中所敍出身相符，但傳不言其爲泗州刺史耳。

〔六贏〕史記衛將軍驃騎列傳云：「單于視漢兵多而士馬尚强，戰而匈奴不利，薄暮，單于遂乘，六贏，壯騎可數百，直冒漢圍西北馳去。」六贏、右臂皆謂匈奴也。崇本作六蠻，此淺人不知出史記、漢書，未得其解而臆改。

説驥

伯氏佐戎于朔陲，獲良馬以遺予。予不知其良也，秣之稊秕，飲之污池；廐櫪也，上痺而下蒸；羈絡也，綴索而續韋。其易之如此。予方病且窶，求沽于肆。肆之駔亦不知其良也，評其價六十緡。將劑矣，有裴氏子贏其二以求之，謂善價也，卒與裴氏。裴所善李生，雅挾相術，於馬也尤工。覩之周體，眙然視，听然笑，既而抃隨之，且曰：「久矣吾之不覩於是也。是何柔心勁骨，奇精妍態，宛如鏘如曄如翔如之備邪！今夫馬之德也全然矣，顧其維駒藏鋭于内，且秣之乖方，是用不説于常目。須其齒備而氣振，則衆美灼見，上可以獻帝閑，次可以鬻千金。」裴也聞言竦焉，遂儆其僕，蠲其皁，筐其惡，蜃其溲，稚以美薦，秣以薌粒，起之居之，澡之挋之，無分陰之怠。斯以馬養，養馬之至分也。居無何，果以驥德聞。

客有唁予以喪其寶，且譏其所貿也微。予灑然曰：始予有是馬也，予常馬畜之；今予易是馬也，彼寶馬畜之。寶與常在所遇耳。且夫昔之翹陸也，謂將蹄將齧，抵以檛策，不知其籋雲耳；昔之噓吸也，謂爲疵爲癘，投以藥石，不知其噴玉耳。夫如是，則雖曠日歷月，將至頓踣，曾何寶之有焉？繇是而言，方之於士，則八十其縉也不猶踰於五羖皮乎？客謖而竦。予遂言曰：馬之德也，存乎形者也，可以目取，然猶爲之若此；矧德藴于心者乎？斯從古之歎，予不敢歎。

【校】

〔朔陲〕纖本陲作隩。

〔听然〕中山集听作聽，誤。听，牛隱切。司馬相如上林賦「亡是公听然而笑」，是也。

〔今夫馬〕紹本、崇本、中山集均無馬字。

〔維駒〕全唐文維作爲，此用詩小雅鴻雁：「皎皎白駒，縶之維之。」當作維。

〔將至頓蹄〕紹本、崇本、中山集均無至字，頓蹄下有是以二字。

〔爲之若此〕紹本、崇本、全唐文爲均作違。

【注】

〔筐其惡〕謂以筐掃去其糞。

〔蜃其溲〕蓋謂以蜃灰滲其溲使乾潔。

〔五羖皮〕史記秦本紀：「繆（穆）公聞百里奚賢，欲重贖之，恐楚人不與，乃使人謂楚曰：吾媵臣百里奚在焉，請以五羖羊皮贖之。」按五羖皮言其值賤甚也。

〔馬之德〕按此用論語「驥不稱其力稱其德」之意。

【箋證】

按：此有「予方病且寠」一語，與七篇中之鑒藥、述病二篇相涉，亦足爲此七篇皆一時所作之證。

〔伯氏〕按：本集卷二十八有奉送家兄歸王屋山隱居詩，證以此文首句「伯氏佐戎於朔陲」，則禹錫之兄必爲北方藩鎮之幕職。又本集卷二十有猶子適越戒，蓋即其兄之子。外集卷八桃源翫月詩劉蒇跋，稱禹錫爲叔父，或亦是。然禹錫無同胞兄，見本集卷十上杜司徒書及卷十八上中書李相公啓。

〔李生〕唐語林六云：「興元中，有知馬者曰李幼清，暇日常取適於馬肆。有致悍馬于肆者，結鎖交絡其頭，二力士以木末支其頤，三四輩執檛而從之，馬氣色如將噬，有不可馭之狀。幼清逼而察之，訊于主者。且曰：馬之惡無不具也，將貨焉，惟其所酬耳。幼清以二萬易之，馬主尚慙其多。既而聚觀者數百輩，訝幼清之決也。幼清曰：此馬氣色駿異，體骨德度非凡馬。是必主者不知馬，俾雜駑輩槽棧，陷敗狼籍，刷滌不時，芻秣不適，蹄齧蹂奮，蹇破唐突，志性鬱塞，終不可久，無所顧賴，發而爲狂躁，則無不爲也。既晡，觀者稍間，乃別市一新絡頭，幼清自持，徐徐而前，語之曰：爾才性不爲人所知，吾爲汝易是鎖結雜穢之物。馬弭耳引首。幼清自負其知，乃湯沐翦飾，別其皁棧，異其芻秣，數日而神氣一小變，踰月而大變，志性如君子，步驟如俊乂，嘶如龍，顧如鳳，乃天下之駿乘也。」其情事與禹錫所記合，七篇作於貞元十二年（七九六）頃，距語林所云興元中相去不過十許年，爲時亦合，李生即李幼清自無疑義。

〔抯之〕按：抯字出禮記喪大記：「浴用絺巾，抯用浴衣。」爾雅釋詁：「抯，拭刷清也。」注：「謂拂除令潔清也。」

述病

劉子嘗涉暑而征，熱攻于腠以致病。其僕也告痛，亦莫能興。逮浹日，予有瘳。醫診之曰：「疾幸間矣，顧熱沴而未平，有遺類焉，宜謹於攝衛。衛之乖方，則病復矣。」所苦既微而怠其説，倦眠于衾而興焉，倦隱于几而步焉，面不能罷額，髮不能捐櫛，口不能忘味，心不能無思。如是未移日而疾也瘳如復癏于躬。進藥求汗，凡三涣然後目能視。視既分，則嚮時之僕已睨然執栝圈侍予于前矣。予訝而曰：「曩吾與若也病偕，呻也譸也，若酷而吾微，藥也餌也，吾殷而若薄。何患之同而痊之異哉？」僕諄諄而答云：「已之被病也兀然而無知，有間也亦兀然而無知。髮蓬如而忘乎亂，面黔如而忘乎垢。洎疾之殺也，雖飲食是念，無滑甘之思，日致復初，亦不知也。」

予喟然歎曰：始予有斯僕也，命之理畦則蔬荒，主庖則味乖，顓廐則馬瘠，常謂其無適能適。乃今以兀然而賢我遠甚，利與鈍果相長哉！僕更矣。劉子遂言曰：樂於用則豫章貴，厚其生則社櫟賢。唯理所之，曾何膠於域也？

【校】

〔衛之〕崇本衛上有攝字。

〔睨然〕崇本睨作睆，下注云一作睨。

〔梧圈〕圈疑當作棬。

〔有間也〕崇本有下注云一作其。全唐文間作問。

【注】

〔兀然〕莊子德充符釋文引李云：「兀，無知之貌。」此文蓋用此義。

〔豫章〕謂有用之木，與社櫟無用之木相對。

【箋證】

按：此文乃藉以致慨能者之艱於遇而庸者易全其生。然此不宜以疾爲喻。僕之病易瘳，雖非其謹於攝衛之效，而禹錫之復病，亦非由於不能忘浣櫛也。禹錫持論，有時不免偏而輕信，故往往爲柳宗元所糾。

又按：文首云：「劉子涉暑而征。」訊甿一篇云：「隴西公暘轂之止，方踰月矣。」考董晉之出鎮宣武在貞元十二年（七九六）七月乙未，是月庚寅朔，乙未爲六日。去暑未遠。是因論七篇爲同一時所作無疑。

劉禹錫集箋證卷第七

論　下

辯易九六論

乾之爻皆九而坤六，何也？世之儒曰：吾聞諸孔穎達云：陽尊得兼乎陰，陰不得兼乎陽也。它日予與董生言及易，生曰：吾聞諸畢中和云：舉老而稱也。請徵諸揲蓍。夫端策者一變而遇少，與歸奇而爲五，再變而遇少，與歸奇而爲四，三變如之。是老陽之數分措于指間者十有三策焉，其餘三十有六，四四而運，得九是已。故易繫注云：「乾一爻三十六策也。」一變而遇多，與歸奇而爲九，再變而遇多，與歸奇而爲八，三變如之。是老陰之數分措于指間者二十有五策焉。其餘二十有四，四四而運，得六是已。故易繫注云：「坤一爻二十四策也。」借如一變而遇少，再變三變而遇多，是少陽之數分措于指間者二十有一策，其餘二十有八，四四而運得七。一變而遇多，再變三變而遇少，是少陰之數分措于指間者十有七策，其餘三十有二，四四而運得八。故九與六爲老，老爲變爻，七與八爲少，少爲定位。故曰舉老而稱，亦曰尚變而稱。

且夫筮爲乾者，常遇七斯乾矣，常遇九斯得坤矣。筮爲坤者，常遇八斯坤矣，常遇六斯得乾矣。在左氏國語有之。「晉公子親筮之曰：『尚有晉國。』得貞屯悔豫皆八。」八非變爻，故不曰有所之。按坎二世而爲屯，屯之六二爲世爻，震一世而爲豫，豫之初六爲世爻，屯之二豫之初皆少陰不變，斯非八乎？卦由老數而舉曰六，筮由蓍數故斥曰八。在左氏春秋傳有之。曰：「穆姜薨于東宮，始往而筮之，遇艮之八，史曰：是謂艮之隨。」夫艮䷳艮下，艮上。之隨䷐震下，兑上。唯二不動，斯遇八也。餘五位皆九六，故反焉。筮法以少爲卦主，變者五而定者一，故以八爲占。艮之六二曰：艮其腓不拯其隨，其心不快。史以爲東宮實幽也，遇此爲不利。故從變爻而占，苟以說于姜也。何則？卦以少爲主，若定者五而變者一，即宜曰之某卦，「觀之否」、「師之臨」類是也。變與定均，即決以內外。今變者五，定者一，宜從少占，懼不吉而更之，故曰「是謂艮之隨。」「是謂」之云者，苟以說也。故穆姜終死于東宮，與艮會耳。而杜元凱於此注以爲雜用三易，故有遇八之云，非臻極之理也。

劉子曰：余與董生言九六之義，信與理會，爲不誣矣。餘又於左氏二書參焉，若合形影然，而世人往往攘臂于其間曰：「生之名孰與穎達著邪！而材孰與元凱賢邪！」歷載曠日，未嘗有聞人明是説者，雖余憤然用口舌争，特貌從者什一二焉。嗟乎！由數立文，所如皆合，昭昭乎若觀三辰，其不晦也如此。然猶貴聽而賤視，斷斷然莫可更也。矧無形之理不可見之道邪！余獨悲而志之以俟夫後覺。初董生言本畢中和，中和本其師，師之學本一行云。

第一指餘一益三，餘二益二，餘三益一，餘四益四。第二指餘一益二，餘二益一，餘三益四，餘四益三。

第三指與第二指同。

右揲蓍數卦從下起，指亦自下始。第一指法地，故益成偶。第二法天，故益成奇。第三人極法天，故同。

第一指遇一益三，并掛一爲五。遇三遇二，并謂之少，與一同。第二指遇一益二，并掛一爲四。第三指遇一益二，并掛一爲四。

右三指俱遇少，通計十三策，其餘三十六策，四四運之，得九，爲老陽。故易繫云：「乾之策二百一十有六。」注云：「陽爻九，一爻三十六策，六爻二百一十有六。」

第一指遇四益四，與掛一爲九。第二指遇四益三，與掛一爲八。遇三亦同。第三指遇四益三，與掛一爲八。遇三亦同。

右三指俱遇多，通計二十五策，其餘二十四策，四四運之，得六爲老陰。故易繫云：「坤之策百四十有四。」謂「陰爻六，一爻二十四策，六爻一百四十有四。」

第一指遇一益三，并掛一爲五。第二指遇四益三，并掛一爲八。第三指遇四益三，并掛一爲八。

右初指少，第二、第三指多。以少爲主。通計二十一策，其餘二十八策，四四運之，得七爲少陽。

第一指遇四益四，并掛一爲九。第二指遇一益二，并掛一爲四。第三指遇一益二，並掛一爲四。

右初指多，第二、第三少。以多爲主。通計一十七策，其餘三十二策，四四而運，得八爲少陰。

第一指遇多謂四四也，並止於九。第二指遇少謂一二也，並止於四。第三指遇多謂三四也，並止於八。

右初指多，第二指少，第三指又多。以少爲主。通計二十一策，其餘二十八策，四四而運，得七爲少陽。

第一指遇少謂二二也，並止於五。第二指遇多謂三四也，並止於八。第三指又遇少謂一二也，並止於四。

右初指少，第二指多，第三指又少，以多爲主。通計一十七策，其餘三十二策，四四而運，得八，爲少陰。

第一指遇多謂四四也，止於九。第二指又遇多謂三四也，止於八。第三指遇少謂一二也，止於四。

右初指第二指並多，第三指獨少，以少爲主。通計二十一策，其餘二十八策，四四運之得七爲少陽。

第一指遇少，止於五。第二指又遇少，止於四。第三指遇多，止於八。

右初指二指並少，三指獨多。以多爲主。通計一十七策，其餘三十二策，四四運之，得八，爲少陰。

「穆姜薨于東宮，始往而筮之，遇艮之八。史曰：『是謂艮之隨。』」夫艮䷳艮下，艮上。之隨䷐震下，兌上。唯六二爻不動，餘五畫變。變者，遇九六也；二不動者，遇八也。

「晉公子親筮之曰：『尚有晉國。』得貞屯悔豫皆八。」夫屯䷂震下，坎上。六位盡不遇六九，故不動。既無所之，即以世爻爲占。按屯是坎宮二世卦，故以二爲占則遇八。夫豫䷏坤下，震上。是震宮一世卦，以初六爲占，亦遇八。韋昭於此注云：「內曰貞，外曰悔，震下坎上爲屯，坤下震上爲豫。言得此兩卦，震在屯爲貞，在豫爲悔。八謂震兩陰爻，在貞在悔皆不動，所以筮史占之，謂「閉而不通者，爻無爲也。」乾之策二百一十有六，謂陽爻六，一爻三十六策，六爻當二百一十六。言三十六者，舉老陽也。坤之策，一百四十有四。謂陰爻六，一爻二十四策，六策當百四十有四。言二十四者，舉老陰也。凡三百有六十，當朞之日。二篇之策萬有一千五百二十，當萬物之數。六十四卦都三百六十四爻，陰陽相半，各一百九十二爻。

陽爻一爻三十六策，合爲六千九百一十二。陰爻一爻二十四策，合爲四千六百八。

右六九之數

一行大衍論云：「三變皆剛，太陽之象也。三變皆柔，太陰之象也。一剛二柔，少陽之象也。一柔二剛，少陰之象也。少陽之剛有始有壯有究，少陰之柔有始有壯有究。因綜四象之變而成八象焉。八象之位而八卦之本列矣。」注云：「太陽始動施于太陰而生震象之七，謂少陽之七，爲震初九。再動于壯而生坎象之七，謂再索而得男也。三動于究而生艮象之七，謂三索而得男也。太陰始動施于太陽而生巽象之八，謂少陰之八，爲巽初六。再動于壯而生離象之八，謂再索而得女也。三動于究而生兑象之八，謂三索而得女也。是以九六七八分爲八象。」

右大衍論

國語又云：「董因迎公于河，公問焉，曰：『吾其濟乎？』對曰：『臣筮之，得泰之八，曰是謂天地配亨，小往大來，今及之矣。何不濟之有？』」韋昭云：「泰☰至五震象爲侯，陰爻不動，其數皆八，與貞屯悔豫義同。」劉子曰：昭此説用互體有震，按董因之言「天地配亨」，是六五「帝乙歸妹，以祉元吉」之爻。夫泰，乾坤體全，内外位正，内爲身，外爲事。卜得國事也，以外卦爲占。六五居尊位，故統論卦下辭曰：「小往大來。」爻遇歸妹，故曰「天地配亨」，何必取互體也？

右與董生言易

【校】

〔題〕紹本下有「與董生言易」五字，崇本無論字，下有「并大衍論與董生言易」二行。

〔措于指問〕紹本措作惜，誤。

〔其餘〕崇本下作「世有六四而運，得九是已，故繫注云：乾一爻六策也。一變……」。

〔且夫筮爲乾者〕雲麓漫鈔無「筮爲乾者」以下數語。

〔按坎二世〕崇本世作十。

〔豫之初六爲世爻〕雲麓漫鈔此下有：「蓋屯二在坎則爲陽爻，自震變豫則初六亦陽爻。」

〔筮由蓍數〕畿本蓍作著。

〔餘又於左氏〕紹本、崇本、畿本、雲麓漫鈔餘均作余。

〔特貌從者〕崇本特作時。全唐文作持。

〔第一指遇一益三〕畿本益三作益二。

〔右揲蓍數〕全唐文注作正文，無揲蓍數三字。

〔注云陽爻九〕崇本九作六。

〔六爻一百四十有四〕崇本有四作四策。

〔四四運之得七爲少陽〕雲麓漫鈔無此條。

〔第一指遇少謂二二也〕崇本二二作一二三，雲麓漫鈔作一二。

〔第一指遇多謂四四也〕崇本、全唐文、雲麓漫鈔均無下四字。

〔右初指第二指並多〕崇本初指下有多字。

〔第三指獨少〕崇本無獨字。

〔四四運之得八爲少陰〕全唐文此條下有右揲蓍數四字。又以上三條按紹本應排如左。

第一指遇少謂二二也，並止於五。第二指遇多謂三四也，並止於八。第三指又遇少謂二二也，並止於四。

右初指少，第二指多，第三指又少。以多爲主。通計一十七策，其餘三十二策，四四而運，得八爲少陰。

第一指遇多謂四也，止於九。第二指又遇多謂三四也，止於八。第三指遇少謂一二也，止於四。

右初指第二指並多，第三指獨少，以少爲主。通計二十一策，其餘二十八策，四四運之爲少陽。

第一指遇少，止於五。第二指又遇少，止於四。第三指遇多，止於八。

右初指二指並少，三指獨多，以多爲主。通計一十七策，其餘三十二策，四四運之，得八爲少陰。

〔故以一爲占則遇八〕紹本一作二，崇本一作六二。

〔當萬物之數〕崇本此少多也凡二字。

〔三百六十四爻〕崇本六作八。

〔有始有壯有究〕紹本、崇本、全唐文壯均作牡。

〔昭此說用互體〕崇本互作玄，誤。

【箋證】

按：柳宗元集有與劉禹錫論周易九六書，大意謂禹錫震於董生之說以爲勝於孔穎達正義，而不知其說即在正義中，規禹錫之輕信（柳文及孔穎達正義附後，以備參證）。今考禹錫於絶編生墓表（見外集卷十）已辨蓍龜之誣妄。而於董生之言初無精義者，猶樂道之如此。亦惑也。不止如宗元所譏不深究孔疏而已。據外集卷十董府君墓誌，董生名侹，字庶中，本集卷二十三有和董庶中古散調詞，其餘卷十九、卷二十二、卷二十四亦皆有涉及董侹之作。綜各篇而觀之，董生乃談禪吟詩之客，非研經之士，禹錫殆以初至朗州，即友其人，姑徇其意而奬借之耳。此文載於趙彦衛雲麓漫鈔，而題云白樂天與董生論易，蓋誤也。

又按：陳鴻墀全唐文紀事九三：「困學紀聞：劉夢得辨易九六論曰：董生言本畢中和，中和本其師，師之學本一行。朱文公曰：畢氏揲法視疏義爲詳。柳子厚詆夢得膚末於學，誤矣。鴻墀謹案柳宗元與劉禹錫書云：彼畢子董子何膚末於學而遽云云也？是宗元非詆禹錫。」其實宗元雖非詆禹錫，固亦謂禹錫即其謬而承之。

附録一　柳宗元與劉禹錫論周易九六書

見與董生論周易九六義取老而變，以爲畢中和承一行僧得此説，異孔穎達疏而以爲新奇。彼畢子董子何膚末於學而遽云云也！都不知一行僧承韓氏、孔氏説，而果以爲新奇，不亦可笑矣哉！韓氏注乾之策二百一十有六曰：乾一爻三十有六策，則是取其過揲四分而九也，坤之策一百四十有四曰：坤一爻二十四策，則是取其過揲四分而六也。孔穎達等作正義論云：九六有二義，其一者曰陽得兼陰，陰不得兼陽。其二者曰老陽數九，老陰數六。二者皆變用，周易以變者占。鄭玄注易，亦稱以變者占，故云九六也。所以老陽九老陰六者，九過揲得老陽，六過揲得老陰，此具在正義乾篇中，周簡子之説亦若此，而又詳備，何畢子董子之不視其書而妄以口承之也。君子之學，將有異也，必先究窮其書，究窮而不得焉，乃可以立而正也。今二子尚未能讀韓氏注、孔氏正義，是見其道聽途說者，又何能知所謂易者哉？足下取二家言觀之，則見畢子、董子膚末於學而遽云云也。足下所爲書，非元凱兼三易者則諾，若曰孰與穎達著，則此說乃穎達說也。非一行僧、畢子、董子能有異者也。無乃即其謬而承之者歟！觀足下出入筮數，考校左氏，今之世罕有如足下求易之悉者也。然務先窮昔人書，有不可者而後革之，則大善，謹之勿遽。宗元白。

附録二　孔穎達正義（節録）

然陽爻稱九，陰爻稱六，其說有二。一者，乾體有三畫，坤體有六畫，陽得兼陰，故其數九，陰不得兼陽，故其數六。二者，老陽數九，老陰數六，老陰老陽皆變，周易以變者爲占，故杜元凱注襄九年傳遇艮之八，及鄭康成注易，皆稱周易以變者爲占，故稱九稱六。所以老陽數九，老陰數六者，以揲蓍之數，九遇揲則得老陽，六遇揲則得老陰，其少陽稱七，少陰稱八，義亦準此。張氏以爲陽數有七有九，陰數有八有六。但七爲少陽，八爲少陰，質而不變，爲爻之本體。九爲老陽，六爲老陰，文而從變，故爲爻之别名。且七既爲陽爻，其畫已長，今有九之老陽，不可復畫爲陽，所以重錢，避少陽七數，故稱九也。八爲陰數而畫陰爻，今六爲老陰，不可復畫陰爻，故交其錢，避八而稱六。易含萬象，所以多塗，義或然也。

劉禹錫集箋證卷第八

記上

天平軍節度使廳壁記

元和十四年春二月，王師平河南負固之地十有二州，憲宗視地圖户版，俾參其地。三月，有詔：其以曹、濮隸鄆爲一隅，按部三郡，統兵三萬。乃新其軍，錫號天平。蓋承天威以平暴悖，志動揚休，昔稱爲雄，新邦始徠，污俗猶用。朝廷革之以漸，故命功臣或辨吏以帥焉。大和三年冬，天平監軍使以故侯病聞，上方注意治本，乃以牙璋玉節鼎右僕射官稱，賜東都留守令狐公曰：「予擇文武惟汝兼，前年鎮汴州有顯庸，往年弼憲宗有素貴。徒得君重，剛吾四支。」公西拜稽首，登車有耀。不踰旬抵治所，夾清河而域之。

惟鄆州在春秋爲須句之國，涉漢爲濟東。蓋禹貢兖州之域，宣精在上，奎爲文宿；晝野在下，魯爲儒鄉。故其人知書，風俗信厚。天寶末，大憝起於幽都，虜將因兵鋒取其地，右勇左德，積六十年。公之來思，如古醫之治劇病，宣洩頤養，氣還神復。大凡抗詔條國式於身以先之，示菲約以裕人，信賞罰以格物。物力日完，人風自移。涉月報政，踰年鼎治。牙門之容，暨暨而恭。壘門之容，仡仡而和。里中之容，闐闐而遂。勞者以安，去者以歸。分星不揺，田祖降福。凡革前非罷供第無名錢歲鉅萬，菽粟如之，錦繒且千兩。去苛法急徵毁家償租之令，故流庸自占四萬室。衆無吁咨，和氣乃來。三田仍稔，草木咸瑞。豈偶爾哉？

初斯堂西墉有刺史記，而元戎雄尊之位虚其左方，豈有待邪？公命愚志之，俾來者仰公知變風之自。大和五年夏四月二十六日記。

【校】

〔暴悖〕崇本悖作勃。

〔志動〕紹本、崇本動均作勳。

〔昔稱〕紹本、崇本、中山集、全唐文昔均作在。

〔辨吏〕紹本、中山集辨均作辦。

〔西拜〕畿本西作再。

〔里中〕全唐文中作門。

【箋證】

按：唐時中外各官廨多勒石於廳壁，以垂紀念。封氏聞見記云：「朝廷百司諸廳皆有壁記，敍官秩創置及遷授始末。原其作意，蓋欲著前政履歷而發後來健羨焉。故爲記之體，貴其説事詳雅，不爲苟飾，而近時作記，多措浮詞，褒美人材，抑揚閥閲，殊失記事之本意。韋氏兩京記：郎官盛寫壁記，以紀當廳前後遷除出入，寖以成俗。然則壁記之由，當是國朝以來，始自臺省，遂流郡邑耳。」壁記之體，參見附録馬總文中。

又按：此文爲令狐楚作，年月具載文中，禹錫方在集賢院學士任。

又按：金石録列此碑爲第一千八百一，云唐天平軍節度使廳記，劉禹錫撰，沙門有璘書。

〔王師平河南負固之地十有二州〕此指淄青一鎮，詳見下文虜將條。

〔志動揚休〕禮記玉藻：「盛氣顛實揚休。」孔疏：「顛，塞也；實，滿也；揚，陽也；休，養也。言軍士宜怒其氣，塞滿身中，使氣息出外，咆勃如盛陽之氣，生養萬物也。」禹錫用此，蓋斷章取義耳。

〔故侯〕故侯當指崔弘禮。册府元龜帝王部：「大和二年（八二八）十一月壬辰，詔檢校工部尚書鄆州刺史兼御史大夫崔弘禮可檢校右僕射，餘如故。」舊唐書文宗紀：「大和三年（八二九），以東都留守令狐楚檢校右僕射天平軍節度使，代崔弘禮爲東都留守。」紀文蓋有脱誤，代崔弘禮下當仍有以弘禮三字，傳寫失之。楚於三年三月，自户部尚書爲東都留守，復自東都留守加右僕射鎮天平，與禹錫此文合。吴廷燮唐方鎮年表録舊紀之文而未能糾其誤。

〔鼎右僕射官稱〕鼎蓋訓重，謂重之以僕射之官稱也。困學紀聞：「野處草梁叔子制云：鼎學士之大稱，蓋用劉禹錫天平軍壁記以牙璋玉節鼎右僕射官稱之語。」野處謂洪邁也。於此可見南宋人猶能熟用劉文，視劉文與韓、柳並重。左思吴都賦：「高門鼎貴」，禹錫或襲此意。

〔素貴〕謂令狐楚於元和十四年（八一九）曾爲相也。

〔虜將〕舊唐書一二四侯希逸傳略云：天寶末，安禄山反，署其腹心徐歸道爲平盧節度，希逸爲平盧裨將。乾元元年，軍人共立希逸爲平盧軍使，朝廷因授節度使，既數爲賊所迫，希逸率勵將士，既淹歲月，且無救援，又爲奚所侵，希逸拔其軍二萬餘人，且戰遂達於青州，詔就加希逸爲平盧淄青節度使，自是淄青節度皆帶平盧之名。又同卷李正己傳略云：乾元元年（七五八），平盧節度使王志玄卒，與軍人共推立侯希逸爲軍帥，會希逸被逐，遂立正己爲帥，朝廷因授平盧淄青節度使。初有淄、青、齊、海、登、萊、沂、密、德、棣等州之地，與田承嗣、令狐彰、薛嵩、李寶臣、梁崇義更相影響。大曆中，薛嵩死，及李靈曜之亂，諸道共攻其地，得者爲己邑。正己復得曹、濮、徐、兗、鄆，共十有五州。後自青州徙居鄆州，使子納及腹心之將分理其地。正己卒，納繼。德宗初元，嘗與李希烈、朱滔、王武俊、田悦合兵稱王。已而歸順，升鄆州爲大都督府，授長史。卒，子師古繼。師古卒，異母弟師道繼。自正己至師道，有鄆、曹十二州，凡六十年。憲宗時討淮西之役，師道實與通謀。淮西平，以諸道兵討之。元和十四年，其將劉悟殺師道，乃分其十二州爲三節度，以馬總、薛平、王遂分鎮。此文中所謂大憝起於幽都，虜將因兵鋒取其地，即指以上之事。

〔初斯堂西墉有刺史記〕元和十四年（八一九），初立鄆、曹、濮一鎮，以馬總爲節度使，嘗爲刺史廳壁記，在此文之前。見附録。按馬記之意，原以東壁備補歷任鄆州刺史名氏，禹錫此文則專以天平軍節度使爲名，非總之意也。

附録　馬總鄆州刺史廳壁記（全唐文四八一）

唐受天修命，用古道理。仁覆德載，與二侔大。弘煦丕冒，與三並曜。繼明嗣，睿萬葉，其始于十一聖，聖謨熙載千祀，其初于十四歲。歲二月丁巳，平巨寇，復齊、魯地。三月己丑，乃命臣總，授節分閫，撫安餘衆，且理於鄆而觀察曹、濮，故荷皇澤，來濯汙俗，人既沐浴，咸以潔清，物無夭傷，各遂性命，不化化，不懋懋，誠聖德也。豈待守臣施諸政術而革訛正謬乎？於以見周公、太公之遺風，仲尼之禮教，有所不泯者焉。何以言之？先是元凶事猶未順，唯此邦衆尚或率從。及顯逆謀，多不爲用，其所寵任，皆亡命之徒與皁隸耳。故義聲一呼，厥衆咸應，乃知斯人可與爲順，不可與爲逆，此其明驗與！夫州郡廳事之有壁記，雖非古制，而行之已久，其所記者，不唯備遷授，書名氏，將以彰善識惡而勸戒者焉。其土風物宜，前政往績，不俟咨耆訪耋，搜籍索圖，一升斯堂，皆可辨喻。原兹邦域，其來遠矣。曰太昊之墟，曰魯之須句，曰漢之東平，曰今之鄆州，其地一也。武德中爲總管府，亦爲都督府，而蔣、曹、戴、濮、兗五州隸焉。貞觀初，廢府復爲州。八年，始自鄆城移於是，就高爽也。自逆帥攘據，罔率訓典，改易升降，名稱溷淆，蓋無取焉。今以平寇之初，魏博田公奉詔權兼勾當，則位同正牧，宜書爲首，亦春秋始魯隱公，賢之也。其國初已來，刺史名氏及遷改之次，既遭蔑棄，難以究詳，訪諸史官，異日備於東壁。時聖曆元和紀號，己亥直歲，十二月己卯，檢校禮部尚書兼鄆州刺史御史大夫馬總記。

按：文中云，貞觀八年（六三四）始自鄆城移於是，謂移於須昌也。自此鄆州皆治須昌。

汴州刺史廳壁記

本朝以浚儀爲汴州刺史治所。自隋釃新渠，吸黄河而東行，州含其樞，爲天下劇。内屏王室，東雄諸侯，居無事時常帶廉察使。兵興已還，益以節旄。用人得否，繫國輕重。長慶四年，詔書命河南尹敦煌令狐公來莅來刺，錫之介圭，使印兵符。汴人交賀，肴醳騰貴。惟是邦始都於魏惠王，始郡於宇文周。星躔回環，天駟垂光。地爲四戰，故其俗右武；人具五都，故其氣習豪。

公自爲宰相時，已熟四方之利病。凡所戾止，參然前知。既視事三日，揖羣吏與之言曰：吾食止圭田，吾用止公入，凡他給過制傷廉浼潔者悉罷之，一歸乎公藏。凡曲防苛禁不情乖體者悉剗之，一出乎令典。凡關征船算奪時專利者悉吏之，一遵乎詔條。然後刑罷事而詳，賞以時而均。興學以勸藝，示寬以化勇。居數月而汴州人恂恂然無復故態。明年大成。議者若曰：奕奕浚都，國之咽頤，咀清噏和，旁暢四支。東夏黠馬，由我以肥。是浚之治非所澤於所履而已。

初，公七代祖在隋爲納言，大業中持節居此，亦號刺史。距今餘二百年，公實能似。既拜闕，發魚書合左右契，由阼階躋，遐踵前武。歆然如聞其馨香，肅然如覿其形容。信乎，君子之澤遠而有光輝也。他日命遊梁客志之，書於廳事。謹按前賢之在此堂者，張平原首之，陸氏撰節度使記，揭於東壁，詳矣。今公命爲刺史記，書於右端，謹月而日之，以公爲冠。大和元年夏五月某日記。

【校】

〔時常〕紹本、結一本均作常時。

〔揖羣吏〕紹本、中山集揖均作挹。

〔黠馬〕崇本作黖焉。

〔非所澤〕按：所澤之所疑當作止。

〔月而日之〕紹本作日而月之。

〔大和元年〕畿本元作九，注云：一作元。按：作九者誤，詳見箋證。

【箋證】

按：此文亦爲令狐楚作。據紀：楚以長慶三年（八二三）自陝虢觀察使復爲太子賓客，分司東都。四年，敬宗即位，三月，爲河南尹，八月，宣武節度使韓充卒，九月，以楚繼任。此文之作在大和元年（八二七）五月，楚已將去位矣。文末大和元年之元字，畿本作九，注云：一作元。考大和元年，禹錫正與白居易皆罷郡北歸，同遊大梁，故文中有「遊梁客」之語。據文末「夏五月某日記」一語，又可證二人之遊梁在是年春夏間。若九年則楚在京，與情事不合。

又按：宣武軍在董晉以前凡三亂，詳見本集卷六因論箋證中。董晉卒後，兵亂，殺陸長源，監軍俱文珍與大將密召劉逸準知留後，朝廷因授以節度，賜名全諒。全諒以貞元十四年（七九八）卒，汴軍又推劉玄佐之甥韓弘繼任。弘視事數月，召部將劉鍔，與其黨三百人，數其罪，盡斬之。自是訖弘入朝，二十餘年，軍衆十萬，無敢怙亂者。及元和末討淮西，以弘爲都統，常不欲諸軍立功，陰爲逗撓之計，及李師道誅，收復河南，弘懼，入覲，乃以張弘靖代。長慶二年（八二二），幽、鎮、魏復亂，復以弘之弟充爲宣武節度。（以上皆隱括全諒及弘傳中語）禹錫此文所云「居數月而汴州人恂恂無復故態」，蓋指汴軍自貞元以來屢有叛亂，已成習俗也。楚本傳敘其事云：「及莅汴州，解其酷法，以仁惠爲治，去其太甚，軍民咸悦，翕然從化，後竟爲善地。」雖諛頌之詞，未可盡信，亦可與外集卷三與楚唱和各詩參看。

〔始郡於宇文周〕隋書地理志：浚義：東魏置梁州、陳留郡。後齊廢開封郡入。後周改曰汴州。開皇初郡廢。大業初州廢。

〔十代祖〕本集卷二令狐公先廟碑云：「藍田之孫熙在隋爲納言。」但不云爲汴州刺史。

〔張平原〕張錫封平原郡公，見舊唐書八五本傳，但未載其爲汴州刺史，未知是其人否。陸氏未詳。

國學新修五經壁記

初，大歷中名儒張參爲國子司業，始定五經書於論堂東西廂之壁。辯齊魯之音取其宜，考古今之文取其正，繇是諸生之師心曲學偏聽臆説，咸束之而歸於大同。揭揭高懸，積六十歲，崩剥污衊，澳然不鮮。今天子尚文章，尊典籍。於苑囿不加尺椽，而成均以治學上言，遽賜千萬。時祭酒皞實尸之，博士公肅實佐之。國庠重嚴，過者必式。遂以羡羸，再新壁書。懲前土塗不克以壽，乃析堅木負墉而比之。其制如版牘而高廣，其平如粉澤而潔滑。背施陰關，使衆如一，附離之際，無迹而尋。堂皇靚深，兩廡相照。申命國子能通法書者，分章揆日，遜其業而繕寫焉。筆削既成，讎校既精，白黑彬斑，瞭然飛動。以蒙來求，焕若星辰。以敬來趨，肅如神明。以疑來質，決若蓍蔡。由京師而風天下，覃及九譯，咸知宗師。非止服逢掖者鑽仰而已。於是學官某等暨生徒凡四百二十有八人請金石刻，且歌之曰：

我有學宇，既傾而成之。我有壁經，既昧而明之。孰規摹之，孰發揮之？祭酒維齊，博士維韋。俾我學徒，弦歌以時。切切祁祁，不敖不嬉。庶乎遒人，來采我詩。

時余爲禮部郎，凡瞽宗之事得以關決，故書之以移史官，宜附於藝文云。

【校】

〔題〕崇本無記字，下各篇同。

〔始定〕崇本、文粹、全唐文定上均有詳字，似是。

〔考古今〕紹本考作者，誤。

〔污巇〕崇本巇下注云：一作穢。

〔渶然〕文粹渶作泯。

〔而比之〕崇本比作庇。

〔背施〕全唐文背作皆。

〔兩廡〕文粹廡作屋。

〔彬斑〕結一本斑作班。

〔學官某〕崇本、文粹、全唐文某均作陳師正，中山集作某某。

〔弦歌〕文粹歌作詠。

〔遒人〕中山集遒作道，誤。

〔時余〕按：以下爲附記，結一本誤與正文相連。

〔藝文云〕紹本、崇本云均作志。

【注】

〔司業〕舊唐書職官志：國子監，祭酒一員，從三品；司業二員，從四品下；國子博士二人，正五品上；太學博士三人，從六品上；四門博士三人，從七品上。

〔皞、公肅〕謂齊皞、韋公肅，詳見後。

〔國子〕新唐書選舉志：國子學生三百人，以文武三品以上子孫，若從二品以上曾孫及勳官二品縣公京官四品帶三品勳封之子爲之。

〔遜其業〕禮記學記：入學鼓篋，遜其業也。

〔瞽宗〕禮記明堂位：瞽宗，殷學也。注：瞽宗，樂師瞽矇之所宗也。

【箋證】

按：此文爲新修國學之壁經而作，事雖未詳於史，猶可約略稽其源委。舊唐書一七三鄭覃傳云：「文宗即位，改左散騎常侍。三年（八二九），以本官充翰林侍講學士。四年（八三〇）四月，拜工部侍郎。覃長於經學，稽古守正，帝尤重之。覃從容奏曰：經籍訛謬，博士相沿，難爲改正，請召宿儒奥學，校定六籍，準後漢故事，勒石於太學，永世作則，以正其闕，從之。」則重修太學，再新壁書，是出覃之啓請。文中所謂祭酒皥、博士公肅者，即歌中所謂祭酒維齊，博士維韋。齊，皥無傳。韋公肅，新唐書二〇〇有傳，云：「元和初爲太常博士，以官壽卒。」則其居此官可謂歷年久矣。公肅又見敬宗紀，時官祕書省著作郎。

又按：朱彝尊五經文字跋云：「唐大曆十年（七七五），有司上言：經典不正，取舍莫準，乃詔儒官，校定經本，送尚書省並國子司業張參，辨齊、魯之音，考古今之字，詳定五經，書於論堂東西廂之壁。論堂者，太學孔子廟西之夏屋也，見舒元輿問國學記。其初塗之以土而已，大和間，祭酒齊皥、司業韋公肅易之以堅木，擇國子通書法者繕寫而懸諸堂，禮部侍郎劉禹錫爲作記，當時場屋至發題以試士。文苑英華載有王履貞賦，其略曰：置六經於屋壁，作羣儒之龜鏡。又云：一人作則，京國儀型。光我廊廟，異彼丹青。其推詡若此。是書自土塗而木板，自木板而刊石，字已三易，恐非參所書矣。以予論之，唐人多專攻詩賦，留心經義者寡，參獨奉詔與孝廉生顔傳經取疑文互體鈎考而斷決之，爲士子楷式，爲功匪淺矣。故禹錫記稱爲名儒，作史者宜以之入儒林傳，而舊史新書俱不及焉。」（曝書亭集）今觀禹錫文中有「析堅木負墉而比之，背施陰闗，使衆如一，附離之際，無迹而尋」等語，則明是嵌於壁間，而彝尊云：「繕寫而懸諸堂」，殊有未諦。又禹錫時官禮部郎中，稱爲「禮部侍郎」亦誤。至謂張參宜入儒林傳，固是，若謂舊史新書俱不及，亦不盡然。詳下文張參條下。

又按：陳鴻墀全唐文紀事九二：「困學紀聞：唐書儒學傳序：文宗定五經，鑱之石，張參等是正訛文。按文粹劉禹錫國學新修五經壁記云：初，大曆中，名儒張參爲司業，始詳定五經，書於論堂東西廂之壁，序以參爲文宗時，誤矣。鴻墀謹案，應麟謂張參但書於壁，非鑱之於石。今闗中唐石刻張參五經文字尚存，宋時貴蜀本而賤陝本，應麟或未之見耳。」今考張參所書與石經實爲二事，朱、陳二氏論皆未晰。舊唐書覃傳云：「時太學勒石經，覃奏起居郎周墀、水部員外郎崔球、監察御史張次宗、禮部員外郎温業等校定九經文字，旋令上石……進石壁九經一百六十卷。」又文宗紀云：「時上好文，鄭覃以經義啓導，稍折文章之士，遂奏置五經博士，依後漢蔡伯喈刊碑列于太學，創立石壁九經，諸儒校正訛謬。上又令翰林勒字官唐玄度復校，字體又乖師法，故石經立後數十年，名儒皆不窺之，以爲蕪累甚矣。」是石經之刊乃在此文作後數年也。

又按：此文「時余爲禮部郎」以下，乃禹錫撰文以後自記之語。禹錫爲禮部郎中在大和三四年（八二九、八三〇），五年冬即授蘇州刺史。文當作於此三年中。

〔成均以治學上言〕據唐會要但載元和中祭酒鄭餘慶請率文官俸禄修廣兩京國子監事。蓋至文宗時所修又圮壞，故復修之，故歌云「我有學宇，既傾而成之」也。

〔張參〕舊唐書一五九鄭絪傳：「大曆中有儒學高名如張參……皆相知重。」新唐書藝文志有張參五經文字三卷。國史補：「張參爲國子司業，年老嘗手寫九經，以爲讀書不如寫書。」此皆可略見參之爲人。四庫全書總目提要五經文字條下云：「參里貫未詳，自序題大曆十一年六月七日，結銜稱司業，蓋代宗時人。」

汴州鄭門新亭記

亭於西門，尊闕路也。實相公以心規，羣僚以辭叶，而百工以樂成。斧斤無聲，丹素有嚴。主人肅客，落以金石。走鄭之門，嶔爲石垣。黄河一支，滉漾北軒。前瞻東顧，甍動軌直。含景生姿，遡空欲翔。汴城具八方之人，殊形詭言而耳目一説。

初公來臨，擁節及門，馭吏曰：此鄭州門。公心非之，若曰：野哉！居無何，即舊號而更之曰鄭門。故事：王人大僚之去來，元侯前驅，翊門而旋，率立馬塵坌中，挹策爲禮。公心不然之，乃下亭令於執事。

按亭東西函丈者三之有奇，而南北五之有羸。樂縣宴豆，前後以位。棊闔對明，弭掀順時。修梁衡建，中虛上荷。圓脊方廉，高卑中經。簾鑪茵帟、文椸睆榻。儲以應猝，周用而宜。乃命尹閽視亭長，抱關視掌固。啓閉拚除，是謹是孜。錫命賜胙，勞迎贈餞，我當躬行，汝先汝蠲。挾膳提醪，生芻縞衣，我寮展事，靡問文武，汝唯汝從。凡入而脩容，凡出而脩軷，裼襲威儀，勿籍勿訶。

繇是貴人稱諸朝，羣吏詠於家，行者誇於道。與人同其安者人人譯其聲而吟之。公始乎諓諓而成乎龐鴻。欲無文字不可也。公遂條白其所以然，遠命學古者書之。公姓令狐氏，以文章典内外書命，以謨明登左右相，以飛語策免，以思材復徵。自有浚師，無如今治，文武兩熾，其古之大臣歟！

【校】

〔主人〕崇本主作王。

〔石垣〕各本石均作右。

〔耳目〕崇本無耳字。

〔王人〕全唐文作王公。

〔塵坌〕崇本無塵字。

〔拚〕崇本作坌，按：掃除之意，作拚爲是。

〔譯〕各本均作驛。

〔遠命〕纖本遠作遂。

〔浚師〕崇本師作帥。

【注】

〔相公〕謂令狐楚。

〔亭長、掌固〕舊唐書職官志：亭長掌固檢校省門户倉庫廳事陳設之事。

【箋證】

按：此文亦爲令狐楚作。楚本傳云：「汴帥前例，始至率以錢二百萬實其私藏，楚獨不取，以其羡財治廨舍數百間。」此文所記鄭門新亭，蓋即所治廨舍之一矣。又據傳，元和九年（八一四），入翰林充學士，遷職方郎中，中書舍人，皆居内職。十二年（八一七），以草制不合，罷内職，守中書舍人，此文所謂典内外書命也。十四年（八一九），皇甫鎛薦授中書侍郎同平章事，與鎛同處台衡，所謂以謨明登左右相也。十五年（八二〇），楚親吏贓汙事發，貶宣歙觀察使，再貶衡州刺史，移郢州，所謂以飛語策免也。長慶二年（八二二），授陝虢觀察使，復改賓客分司，所謂思材復徵也。汴州刺史廳壁記有遊梁客一語，是大和元年（八二七）禹錫遊梁時作，此文則有「遠命學古者書之」一語，疑是禹錫寶曆中在和州時作，較前一篇略早。

鄭州刺史東廳壁記

古諸侯之居公私皆曰寢，其他室曰便坐。今凡視事之所皆曰廳，其他室以辨方爲稱。今年鄭州刺史楊君作東廳，既成而落之，且以書抵余爲記。

按國章以甲乙第方域，大凡環天子之居爲雄州。鄭實邇王畿，故望雄。視其版多貴人，且當大逵，故務劇。君侯始來三日，司税掾舉七縣董租之吏累百，君曰：此百螣也。悉罷之。用户符而輸入益辦，司貢掾舉梨林之征請户曉，君曰：盡弛之物籍，用平賈而果益精。里無吏迹，民去痼疾。授牘占租，如臨詛盟。土毛人力，日夕相長。故周歲而完焉，比年而愈肥。雖軍興餽輓旁午，大將牙旗往復相踵，而里中清夷，雞犬音和。人既寧而物有餘，政既成而日多暇。圜視舊宇，宜有以更之，且書得時，亦以謹始。因列名氏授受月而日之。庶乎繼踐於兹者知貫珠之首。其山望澤浸土風甿俗，與前賢之耿光，備於正位，有天寶中詞人杜頠之文在。大和四年某月日記。

【校】

〔物籍〕紹本、崇本、中山集、全唐文物均作勿，似是。

〔浸〕紹本、崇本作寖。

〔月日記〕紹本、全唐文均無記字。

【注】

〔楊君〕謂楊歸厚，見後箋證。

〔司税掾〕蓋指縣令所屬之司户。

〔司貢掾〕按官職中無專司貢物者，疑即以録事爲之。

【箋證】

按：此文爲楊歸厚作。禹錫與歸厚本有戚誼，又爲兒女親家，親情素篤。外集卷十祭虢州楊庶子文云：「與君交歡，已過三紀，惟私之愛，與衆無比。乃命長嗣，爲君半子。誰無外姻，君實知己。」是也。又云：「滎波砥平，士庶同適。朝典陟明，俾臨本州。」滎波指鄭州，本州指虢州，虢州弘農爲楊氏郡望。祭文作於大和六年（八三二），歸厚自鄭即遷虢，則此篇之作正禹錫在京任集賢學士時也。集中涉及歸厚者，尚有本集卷十八、二十四、外集卷一、五、六、七等篇，均可參核。歸厚，兩唐書無傳。憲宗紀，元和七年（八一二）十二月丙辰，左拾遺楊歸厚以自娶婦進狀借禮會院，貶國子主簿分司。此乃託詞也。新唐書一四六李吉甫傳云：「左拾遺楊歸厚嘗請對，日已旰，帝令它日見，固請不肯退，既見，極論中人許遂振之姦。又歷詆輔相，求自試。又表假郵置院具婚禮。帝怒其輕肆，欲遠斥之。李絳爲言不能得，吉甫見帝，謝引用之非，帝意釋，得以國子主簿分司東都。」歸厚之爲人由此可得其大概。惟新唐書藝文志楊氏産乳集驗方注云：歸厚元和中自左拾遺貶鳳州司馬。稍不同，未詳其故。又按：岑仲勉唐人行第録云：「河東集四二：

奉酬楊侍郎丈因送八叔拾遺戲贈詔追南來諸賓，楊侍郎，於陵也，八叔拾遺，歸厚也。韓子年譜六：劉夢得寄楊八拾遺曰：爲謝同寮老博士，范雲來歲即公卿。楊八名歸厚，是年（元和七年）十二月，自拾遺貶國子主簿分司，見舊史，同寮老博士謂退之也。歷典萬（白氏集一一及三三）、唐（白氏集三三及夢得外集五）、壽（夢得集四）、鄭（夢得外集一〇）、虢（同上及夢得集四）五州。」岑氏此條所云夢得集四，均當作二十四，又未引卷八此篇及下篇。

〔梨林〕新唐書地理志，鄭州土貢爲絹及龍莎。據此文知尚有梨，可見唐時額外之誅求非典章所能概也。

〔杜頠〕全唐詩小傳云：杜頠，開元十五年（七二七），同王昌齡登第。唐詩紀事有杜頠故將行，列於韋丹之前，則時代殊有可疑。

管城新驛記

大和二年閏三月，滎陽守歸厚上言：臣治所直天下大逵，肘武牢而咽東夏。誰何宜謹，啓閉宜度。先是驛於城中，駟遽不時，四門牡鍵通夕弗禁，請更於外隧，永永便安。制曰可。守臣奉詔，無徵命，無奪時，縻羨財，募游手，逮八月既望，新驛成。鄭人胥說，琢石而紀曰：在兑之方，面玄負陽，門衒周道，牆蔭行栗，境勝於外也。遠購名材，旁延世工，塈塗宣皙，瓴甓剛滑，術精於内也。蘧廬有甲乙，牀帳有冬夏，庭容牙節，廡卧囊橐，示禮而不愿也。内庖外廄，高倉邃庫，積薪就湯，峙芻就燥，有素而不愆也。主吏有第，役夫有區，師行者有饗亭，孥行者有别邸。周以高墉，乃樓其門。勞迎展羈絜之敬，餞别起登臨之思。溱洧波瀾，嵩丘雲煙，四時萬象，來貺於我。走轂奔蹄，遄征急宣，入而忘勞，出必屢顧。其傳舍之尤乎！

太守姓楊氏，字貞一，華陰弘農人。鄭爲雄州，非聞人大吏不得在其選。夫驛之宜遷於外也，前此二千石嘗言之而重改作，若貞一可謂果於從政而決行其言，惜乎未施於大也。

【校】

〔上言〕崇本言上有書字。

〔行栗〕結一本栗作粟，誤，崇本作桑，亦非，全唐文作桑，注云：一作牆蔭行栗，是。

〔就湯〕紹本、崇本、全唐文湯均作陽。

〔峙芻〕結一本峙作時，非。按：此用書費誓：「峙乃芻茭。」

〔高墉〕紹本高作尚。

【注】

〔貞一〕按楊歸厚之字，可補史闕。

【箋證】

按：此文亦爲楊歸厚作。管城爲鄭州附郭縣。唐會要六一：「貞元二年（七八六）十二月勅節文，從上都至汴州爲大路驛。」則鄭州正在其限，文中所謂治所直天下大逵，即此意。又：「元和五年（八一〇）四月，御史臺奏，御史出使及却迴，所在館驛，逢中使等，舊例，御史到館驛，已於上廳下了，有中使後到，即就別廳。如有中使先到上廳，御史亦就別廳……勅旨：其三品官及中書門下尚書省官，或出銜制命，或入赴闕庭，諸道節度使、觀察使赴本道或朝覲，并前節度、觀察使追赴闕庭者，亦準此例。」所謂上廳別廳，即文中「蘧廬有甲乙」之意。又：「大足元年（七〇一）五月六日勅：諸軍節度大使聽將家口八人，……并給傳乘。」又：「貞元二年（七八六）三月，河南尹充河南水陸運使薛珏奏……如有家口相隨，及自須於村店安置，不得令館驛將什物飯食草料就彼等供給擬者。」（按：字有訛誤）此又文中所謂孥行者有別邸之意矣。唐代館驛往往爲過往官吏爭佔廳舍而肇事。其見於實事者，如舊唐書一六六元稹傳：「徐州監軍使孟昇卒，節度使王紹傳送昇喪柩還京，給券乘驛，仍於郵舍安喪柩，稹並劾奏以法。……宿敷水驛，內官劉士元後至，争廳。士元怒排其户，稹襪而走廳後，士元追之，後以箠擊稹傷面。」此所以有御史充館驛使之制也。此文云：「蘧廬有甲乙」，蓋謂定其等次以息紛競。漢書第有甲乙，帳有甲乙，是也。

（詳見唐會要六一）

和州刺史廳壁記

歷陽，古揚州之邑，於天文直南斗魁下，在春秋實句吴之封，後爲楚所取。秦并天下，以隸九江，而六爲九江治所。晉平吴，復隸淮南。至永興初，自析爲郡，益之以烏江。宋臺建，目爲南豫州，又益之以龍亢。梁之亡，北齊圖霸功，擁貞陽侯以歸，王僧辯來迎，會於兹地，二國和協，故更名和州。陳隋間無所革，國朝因隋。武德中，更龍亢爲含山。初開元，詔書以口算第郡縣爲三品，是爲下州。元和中，復命有司參校之，遂進品第一。

按見户萬八千有奇，輸緡錢十六萬，歲貢纖紵二篚，吴牛蘇二鈞，糝鱏九甕，茅蒐七千兩。鎮曰梁山，浸曰歷湖。田蓺四穀，豢全六擾。廬有旨酒，庖有腴魚。神仙故事，在郊在藪。玄元有臺，彭鏗有洞。名山曰雞籠，名塢曰濡須。異有血闞，祥有沸井。城高而堅，亞父所營。州師五百，環峙於東。南瀕江，劃中流爲水疆，揭旗樹葩，十有六戍。自孫權距陳，出入六代，常爲宿兵之地，多以材能人處之。本朝混一，號爲善部。然用人差輕，非復曩時之比也。

始余以尚書郎待譴刺連山，今也由巴東來牧。考前二邦之籍與版圖，纔什五六，而地征三之。究其所從來，生植有本。女工尚完堅，一經一緯，無文章交錯之奇。男夫尚墾闢，功苦戀本，無即山近盬之逸。市無嗤眩，工無彫彤。無游人異物以遷其志。副徵令者率非外求。凡百爲一出於農桑故也。繇是而言，瘠天下者其在多巧乎！寶曆元年六月二十一日，刺史中山劉某記。

【校】

〔六爲九江治所〕纖本六作吴，注云：一作亦，全唐文作亦。

〔户萬〕結一本作萬户，誤。

〔六伐〕紹本、崇本、全唐文伐均作代。

〔常爲〕崇本爲作謂。

〔待譴〕紹本、崇本、纖本待均作得。

〔今也〕崇本無也字。

〔近盬〕結一本盬作鹽，按：此用左傳成六年：「沃饒而近盬。」

【注】

〔永興〕晉惠帝紀元之一。

〔貞陽侯〕蕭淵明。

〔下州〕據舊唐書職官志，户滿四萬爲上州，二萬以上爲中州，不滿二萬爲下州。

〔六擾〕即六畜。

〔雞籠〕輿地紀勝云：雞籠山在歷陽縣西北四十里，道家第四十福地也。淮南子云：麻湖初陷之時，有一老母提雞籠以登此山，因化爲石，今有石狀如雞籠，因名之。

〔濡須〕輿地紀勝云：按古輿地志，栅江口，古濡須口也，吴魏相持於此，吴築兩城於北岸，魏置栅於南岸，今栅江、裕溪、當利三處皆爲南北衝要。又三國時吴孫權築濡須塢以拒曹操，建安二十年（二一五），操自圍之不克，黄武二年，魏又攻之不拔。

〔巴東〕謂夔州。

【箋證】

按：舊唐書地理志，東晉置歷陽郡，新唐書地理志，和州歷陽郡上，與此文合。據此文更知元和中始自下州升爲上州。唐制，户滿四萬爲上州，不滿二萬爲下州。見舊唐書職官志。文作於寶曆元年（八二五）六月，按禹錫莅和州任在長慶四年（八二四），則莅任之次年也。

〔纖紵〕通典食貨典：歷陽郡貢麻布十疋。新唐書地理志但云土貢紵布，他物不備載，賴禹錫此文稍傳其真。與鄭州之貢梨皆額外之征也。

〔血闉〕淮南子：「歷陽之都，一夕反而爲湖。」注云：「昔有老嫗常行仁義。有二書生過之，謂曰：此國當没爲湖，謂嫗視東城門閫有血，便走上北山勿顧也。自此嫗便往視門閫，閽者問之，嫗對曰如是，其暮門吏故殺雞血塗門閫，明旦老嫗早往，視門見血，即上北山，國没爲湖。」禹錫用此事，搜神記作由拳事，蓋神怪之説本無可徵實也。沸井事亦同。

〔沸井〕輿地紀勝云：古圖經云：和州舊有沸井，在郡西一百步古城内。晉元帝時，郭璞筮云：郡縣有陽名者井當沸。已而歷陽縣中井沸。

山南西道節度使廳壁記

文皇帝初元，始畫天下爲十道。古荆梁之地舉曰山南。厥後析爲東西，天漢之邦，實居右部。按梁州爲都督治所，領十有五州，縣道帶蠻夷，山川扼隴蜀，故二千石有采訪防禦之名。兵興多故，其任益重。澄清節鉞，二柄兼委。建中末，德宗南巡狩，偃翠華而徘徊，簫勺之音洽於巴漢。戡難清宫，六龍言旋，乃下詔復除征繇，升州爲府。等威班制，與岐益同。地既尊大，用人隨異。故自興元至大和，五十年間，以勳庸佩相印者三，以謨明歷真相者九，由台席授鉞未幾復入相者再焉。磊落震耀，冠於天下。去年夏四月，今丞相趙郡公徵還泰階，遂命左僕射燉煌公往踐其武。鼎之九相，及公而十焉。

初，公自河陽節度使入操國柄。其後鎮宣武以禮悛獷悍，治天平以清去掊克，居大鹵以仁蘇薦飢。今來是都，躡二三大君子之躅。道同氣協，無所改更，如鼓和琴，布指成韻。羌夷砥平，旱麓發生。人無左言，樂有夏聲。俗既富庶，居多閒暇。圜視府局，素闕者補之。

先是公堂嘗爲行殿，人不敢斥，别營侯居。應門有閎，棨戟未具。公乃條白上言，詔下有司，可其奏。軍門肅清，方有眉目，趨而入者聳然生敬焉。惟梁山國也，其節用虎。出揚其威，入貯宜潔，舊處仄陋，黜其雄稜。公遂分宅之别齋，且據便地，署曰節室，卜剛日乃遷焉。敬君命而一民心，軍中增氣而知禮。戟衣既垂，師節既嚴，流眄屋壁，見前修之名氏列於坐右，第以梁州刺史鼎興元尹記，與今稱謂不合，因發函進牘於不佞。且曰：我已飾東壁，以新志累子。於是按南梁故事，起自始登齋壇之後爲記云。時開成二年歲在丁巳春二月某日記。

【校】

〔都督〕鐵本督作會，誤。

〔九相〕崇本九作真。

〔治天平〕結一本平作下，誤。
〔有闕〕紹本、崇本、畿本闕均作閲，似是。
〔軍門〕結一本軍作君，誤。
〔貯宜〕結一本貯作酧，誤。畿本宜作其。
〔黜其〕紹本、崇本、畿本、全唐文黜均作黷，似是。
〔第以〕紹本、崇本以均作有。

【箋證】

按：此文爲令狐楚作，時在開成二年（八三七），禹錫已爲賓客分司。楚以元年（八三六）四月出鎮山南西道，蓋自漢中寓書洛陽請禹錫爲記。

〔十有五州〕吴廷燮唐方鎮年表，謂山南西道節度使領興元府、洋、集、壁、文、通、巴、興、鳳、利、開、渠、蓬、閬、果十四州。但舊唐書地理志則以閬、果二州屬劍南，仍有興元府、鳳、興、利、通、洋、合、集、巴、蓬、壁、商、金、開、渠、渝、巴十七州。而新唐書地理志則云：興元府、洋、利、鳳、興、成、文、扶、集、壁、巴、蓬、通、開、閬、果、渠十七州。蓋分合不常之故。此文云十五州，據開成之制言之也。

〔丞相趙郡公〕趙郡公謂李固言，舊唐書一七三、新唐書一八二均有傳。文宗紀：開成元年（八三六）四月甲午，詔以山南西道節度使李固言爲門下侍郎同中書門下平章事，以左僕射諸道鹽鐵轉運使令狐楚檢校左僕射爲山南西道節度使。

〔鼏之九相及公而十〕自興元至大和，以山南西道節度使爲宰相者，有賈耽、趙宗儒、鄭餘慶、權德輿、裴度、王涯、李絳、李宗閔、李德裕、李固言，其實十人，而云九相者，或以德裕雖命而未任，故不在數中。（德裕受命而不願行，見本傳）至所謂以勳庸佩相印者，蓋指嚴震、烏重胤、李載義凡三人，皆武人。

〔以仁蘇薦飢〕按：舊唐書楚傳：「（大和）六年二月，改太原尹、北都留守、河東節度使，楚久在并州，練其風俗，因人所利而利之，雖屬歲旱，人無轉徙。」此文中之大鹵，謂太原也。又文宗紀：是年五月詔云：「如聞諸道水旱害人，疾疫相繼。」亦即指是年前後各地皆有天災也。

山南西道新修驛路記

開成四年，梁州牧缺，上玩其印，凝旒深思曰：「伊爾卿族歸氏，以文儒再世居喉舌。今天官貳卿融能嗣其耿光，嘗自内庭歷南臺，尹轂下，政事以試，可爲元侯。」乃付印綬，進秩大宗伯，兼御史大夫，玉節獸符，鎮於嫣墟。公拜手稽首曰：「臣融敢揚王休於天漢之域。」

既涖止，咨於羣執事，求急病者先之。咸曰：華陽黑水，昔稱醜地，近者嘗爲王所。百態不變，人風邑屋，與山水俱一都之會，因爲善部矣。唯騆遽之途，攲危隘束，其醜尚存，使如周道，在公頤指耳。

於是因年有秋，因府無事，軍逸農隙，人思賈餘。乃懸墾山刊木之傭募其力，揆鑽鑿橦柲之用庀其工，具舁輂畚鍤之器膺其要。鼛鼓以程之，糗醪以犒之。説使之令既下，奮行之徒坌集。我之提封居右扶風，觸劍閣千一百里，自散關抵褒城，次舍十有五，牙門將賈黯董之。自褒而南逾利州至於劍門，次舍十有七，同節度副使石文穎董之。兩將受命，分曹星馳。並山當蹊，頑石萬狀，坳者垤者，兀者銛者，磊落傾攲，波翻獸蹲。熾炭以烘之，嚴醯以沃之，潰爲埃煤，一簣可埽。棧閣盤虛，下臨㰝呀。層崖峭絶，枘木亘鐵。因而廣之，限以鈎闌。狹逕深陘，銜尾相接。從而拓之，方駕從容。急宣之騎，宵夜不惑。卻曲稜層，一朝坦夷。興役得時，國人不知。繇是駛行者忘其勞，吉行者徐其驅，孥行者家以安，貨行者肩不病，徒行者足不躓，乘行者蹄不刓。公談私詠，溢於人聽。伊彼金其牛而誘之以利，曷若我子其人而來之以義乎？既訖役，南梁人書事於牘，請紀之以附於史官地里志。

【校】

〔貳卿〕結一本貳作二，誤。

〔拜手〕崇本無此二字。

〔因爲〕紹本、崇本、畿本、中山集因均作目。全唐文作自。

〔之傭〕崇本傭作墉，非。

〔橦柲〕崇本柲作秘，非。

〔畚鍤〕崇本鍤作鍾，非。

〔膺其〕崇本膺作應。

〔居右扶風〕紹本、崇本、全唐文居均作踞。

〔亘鐵〕結一本亘作豆，誤。

〔不刓〕中山集不作可，誤。

〔地里〕紹本、崇本、畿本里均作理。

【注】

〔歸氏〕謂歸崇敬，詳箋證。

〔嫣墟〕新唐書天文志：夫雲漢自坤抵艮爲地紀，北斗自乾攜巽爲天綱，其分野與帝車相直，皆五帝墟也。布太微之政而在巽維外者鶉尾也，故爲列山氏之墟。列山氏之墟即嫣墟。

〔鼛鼓〕周禮地官鼓人：以鼛鼓鼓役事。

〔説使〕用古語説以使民，民忘其死之意。（見詩豳風東山序）

【箋證】

按：此文爲歸融作。舊唐書一四九歸崇敬傳附載其孫融云：融進士擢第，自監察拾遺入省，拜工部員外郎。（大和）六年（八三二），轉工部郎中，充翰林學士。八年，正拜舍人。九年，轉户部侍郎。開成元年（八三六），兼御史中丞。尋遷京兆尹。既而李固言作相，素不悦融，罷尹。月餘，授祕書監。俄而固言罷，楊嗣復輔政，以融權知兵部侍郎。一年内拜吏部，三年（八三八），檢校禮部尚書、興元尹兼御史大夫，充山南西道節度使。融之出鎮山南西道，是開成四年（八三九）事，紀與本文皆合。新唐書一六四融傳略同。

又按：唐會要八六：「大中四年（八五〇）六月，中書門下奏：山南西道新開路，訪聞頗不便人，近有山水摧損橋閣，使命停擁，館驛蕭條，縱遣重修，必倍費力。臣等今日延英面奏，宣旨却令修斜谷舊路及館驛者。……」是融之所修，至宣宗時而已廢矣。

又按：金石録列此文爲第一千八百四十，云唐山南西道驛路記，劉禹錫撰，柳公權正書，開成四年。

劉禹錫集箋證卷第九

記　下

夔州刺史廳壁記

夔在春秋爲子國，楚并爲楚九縣之一。秦爲魚復，漢爲固陵，蜀爲巴東，梁爲信州。初城於瀼西，後周大總管龍門拓王公述登白帝歎曰：「此奇勢可居。」遂移府於今治所。是歲建德五年。隋初，楊素以越公領總管，又張大之。唐興，武德二年詔書：其以信州爲夔州。七年，增名都督府，督黔、巫一十九郡。開元中，猶領七州。天寶初，罷州置郡，號雲安。至德二年，命嗣道王鍊爲太守，賜之旌節，統硤中五郡軍事。乾元初，復爲州，偃節於有司，第以防禦使爲稱。尋罷，以支郡隸江陵。按版圖方輪不足當通邑，而今秩與上郡齒，特以帶蠻夷故也。故相國安陽公乾曜嘗參軍事，修圖經，言風俗甚備。今以郡國更名之所以然著於壁云。凡名殊必以國，事建必以年，謹始也。長慶二年五月一日，刺史中山劉某記。

【校】

〔龍門拓王公述〕紹本、崇本、中山集均作龍門公柘王述，畿本注云：一作龍門王公述，全唐文與一作同。

〔方輪〕紹本、崇本、結一本、中山集輪均作輸，惟畿本、全唐文作輪，是。

【注】

〔九縣〕左傳宣十二年：「使改事君，夷於九縣。」注：「楚滅九國以爲縣。」疏：「九縣，莊十四年滅息，十六年滅鄧，僖五年滅弦，十二年滅黄，二十六年滅夔，文四年滅江，五年滅六、滅蓼，十六年滅庸。」按僖二十六年，夔子不祀祝融與鬻熊，秋，楚成得臣鬥宜申帥師滅夔，以夔子歸。是其事也。

〔瀼西〕方輿勝覽云：宋置三巴校尉，治白帝，梁置信州，治白帝城，周移治永安宫南，即瀼西也。總管王述移府於白帝，隋楊素又復修之。

【箋證】

按：禹錫以長慶二年（八二二）正月到夔州刺史任，見本集卷十夔州刺史謝上表，文末云長慶二年五月，蓋甫及四月而作此文。

〔龍門拓王公述〕此語疑有脱誤。周書一八王羆傳附載其孫述云：「少聰敏有識度，年八歲，太祖見而奇曰：王公有此孫足爲不朽。即以爲鎮遠將軍，拜太子舍人，以祖憂去職。……喪畢，襲爵扶風郡公，累遷上大將軍。」語太簡略。北史六二王羆傳後亦附述傳較詳，云：「述字長述，少孤，爲祖羆所養，聰敏有識度。年八歲，周文帝見而奇之曰：王公有此孫，足爲不朽。解褐員外散騎侍郎，封長安縣伯。羆薨，居喪過禮，有詔褒之。免喪，襲封扶風郡公，除中書舍人，修起居注。改封龍門郡公。周受禪，拜賓部下大夫，累遷廣州刺史，甚有威惠，朝議嘉之，就拜大將軍，後歷襄、仁二州總管，並有能名。隋文帝爲丞相，授信州總管，位上將軍。王謙作亂，遣使致書於長述，因執其使上書，又陳取謙策，上大悦，前後賜金五百兩，授行軍總管討謙，以功進位柱國。開皇初，獻平陳計，修營戰艦，爲上流之師，上善其能，頻加賞勞。後數歲，以行軍總管擊南寧，未至而卒。上甚傷惜之，贈上柱國冀州刺史，謚曰莊。」據此，文中之龍門拓（？），當云龍門郡公。

又按：方輿勝覽云：「宋置三巴校尉，治白帝，梁置信州，治白帝城、周移治永安宮南，即瀼西也，總管王述移府於白帝，隋楊素又修復之。」與此文合。又李貽孫亦有夔州都督府記，足爲此文參證。本集中關於夔州故蹟之作，貽孫此記不啻爲之一一疏釋，見附録。

〔嗣道王鍊〕舊唐書六四高祖諸子傳：鍊，開元二十年（七三二）襲封嗣道王，廣德中官至宗正卿。

〔乾元初復爲州〕太平寰宇記：「唐武德二年（六一九），改信州爲夔州，仍置總管。貞觀十四年

（六四〇），爲都督府，後罷都督府。天寶元年（七四二），改爲雲安郡。乾元元年（七五八），復爲夔州。二年（七五九），刺史唐論請升爲都督府，尋罷之。」按：杜甫觀公孫大娘舞劍器行序云：「大曆二年（七六七）十二月十九日，夔州府別駕。」又秋興詩：「夔府孤城落日斜。」是唐人仍習稱夔府，以其曾爲都督府之故，與揚府、廣府同一例。

〔以支郡隸江陵〕舊唐書地理志：「上元元年（六七四）九月……荆南節度使領澧、朗、峽、夔、忠、歸、萬等八州。」

〔乾曜〕源乾曜，相州臨漳人，封安陽郡公。舊唐書九八、新唐書一二八均有傳。其任夔州參軍，參見附録。

附録　李貽孫夔州都督府記（全唐文五四四）

峽中之郡夔爲大，當春秋爲夔子之國，在秦曰魚復，在漢稱古陵，在蜀號巴東，皆郡也。梁爲信州，逮我武德，復夔之號。州始都督黔、巫上下之地十九城，是後或總七城，或爲雲安郡，或統峽中五郡，尋復爲夔州。都督之號，或加或去，今稱夔州都督府。州初在瀼西之平上，宇文氏建德中，王述徙白帝城，今衙是也。東南斗上二百七十步得白帝廟，白帝，公孫述自名也，後人因其廟始享焉。臒宇飾偶，焕如神功，怪樹峰筍，疎羅後前，罅山險濤，望者驚眙。又有越公堂，在廟南而少西，隋越公素所爲也。奇構隆敞，内無撐柱，夐視中脊，邈不可度，五逾甲子，無土木之隙。靜而思之，以見其人之瓌傑也。直南城一里，得巨石，爲灩澦，地載之險，此其淵蓄，獨峰兀頂，萬仞崪拔。高濤坳伏，嶽躍坑轉，獰龍護堆，沸泳瀄浪，窮年縋綆，不究其次。瞿塘暗導，勢列根屬，水魅施怪，陰來潛往。城之左五里，得鹽泉十四，居民煮而利焉。又西而少南三四里，得八陣圖，在沙洲之壖，此諸葛所以示人於行兵者也。分其列陣，隱在石壘，春而潦大則没，秋而波減則露，造化之力不能推移，所以見作者之能。瞿塘驛西有蜀先主宫，瀼西有諸葛武侯廟，皆占顯勝。城東北約三百步有孔子廟。赤甲山之半，廟本源乾曜廨，嘗爲郡參軍，著圖經焉。其後爲宰相，今其地又爲孔子廟，傳者稱爲盛事矣。西東水行一百七里，得縣曰巫山，神女之廟，楚王之祠，高唐陽臺之觀，朝雲暮雨之府，形勢在焉。西水行二百里，得縣曰雲安，商賈之種，魚鹽之利，蜀都之奇貨，南國之金錫而雜聚焉。其人豪，其俗信鬼神，其税易征，即知其民不偷，長吏得其道者，莅之猶反掌云。會昌五年十一月十三日建。

按：李商隱有爲李貽孫上李相公啓。馮浩樊南文集詳注云：「唐文粹四門助教歐陽詹文集序，李貽孫作。玩其所自述，則貽孫於大和中曾爲福建團練副使，至大中六年（八五二），爲福建觀察使，酉陽雜俎有云：夔州刺史李貽孫。書史會要曰：李貽孫工書。金石録有會昌五年（八四五）九月李貽孫神女廟詩碑。全蜀藝文志有會昌五年（八四五）夔州刺史李貽孫都督府記。」據此，貽孫之刺夔州，蓋正當禹錫身殁之後三年云。

連州刺史廳壁記

此郡於天文與荆州同星分，田壤制與番禺相犬牙，觀民風與長沙同祖習，故嘗隸三府，中而別合，乃今最久而安，得人統也。按宋高祖世始析郴之桂陽爲小桂郡，後以州統縣，更名如今，其制宜也。

郡從嶺，州從山，而縣從其郡。邑東之望曰順山，由順以降，無名而相歆者以萬數，回環鬱遶，迭高争秀，西北朝拱於九疑。城下之浸曰湟水，由湟之外，支流而合輸以百數。淪漣汩潏，擘山爲渠，東南入於海。山秀而高，靈液滲漉，故石鍾乳爲天下甲，歲貢三百銖。原鮮而膴，卉物柔澤，故紵蕉爲三服貴，歲貢十笥。林富桂檜，土宜陶旊，故侯居以壯聞。石侔琅玕，水孕金碧，故境物以麗聞。環峯密林，激清儲陰。海風敺温，交戰不勝。觸石轉柯，化爲涼飈。城壓赭岡，踞高負陽。土伯噓湮，抵堅而散。襲山逗谷，化爲鮮雲。故罕罹嘔泄之患，亟有華皓之齒。信荒服之善部，而炎裔之涼墟也。

永貞元年，余始以尚書外郎坐黨累，出補兹郡。居無何，吏議以是遷也不足庚其責，故道貶爲朗州司馬。後十年，詔書徵還，抵京師，俄復前命，佩故印綬而南。曩之騎竹馬北向相徯者，咸任郡縣，巾韝來迎。下車之日，私唁且笑。既視事，得前二千石名姓於壁端，宰臣王晙、倖卿劉晃、儒官嚴士元、聞人韓泰僉拜焉。或久於其治，功利存乎人民；或不之厥官，翹顒載於歌謡。余不佞，從羣公之後，肇武德距於今，凡五十有七人，所舉者四君子，猶振裘之於領袖焉。元和十一年七月二十四日，刺史中山劉某記。

【校】

〔宜也〕紹本、崇本、全唐文宜作誼。

〔其郡〕紹本、崇本郡均作朔。

〔之望〕崇本作望之。

〔相歆〕繖本歆下注云：一作欽，全唐文與一作同。

〔支流〕全唐文支作交。

〔合輪〕崇本輪下有者字。

〔汩潏〕崇本汩作泊，非。

〔而高〕崇本高作宣。

〔陶旃〕崇本旃作甄。

〔庚其責〕崇本庚作壓，繖本、全唐文作償，惟紹本、結一本、中山集作庚。此用禮記檀弓：「請庚之。」鄭注：「庚，償也。」

〔咸任〕繖本任下注云：一作仕，紹本、崇本、中山集、全唐文皆與一作同，是。

〔壁端〕崇本無端字。

〔王晙〕畿本晙作皎，非。

【注】

〔田壤制〕按書禹貢：「咸則三壤，成賦中邦。」文意取此，疑當作制田壤，以與「於天文」「觀民風」成對文。

〔小桂郡〕按隋書地理志，熙平郡注云：平陳置連州。其所治縣曰桂陽，注云，梁置陽山郡，平陳郡廢，大業初置熙平郡。

【箋證】

按：此文末云元和十一年（八一六）七月記，是禹錫抵連州約一年所作。禹錫六任刺史，除蘇、汝、同州外，連、夔、和州皆有壁記，此其首篇。文云：「郡從嶺，州從山，而縣從其郡。」謂桂陽郡以桂嶺爲名，連州以連山爲名，而附郭縣亦曰桂陽也。州轄三縣：桂陽，陽山，連山。

又按：張邦基墨莊漫録云：「予少年在湘陽，曾絃伯容云：唐人能造奇語者，無若劉夢得作連州廳壁記云：環峰密林，激清儲陰，海風敺温，交戰不勝，觸石轉柯，化爲深涼。颸城壓岡，踞高負陽，土伯噓湮，抵堅而散，襲山逼谷，化爲鮮雲。蓋前人未道者。」今核其所引字句與集微異，疑皆有誤。此段文字兩兩對舉，「環峰密林」疑當作「峰環密林」，以對下文「城壓赭岡」。颸城壓岡不詞，蓋張本誤衍深字，奪赭字。禹錫不過刻畫精微，初無意求險怪於字句，張氏未加深察耳。

〔故嘗隸三府〕當是指荆南、嶺南、湖南三府。舊唐書地理志荆州江陵府下云：「上元元年（六七四），割黔中之涪、湖南之岳、潭、衡、郴、邵、永、道、連八州，增置萬人軍，以永平爲名。至德二載（七五七），江陵尹衛伯玉以湖南闊遠，請於衡州置防禦使，自此八州置使，改屬江南西道。」連州與韶州鄰界，當曾隸嶺南，兩唐書無明文。

〔湟水〕清一統志連州下云：「湟水一名桂水，又名盧水，源出州西北，東南流經陽山縣南合洭水，又東南流入韶州府英德縣界。史記南越尉佗傳：元鼎五年（前一一二）秋，衛尉路博德爲伏波將軍，出桂陽，下滙水。徐廣曰：滙一作湟。（按：漢書南粵傳正作湟水）漢書地理志：桂陽：滙水南至四會入鬱林，過郡二，行九百里。水經注：匯水出桂陽縣西北上驛山盧聚，爲盧溪水，東南流經桂陽縣故城，謂之滙水。又東南流出桂陽南，歷峽南出，謂之貞女峽，又合洭水，又東南入陽山縣界。輿地紀勝：盧水北出黄蘖嶺。通志：盧溪在州西雙溪西北二十里，源出於藍山，流合朱岡水，又合高良水，歷楞伽峽南出，注於龍潭，是爲洭水。州志有蘖溪，在州西北八十里下盧村，亦曰盧溪，源出藍山縣界，繞州西而下，曰湟水。」按：滙字殆洭字之訛。說文：洭水出桂陽縣盧聚，出洭浦關爲桂水。水經注實作洭，不作滙。清一統志歧滙水與洭水爲二，失之。王先謙漢書補注亦引諸書，而未敢顯糾一統志之失。蓋史記作洭，漢書南粵傳作湟，而地理志仍作洭耳。外集卷五有酬馬大夫登洭口戍見寄詩。

〔石鍾乳爲天下甲〕清一統志連州下云：「鍾乳穴在州境及陽山縣境。通典：連州有乳穴三十二，陽山縣有乳穴十九。唐柳宗元記：石鍾乳，餌之最良者也。楚、越之山多産焉，於連者獨名於世。」按：通典六：「連山郡貢細布十疋，鍾乳十兩。」此文云三百銖。十兩當爲二百四十銖，其浮於貢額者，殆所以防耗也。通典云「布十疋」，此文云「紵蕉十笥」，蓋亦以此。

〔不足庚其責〕按：禮記檀弓：「請庚之。」注：「庚，償也。」禹錫文多用經訓，此其一端。

〔王晙〕舊唐書九三、新唐書一一一王晙傳皆不載其刺連州事。

〔劉晃〕此人俟考。

〔嚴士元〕士元見本集卷十七薦處士嚴毖狀，當即其人。

〔韓泰〕韓泰與禹錫同貶，爲八司馬之一，舊唐書一三五、新唐書一六八皆附王叔文傳中。舊唐書泰傳云：「貞元中，累遷至户部郎中，王叔文用爲范希朝神策行營節度行軍司馬。泰最有籌畫，能決陰事，深爲伾、叔文之所重，坐貶自虔州司馬量移漳州刺史，遷郴州。」新唐書則云：終湖州刺史。皆不言刺連州。且此文云：既視事，得前二千石名姓於壁端，疑此韓泰在禹錫以前，非八司馬之一之韓泰。

機汲記

瀕江之俗，不飲於鑿而皆飲之流。予謫居之明年，主人授館於百雉之内。江水沄沄，周墉間之。一旦有工爰來，思以技自賈。且曰：「觀今之室廬及江之涯，間不容畝，顧積塊峙焉而前耳。請用機以汲，俾矗然之狀莫我遏已。」予方異其說，且命之飭力焉。

工也儲思環視，相面勢而經營之。由是比竹以爲畚，寘于流中。中植數尺之臬，輂石以壯其趾，如建標焉。索綯以爲絙，縻於標垂，上屬數仞之端，亘空以峻其勢，如張弦焉。鍛鐵爲器，外廉如鼎耳，内鍵如樂鼓，牝牡相函，轉於兩端，走於索上，且受汲具。及泉而修綆下縋，盈器而圓軸上引。其往有建瓴之駛，其來有推轂之易。瓶繘不羸，如搏而升。枝長瀾，出高岸，拂林杪，踰峻防。刳蟠木以承澍，貫脩筠以達脈。走下潺潺，聲寒空中。通洞環折，唯用所在。周除而沃盥以蠲，入爨而錡釜以盈。餕餗之餘，移用於湯沐。湅澣之末，泄注於圃畦。雖瀵湧於庭，莫尚其霈洽也。

昔予嘗登陴，憪然念懸流之莫可遽挹，方勉保庸，督臧獲，斢而挈之，至於裂肩龜手。然猶家人視水如酒醪之貴。今也一任人之智，又從而信之，機發於冥冥而形於用物。浩漾東流，赴海爲期。斡而遷焉，逐我頤指。曏之所謂阻且艱者，莫能高其高而深其深也。觀夫流水之應物，植木之善建。繩以柔而有立，金以剛而無固。軸卷而能舒，竹圓而能通。合而同功，斯所以然也。今之工咸盜其古先工之遺法，故能成之，不能知所以爲成也。智盡於一端，功止於一名而已。噫，彼經始者其取諸小過歟！

【校】

〔沄沄〕畿本作浩浩，全唐文作汇汇。

〔飭力〕紹本、崇本飭均作飾。

〔修綆〕崇本修作循。

〔涑澣〕崇本涑作濯。

〔擱然〕崇本擱作憪。

〔形於用物〕紹本形作刑，畿本作利。

〔同功〕畿本功作工，注云：一作功。

〔成也〕全唐文成作我。

【注】

〔由是比竹以爲畚〕以下敍機汲之制，大要於江中積石樹標，而横施竹弦，繩引弦張，則汲具下沉於江，汲滿則遞相灌注而上升，即龍骨之製也。惟能以木竹爲管，導水上山以給用，則視灌溉之水車爲尤精巧矣。

〔涑〕按説文：「涑，澣也」，玉篇「濯，生練也」，此指浣衣之用，方與上文沃盥不複。

〔小過〕按易小過彖曰：「飛鳥遺之音，不宜上，宜下，大吉。上逆而下順也。」

【箋證】

按：此文頗似禹錫在夔州時所作。杜甫引水詩云：「月峽瞿塘雲作頂，亂石崢嶸俗無井。雲安沽水奴僕悲，魚復移居心力省。白帝城西萬竹蟠，接筒引水喉不乾。人生留滯生理難，斗水何直百憂寬？」知夔州之俗乃汲於江者。又其溪上詩亦云：「峽内淹留客，溪邊四五家。……塞俗人無井，山田飯有沙。」與此文「不飲於鑿而皆飲之流」吻合。又方輿勝覽夔州下載王龜齡詩云：「夔州苦無井，俗瘦殊可憐。竹筒喉不乾，可浣不可煎。日汲卧龍水，擔夫屢赬肩。官費接筒竹，民蠲沽水錢。丁寧後來者，莫負義名泉。」似皆有可爲此文佐證者。然細按此文有「謫居之明年，主人授館」之語。員外置同正員之司馬，例須自覓居止。故柳宗元集永州龍興寺西軒記云：「至則無以爲居，居龍興寺西序之下。」以證此文之「主人授館」，主人指禹錫謫朗州司馬時之刺史。若在夔州，則自爲刺史，安得有所謂主人？然則文中所謂江水，蓋指沅江耳，決爲初至朗州時所作矣。尤有一證，卷二十二武陵書懷詩引略云：「招屈亭，今郡城東南亭舍其所也。」卷二十四酬朗州崔員外與任十四兄侍御同過鄙人舊居見懷之什云：「昔日居鄰招屈亭。」豈非禹錫在朗州之寓舍即在州城東南有明徵乎？更考輿地紀勝，招屈亭在安濟門之右，沅水之濱。則與此文所云：「主人授館於百雉之内，江水沄沄，周墉間之。」地勢吻合，似更無疑義矣。卞孝萱劉禹錫年譜謂作於夔州，未確。又按：此文與天論互相發明。天論云：「萬物之所以爲無窮者，交相勝而已矣，還相用而已矣。」禹錫之意，苟能明其數與勢，則能達其理，因而盡其用。汲之所以能用機者，以人能明流水植木之數與勢也。然工僅能用成法而已，不能推其理以應無窮，則其用終於有盡，故曰：「智盡於一端，功止於一名。」

又按：流水應物，植木善建，繩柔有立，金剛無固，軸卷能舒，竹圓能通。語意雙關，蓋禹錫有自惜不能盡其用之意。

洗心亭記

天下聞寺數十輩，而吉祥尤章章，蹲名山，俯大江，荆吴雲水，交錯如繡。始予以不到爲恨，今方弭所恨而充所望焉。

既周覽讚歎，於竹石間最奇處得新亭。彤焉如巧人畫鼇背上物，即之四顧，遠邇細大，雜然陳乎前，引人目去，求瞬不得。徵其經始，曰僧義然。嘯侣爲工，即山求材。槃高孕虚，萬景坌來。詞人處之，思出常格。禪子處之，遇境而寂。憂人處之，百慮永息。鳥思猿情，繞梁歷榱。月來松間，彫鏤軒墀。石列筍簴，藤蟠蛟螭。修竹萬竿，夏含涼颸。斯亭之實録云爾。

然上人舉如意挹我曰：「既志之，盍名之以行乎遠夫！」余始以是亭圜視無不適，始適乎目而方寸爲清，故名洗心。長慶四年九月二十三日，劉某記。

【校】

〔彤焉〕崇本彤作形。

〔求瞬〕崇本求作來。

〔永息〕紹本、崇本、畿本、全唐文永均作冰。

〔猿情〕紹本、崇本情均作清。

【注】

〔挹〕本集中挹、揖二字通用。

【箋證】

按：禹錫以長慶四年（八二四）八月，自夔州授和州刺史，途次宣州，勾留十日。外集卷八歷陽書事七十韻末云：「好令朝集使，結束赴新正。」此文作於是年九月，必尚未抵和州也。當在途次，故有「荆吴雲水」之語。

復荆門縣記

直故郢北走之道，其聚邑曰荆門，揭起重關，殿於樂都。名視縣内之制，居殷形柬之要，故吏師重焉。通外民之底貢，會南藩之述職，故賓禮蕃焉。其肇允經營，實王孫昌夔居荆以表之，命行名建而締構之弗暇。無幾何，有由勇爵而授赤社於兹者，激馳名於省啬，謂相沿爲非智，因請罷去其號，發踐更以董之。有司不能端究事本，循空言而可其奏。繇是分地征以歸他邑，野之人有回遠之歎；廢文吏而顓戍督，行之旅有誰何之蘱。是利不及下也，黎民病之。自鄢而南，斯爲畫疆，抵郡之路，貫其七舍。持瑞節而銜急宣之使，蓋陰相交。遂使服縵胡者備問俗之對，執刀匕者申饔牢之禮。是敬之不及賓也。君子病之，如是幾二十歲距。

永貞元年，江陵尹裴公政成上游，德及於人，大建長利，俾無遺害。乃外濟羣欲，内張全謩。周圖經制，條白於狀。昌言既從，公議攸同。忘勞之徒，樂用之工。載大其門，載高其墉。徑術脈分，闤闠架空。然後析便地以肥之，建具官以司之。糜羨財以償其力役，汰冗食以資其秩稍。田里不聞於徽令，縣官無減於歲入。越某月，既成而落之。官修其方，人樂其居。將迎犒餼之儀展，廄置符繻之事舉。戍夫有伍，公吏有職。由彙而分，率無踰閑。入其封者，可以知教。

元和元年，四海會同。天子命公，師長南宫。三年，公以介圭入覲，途出斯邑。邑人之華皓幼童，咸須於道周，距躍而謡曰：「起我堙廢而完之，徠我蕩析而安之。

昔室於墟，風摇雨濡。自公優柔，郛閈盈兮。昔飲於洿，夏涸冬枯。自公感通，觱沸生兮。淑旂之華兮，四牡之騑。傒公之還兮，觴以祝之。」卻略蹁躚，百形一音。公爲駐錯衡而勞之。有以文從公者，紀事於牘，且曰：民可懷也，盍命夫學舊史之事以志焉！公不得讓而從之，走是以有授簡之辱。

初，公以縣之之便聞於上也，禹錫方以郎位貼職於計曹，章下之日，得以省事。逮今以遷人獲宥於善部。工休之日，得以踐履。故於拜命無牢讓，於傳信無愧詞。以爲古之創物建庸，宜於人民而得其時者，則必歌其事功，爲後代法。雅有營謝，美召伯也。傳稱城沂，賢蔿敖也。賦水泉原隰之狀，志慮事命日之規。當書而詠之，細亦弗可略也。是用謹其本始而存乎篇，俾後之視今者，知楚郊之令典云。

【校】

〔激馳名〕幾本激作微，注云：一作徼，崇本、全唐文均與一作同。

〔踐更〕結一本更作吏，誤。

〔野之人〕〔行之旅〕崇本無二之字。

〔利不及下〕崇本利下有之字。

〔饘牢〕紹本、崇本、全唐文牢均作牽。

〔德及於人〕紹本、崇本、畿本、全唐文於均作矜，似是。
〔全謩〕紹本、崇本謩作摹，畿本、全唐文均作模。
〔犒飫〕崇本飫作飲。
〔須於〕崇本於作王。
〔郛閈〕崇本閈作閉，非。
〔夏涸〕紹本、崇本、全唐文涸均作溷。

【注】

〔故郢〕謂江陵爲古楚國之郢都。
〔重關〕重關、樂都蓋皆襄州所屬之地名，襄州舊有荆山縣，唐初曾置重州，又有樂鄉縣。
〔錯衡〕詩小雅采芑：「方叔率止，約軝錯衡。」謂公侯之車也。
〔營謝〕詩大雅崧高：「王命申伯，式是南邦，因是謝人，以作爾庸。」
〔城沂〕左傳宣十一年：「令尹蔿艾獵（孫叔敖）城沂，使封人慮事，以授司徒，量功命日，分財用，平板幹，稱畚築，程土物，議遠邇，略基趾，具餱糧，度有司，事三旬而成，不愆于素。」

【箋證】

按：此文中之江陵尹裴公謂裴均也。均自貞元十九年（八〇三）至元和三年（八〇八）皆爲荆南節度使。兩唐書皆無專傳，新唐書附載一〇八裴行儉傳中，云：「初，均與崔太素俱事中人竇文場，太素嘗晨省文場，入卧內，自謂待己甚厚，徐覬後榻有頻伸者，乃均也。德宗以均任方鎮，欲遂相之，諫官李約上疏斥均爲文場養子，不可汙台輔，乃止。」此文云：「元和元年（八〇六）師長南宮」，蓋就加檢校僕射，至三年（八〇八）始罷鎮爲右僕射判度支。舊唐書一四八李吉甫傳亦載其交結權倖，欲求宰相。一五三盧坦傳：「裴均爲僕射，在班踰位，坦請退之，均不受，坦曰：姚南仲爲僕射，例如此。均曰：南仲何人？坦曰：南仲是守正而不交權倖者也。」皆足見均之爲人不爲衆論所予。均即與韋皋、嚴綬共迎合中人之意，擁憲宗以廢順宗者。（見王叔文傳）禹錫謫朗州，適隸其所部，自不得不委曲事之。據憲宗紀，均以元和六年（八一一）卒，此文似在其三年罷鎮後不久所作，若均既卒，禹錫必不如此措詞矣。

〔荆門〕李白集有荆門浮舟望蜀江詩，王琦注云：「胡三省通鑑注：荆門在峽州宜都縣，其地有荆門山，故後人因以廣稱其境皆曰荆門耳。」又有郢門秋懷詩，王氏又云：「郢門即荆門也，唐時爲峽州夷陵郡，其地臨江，有山曰荆門，上合下開，有若門象。故當時文士概稱其地曰荆門，或又謂之郢門，西通巫、巴，東接雲夢，歷代常爲重鎮。」新唐書地理志，荆門，貞元二十一年（八〇五）析長林置。舊唐書地理志無。

〔王孫昌夔〕世系表作昌巙，出大鄭王房。德宗紀，建中二年（七八一）二月，以桂管觀察使李昌巙爲江陵尹兼御史大夫荆南節度等使。

〔有由勇爵而授赤社於兹者〕此謂張伯儀也。伯儀事附新唐書一三六李光弼傳中，云：「魏州人，以戰功隸光弼軍，……後爲江陵節度使，樸厚不知書，然推誠遇人，軍中畏肅，民亦便之。李希烈反，詔與賈耽、張獻甫收安州，戰不利，收散卒還，久之除右龍武統軍，卒。」其人出於軍伍，故文云「由勇爵而授」。

〔發踐更以董之〕漢書昭帝紀：「三年以前逋更賦，未入者皆勿收。」注：「更有三品，有卒更、有踐更、有過更。古者正卒無常人。皆當迭爲之，一月一更，是爲卒更也。貧者欲得顧更錢者，次直者出錢顧之，月二千，是爲踐更也。天下之人皆直戍邊三日，亦名爲更，律所謂繇戍也。諸不行者，出錢三百入官，官以給戍者，是爲過更也。」此文所謂「發踐更以董之」，蓋廢縣以後以兵屯戍其地。

〔貼職〕據禹錫本傳，順宗即位，轉屯田員外郎，判度支鹽鐵案。屯田員外郎是其本官，判度支鹽鐵案是其兼職。兼職唐、宋皆謂之貼職，其稱自南北朝已有之，往往所貼之職重於本官。

武陵北亭記

郡北有短亭，繇舊也。亭孤其名，地藏其勝。前此二千石全然見之，建言而莫踐，去之日率遺恨焉。七年冬，詔書以竹使符授尚書水曹外郎竇公常曰：命爾爲武陵守。莅止三月，以碩畫佐元侯平裔夷，降渠魁。又三月，以順令率蒸民，增水坊，表火道。是歲大穰，明年政成。農緣畝以勇勸，工執技以思賈。因民之餘力，乘日之多暇，乃顧其屬曰：郊道有候亭，示賓以不恩也。雖聞兹地，韜美未發，豈有待邪！自吾之治於斯也，購徒庀材，大起堙廢。未嘗植私庭，礱燕寢。役必先公，人不余瑕。調賦幸均矣，城池幸完矣，而重浹辰之役，掠苟簡之問，卒使勝躅冒没，猶璞而不攻。懼换符之日，還復齎恨，無乃遺誚於來者乎！

言得其宜，智愚同贊。於是撤故材以移用，相便地而居要。去凡木以顯珍茂，汰汙池以通淪漣。自天而勝者列於騁望，由我而美者生於頤指。箕張筵楹，股引房櫳。斧斤息響，風物異態。大道出乎左藩，澄湖浸乎前垠，仙舟祖載，繇是區處。九月壬午，工告休，亭長受成。赤車威遲，於以落之。肅賓而入，圜視有適。沈水北澳，陽山南麓。默焉蘧蘧，雄殿郊隅。前軒舒陽，朱檻環之。舞衣回旋，樂簴參差。北廡延陰，外阿旁注。芊眠清泚，羅入洞户。初筵修平，彫俎静嘉。林風天籟，與金奏合。亦既醉止，州從事舉白而言曰：「室成於私，古有發焉。矧成於公，庸敢無詞？觀乎棼楣有嚴，丹雘相宣，象公之文律曄然而光也；望之弘深，即之坦夷，象公之酒德温然而達也；庭芳萬本，跗萼交映，如公之家，肥熾而昌也；門闢户闔，連機弛張，似公之政經便而通也。因高而基，因下而池。躋其高可以廣吾視，泳其清可以濯吾纓。

俯於逵，惟行旅謳吟是采；瞰於野，惟稼穡艱難是知。雲山多狀，昏旦異候。百壺先章之餞迎，退食私辰之宴嬉。觀民風於嘯詠之際，展宸戀於天雲之末。動合於誼，匪唯寫憂。」公曰：「夫言之必可書者，公言也，從事不以私視予，余從而讓之，是自還也，其可乎！」迺授簡於放臣，俾書以示後。後之思公者，雖灌叢蔓草，尚勿翦拜，矧翬飛之革然，石刻之隱然歟？

【校】

〔竹使符〕結一本竹作行，誤。

〔火道〕畿本火作大，誤。按：此用左傳昭十八年：「司馬司寇列居火道。」

〔雖聞〕紹本雖作稚，非，崇本雖作雅，似是。

〔還復〕紹本、中山集還均作遠，全唐文作遂。

〔默焉〕崇本默作耽，紹本、畿本、全唐文均作黓。

〔舒陽〕崇本陽作楊。

〔修平〕崇本修作循。

〔先章〕畿本章作常。按：此用左傳僖三十三年：「以乘韋先牛十二犒師」，不當作常。

〔自還〕畿本、全唐文還作遠。

〔灌叢〕崇本灌作貫。

〔翬飛之革〕崇本、鐵本革均作華。按：此用詩大雅斯干：「如鳥斯革，如翬斯飛」，不當作華。

【注】

〔火道〕左傳襄九年：「宋災，樂喜爲司城……繕守備，表火道。」昭十八年，子産相鄭時亦有「列居火道」之語。蓋古代救火之法所重也。

〔赤車〕華陽國志：司馬相如初入長安，題其門曰：不乘赤車駟馬不過汝下。漢代使者所乘之車也。後漢書輿服志云：諸使車皆朱班輪，四輻，赤衡軶，是也。

〔舉白〕文選左思吴都賦：「飛觴舉白。」注：「白，罰爵名。」

〔發焉〕按此用禮記檀弓，「晉獻文子成室，晉大夫發焉」之語。鄭注以爲「晉君獻之，謂賀也，諸大夫亦發禮以往。」發當謂祝賀落成。發禮以往，恐非其義。禹錫此文殆亦不從此解。

〔百壺〕詩大雅韓奕：「韓侯出祖，出宿于屠。顯父餞之，清酒百壺。」

【箋證】

按：此文爲竇常作。常，舊唐書一五五、新唐書一七五均附竇羣傳中。舊唐書云：「兄常字中行，大曆十四年（七七九）登進士第。杜佑鎮淮南，奏授校書郎，爲節度參謀。元和六年（八一一），自湖南判官入爲侍御史，轉水部員外郎，出爲朗州刺史。」蓋先在淮南，與禹錫同使幕，今則來朗州，爲禹錫之州主也。

又按：竇叔向之子常、牟、羣、鞏，皆仕路多通，故文中有「如公之家，肥熾而昌」之語。羣雖黨於呂温，實與王、韋立異者，羣傳云：「柳宗元、劉禹錫皆慢羣，羣不附之。」其弟兄猶與禹錫款曲，而禹錫亦猶與之屢結文字因緣者，蓋以同在謫宦中，又身爲常之屬僚，尤不得不謹事之耳。集中涉及常者，有本集卷二十四、卷三十、外集卷五諸篇。涉及羣者見卷十四爲容州竇中丞謝上表。

〔七年〕謂元和七年（八一二）。禹錫到朗州，蓋已歷事兩任刺史方至竇常，至十年（八一五）冬，禹錫赴召，常猶未離任。

〔佐元侯平裔夷〕通鑑二三六：「（元和六年）黔州大水壞城郭，觀察使竇羣發溪洞蠻以治之，督役太急，於是辰、漵二州蠻反，羣討之不能定，貶開州刺史。」又二三九：「（八年六月）辰漵賊帥張伯靖請降。辛亥，以伯靖爲歸州司馬，委荊南軍前驅使。」其時嚴綬爲荊南節度使，朗州在荊南統内，故稱爲元侯。竇常即羣之兄，故以此蓋其愆也。當時於西南土著之民濫施虐侮至於此極，禹錫亦隨俗而爲之詞耳。

〔表火道〕本集卷二十三有武陵觀火詩，疑即指是時之事。

劉禹錫集箋證卷第十

書

上杜司徒書 時元和元年。

月日，故吏守朗州司馬員外置同正員劉某謹齋沐致誠，命僕夫持書敢獻於司徒相公閣下：昔稱韓非善著書，而説難、孤憤尤爲激切。故司馬子長深悲之，爲著於篇，顯白其事。夫以非之書可謂善言人情，使逢時遇合之士觀之，固無以異於他書矣。而獨深悲之者，豈非遭罹世故，益感其言之至邪！小人受性顓蒙，涉道未至，末學見淺，少年氣粗。常謂盡誠可以絶嫌猜，徇公可以弭讒愬。謂慎獨防微爲近隘，謂艱貞用晦爲廢忠。芻狗已陳，刻舟徒識。罟擭隨足，倀然無知。事去癡想，時時自笑。然後知韓非之善説，司馬子長之深悲，跡符理會，千古相見，雖欲勿悲可乎！

大凡恒人之所以靈於庶類，以其能羣以勝物也。烈士之所以異於恒人，以其仗節以死誼也。然則交相喪者，世與道；難合并者，機與時。是以有死誼之心而卒不獲其所者，世人悲之。獲其所矣，而一旦如不得終焉者，君子悲之。世人之悲，悲其不遇，無成而虧，故其感也近。君子之悲，悲其不幸，既得而喪，故其感也深。其悲則同，其所以爲悲則異。若小人者，其不幸歟！

間者昧於藩身，推致危地。始以飛謗生舋，終成公議抵刑。旬朔之間，再投裔土。外黷相公知人之鑑，内貽慈親非疾之憂。常恐恩義兩乖，家國同負。寒心銷志，以生爲慙。雖欲瀝血以自明，籲天以自訴，適足來衆多之誚，豈復有特達見知者邪？遂用詛盟於心，不復自白。以内咎爲弭謗之具，以吞聲爲窒隙之媒。庶乎日月至焉而是非乃辨。

會友人江陵法曹掾韓愈以不幸相悲，且曰：「相國扶風公之遇子也厚，非獨余知之，天下之人皆知之矣。余初聞子之横爲口語所中，獨相國深明之，及不得已而退，則爲之流涕以訣；又不得已而譴，則爲之擇地以居。求之於今，難與侔矣。抑余又聞曩子之介於司徒府，奉誠敬於山園上，公亟亟稱於人，以爲不懈於位。今則有修儀以贊其詔相者，有備物以贊其容衛者。七月禮畢，一朝慶行。誥言歘之，授以顯秩。

子獨足趾一跌，而前勞併捐。祝綱之辰，動絓疏目。可封之代，乃爲窮人。斯常情之所悲，矧知子之厚者？夫踣者思起，必譸而求拯，疾者思愈，必呻而求醫。子宜譸於有力而呻於有術。如何以箝口自絶爲智，以甘心受誣爲賢，嗛然自咎，求知於默？彼李斯逐焉而爲上卿，鄒陽囚焉而爲上客，二子者豈默以求知者邪！若可訴而不言，則陷於畏；可言而不辯，則鄰於怨。畏與怨，君子之所不處。子其處之哉！」韓生之言未及竟，而小人不知感從中來，始赧然以愧，又缺然以慄，終悄然以悲。悲斯歎，歎斯憤，憤必有泄，故見乎詞。敢聞左右，投所閔也。

嗟夫！人之至信者心目也，天性者父子也，不惑者聖賢也。然而於竊鈇而知心目之可亂，於掇蜂而知父子之可間，於拾煤而知聖賢之可疑。況乎道謝孔、顔，恩異天性。是非之際，愛惡相攻。争先利途，虞相軋則釁起。希合貴意，雖無嫌而謗生。魯酒至邯鄲之圍，飛鳶生博者之禍。伯仁之殺由偶對，伯奢之寃以器聲。動罹險中，皆出意表。雖欲周防，亦難曲施。加以吠聲者多，辨實者寡。飛語一發，臚言四馳。萌芽始奮，枝葉俄茂，方謂語怪，終成禍梯。嗚呼！人必求之，不能自達。何投分效節有積塵之難，何譖行愛弛有決防之易，何將進之日必自見其可而後親，何將退之時乃人言其否而遂棄？良由邪人必微，邪謀必陰。陰則難明，微則易信。罔極泰甚，古今同途。是以前修鑒其若此，姑以推心取信，不以循迹生嫌。由是求忠臣於孝子，求良婦於駡己。食子，盡節也，推其忍可以疑心。放麛，違命也，推其仁可以屬國。若謂其孝於親未必能忠，專於夫未必能貞，忍於子未必能忍於其他，仁於獸未必能仁於其類，則是天下之人盡不可信而盡可誣，固不然也。

凡人之行己，必恒於所安。苟非狂易，不能甚異。小人自居門下，僅踰十年，未嘗信宿而不侍坐。率性所履，固無遁逃。言行之間，足見真態。伏惟推心以明其迹，追往以鑒於今。苟謂其嘗掩人以自售矣，嘗近名以冒進矣，嘗欺謾於言説矣，嘗沓貪於求取矣，嘗狎比其瑣細矣，嘗媒孽其僚友矣，嘗短激以買直矣，嘗詀讘以取容矣，嘗漏言於咨諏矣，嘗敗務於簿書矣：有一於此，雖人謂其賢，我得而刑也，豈止於棄乎？苟或反是，雖人謂其盜，我得而任也，庸可而棄乎？

由是而言，小人之善否，不在衆人。所以受譴已還，行及半歲。當食而歎，聞弦尚驚。不以衆人之善爲是非，唯以相公之意爲衡準。自違間左右，亟蒙簡書。慰誨勤勤，窮頳增感。伏想仁念，必思有以拯之。況禮道貴終，人情尚舊。嘗盡其力，必加以仁。於犬馬之微，有帷蓋之報。顧異於是，豈無庶幾？儻浮言可以事久而明，衆嗤可以時久而息，弘我大信，以袪羣疑。使煢煢微志，無已矣之歎。覬乎異日，得夷平民。然後裹足西向，謝恩有所。復以塵纓纍貌，稱故吏於相門。此言朝遂，可以夕死。何則，復於變者其義重，拯於危者其感深。睽而後合，示終不可睽也。否而後泰，示終不及否也。獲寶於已喪，得途於既迷，與夫平居不爲艱故所激者，其味異矣。

伏以大君繼明，元宰柄用。鴻鈞播平分之氣，懸象廓無私之照。涣汗大號，與人惟新。昭回汪濊，旁下郡國。投荒爲民者，咸釋拲梏，遂還里閭。繫於稍食，猶在羈絆。伏讀赦令，許移近郊。今武陵離京師贏二千者無幾。小人祖先壤樹在京索間。瘠田可耕，陋室未毁。濡露增感，臨風永懷。伏希憫其至誠，而少加推恕。命東曹補吏，置籍於滎陽伍中，得奉安輿而西，拜先人松檟。誓當齎志没齒，盡力於井臼之間，斯遂心之願也。如或官謗未塞，私欲未從，雖爲裔民，乃有善地。則北距澧浦，資宿春而可行，無道途之勤，蠲僕賃之費。重以鎮南，用和輔理，扇仁風於上游，霽嚴施惠，得以自遂，斯便家之願也。伏惟降意詳察，擇可行者處之。乞恩於指顧之間，爲惠有生成之重。雖百穀之仰膏雨，豈喻其急焉？

嗟哉！小生仕逢聖日，豈曰不辰？知有相君，豈曰不遇？而乘運鍾否，俾躬罹災，同生無手足之助，終歲有病貧之厄。孰不求達，而獨招嫌？孰不求安，而獨乘坎？賦命如此，雖悔可追。湘沅之濱，寒暑一候。陽雁纔到，華言罕聞。猿哀鳥思，啁啾異響。暮夜之後，併來愁腸。懷鄉倦越吟之苦，舉目多似人之喜。俯視遺體，仰安高堂。悲愁惴慄，常集方寸。盡意之具，固不在言。身遠與寡，捨茲何託？是以因言以見意，恃舊以求哀。敢希末光，下燭幽蟄。孤志多感，重恩難忘。顧瞻門館，慙戀交會。伏紙流涕，不知所云。禹錫惶悚再拜。

【校】

〔癡想〕紹本、崇本、畿本、中山集、全唐文癡均作凝，似是。

〔仗節〕紹本、崇本、畿本、中山集仗均作伏。

〔知人〕結一本作人知，誤。

〔詛盟〕結一本詛作誼，誤。

〔初聞〕紹本、崇本、畿本均作聞初。

〔亟亟〕紹本、崇本、畿本、全唐文均少一亟字。

〔動絓〕結一本絓作維，畿本作經，皆誤。

〔子宜〕崇本無宜字。

〔器聲〕畿本器作吞，似非。

〔周防〕崇本注云防去聲。

〔求之〕紹本、崇本、畿本、全唐文之均作知。

〔效節〕畿本效作放，非。

〔遂棄〕紹本遂作逆。

〔泰甚〕紹本、結一本、全唐文泰作大，非。

〔沓貪〕崇本沓作踏，非。

〔短激〕紹本、崇本、畿本、全唐文短均作矯，似是。

〔敗務於簿書〕崇本敗作販，似非；中山集、全唐文於作以，誤。

〔顧異於是〕崇本於作如。

〔拯於危者〕紹本拯作極。

〔示終不可〕崇本示作亦，下同。

〔拳梏〕結一本拳作拳，誤。

〔離京師〕紹本、崇本、全唐文離均作距。

〔井臼〕畿本臼作昫，注云：一作臼。

〔相君〕全唐文君作居，誤。

〔乘坎〕全唐文作乖次，誤。

【注】

〔杜司徒〕謂杜佑，舊唐書一四七、新唐書一六六各有傳，據本傳，德宗崩，佑攝冢宰，尋進位檢校司徒，充度支鹽鐵等使，依前平章事。故下稱司徒相公。

〔故吏〕禹錫在淮南佐佑幕，入朝又充度支鹽鐵使判官，故自稱故吏。

〔飛謗生釁〕按書中此二語爲禹錫自敍所以得罪之關鍵，「始以飛謗生釁」者，有人搆陷於宰執也，「終以公議抵刑」者，緣王、韋之黨連坐也。假令無人搆陷，固仍不免於連坐，或不至沈廢如是之久。杜佑以多年府主，竟亦信讒而恩誼不終，則尤禹錫所痛心者。書中又云「横爲口語所中」，又云「飛語一發，臚言四馳」，又云「謡行愛弛有決防之易」，語意明白如此，則禹錫非僅爲王、韋連坐而得禍，較然無疑矣。卷十八上門下武相公啓云「本使有内嬖之吏，供司有恃寵之臣，言涉猜嫌，動礙關束」，尤可參悟，具詳各篇箋證中。

〔可封〕漢書王莽傳：唐虞之世，比屋可封。

〔竊鈇〕列子説符：人有亡鈇者，意其鄰之子，視其行步竊鈇也，顔色竊鈇也，言語竊鈇也，作動態度無爲而不竊鈇也。俄而扣其谷而得其鈇，他日復見其鄰人之子，動作態度無似竊鈇者。

〔掇蜂、拾煤〕文選陸機君子行：「掇蜂滅天道，拾塵惑孔顔。」李善注：「説苑曰：王國君前母子伯奇，後母子伯封，兄弟相愛。後母欲其子爲太子，言王曰：伯奇愛妾。王上臺視之，後母取蜂，除其毒而置衣領之中，往過伯奇，奇往視袖中殺蜂。王見讓伯奇，伯奇出。使者就袖中有死蜂，使者白王。王見蜂追之，已自投河中。呂氏春秋曰：孔子窮於陳蔡之間，藜羹不糝，七日不嘗粒。晝寢，顔回索米得而來，爨之幾熟。孔子望見顔回攫其甑中而飯之。少選問食熟，謁孔子而進食。孔子起曰：今者夢見先君，食絜故饋。顔回對曰：不可。嚮者炱煤入甑中，棄食不祥，回攫而飯之。孔子笑曰：所信者目矣，目猶不可信，所恃者心矣，而心猶不足恃，弟子記之，知人固不易。夫孔子所以知人難也。」

〔魯酒〕語出莊子，據淮南子説：楚會諸侯，魯、趙皆獻酒於楚王，魯酒薄而趙酒厚，楚之主酒吏求酒于趙，趙不與，吏怒，乃以魯薄酒易趙厚酒奏之，楚王以趙酒薄，故圍邯鄲也。

〔伯仁〕晉書六九周顗傳：初敦之舉兵也，劉隗勸帝盡除諸王，司空導率羣從詣闕請罪，值顗將入，導呼顗謂曰：「伯仁，以百口累卿。」顗直入不顧，……導不知救己，而甚銜之。敦既得志，問導曰：「周顗、戴若思南北之望，當登三司，無所疑也。」導不答。又曰：「若不三司，便應令僕耶？」又不答。敦曰：「若不爾，正當誅爾。」導又無言。導後料檢中書故事，見顗表救己，……告其諸子曰：「吾雖不殺伯仁，伯仁由我而死，幽冥之中，負此良友。」

〔伯奢〕三國志裴注引世語曰：太祖過（吕）伯奢，伯奢出行，五子皆在，備賓主禮。太祖自以背卓命，疑其圖己，手劍夜殺八人而去。孫盛雜記曰：太祖聞其食器聲，以爲圖己，遂夜殺之。既而悽愴曰：「寧我負人，毋人負我。」遂行。

〔食子、放麛〕此二事實一事，皆出韓非子。樂羊爲魏將而攻中山，其子在中山，中山之君烹其子而遺之羹，樂羊坐於幕下而啜之盡一杯。文侯謂諸師贊曰：樂羊以我故而食其子之肉。答曰：其子而食之，且誰不食？樂羊罷中山，文侯賞其功而疑其心。孟孫獵得麑（麛），使秦西巴載之持歸，其母隨之而啼，秦西巴弗忍而與之。孟孫歸，至而求麑。答曰：余弗忍而與其母。孟孫大怒逐之。居三月，復召以爲其子傅，其御曰：曩將罪之，今召以爲子傅何也？孟孫曰：夫不忍麑，又且忍吾子乎？

〔僅踰〕按唐人用僅字有多義，如韓愈文「初守睢陽時士卒僅萬人」，杜甫詩「山樓僅百層」，皆謂多至萬人、多至百層。與經典用厪字者不同。今僅存而厪廢，多作止字解矣。

〔涣汗〕按舊紀，元和元年（八〇六）正月丁卯，御丹鳳樓大赦天下。即指此。然是年八月詔左降官韋執誼、韓泰、陳諫、柳宗元、劉禹錫、韓曄、凌凖、程异等八人縱逢恩赦不在量移之限。是禹錫但聞赦令而不知有後命也。疑是時有爲八司馬乞恩者，而憲宗之怒未已，故嚴譴至此。是年在相位者爲杜黄裳、鄭餘慶、鄭絪。蓋黄裳爲執誼婦翁，故尤不能爲諸人道地也。

〔京索〕語出史記項羽本紀：「楚與漢戰滎陽南京索間。」京、索皆古邑名。據外集卷九子劉子自傳，其先世墳塋在滎陽之檀山原田，謂此也。

〔重以鎮南〕按此語不甚可解，似有脱誤。

【箋證】

按：此文作於元和元年（八〇六），乃禹錫遭貶後披陳衷曲之言。杜佑爲禹錫多年相隨之府主，此時方在相位，宜可盡情傾吐也。文之第一段至「若小人者其不幸歟」止，隱然以烈士自況。「謂慎獨防微爲近隘，艱貞用晦爲廢忠」二語斥庸謹之鄙夫，破中庸之邪説，是禹錫自道平生果於任事。第二段至「庶乎日月至焉，而是非乃辨」止，言本不欲自辯解。第三段至「敢聞左右，投所閔也」止，假所聞於韓愈之言，以明猶有知己之感。相國扶風公自指杜佑，蓋其未封岐國公以前之郡公爵號。司徒府則指佑於元和元年正（八〇六）拜司徒也。云：「奉誠敬於山園上」，即傳所稱兼崇陵使判官也。第四段至「天下之人盡不信而盡可誣，固不然也」止，謂佑已入人之讒間而待禹錫頓疏也。「道謝孔顔，恩異天性」二語，明指佑之信讒而已之無由自明。「飛語一發，臚言四馳」二語，明指受謗之無因。第五段至「其味異矣」止，則詞尤勁直，於「禮道貴終，人情尚舊」二語見之。犬馬帷蓋之喻，直斥佑之寡恩。猶恐未盡，乃有「獲寳於已喪，得途於既迷」之語，豈非明謂佑之於禹錫已幾於恩斷義絶者乎？以下則乞於肆赦時量移之詞。憲宗紀：「元和元年（八〇六）八月壬午詔，左降官韋執誼、韓泰、陳諫、柳宗元、劉禹錫、韓曄、凌準、程异等八人，縱逢恩赦不在量移之限。」此詔一下，決無量移之望矣，故知禹錫此書必作於聞詔以前也。王、韋之獄，固以舊黨搆煽，觸怒憲宗爲其主因，而劉、柳諸人盛氣直情，致遭飛語彈射，亦必别有其說，外集卷九連州謝上表及柳集寄許京兆孟容書皆可參證。至杜佑信讒而疑禹錫，在任崇陵使判官時，於本集卷十八上門下武相公啓中尤可徵實。此皆當於史文以外求得其真相者也。武相公謂武元衡。啓中云：「本使有内嬖之吏，供司有恃寵之臣，言涉猜嫌，動礙關束。」蓋所不能直言於佑者，於元衡已盡情傾吐矣。新唐書佑傳稱其爲人平易遜順，與物不違忤，人皆愛重之，方漢胡廣。惟其與物不違忤，故不能明辨是非。禹錫上此書後，亦知其不足與言，故七年不復通書問。見本集卷十八上杜司徒啓。

〔旬朔之間再投裔土〕據紀，永貞元年（八〇五）九月己卯，禹錫貶連州刺史，十一月己卯，再貶朗州司馬。故云旬朔之間。

〔友人江陵法曹掾韓愈〕據洪興祖韓子年譜，韓愈於貞元十九年（八〇三）冬末貶官，二十年（八〇四）春始到陽山。二十一年（八〇五）正月，順宗即位，二月甲子，大赦，八月辛丑，改元永貞，遷者皆追回。愈爲觀察使所抑，徙江陵府法曹參軍事，夏秋離陽山，俟命於郴者三月，至秋末始受法曹之命。考愈之岳陽樓詩有「時當冬之孟」一語，則十月到岳州，正在赴江陵途中，而禹錫初貶連州在九月十三日，再貶朗州在十一月十四日，此時必尚未聞新命，與愈在岳州相見抑在江陵相見，雖未可斷言，要之愈之行蹤乃自南而北。此書云：「子之横爲口語所中，獨相國深明之，及不得已而退，則爲之流涕以訣；又不得已而謫，則爲之擇地以居。」愈又何從聞之乎？明是禹錫假託愈之詞以發端耳。

〔涣汗大號〕據紀，「元和元年（八〇六）正月丁卯，御丹鳳樓大赦天下」，即指此。然是年八月有左降官韋執誼以下八人不在量移之限之詔，禹錫但聞赦令而不知有後命也。

〔命東曹補吏〕後漢書百官志，太尉東曹主二千石長吏遷除及軍吏。禹錫用此，蓋意欲移官東都。

〔北距澧浦〕禹錫此語意謂不得已則欲量移澧州，蓋澧州雖與朗州接壤，而稍指東北即達江陵，較近於中原也。

獻權舍人書

禹錫在兒童時已蒙見器，終荷薦寵，始見知名。衆之指目，忝閤下門客，懼無以報稱。故厚自淬琢，靡遺分陰。乃今道未施於人，所蓄者志；見志之具，匪文謂何？是用顓顓懇懇於其間，思有所寓。非篤好其章句，泥溺於浮華。時態衆尚，病未能也，故拙於用譽；直繩朗鑒，樂所趨也，故鋭於求益。今謹録近所論撰凡十數篇，蕲端較是非，取關於左右。猶夫礦朴，納於容範。

嘗聞昔宋廣平之沈下僚也，蘇公味道時爲繡衣直指使者，廣平投以梅花賦，蘇盛稱之，自是方列於聞人之目。是知英賢卓犖，可外文字，然猶用片言借説於先達之口，藉其勢而後驤首當時，矧碌碌者，疇能自異？今閤下之名之位，過於蘇公之曩日，而鄙生所賦，或鉅於梅花，則沈泥干霄，懸在指顧間，其詞汰而喻僭，誠黷禮也。繄游藩之久，覬尚舊而霽嚴。禹錫惶悚再拜。

【校】

〔今道〕崇本今作念。

〔泥溺〕全唐文泥作沉。

〔衆尚〕畿本衆作俗。

〔取闕〕紹本、崇本、全唐文取均作敢，似是。

〔容範〕崇本、畿本容均作鎔。

【注】

〔梅花賦〕按舊唐書九四、新唐書一一四蘇味道傳皆未載其爲御史，而其人以模稜名，未必爲愛士者，禹錫摭此傳聞，恐未足據。

【箋證】

按：權舍人是權德輿早年之稱。德輿舊唐書一四八、新唐書一六五均有傳。據傳，「貞元十年（七九四），遷起居舍人，歲中兼知制誥，轉駕部員外郎，司勳郎中，職如舊。遷中書舍人……德輿居西掖八年，其間獨掌者數歲。」是書似當是禹錫初得科名，覬其汲引所作。據德輿送劉秀才登科後侍從赴東京覲省序（全唐文四九一）：「始予見其丱，已習詩書，佩觿韘，恭敬詳雅，異乎其倫，及今見乎君子之文，所以觀化成、立憲度，末學者爲之，則角逐舛馳，多方而前，子獨居易以遜業，立誠以待問，秉是嗛慤，退然若虛。」即指禹錫。與此文所云「在兒童時已蒙見器，終荷薦寵，始見知名」，正相吻合。據德輿自述，早歲曾客潤州，本傳又云：「貞元初，杜佑、裴胄皆奏請爲從事，二表同日至京。十年（七九四），自左補闕遷中書舍人。」蓋德輿亦以流寓之故，與杜佑同有淵源，其於禹錫父子之交誼必由於此。禹錫爲貞元九年（七九三）進士，次年德輿爲起居舍人，此書稱舍人者以此。德輿之官似未爲高，但未幾即知制誥，譽望之起必非一日，故禹錫以先達期之。然德輿秉政，已在元和五年（八一〇），於禹錫無能援手矣。

又按：全唐文七三九有陳岵上權舍人書，中有「衣化京塵，星霜七周」之語，疑即貞元九年（七九三）與禹錫同登科之陳祐。若然，則禹錫上此書時，或亦尚未第，而權舍人之稱爲後來所追加，未可知也。唐人未第時，以行卷投時人之有聞望者，久成習俗，例不勝舉。唐國史補所謂「造請權要謂之關節，激揚聲價謂之還往」也。此書亦頗似未第時口吻。陳岵事參見外集卷八贈同年陳長史員外詩。

爲京兆李尹答于襄州第一書

閤下以大墓世在三原，而去河南益遠，尚繫於數百年之外，於義不安。遂奮然移犂從率先行古，占數爲京兆人，且命使者修敬於鄙薄。缺然不敢當此之重。因都洪惟閤下，世雄朔易，四姓之冠。其宗勳有八柱之貴，其碩德有三老之重。謹按永徽入雒，錫之土田。自生齒已上，列於侯籍。與夫其先嘗爲編户民者大殊。實待罪輦轂格，貫在兩都者無害爲本部官。蓋神州赤縣，尊有所厭，非他土之比。

下，閤下宣風江漢，爲諸侯師，介圭入覲，必參大政。其展禮措事，宜爲羣倫所觀。非據之榮，赧然汗下。不宣，實再拜。

【校】

〔尚繫〕紹本、崇本繫下有望字。

〔宗勳〕崇本宗作崇。

【箋證】

按：李尹謂李實，舊唐書一三五、新唐書一六七均有傳。據傳：「貞元十九年（八〇三）爲京兆尹。自爲京尹，恃寵强愎，不顧文法，人皆側目。二十年春夏旱，關中大歉，實爲政猛暴，方務聚斂進奉以自固恩顧，百姓所訴一不介意。因入對，德宗問人疾苦，實奏曰：今年雖旱，穀田甚好。由是租稅皆不免。人窮無告，乃徹屋瓦木，賣麥苗，以供賦斂。優人成輔端因戲作語爲秦民艱苦之狀云：秦地城池二百年，何期如此賤田園？一頃麥苗五石米，三間堂屋二千錢？凡如此語有數十篇。實聞之怒，言輔端誹謗國政，德宗遽令決殺。當時言者曰：瞽誦箴諫，取其詼諧以託諷諫，……輔端不可加罪。德宗亦深悔，京師無不切齒以怒實。故事，府官避臺官，實嘗遇侍御史王播於道，實不肯避，導從如常。播詰其從者，實怒，奏播爲三原令，謝之日，庭詬之。陵轢公卿百執事，隨其喜怒，誣奏遷逐者相繼，朝士畏而惡之。又誣奏萬年令李衆，貶虔州司馬。奏虞部員外郎房啓代衆。升黜如其意，怙勢之色，謍然在眉睫間。故事，吏部將奏科目，奥密，朝官不通書問，而實身詣選曹迫趙宗儒，且以勢恐之。前歲權德輿爲禮部侍郎，實託私薦士，不能如意。後遂大録二十人迫德輿曰：可依此第之，不爾，必出外官，悔無及也。德輿雖不從，然頗懼其誣奏。二十一年（八〇五），有詔蠲畿内逋租，實違詔徵之。百姓大困，官吏多遭笞罰，剥割掊斂，聚錢三十萬貫，胥吏或犯者即按之。……順宗在諒闇踰月，實斃人於府者十數，遂議逐之，乃貶通州長史。制出，市人皆袖瓦石投其首，實知之，由月營門自苑西出。人人相賀，後遇赦量移虢州，在道卒。」以上舊史之文，半采韓愈順宗實録，他亦采時人記載。據實録，實之貶通州，在貞元二十一年（八〇五）正月，正順宗之初政。若實爲非，則順宗初政爲是。若概以順宗初政出於王、韋，則實必不當其罪矣。且實録又云：「五月甲申，以萬年令房啓爲容州刺史。初，啓善於叔文之黨，因相推致，遂獲寵於叔文，求進用，叔文以爲容管經略使。使行，約至荆南授之，云脱不得荆南即與湖南，故啓宿留於江陵，久之方行至湖南，又久之而叔文與執誼争權，數有異同，故不果，尋聞皇太子監國，啓惶駭奔馳而往。」啓既亦爲叔文之黨矣，而實與啓善，啓爲萬年令亦由實致之。則順宗初政，首貶實以懲貪虐，足徵王、韋之重公論而不顧私交。此王、韋之善也，而又何譏焉？韓氏於實忽褒忽貶，必難盡信。

又按：李實爲人亦以延接文士相標榜，唐語林六：「李實爲司農卿，督責官租，蕭祐居喪，輸不及期，實怒，召至，租車亦至，得不罪。會有賜與，當謝狀，秉筆者有故未至，實乃曰：召衣齊衰者。祐至，立爲草狀，實大喜，延英面薦，德宗令問喪期，屈指以待，及釋服日，以處士拜拾遺。」禹錫於貞元末年爲郎官、御史，有文名，殆以實慕其文采而以筆札相屬。禹錫爲實撰箋表，又見本集卷十三、十七各篇。似亦以蕭祐相遇也。

〔于襄州〕于襄州，謂于頔，舊唐書一五六、新唐書一七二均有傳。本集中涉及頔者尚有本集卷二十五、三十等篇。

〔占數爲京兆人〕韓愈集有上襄陽于相公書云「蒙示移族從并與京兆書」，蓋即指此事。頔於貞元中頗得德宗寵任，以文臣居方鎮，而自恣威福，必其有以自結於朝端也。實亦恃寵强愎之人，頔有意承迎，恐亦厚貌深情耳。

〔世雄朔易〕于頔爲于謹之後，謹之曾祖爲懷朔鎮將，故云「世雄朔易」。八柱及三老皆指謹在北周時事。謹傳在周書一五及北史二三。八柱謂八柱國也。北史六〇李弼等傳論曰：「初，魏孝莊帝以尒朱榮有翊戴之功，拜榮柱國大將軍，位在丞相上。榮敗後，此官遂廢。大統三年（五三七），魏文帝復以周文帝建中興之業，始命爲之。其後功參佐命望實俱重者，亦居此職。自大統十六年（五五〇）已前，任者凡有八人，周帝位總百揆，都督中外軍事。魏廣陵王欣，元氏懿戚，從容禁闈而已。此外六人各督二大將軍，分掌禁旅，當爪牙禦侮之寄。當時榮盛，莫與爲比。故今之稱門閥者，咸推八柱國家。」

〔其碩德有三老之重〕于謹傳云：「（保定）三年，以謹爲三老，固辭，又不許，賜延年杖，武帝幸太學以食之。」即指其事。

爲京兆李尹答于襄州第二書

實白：前辱閣下書，厚自枉屈，執州人之禮。兼示移羣從書，明所以去河南從京兆爲望之旨，於古儀爲得。然而通行之自久，或獻疑焉。是以前書不敢不逡巡牢讓，亦有以發閣下之雄辯，使皭然爲世程者。今月某日，函使至，果貽理言。大明時人之所以失，而我獨障頽波而逢其原。既一辭不獲命，又學淺不堪往復。敢不敬從！前史稱以大將軍而有揖客，豈不爲重？循汲直之言，則有以略其理而增高者。今鄙人之不讓，適有以增閣下之重耳。實白。

【校】

〔其理〕紹本、崇本、全唐文理均作禮。

【注】

〔汲直〕漢書汲黯傳：「大將軍青既益尊，姊爲皇后，然黯與亢禮。或説黯曰：自天子欲令羣臣下大將軍，大將軍尊貴誠重，君不可以不拜，黯曰：夫以大將軍有揖客，反不重邪？」又賈捐之傳：「置之争臣則汲直。」注：「汲黯方直，故世謂之汲直。」

【箋證】

按文中云：「兼示移𡨋從書，明所以去河南從京兆爲望之旨。」亦見韓愈集上襄陽于相公書。日知録揭舉韓愈上京兆尹李實書，云：「愈來京師，於今十五年，所見公卿大臣不可勝數，皆能守官奉職，無過失而已；未見有赤心事上，憂國如家如閣下者。」至其爲順宗實録，則曰：「實諂事李齊運，驟遷至京兆尹，恃寵强愎，不顧文法。……至譴，市里讙呼，皆袖瓦礫遮道伺之，實由間道獲免。」與前所上之書迥若天淵。今考實本傳，以蔭入仕，六轉至潭州司馬，從事曹王皐府，曹王皐固亦愈所稱賢者也，自山南東道判官歸朝，官至司農卿加檢校工部尚書，方爲京兆尹，不得謂之驟遷，愈之實録難云「實録」，皆此類也，而修史者遽取而載之，恐未免惡則墜淵之譏矣。觀禹錫此文，則亦嘗與有往還，故爲之操筆。其人當非一無可取者。

答饒州元使君書

傳使至，蒙致書一函，辱示政事與治兵之要。明體以及用，通經以知權。視陰陽慘舒之節，取震虩澤濡之象。知天而不泥於神怪，知人而不遺於委瑣。先鄉社之治以浹於舉郡，首隊伍之法以及於成師。猶言數者起一而至萬，操律者本黄鍾以極八音。誠通人之説，章章必可行者也。鄙生涉吏日淺，嘗耳剽老成人之言熟矣。今研覈至論，淵乎有味，非游言架空之徒，喜未常不至抃也。故揚搉所見，以累下執事云。

蓋豐荒異政，繫乎時也。夷夏殊法，牽乎俗也。因時在乎善相，因俗在乎便安。不知法斂重輕之道，雖歲有順成，猶水旱也。不知日用樂成之義，雖俗方阜安，猶蕩析也。徙木之信必行，則民不惑，此政之先也；置水之清必勵，則人知敬，此政之本也；銗筩之機或行，則姦不敢欺，此政之助也。則有以其弛張雄雌，唯變所適。古之賢而治者，稱謂各異。非至當有二也，顧遭時不同耳。夫民足則懷安，安則自重而畏法。乏則思濫，濫則迫利而輕禁。故文景之民厚其生，爲吏者率以仁恕顯；武宣之民亟於役，爲吏者率以武健稱。其寬猛迭用，猶質文循環，必稽其弊而矯之，是宜審其究奪耳。

太史公云，身修者官未嘗亂也。然則修身而不能及治者有矣，未有不自己而能及民者。今之號爲有志於治者，咸能知民困於杼軸，罷於征徭。則曰司牧之道莫先於簡廉奉法而已。其或材拘於局促，智限於罷懦，不能斟酌盈虛，使人不倦。以不知事爲簡，以清一身爲廉，以守舊弊爲奉法。是心清於棖闑之內，而柄移於胥吏之手。歲登事簡，偷可理也；歲札理叢，則潰然攜矣。故曰身脩而不及理者有矣。若執事之言政，詣理切情，斥去迂緩，簡而通，和而毅。其修整非止乎一身，必將及物也。其程督非務乎一切，必將經遠也。防民之理甚周，而不至皎察。字民之方甚裕，而不使侵蝟。知革故之有悔，審料民之多撓。厚發姦之賞，峻欺下之誅。調賦之權，不關於猾吏；逋亡之責，不遷於豐室。因有年之利以補敗，汰不急之用以嗇財。爲邦之要，深切著明，若此其悉也。推是言、按是理而篤行之，烏有不及治邪？

古稱言之必可行，非樂垂空文耳。有人民社稷，固可踐其言也。瀕江之郡饒爲大。履番君之故地，漸甌越之遺俗。餘干有畝鍾之地，武林有千章之材。其民牟利鬬力，狃於輕悍，故用暴虐聞。重以山茂櫝楛，金豐鐐銑。齊民往往投鎡錤而即鏟鑄，損絲枲而工搴擷。乘時詭求，其息倍稱。間聞主分土者，盡籠其利而斡之。坐簿書舛錯，爲中執法所劾。事下三府，以受賕論，其刑甚渥。於今列郡不寒而慄，彼邦人聆其風聲，固曰彼浚民者上罪之若此，其念民也至矣。今二千石以前失職非其罪，執事者即人心而用之，彼邦人是必翹然須其至而安矣。以思治之民，遇習治之守，欲不至於富庶得乎？

昌黎韓宣英，好實蹈中之士也。前爲司封郎，以餘刃剸劇於計曹。號無逋事，能承其家法而紹明之，庭堅仲容之族也。坐事爲彼郡司馬，更閏餘者再焉。是必能知風俗之良窳，采寮之善否，盍嘗問焉？足爲羣疑之寶龜也。至於否臧文律，戢玩之戒，均權以制動，函隸以稔勇。平居使不墮，萃聚使不譁。坐作疾徐，心和氣振。誠纖悉於所示也。故置之以須執事異日承進律之命，握獸符而駕寅車，而後貢其瞽言，重曉左右耳。

【校】

〔明體〕紹本、中山集體均作禮。

〔以極〕崇本以作而。

〔未常不至〕紹本、崇本常均作嘗。

〔法歛〕紹本、崇本、畿本、中山集法均作發，中山集歛作敍。全唐文作發敍。

〔至當〕崇本當作黨。

〔究奪〕紹本、崇本、畿本、中山集、全唐文究均作救。

〔杼軸〕紹本、崇本、全唐文軸均作抽。

〔偷可理也〕崇本偷作猶，畿本理作事。

〔必將及物〕崇本必作心，下同。

〔防民〕紹本、崇本、畿本、全唐文防均作坊，按：此用禮記坊記之意，作坊爲是。

〔料民〕結一本料作科，誤。

〔補敗〕崇本敗作販，非。

〔番君〕崇本君作禺，誤。

〔檟楛〕結一本、崇本、中山集楛均作苦，誤，畿本作梏，紹本作茶。

〔鏟鑄〕紹本鑄作鏄。

〔計曹〕紹本計作討，誤。

〔函隸〕崇本作亟隸，注云：隸一作疑。

【注】

〔震虩〕易震卦：「震來虩虩，笑言啞啞。震驚百里，不喪匕鬯。」又大過：「象曰：澤滅木大過。上六，過涉滅頂凶无咎。」即「澤濡」之義。

〔缿筩〕漢書趙廣漢傳：「又教吏爲缿筩，及得投書，削其主名，而託以爲豪桀大姓子弟所言。其後强宗大族家家結爲仇讐，姦黨散落，風俗大改。吏民相告訐，廣漢得以爲耳目。」此所謂「姦不敢欺」，乃采用匿名互相揭發之法也。缿筩即投書之筩。

〔武健〕漢書酷吏傳：「昔天下之罔嘗密矣，然不軌愈起，其極也，上下相遁，至於不振。當是之時，吏治若救火揚沸，非武健嚴酷惡能勝其任而愉快乎？」禹錫意即本此，謂武帝宣帝之時也。

〔番君〕漢書高帝紀：「遇番君别將梅鋗。」注：蘇林曰：「番，音婆，豫章番陽縣。」韋昭曰：「吴芮初爲番令，故號曰番君。」

〔餘干、武林〕按餘干爲饒州屬縣。武林或指杭州，未知是否。

〔庭堅仲容〕左傳文十八年昔高陽氏有才子八人。庭堅仲容居其二。曄爲韓滉族子，家世有名，故以爲比。

【箋證】

按：困學紀聞一七：「答元饒州論春秋，又論政理，按鄱陽志，元崱也。艾軒策問以爲元次山，次山不與子厚同時，亦未嘗爲饒州。」今檢元氏長慶集四八，元蕆杭州刺史等制：勑饒州刺史元蕆等。困學紀聞作元崱，誤。

又按：岑仲勉唐集質疑引勞格讀書雜識云：案新安志九續定命録並云：元和十五年（八二〇），崔玄亮自密州刺史遷饒州刺史，則蕆遷杭州當亦在是年。元和十五年則宗元已卒，而禹錫亦去連州北歸矣。

又按：柳宗元集答元饒州論政理書中有云：「又聞兄之莅政三日，舉韓宣英以代己。」而禹錫此書則云：「昌黎韓宣英……坐事爲彼郡司馬，更閏餘者再焉。」韓宣英即八司馬中之韓曄，之官即舉人自代，是貞元以後定制，惟舉本郡之員外司馬，又正當獲譴未久，似屬不近情理。又柳書云：「奉書辱示以政理之説，及劉夢得書，往復甚善。」則劉書實在前，柳曾見之也。元蕆既與劉、柳皆有往還，則其重視韓曄亦必不待言矣。蓋劉、柳答書時，曄初不在饒州，此文云「坐事爲彼郡司馬」，乃追述往事之詞。舊唐書一三五王叔文傳附云：「韓曄，宰相滉之族子，有俊才，依附韋執誼，累遷尚書司封郎中。叔文敗，貶池州刺史，尋改饒州司馬，量移汀州刺史，又轉永州，卒。」是曄爲饒州司馬，與劉謫朗州、柳謫永州同時。蓋元薁刺饒州時，曄正刺汀州也。

又按：書中有「鄙生涉吏日淺」一語，足證其時禹錫在連州刺史，蓋前此爲朗州員外司馬，不親吏事也。

〔調賦之權不關於猾吏〕本集卷八鄭州刺史東廳壁記云：「司税掾舉七縣董租之吏累百，君曰：此百螣也。悉罷之。用户符而輸入益辦。」足見唐時胥吏督租之害，故禹錫不惜再三言之。

〔豐室〕按：逃户逋欠，累及親鄰，亦唐時吏治之一弊。唐會要八五載天寶八載正月勅：「籍帳之間，虚存户口，調賦之際，旁及親鄰，此弊因循，其事自久。……其承前所有虚掛丁户，應賦租庸課税，令近親鄰保代輸者，宜一切並停。」至寶應元年勅仍云：「逃户不歸者，當户租賦停徵，不得率攤鄰親高户。」足見其弊仍未止息。所謂不得率攤鄰親高户，即此文所謂不遷於豐室之意也。

〔鐐銑〕漢書地理志：「鄱陽，武陽鄉右十餘里有黄金采。」史記貨殖傳：「豫章出黄金。」集解：「徐廣曰：鄱陽有之。」正義：「括地志云：江州潯陽縣有黄金山，山出金。」新唐書地理志饒州樂平縣下注云：「有金有銀，有銅有鐵。」爾雅：「白金謂之銀，其美者謂之鐐。」又：「絶澤謂之銑。」郭注：「銑即美金，言最有光澤也。」

〔否臧〕易師卦：「師出以律，否臧凶。」據文意，元蕆來書尚有論兵之意。

答容州竇中丞書

健步劉子良至，猥奉書教，以愚爲希儒之徒。重言一發，華衮非貴。世之服儒衣冠道古語居學官者，爲不鮮矣。求其知所以然者幾何人？借曰有之，未必不詬病耳。今夫挾弓注矢遡空而發者，人自以爲皆羿可矣。移之於澤宫，則噤而不敢言。何哉？有的不可欺故也。今夫儒者函矢相攻，蜩螗相喧，不啻於彀弓射空矢者。孰爲其的哉？異日見道大行，則言益重，使儒者之的懸於舌端，不得讓也。由是知辱教之喜，可勝既乎？

間承得一二易生，列侍絳帳，荒服之外，持經鼎來，争捐珠璣以易編簡。不疾而速，其君子之德風歟！南裔慓俗，已丕變矣。顧其風候非民和可移，地泄恒燠，冬無嚴氣，其在嗇神以佑藥，兼味以禦祲。所謂養賢以及萬民，頤之時義不可不順。苟以有待及物爲心，則養己與養民非二道也。矧羣情之顒顒乎？禹錫再拜。

【校】

〔知所以然〕崇本無知字。

〔矢者〕崇本作者矣。

〔見道〕紹本、崇本、全唐文見均作兄。

〔南裔〕結一本、全唐文南均作而，誤。

〔佑藥〕全唐文佑作佐。

〔頤之〕結一本頤作順，誤。

【注】

〔澤宮〕禮記射義：「天子將祭，必先習射於澤。」注：「澤，宮名也。」

〔頤之時義〕按此用易頤卦語「天地養萬物，聖人養賢以及萬民」，即頤卦彖也。因來書云「得一二易生」，故以易答之。

【箋證】

按：竇中丞謂竇羣，舊唐書一五五、新唐書一〇〇均有傳。舊傳云：「羣兄常、牟，弟鞏，皆登進士第，惟羣獨爲處士，隱居毗陵，以節操聞。後學春秋於啖助之門人盧庇者，著書二十四卷，號史記名臣疏。貞元中，蘇州刺史韋夏卿以丘園茂異薦，兼獻其書，不報。及夏卿入爲吏部侍郎，改京兆尹，中謝。因對，後薦羣，徵拜左拾遺，遷侍御史，充入蕃使祕書監張薦判官。羣因入對奏曰：陛下即位二十年，始自草澤擢臣爲拾遺，是難其進也。今陛下以二十年難進之臣，用爲和蕃判官，一何易也！德宗異其言，留之，復爲侍御史。王叔文之黨柳宗元、劉禹錫皆慢羣，羣不附之。其黨議欲貶羣官，韋執誼止之。羣嘗謁王叔文，叔文命徹榻而進，羣揖之曰：夫事有不可知者。叔文曰：如何！羣曰：去年李實伐恩恃貴，傾動一時，此時公逡巡路旁，乃江南一吏耳。今公已處實形勢，又安得不慮路旁有如公者乎？叔文雖異其言，竟不之用。憲宗即位，轉膳部員外侍御史知雜，出爲唐州刺史。節度使于頔素聞其名，既謁見，羣危言激切，頔甚悦，奏留充山南東道節度副使，檢校兵部郎中兼御史中丞，賜紫金魚袋。宰相武元衡、李吉甫皆愛重之，召入爲吏部郎中。元衡輔政，舉羣代己爲中丞，羣奏刑部郎中吕温、羊士諤爲御史。（按：當是爲侍御史知雜，吕温傳可證。新唐書删去刑部郎中四字，蓋亦疑刑部郎中不當復爲御史，而不知舊傳漏「知雜」二字尤不可通也。唐制，侍御史知雜必以官較高者爲之。）吉甫以羊、吕險躁，持之數日不下，羣等怒，怨吉甫。三年八月，吉甫罷相，出鎮淮南，羣等欲因失恩傾之。吉甫嘗召術士陳登宿於安吉里第，翌日，羣令吏捕登考劾，僞搆吉甫陰事，密以上聞。帝召登訊之，立辨其僞。憲宗怒，將誅羣等，吉甫救之，出爲湖南觀察使，數日，改黔州刺史、黔中觀察使。……（參見本集卷九武陵北亭記箋證）羣性很戾，頗復恩讐，臨事不顧生死。是時徵入，云欲大用，人皆懼駭，聞其卒方安。」綜其行迹，既與王、韋、劉、柳不協，又與劉、柳之友吕温相暱，既云爲李吉甫所愛重，又欲興大獄以陷之。既已誣搆敗露，又仍出爲觀察使。矛盾錯綜，有驟難理解者。觀其任御史中丞爲武元衡所薦，而自容州復召又正在元衡再相之時，則始終黨於元衡可知。元衡與禹錫爲敵，禹錫於羣，必以其弟常方爲朗州刺史，不得不虚與委蛇，觀此書詞氣之膚泛，亦可概見。又：通鑑二三六載：「侍御史竇羣奏屯田員外郎劉禹錫挾邪亂政，不宜在朝。」是二人實有夙怨。然假令羣之劾奏得行，則禹錫必早得遠郡刺史以去，反不至被永貞之禍以致棄置二十三年矣。傳云：「羣學春秋於啖助之門人，似與劉、柳、吕之淵源亦由此，此文云：「儒者函矢相攻，蜩螗相喧。」蓋又以同門而意氣不相下也。

〔鼎來〕漢書匡衡傳：「諸儒爲之語曰：無説詩，匡鼎來。」注：「服虔曰：鼎猶言當也。若言匡當來也。應劭曰：鼎，方也。張晏曰：匡衡少時字鼎，長乃易字稚圭。師古曰：服、應二説是也。」禹錫文中屢用鼎字，亦主顏説。

答柳子厚書

禹錫白：零陵守以函置足下書爰來，屑末三幅，小章書僅千言，申申亹亹，茂勉甚悉。相思之苦懷，膠結贅聚，至是泮然以銷。所不如晤言者無幾。書竟獲新文二篇。且戲余曰：將子爲巨衡以揣其鈞石銖黍。余吟而繹之，顧其詞甚約而味淵然以長。氣爲幹，文爲支。跨躒古今，鼓行乘空。附離不以鑿枘，咀嚼不以文字。端而曼，苦而腴。佶然以生，癯然以清。余之衡誠懸於心，其揣也如是。子之戲余，果何如哉！夫矢發乎羿彀而中微存乎他人，子無曰必我之師而能我衡，苟能則譽羿者皆羿也，可乎！索居三歲，理言蕪而不治，臨書軏軏不具。禹錫白。

【校】

〔爰來〕崇本爰作員。

〔淵然〕紹本、崇本淵均作奫。

〔鑿枘〕崇本枘作柄，誤。

〔不以文字〕紹本、全唐文以均作有。

〔而能〕全唐文能作後，崇本無而字。

〔苟能〕紹本、崇本、全唐文能均作然。

〔理言〕畿本、全唐文理均作俚。按：唐人當諱治字，上有理字，下又有治字，必誤。

【注】

〔爰來〕按書秦誓：「若弗員來。」今本員誤作云。疏云：「員即云也。」足徵唐人所見本爲員來。此文即用其語。崇本獨作員來，是其勝他本處。

〔小章書〕謂章草。詳箋證。

〔僅千言〕猶言多至千言。僅字義已見本卷上杜司徒書注中。

〔佶然〕按詩小雅六月：「四牡既佶。」傳云：「正也」，箋云「壯健之貌」。此文蓋用鄭說。

【箋證】

按：文中有「索居三歲」之語，當作於元和三年（八〇八）間，宗元在永州，禹錫在朗州，情懷頗不自聊，故文字亦結轖乃爾。其評柳文曰：「端而曼，苦而腴，佶然以生，癯然以清。」可謂知言。亦非志同道合者不能作此語。從來評柳文者殊未見引此數語。

又按：文中「小章書僅千言」合之外集卷七與宗元論書法諸篇，知禹錫深服其書法之精，故於宗元殁後有「草聖數行留壞壁」之語。（見卷三十傷愚溪詩）而柳書章草傳於中原絶少，故宋人已不知之。黄伯思東觀餘論云：「章草惟漢、魏、西晉人最妙，至逸少變索靖法，稍以華勝，……隋智永又變此法，至唐人絶罕爲之。近世遂窈然無聞。」惟幸因話録載：「元和中，柳柳州書後生多師傚，就中尤長於章草，爲時所寶。湖湘以南，童稚悉學其書，頗有能者。」

與柳子厚書

間發書得箏郭師墓誌一篇，以爲其工獨得於天姿，使木聲絲聲均其所自出，抑折愉繹。學者無能如繁休伯之言薛訪車子不能曲盡如此。能令鄙夫沖然南望，如聞善音，如見其師。尋文寤事，神騖心得。徜徉伊鬱，久而不能平。嗟夫！郭師與不可傳者死矣，弦張柱差，枵然貌存。中有至音，含糊弗聞。噫！人亡而器存，布方册者是已。余之伊鬱也，豈獨爲虢師發邪？想足下因僕書重有槩耳。不宣，禹錫白。

【校】

〔無能如〕按：柳集原文作無能知。

〔尋文〕結一本尋作辱，誤。

〔虢師〕崇本、畿本、全唐文虢均作郭。按：郭古作虢，可通。

【注】

〔繁休伯〕按繁休伯與魏文帝牋言薛訪車子事見文選。兹略録其文如下：「頃諸鼓吹，廣求異妓，時都尉薛訪車子，年始十四，能喉囀引聲，與笳同音。白上呈見，果如其言。即日故共觀試，乃知天壤之所生，誠有自然之妙物也。潛氣内轉，哀音外激，大不抗越，細不幽散，聲悲舊笳，曲美常均。及與黄門鼓吹温胡迭唱迭和，喉所發音，無不響應，曲折沉浮，尋變入節。自初呈試，中間二旬，胡欲慠其所不知，尚之以一曲，巧竭意匱，既已不能，而此孺子遺聲抑揚，不可勝窮，優遊轉化，餘弄未盡，暨其清激悲吟，雜以怨慕，詠北狄之遐征，奏胡馬之長思，凄入肝脾，哀感頑豔。是時日在西隅，涼風拂衽，背山臨谿，流泉東逝，同坐仰嘆，觀者俯聽，莫不泫泣殞涕，悲懷慷慨。自左騏史妠謇姐名倡，能識以來，耳目所見，僉曰詭異，未之聞也。」宗元之文，寫音樂之妙，殊不能逮此。禹錫云繁休伯不能曲盡如此，非正論也。

〔枵然貌存〕按此指所用之箏。謂人既死矣，聲亦亡矣，獨其器尚存，有何益乎，因感人之精神意志寄於書册，人亡而空存其書，與聲亡而空存其器無異。

【箋證】

按：此爲宗元所作箏郭師墓誌而發。（文見附録）原文有「丁酉之年秋既季」一語，是元和十二年（八一七）之秋，禹錫貽書當亦必在是年。宗元文寫不遇而失意之士，空抱絶藝，冥行孤往，以戕其生，意至哀惋。禹錫復申言我輩死後縱能存於書册，復有何用？直道出宗元與己之心事。久謫之餘，鬱伊善感，無怪其然。

附録　柳宗元箏郭師墓誌（柳河東外集）

郭師名無名，無字。父爽，雲中大將。無名生善音，能鼓十三絃，其爲事天姿獨得，推七律三十五調，切密邃靡，布爪指，運掌腕，使木聲絲聲均其所自出，屈折愉繹，學者無能知。自去乳，不近葷肉，以是慕浮圖道。既失父母，即棄去兄弟，自髡緇入代清涼山，又南來楚中。然遇其故器不能無撫弄。吴王宙刺復州，或以告，乃延入，强之。宙號知聲音，抃蹈以爲神奇。會宙貶賀州，遂以來。嗜性愛酒，不能已，因縱髮爲黄老術。薛道州伯高抵宙以書，必致之，至與坐起。伯高，褒斜人也。嗜其音，至善處輒自爲擊節，教閽管謹視出入，餌仄柏，不食穀。三年，變服遁逃九疑叢祠中，披取之，益親善遇，終不屑，卒乘暴水入小船，下岣嶁山求道籙。會歐陽師死，不果受。張誠副嶺南，又强與偕，誠死，至是抵余，時已得骨髓病，日猶鼓音四五行，居數日，益篤。既病，自爲歌，死三日，葬州北崗西。志其詞曰：雲州生，柳州死。年五十，病骨髓。天與之音今止矣。丁酉之年秋既季，月闕其團於是始。心爲浮圖形道士，仁人我哀埋勿棄。

答道州薛郎中論方書書

禹錫再拜，初兄出中臺，守江華，人咸曰函牛之鼎以之烹小鮮，惜乎餘地澶漫而無庸也。愚獨心有槩焉，以爲君子受乾陽健行之氣，不可以息。苟吾位不足以充吾道，是宜寄餘術百藝以洩神用。其無暇日，與得位同。久欲以是理求有得於兄，而未有路。會崔生來，辱書教，果惠以所著奇方十通，商古今之宜而去其并猥。以一物足以了病者居多，非累試輒效，不在是族，或取諸肩近，亦以攟拾，慮恒人多怠忽不省，必建言顯白，揚其功於已然。其他立論，率以弭病於將然爲先，而攻治爲後。言君臣必以時，言宣補必以性，言砭灸必本其輸榮，言祓禳必因其風俗。齊和之宜，炮剔之良，暴炙有陰陽之候，煎烹有少多之取。撓勞以制駛，露置以養潔。味有所走，薰有所歸。存諸纖悉，易則生患。非博極遐覽之士，孰能知其所從來哉？

愚少多病，猶省爲童兒時，夙具襦袴，保母抱之以如醫巫家。鍼烙灌餌，咺然啼號，巫嫗輒陽陽滿志，引手直求，竟未知何等方何等藥餌。及壯，見里中兒年齒比者，必睨然武健可愛，羞己之不如。遂從世醫號富於術者，借其書伏讀之，得小品方，於羣方爲最古。又得藥對，知本草之所自出。考素問識榮衛經絡百骸九竅之相成。學切脈以探表候，而天機昏淺，布指於位不能分累菽之重輕，第知息至而已。然於藥石不爲懵矣。爾來垂三十年，其術足以自衛。或行乎門内，疾輒良已。家之嬰兒未嘗詣醫門求治者。

頃因欲編次已試者爲一家方書，顧力不足。今兄能我先，所以辱貺之喜，信踰拱璧。有以賞音適道耳。常思世人居平不讀一方，病則委千金於庸夫之手，至於甚殆，而曰不幸。豈其不幸邪！甚者或乘少壯之氣，笑人言醫，以爲非急。昌言曰：飴口飽腹，藥其如我何！所承之氣有時而既，於禱神佞佛遂甘心焉。兄以愚言覆觀之，其人固比肩耳。前蒙示藥焙法，謹如教。地之慝果不能傷，雖茈胡水瀉，喜速朽者，率久居而無害。萬物不可以無法，謂生不由養，志其誣乎！山川匪遐，事使之遠，形不接而諭者，莫賢乎書。臨紙怊悵，不宣。禹錫再拜。

【校】

〔郎中〕紹本、崇本、全唐文均作侍郎，繼本作郎中，注云：一作侍郎。按：作侍郎非，本卷末篇即答道州薛郎中論書儀書。

〔砭灸〕崇本、繼本、全唐文灸均作火。

〔輸榮〕紹本、中山集榮均作滎。

〔袚禳〕紹本袚作被。

〔薰有〕結一本薰作董，誤。

〔直求〕結一本直作真，誤。

〔累菽〕繼本菽作黍，似是。

〔豈其不幸〕紹本、崇本、全唐文其均作真。

〔所承〕崇本承作乘。

〔前蒙〕繼本蒙作家，非。

〔玼〕紹本、崇本注云音柴。

〔養志〕紹本、崇本、繼本、中山集、全唐文志均作致。蓋以致屬上句。依結一本則志其誣乎爲句，未詳孰是。

〔怊悵〕崇本怊作怡，非。

【注】

〔十通〕唐人編次書籍以一卷爲一通。

【箋證】

按：柳宗元集道州文宣王廟碑云：「謹案某年月日，儒師河東薛公伯高由尚書刑部郎中爲道州。」舊注云：「按集有斥鼻亭神記云：元和九年（八一四），河東薛公由刑部郎中刺道州。此云某年，即元和九年也。」本卷附録箏郭師墓誌亦有薛道州伯高語，並知其人亦好音。但據外集卷九傳信方述云「江華守河東薛景晦」，新唐書藝文志醫術類載「薛景晦古今集驗方十卷」，注云「元和刑部郎中貶道州刺史」，與劉、柳文皆相合，則其人殆名景晦而字伯高，伯高取高明與晦相對之義，似無可疑矣。全唐文四一二常衮授薛伯高少府少監制，略云：「前澧州刺史薛伯高……早踐臺閣，亟須詔條。」時代相去似遠，語意亦與此文不合，或係别一薛伯高。柳集先友記有薛伯高，云：「好讀書，號爲長者，後至尚書，卒。」殆亦非道州刺史之薛伯高矣。然白氏長慶集亦有薛伯高等亡母追贈郡夫人制，則時代較近，制書亦無用字而不用名之理。豈薛伯高不止一人，而此作道州刺史及撰醫書之薛郎中則名景晦字伯高耶！

又按：唐時士大夫遷謫南方者，皆以不服水土爲懼，多躬自究心醫藥，故陸贄在忠州，唯集醫方；李德裕在崖州，以無醫藥爲苦。禹錫知醫，固有所自，於此文益徵其博學多能，且以善攝生而致老壽。外集卷九傳信方述爲元和十三年（八一八）撰，云：余爲連州四年，江華守河東薛景晦以所著古今集驗方十通爲贈，即指此文中之事。然柳文謂薛刺道州之始爲元和九年（八一四），則不及一年，劉、柳皆旋奉召入京，豈劉、柳再貶而薛猶在道州，直至元和十三年（八一八）猶未去任耶？

又按：書中有云：「世人居平不讀一方，病則委千金於庸夫之手，至於甚殆，而曰不幸。豈其不幸邪？甚者或乘少壯之氣，笑人言醫，以爲非急，昌言曰：飴口飽腹，藥其如我何！所承之氣有時而既，於禱神佞佛遂甘心焉。」與本集卷五天論「非天預乎人」之旨合。卷二十九送僧元暠南遊詩引云：策名二十年，然後知唯出世間法可盡心耳。是禹錫固好佛學者，然於禱神佞佛亦所不謂然。

〔小品方、藥對〕舊唐書經籍志有雷公藥對二卷，陳延之小品方十二卷，新唐書藝文志同。蓋唐時醫藥啓蒙之書。

與刑部韓侍郎書

退之從丞相平戎還，以功爲第一官。然猶議者嗛然如未遷陟。此非特用文章學問有以當衆心也，乃在恢廓器度，以推賢盡材爲孜孜，故人心樂其道行，行必及物故耳。前日赦書下郡國，有棄過之目。以大國材富而失職者多，千鈞之機固省度而釋，豈鼷鼠所宜承當？然譬諸蟄蟲坯户而俯者，與夫槁死無以異矣。春雷一振，必歘然翹首，與生爲徒。況有吹律者召東風以薰之，其化更益速。雷且奮矣，其知風之自乎！既得位，當行之無忽。禹錫再拜。

【校】

〔化更〕紹本、崇本、畿本、全唐文更均作也。

【注】

〔韓侍郎〕謂韓愈。

〔丞相〕謂裴度。

【箋證】

按：韓愈本傳：「以右庶子充淮西行軍司馬，還朝以功授刑部侍郎。」唐人以尚書省爲樞要，愈以官僚得之，故云第一官。此元和十二年（八一七）冬事，次年元旦大赦，禹錫作書猶望愈之能爲力，俾移善地。然竟無量移之命。

又按：元稹在平淮西後有上裴度書，其言曰：「故裴兵部秉政不累月，閣下自外僚爲起居郎，韋相自巴州知制誥，張河南自邕幕爲御史，李西川自饒州爲雜端，密勿津梁之地半得其人」云云。詞意峻厲，與禹錫與愈書之語氣相似。蓋度之自淮西再相，士論冀其能進賢退不肖，而不意其名位愈隆而愈不足副輿情之企望也。

答道州薛郎中論書儀書

吾兄不知愚無似，猥以書見攻其非。且曰：我與子中外屬，當爲伯仲。其抵我書，執禮太卑。按舊儀，凡兄姊之齒有惟無伏，他以是爲衰。其於匹敵，即前云願後云白而已。大曆初，李贊皇、賈常侍猶守之無渝。二公何人也？我與子何人也？烏有從末俗以姑息爲禮，而不虞識者所窺邪？其有云爾。愚得之，退而思惟，愀然自智曰：在恒人爲宜，而在愚爲過，豈不甚幸歟？故盡言於兄，期有以相暢耳。

夫禮之文爲箸定，宜尊宜卑，猶四方上下左右前後。稱謂一立，古先聖賢所不敢移。管敬仲不敢當命卿之饗，虞人不敢承大夫之招，先禮而後身也。汲黯不爲大將軍而虧九卿，王祥不爲録尚書而屈三公，先道而後時也。是則非據之榮，雖君命有所不受。非道之利，雖衆尚有所不爲。兄長於大曆初，嘗接前輩游，欽其風采，去承平時不甚相遠。愚長於貞元中，所與游皆後來諸生，然猶於稠人廣坐時聞老成人之説，灌注耳目，斑斑然不絶如綫。其後爲御史，四方諸侯悉以書來賀，校其禮皆駮不同。唯洪州牧李常侍巽、潭州牧楊中丞憑始言執事。其他如儀而同在憲司者，咸以二牧言解。

爲不遜。愚時與其僚柳宗元昌言於衆曰：「監察八品也，當衣碧，言執事爲宜，不當經怪。」衆咸听然而咍，復謂愚云：「子奚不碧其服邪？」其不堪執事，色深不可以言解。

及謫官十年，居僻陋不聞世論，所以書相問訊，皆昵親密友，不容變更。而時態高下，無從知耳。前年祇召抵京師，偶故人席夔談，因及是事，乃知與十年前大殊。至有同姓屬尊，致書於屬卑而貴者，其紙尾言起居新婦，夔獨竊笑之而已，然猶不敢顯言詆之。今有人謂東爲西者，一言發則凡人嗤爲騃且狂。苟不衆非之，則東西易位久矣。尊卑失其儀，恬而不怪。安得使人如東西不敢易之哉？

曾子有云：「君子之愛人也以德，細人之愛人也以姑息。」謂古人悉朴且賢，則斯言不當發於洙泗間耳。蓋三代之尚，未嘗無弊。由野以至僿，豈一日之爲？漸靡使之然也。嫉其弊而救之以歸於中道，必俟乎薦紳先生德與位并者，揭然建明之，斯易也。語曰：「俟自直之箭，則百代無一矢；俟自圓之木，則千歲無一輪。執檃揉之器者視之，灌叢無非良材耳。」竊觀今之人，於文章無不慕古，甚者或失於野。於書疏獨陋古而汩於浮。二者同出於言而背馳。非不能盡如古也，蓋爲古文者得名聲，爲今書者無悔吝，如水走以下原闕。

【校】

〔題〕全唐文道州作連州，誤。

〔有惟〕紹本、崇本、結一本、全唐文惟均作唯，似非。

〔云白〕結一本白作曰，誤。

〔其有〕紹本、崇本、全唐文有均作旨，似是。

〔得之〕紹本、崇本之作書。

〔自智〕紹本、崇本、全唐文智均作賀，似是。

〔甚幸〕結一本、全唐文甚均作能。

〔箸定〕結一本箸作者，誤。

〔大夫〕紹本、崇本、全唐文大夫均作士。

〔欽其風采〕紹本、崇本、畿本、全唐文欽均作故。

〔悉以書〕紹本、崇本悉均作率。

〔爲今書者〕崇本書作出。

〔夔獨〕結一本夔作變，誤。

〔經怪〕崇本經作輕。

〔悔吝〕崇本吝作咎。

〔水走〕紹本水下闕一字，下有爲字，崇本作水走爲。全唐文水走下注闕字，爲字下闕。

【注】

〔汲黯〕解見本卷答于襄州第二書。

〔王祥〕晉書三三祥本傳云：及武帝爲晉王，祥與荀顗往謁，顗謂祥曰：相王尊重，何侯既已盡敬，今便當拜也。祥曰：相國誠爲尊貴，然是魏之宰相，吾等魏之三公，公王相去一階而已。班例大同，安有天子三司而輒拜人者？

〔曾子有云〕語見禮記檀弓。

【箋證】

按：此文所言乃唐人書簡稱謂之等差。云有惟無伏者，雖兄姊較尊，亦不云伏惟，但云惟也。前云願後云白者，較稔熟之友朋即不云惟但云願，末云白不云上也。此謂昔時儀文之簡率。至貞元中，則刺史致書御史稱執事，猶嫌不恭。過恭之弊，至於尊長致書子婦輩亦稱起居。禹錫以時尚如此，不敢違俗，故因薛之見責而慨言之。唐人於書札中敬語分別至嚴，多爲今人所不能解。例如資暇集云：「身卑致書於宗屬近戚，必曰座前，降几前之一等。案座者坐於牀也，言卑末之使，不當授受，置其書於所坐牀之前，俟隙而發，不敢直進之意。今或貽書中外，言座前則已重，空前則已輕，遂創坐前，無義也。」又云：「至如閤下字，案禮云：凡諸侯朝覲會遇，儐介將命，則曰陛下，太子曰殿下，公卿已下曰閤下，或云執事、足下、侍者，此蓋漸進之辭也。今無貴賤通書皆云閤下，其執事、足下不施用矣。侍者二字移於道者僧徒山人處士之儔。」（因話録略同）此條恰可爲此文之注脚。要之皆謂習俗愈變則愈趨虚僞，往日之稱謂，自時人視之則疑爲倨傲耳。

又按：王明清揮麈録四：「昔人最重契義，朋從年長，則以兄事之；齒少，則以弟或友呼焉。父之交游，敬之爲丈，見之必拜，執子姪之禮甚恭。丈人行者，命與其諸郎游。子又有孫，各崇輩行，略不紊亂，如分守之嚴。舊例書札止云啓或上，稍尊之則再拜，雖行高而位崇者，不過曰頓首再拜而已。非父兄不施覆字，宰輔以上方曰台候，餘不敢也。前輩名卿尺牘中可考，今俱不然，誠可太息。」亦可資參證。

〔李贊皇〕李贊皇謂李栖筠，新唐書一四六本傳云：「爲天下士所歸重，不敢有所斥，稱贊皇公云。」

〔賈常侍〕以時代核之，當指賈至。新唐書一一九本傳載，大曆七年（七七二）以右散騎常侍卒。舊唐書一九〇本傳不載，闕也。

〔李常侍巽〕舊唐書一二三李巽傳云：「以明經調補華州參軍，拔萃登科，授鄂縣尉，周歷臺省，由左司郎中出爲常州刺史，踰年召爲給事中，出爲湖南觀察使，鋭於爲理，五年改江西觀察使，加檢校散騎常侍兼御史大夫。」所謂五年，當是貞元五年（七八九），而德宗紀則云：「八年十二月，以給事中李巽爲潭州刺史湖南觀察使。」與傳顛倒（新唐書一四九略同）。或五年改江西之五字有誤。

〔楊中丞憑〕舊唐書一四六楊憑傳云：「舉進士，累佐使府，徵爲監察御史，不樂檢束，遂求免，累遷起居舍人、左司員外郎、禮部兵部郎中、太常少卿、湖南、江西觀察使。」據紀，其任湖南爲貞元十八年（八〇二）九月事，任江西爲永貞元年（八〇五）十一月事（新唐書一六〇略同）。

〔席夔〕韓愈集有和席八十二韻詩，舊注引諱行録：席夔行八，貞元十年（七九四）進士。白居易集東南行一百韻詩有「今春席八殂」之句。劉賓客嘉話録云：「韓十八初貶，席十（此字衍）八舍人爲之詞曰：早登科第，亦有聲名。」夔官至中書舍人。此文云前年祇召抵京師，謂元和八年正夔當制之時，未幾即卒矣。

〔子奚不碧其服邪〕八品九品服碧，爲龍朔中制，見舊唐書輿服誌。蓋雖有此令，而無人實行，皆著青衫而已。

〔俟自直之箭〕困學紀聞云：「韓子：必恃自直之箭，百世無矢，恃自圜之木，千世無輪。劉夢得用此語。」

劉禹錫集箋證卷第十一

表章一

爲淮南杜相公佑修，凡十首。

讓同平章事表

臣某言：高品吴千金至，奉制加臣銀青光禄大夫、同中書門下平章事，兼徐泗濠等州節度觀察處置等使，餘如故者。初受恩榮，若登霄漢。退思塵忝，如履春冰。臣誠惶誠恐，頓首頓首。臣聞以德詔官，以勞定賞。苟或虚授，人無勸心。臣自守方隅，累更時歲。荷唐、虞宣力之寄，乏齊、魯報政之能。愧無可稱，以答高位。豈意聖慈弘獎，天澤薦加，以燮贊之崇名，被庸虚之陋質？懼速官謗，有玷大猷。伏以宰相之職，安危是注。其在當否，繫於慘舒。惟以材升，例無平進。舉不失德，則副蒼生之心。苟非其人，或致外夷之哂。臣雖愚昧，嘗覽前言。豈敢冒榮，遂安竊位？輒思事理，冀盡芻蕘。若以汴河要津，漕運所切。徐方俶擾，師旅未寧。謹當上禀叡謀，下貞戎律。克期而進，屈指可平。勵衆之先，是臣之誌。既行其事，必在正名。所加節制，安敢飾讓？至於銀青貴服，金鉉重名。勳績無聞，豈宜濫及？伏乞賜寢前命，俯亮愚衷。微臣遂知止之宜，聖朝無不稱之服。名器斯慎，退讓有聞。遐邇聆風，孰不知勸？其新授官告謹重封進，無任懇禱屏營之至。

【校】

〔奉制〕崇本制下有某月日三字。

〔節度〕崇本度下有使字，非。

〔臣誠惶〕崇本臣下有某字。

〔戎律〕崇本戎作師。

〔之先〕崇本之作率，似是。

〔遂知止〕崇本遂作有。

〔懇禱〕紹本禱作倒。

【箋證】

按：本卷皆禹錫在杜佑淮南使幕中代撰之文，據外集卷九子劉子自傳，其爲佑掌書記，即始於兼領徐泗時。舊唐書一四七佑本傳云：「貞元十三（當作六）年（七九七），徐州節度使張建封卒，其子愔爲三軍所立，詔佑以淮南節制檢校左僕射同平章事兼徐泗節度使，委以討伐。」又德宗紀：貞元十六年（八〇〇）六月丙午，鄆州李師古，淮南杜佑並加同平章事，以佑兼領徐泗濠節度使。與此表合，傳於徐泗下漏一濠字。傳又云：「佑乃大具舟艦，遣將孟準先當之，準渡淮而敗，佑杖之，固境不敢進。及詔以徐州授愔，而加佑兼濠泗等州觀察使，在揚州開設營壘三十餘所，士馬修葺。然於賓僚間依阿無制，判官南宫僔、李亞、鄭元均争權，頗紊軍政，德宗知之，並竄於嶺外。」蓋佑不長於軍事，委以討伐之任，固非所樂也。

〔高品〕品官爲唐代内侍通稱，高品即其班秩之稍高者。唐會要六五：「元和十五年（八二〇）四月，内侍省奏，應管高品品官白身共四千六百一十八人。」韓愈集謝許受韓弘物狀云：「今日品官第五文嵩至臣宅，奉宣聖旨。」唐代傳宣詔命皆遣内侍。

〔誠惶誠恐〕齊東野語一三云：「今臣僚上表所稱誠惶誠恐及誠歡誠喜、頓首、稽首者，謂之中謝、中賀。自唐以來，其體如此。蓋臣某以下亦略敍數語便入此句，然後敷陳其詳。如柳子厚平淮西賀表：臣負罪積釁，違尚書牋表十有四年，懷印曳紱，有社有人，語意未竟也。其下即云誠惶誠恐，蓋以此一句結上數語云爾。今人不察，或於首聯之後湊用兩短句，言震惕之義，而復接以中謝之語，則遂成重複矣。前輩表章如東坡、荆公，多不失此體。近時周益公爲相，謝後封表云：華陽黑水，裂地而封，舊物青氈，從天而下。磨玷之勤未泯，執珪之寵彌加。臣誠惶誠恐。或以爲疑，當以問公，公答之正如此。」按：中謝、中賀或代以云云二字，其上亦必略言謝賀之意，然後申以臣誠惶誠恐，頓首頓首，如禹錫此文是其例，無所謂重複。周密引周必大之例，轉不合唐人之式。此文居集中表狀之首，故用全文，以下各篇即以中謝或云云代之矣。

〔或致外夷之哂〕漢書車千秋傳：「千秋無他材能術學，又無伐閱功勞，特以一言寤意，旬月取宰相封侯，世未嘗有也。後漢使者至匈奴，單于問曰：聞漢新拜丞相，何因得之？使者曰：以上書言事故。單于曰：苟如是，漢置丞相，非用賢也，妄一男子上書即得之矣。」禹錫用此事，以明置相非人，貽笑於國外。

謝平章事表

臣某言：伏蒙獎拔，超踐鈞衡。慮玷大猷，昧死陳讓。再奉嚴旨，不令固辭。恩厚命輕，位高責重。中謝。臣聞天下安危，注意將相。處論道具瞻之地，當總戎作鎮之權。雖協夢而求，無聞秉鉞之寄；登壇以拜，不兼調鼎之榮。授受惟艱，伊昔猶爾。況臣庸瑣，何以克堪？陛下玄造曲成，大明私照。俾掌戎律，復參廟謨。寵光之崇，在臣已極。毫髮之效，於國何施？謹當罄竭微誠，奉遵至教。仗天威以懾不類，敷聖澤以遂羣生。上分旰食之憂，下塞素餐之責。力誠不足，心實念兹。伏乞皇明，俯賜照鑒。臣恪居官次，遐守藩維，不獲伏謝彤庭，陳露丹慊。心存闕下，同犬馬之戀恩；身在淮濆，仰雲天而結思。無任懇悃屏營之至。

【校】

〔之崇〕英華、全唐文崇均作命。

〔已極〕崇本極作格，似非。

〔以懾〕崇本懾作攝。

〔不類〕英華、全唐文類均作順。

〔照鑒〕紹本、崇本、畿本、全唐文照均作昭。下類此者不復出。

〔淮濆〕結一本濆作潛，誤。

【注】

〔注意〕語出史記陸賈傳：天下安，注意相。天下危，注意將。

〔雖協夢而求〕協夢用殷高宗相傅説事，登壇用漢高祖拜韓信爲大將事，兩句意爲相者不兼將，爲將者不兼相也。

【箋證】

按：唐自貞元以後，雖已開藩鎮加使相之漸，然其初猶止加於元老重臣，不似末年藩鎮幾無不帶同平章事者，故佑以爲非常之典，辭而後受。通鑑二三七：「（元和三年八〇八）淮南節度使王鍔入朝，鍔家巨富，厚進奉及賂宦官，求平章事，翰林學士白居易以爲宰相人臣極位，非清望大功不應授。昨除裴均，中外已紛然，今又除鍔，則如鍔之輩皆生冀望，若盡與之則典章大壞，又不感恩，不與則厚薄有殊，或生愁望。」此距佑之加平章事又無幾時也。

謝手詔表

詔後批云：朕自書。

臣某言：中使閻忠信至，奉宣聖旨存問，兼賜臣手詔。拜捧紫泥，跪伸金簡。承旨見聖神之略，感恩知身命之輕。中謝。臣素乏異能，幸逢昌運。猥當旄鉞之寄，未靖祆氛；榮分台鼎之名，何階啓沃？竊位斯久，速尤是虞。豈謂玄化曲成，鴻私薦及？特紆睿思，親灑仙毫。降自九重，粲然五色。初喜麗天之象，遠燭輝光；旋驚垂露之蹤，曲覃霈澤。鸞鳳騫翔而變態，煙雲舒卷以呈姿。賦彩飛文，聳神蕩目。恭惟國寶，何幸家藏？感極涕零，莫知上答。應緣軍旅庶務，謹具別狀奏聞，無任欣戴屏營之至。

【校】

〔閻忠信〕崇本閻作閭。

〔騫翔〕崇本、全唐文騫均作迴。

〔無任〕崇本至此二字爲止。

【箋證】

按：此表當在討張愔軍務未停時，即貞元十六年（八〇〇）六月以後九月以前也。此表乃專謝德宗所賜手寫之詔，其詔中所言，別有奏狀復陳。蓋當時使府之制，公事由判官具牘，而掌書記專主文翰，譬之朝廷之上，判官等於掌外制之中書舍人，而掌書記則掌内制之翰林學士也。故禹錫集中有表而無狀。舊唐書稱德宗好文，手自書詔，亦好文之一證。

謝貸錢物表

臣某言：中使南宮懷珍至，奉宣聖旨存問，兼賜臣墨詔。天光下濟，叡澤曲流。銜恩未酬，居寵彌懼。中謝。臣受任斯極，微功莫施。昨以封略未寧，干戈猶動。壽春固壘以備盜，淮甸興師以扞姦。經費所資，數盈鉅萬。餽餉時久，供億力殫。慮始圖終，不敢緘默。輒陳管見，上黷宸聰。伏蒙聖慈，特遂誠請。遠承如綍之旨，特假聚人之財。軍須不愆，士氣彌振。糗糧既備，永無半菽之虞；襦袴足頌，遠超挾纊之感。是爲説使，咸願先登。臣忝總戎，倍百欣荷。伏以上分國用，俯濟軍興。候清煙塵，謹備償納。

【校】

〔遠超〕全唐文超作起。

〔謹備〕畿本脱備字。

〔償納〕此下崇本有無任二字，下二篇同。

【注】

〔如綍〕禮記緇衣：王言如綸，其出如綍。

〔聚人〕易繫辭：何以守位曰仁，何以聚人曰財。

〔説使〕見卷八驛路記。

【箋證】

按：此亦討張愔時所作，因軍用不足而乞貸國庫也。

〔墨詔〕此爲内制所草之詔，專下某官，不由中書，以無印故稱墨詔。

〔半菽〕半菽語出漢書項籍傳：「今歲饑民貧，卒食半菽。」注云：「孟唐曰：半，五斗器名也。臣瓚曰：士卒食蔬菜，以菽雜半之。」然考史記此句作「士食芋菽」。集解引徐廣云：「芋一作半，半，五升器也。」索隱引王劭云：「半，量器名，容五升也。」古説多如此，顔師古反以瓚説爲是，不知蔬菜雜半以豆不得爲食不足之證。孟說五斗自是五升之訛，後人相承用半菽，未必得其確解，禹錫亦猶承顏注之説耳。

請赴行營表

臣某言：臣自守淮濆，已周星紀。虔奉朝典，粗安遐方。素效未聞，新恩薦及。身曳兩綬，寄深一隅。蚊蚋負山，力誠不足；鷹鸇逐鳥，志則有餘。臣再授兵符，夙參軍幕。披堅執鋭，雖未經於戎行；制勝伐謀，亦常習於事業。自忝藩翰，屬時清平。無施汗馬之勞，但詠櫜弓之什。今則幸遇殊獎，委之專征。以身率先，是臣素志。況聞徐州士衆，本無叛心。倉卒之間，危疑至此。臣請自臨疆埸，親領紀綱。裂帛繫書，諭其禍福。椎牛饗士，養以威聲。冀宣皇風，煦兹蠢類。以忠義感脅從之伍，以含弘安反側之徒。革面悛心，期乎不日。其揚州留務請令行軍司馬路應權知。伏乞聖慈，俯賜照鑒。

【校】

〔請赴〕崇本請作謝。

〔制勝伐謀〕全唐文作受制代謀，英華亦作受制。

〔以身〕崇本身作臣，非。
〔疆埸〕紹本、崇本埸均作場，非。
〔禍福〕崇本福下注云：一作悔。
〔冀宣〕紹本宣作官，非。

【注】

〔新恩〕蓋即指加同平章事兼徐泗濠節度使，身居兩鎮，故云身曳兩綬及再授兵符。
〔留務〕本使不在，使府原有之職務謂之留務。

【箋證】

按：舊唐書一四〇張建封傳云：「軍衆請於朝廷，乞授愔旄節，初不之許，乃割濠、泗二州隸淮南，加杜佑同平章事以討徐州，既而泗州刺史張伾以兵攻埇橋，與徐軍接戰，伾大敗而還。」佑本傳云：「遣將孟準先當之，準渡淮而敗。」此表即在兵敗之後，自請督戰也。然表云：「徐州士衆，本無叛心，倉卒之間，危疑至此，臣請自臨疆場，親領紀綱。」蓋已寓罷兵之意。據紀，九月即以虔王諒爲節度大使，張愔爲留後，似佑竟未成行矣。
〔已周星紀〕佑本傳，以貞元五年（七八九）鎮淮南，及是年爲貞元十六年（八〇〇），將及十二年，故云。
〔身曳兩綬〕此佑自謂身居揚、徐兩鎮。

〔再授兵符〕此佑自謂初任嶺南，繼任淮南也。

〔夙參軍幕〕此佑自謂曾充浙西及淮南幕職。

〔行軍司馬〕舊唐書職官志，節度使、副使下有行軍司馬一人。新唐書百官志：「行軍司馬掌弼戎政，居則習蒐狩，有役則申戰守之法。器械糧糒，軍籍賜予皆專焉。」又李翰淮南節度行軍司馬廳壁記云：「軍出於内謂之將，鎮於外謂之使，佐其職者謂之行軍司馬。……雖主武，蓋文之職也。舊制朱衣銅印墨綬，開元故事多選臺郎爲之。」按：唐中葉以後，除河北不奉朝令之諸鎮外，節度使之出身文職者，亦多倚行軍司馬爲其輔助，往往即爲儲帥之地，如史所載陸長源之於董晉，嚴綬之於鄭儋等皆是。

〔路應〕此表稱以留務付路應，而新舊唐書皆不載，蓋雖有此請而兵旋罷，佑既未成行，亦本無行意也。新唐書一三八路嗣恭傳附載其子應事云：「應字從衆，以蔭爲著作郎。貞元初出爲虔州刺史，詔嗣父封（冀國公），鑿贛石梗嶮以通舟道。德宗時李泌爲相，號得君，帝嘗曰：誰於卿有恩者，朕能報之。泌乃言，曩爲元載所疾，謫江西，路嗣恭與載厚，臣嘗畏之。會其子應並驅，馬齧其脛，臣惶恐不自安，應闔不言，勉起見臣，臣常愧其長者，思有以報。帝曰善。即日加應檢校屯田郎中，服金紫。累遷宣歙池觀察使，封襄陽郡王。李錡反，應發鄉兵救湖、常二州，以故錡不能拔。元和六年（八一一），以疾授左散騎常侍，卒。」應之本末釐然可考如此，其爲淮南行軍司馬，當即在李泌薦達之後。韓愈集路公神道碑，即爲應而作，載其以兵部郎中兼御史中丞爲淮南軍司馬，新唐書即據韓文而漏采此節。

謝兵馬使朱鄭等官表

初除侍御史，續除中丞異姓王。

臣某言：奏事官韋温特蒙聖恩重賜朱鄭等官告。宸象昭回，焕然下燭。榮分右職，光賁遐藩。中謝。臣伏以朱鄭朴忠爲心，沈毅見色。當建封禦侮之寄，見張愔提孩之年。昨者隸職徐州，分鎮蕲縣。繹騷之際，梗亮彌彰。歷險而來，寔繁其旅。詳探本末，有足褒稱。輒具奏聞，恐須獎勸。伏蒙叡覽，俯亮微誠。優詔先行，已階直指之列；殊私薦至，超升獨坐之崇。户領三千，爵踰五等。恩生非次，感異常倫。轅門有光，武旅增氣。遂使感激之士，希勇爵以捐軀；猖狂之徒，聆聖澤而悛性。風行草偃，其勢必然。臣忝總戎麾，倍百欣荷。

【校】

〔謝兵馬使〕崇本謝下有加字。

〔韋温〕崇本、畿本、英華、全唐文温下均有回字。

〔提孩〕畿本作孩提。

〔梗亮〕崇本梗作綆，誤。

〔而來〕英華、全唐文來均作前。

〔叡覽〕紹本、崇本、全唐文覽均作鑒。

〔之列〕崇本列作目，英華作日。

〔轅門〕畿本轅作輪。

〔戎麾〕崇本、全唐文均無麾字。

【注】

〔兵馬使〕唐時藩鎮自置統兵將領之稱，杜甫集有荆南兵馬使太常卿趙公大食刀歌。新唐書百官志：天下兵馬元帥下有前軍兵馬使，中軍兵馬使，後軍兵馬使。其實不止元帥下有之。通鑑二二一載河東節度使王思禮擢張光晟爲兵馬使，是也。同卷崔光遠充山南東道處置兵馬都使，又在兵馬使之上矣。

〔奏事官〕賫表入京之官。

〔韋温〕按舊唐書一六八及一八三各有一韋温，前一韋温時代固不相及，後一韋温時代雖略相及，然是清望官，必不任藩鎮驅使。唐人同姓名者多，不足異也。

【箋證】

按：此表仍當是討張愔時作，朱鄭蓋張建封所置蘄縣之守將。蘄縣此時尚隸徐州，至元和四年（八〇九）立宿州，始自徐州改隸。其人背張愔而歸朝，故優加爵賞以招來者。表云：重賜朱鄭等官告，似佑先已權以牒授而後請於朝也。

〔優詔先行已階直指之列〕直指謂侍御史，疑朱鄭先已曾授此官。及是以佑之請，又擢御史中丞，故云超升獨坐之榮。下文爵踰五等謂封郡王，户領三千指其食邑之數也。通鑑二一九：「（至德二載）是時府庫無蓄積，朝廷專以官爵賞功，諸將出征，皆給空名告身，自開府特進列卿大將軍，下至中郎將，聽臨事注名，其後又聽以信牒授人官爵，有至異姓王者。諸軍但以職任相統攝，不復計官爵高下。」故武人之封郡王爲數見不鮮之事，亦無可稽考也。

賀復吴少誠官爵表

臣某言：中使宋惟澄至，奉宣聖旨存問，兼賜臣墨詔及昭示洗雪吴少誠等事。天地弘覆燾之恩，雷雨施涣汗之澤。瑕累咸滌，危疑獲安。中謝。臣伏以少誠擅興兵戈，事生詿誤。自王師致討，天威下臨。曾無悖辭，亟聞引咎。初懷疑懼，雖擁衆以偷生；旋感聖神，屢拜章而請命。陛下仁深解網，慮軫納隍。念餽餉飛輓之勤，閔戰爭暴露之苦。舉兹宥過之典，副彼效順之誠。一方承再造之恩，九有覩惟新之化。敷鴻霈而覃及蠢類，鼓仁風而臻於太和。罷柝銷鋒，自兹而始。臣謬膺重寄，虔守遐藩，不獲稱慶瑶墀，陳露丹懇。仰瞻宸極，倍百常情。無任慶抃屏營之至。

【校】

〔賀復〕崇本復作赦，官上有復字。

〔亟聞〕崇本亟作但。

〔太和〕紹本、崇本太均作大。

〔瑶墀〕結一本瑶作璠，誤。

【箋證】

按：吴少誠之稱兵在貞元十五年（七九九）。舊唐書一四五少誠本傳云：「十五年，陳許節度曲環卒，少誠擅出兵攻掠臨潁縣。……尋下詔削奪少誠官爵，分遣十六道兵馬進討。……明年……竟未嘗整陣交鋒，而王師累挫潰，少誠尋引兵退歸蔡州，遂下詔洗雪，復其官爵。」此表云：「念餽餉飛輓之勤，閔戰爭暴露之苦，舉兹宥過之典，副彼效順之誠。」正謂師出無功，不得已而罷兵也。其事正當徐州罷兵之後。又通鑑二三五：「先是韋臯聞諸軍討少誠無功，上言：請以渾瑊、賈耽爲元帥，統諸軍，若重煩元老，則臣請以精鋭萬人下巴峽，出荆楚，以翦凶逆。不然，因其請罪而赦之，罷兩河諸軍以休息公私，亦策之次也。若少誠一旦罪盈惡稔，爲麾下所殺，則又當以其爵位授之，是除一少誠生一少誠，爲患無窮矣。賈耽言於上曰：賊意蓋益望恩貸，恐須開其生路。上從之。會少誠致書幣於監官軍者，求昭雪，監軍奏之。（十月）戊子，詔赦少誠及彰義將士，復其官爵。」即此表所謂屢拜章而請命也。

賀除虔王等表

臣某言：中使李國真至，奉宣聖旨存問，兼賜臣墨詔。鴻澤浹下，大明燭幽。曉諭便蕃，慰安稠疊。中謝。臣伏覩天書，恭承睿旨。弘愛人屈己之道，酌因時適變之宜。擇賢王作鎮徐方，俾張愔便主留務。上則成邦家盤石之固，下則副士衆拜章之請。戚藩之寄斯重，舊勳之祀獲全。丕變猖狂之徒，咸躋仁壽之域。既弘在宥，坐見止戈。率土人臣，孰不欣説？臣素乏方略，謬荷寵光。猥塵將相之名，無施分寸之績。遭逢若此，報效蔑聞。官謗已興，渥刑宜及。陛下恩深覆載，道務含弘。恤公私餽餉之勤，念吏士鋒鏑之苦。特紆神算，昭發德音。危疑獲安，制置惟固。好生宥過，誠陛下開綱之仁；尸位無功，重微臣素餐之責。周章跼蹐，胡顔自安？但以遐守藩條，恪居官次。不獲仰謝雲陛，陳露血誠。未遂周任知止之言，敢逃臧文竊位之咎？無任戰越之至。

【校】

〔浹下〕崇本浹作決。

〔制置〕崇本置作宜。

〔尸位〕崇本尸下注云：一作有。

【箋證】

按：此表因張愔授留後，罷討伐而上。蓋淮南出兵未幾而敗，佑空受節制及使相之名，實不能得徐州之地，表所謂「猥塵將相之名，無施分寸之績」，亦樂於息事寧人也。

〔擇賢王作鎮徐方〕賢王謂虔王諒。據諒傳，德宗第四子，貞元二年（七八六），已領蔡州節度大使，以吴少誠爲留後。今又以諒領徐州節度大使，以張愔爲留後。唐制，親王出鎮稱節度大使，中葉以後，多不出閤，實以副大使或留後代行其職。凡藩鎮中之大將已據其位而朝廷又不欲遽徇其請而授以旌節，輒依此法行之。

慰義陽公主薨表

臣某言：伏承義陽公主薨。伏惟聖懷傷悼增切。伏以公主妍姿令則，冠絶天人。稟教皇宮，已挺柔嘉之德；降嬪卿族，益彰貞粹之儀。方其作範壼闈，長榮邸第。豈意遘兹短曆，奄謝昌辰。伏慮陛下軫念未捐，深慈莫遣。有虧常膳，罷設宮懸。臣子之情，不任惕戀。況聖凡禮異，邦家制殊。伏願道齊彭殤，理達脩短。割肌膺之愛，慰寰海之心。率土人臣，孰不相慰？無任懇悃屏營之至。

【校】

〔方其〕紹本、崇本其均作期，是。

〔邦家〕崇本、全唐文均作家國。

〔相慰〕英華慰作賀。

〔懇悃〕畿本、全唐文悃均作欵。

【箋證】

義陽公主者，德宗之女。新唐書八三公主傳：「魏國憲穆公主始封義陽，下嫁王士平，主恣横不法，帝幽之禁中，錮士平於第。久之拜安州刺史，坐交中人貶賀州司户參軍。門下客蔡南史，獨孤申叔爲主作團雪散雪辭，狀離曠意，帝聞，怒捕南史等逐之，幾廢進士科。」舊唐書附載其事於王武俊傳中，士平即武俊之子也。據舊唐書，士平尚主在貞元二年（七八六），而幽公主於禁中，事在元和初。今本集編此表於慰王太慰薨表之前，則公主之卒必在貞元十六七年（八〇〇、八〇一）間。且表中有「陛下軫念未捐，深慈莫遣」之語，亦明爲對德宗之語氣。恐舊唐書誤矣。

慰王太尉薨表

臣某言：伏承成德軍節度使太尉兼中書令王武俊今月某日薨没。伏以武俊生逢昌時，天授忠節。奮揚義勇，茂建勳庸。秩冠朝端，參燮和於台鉉。姻連戚里，承嘉慶於雲霄。榮掩華夷，事高今昔。方膺作翰之寄，遽迫歸泉之期。鼎臣云亡，梁木斯壞。伏惟陛下君臣義重，存没感深。臨册禭以興懷，聽鼓鼙而軫念。臣恪居官守，奉慰無階。悲慟之誠，有加常品。謹遣某官某乙奉表陳慰以聞。

【校】

〔華夷〕崇本華作等，似於義爲勝。

〔謹遣〕崇本無以下各字。

【箋證】

按舊唐書一四二王武俊傳：武俊契丹人，本史思明恒州刺史李寶臣之裨將，德宗初年，寶臣死，子惟岳繼，武俊殺惟岳自立，與幽、魏、淄，四鎮連結稱王自立。朱泚之亂，德宗下詔赦武俊等，武俊亦首先歸順，遂以爲成德軍節度使，加司空同平章事，封琅邪郡王，貞元十二年（七九六），加檢校太尉兼中書令，十七年（八〇一）六月卒。其子士平尚義陽公主，故此表有「姻連戚里」之語。

又按唐會要四五：貞元十七年（八〇一）三月（月與紀傳不符，恐誤），成德軍節度使、檢校太尉、兼中書令王武俊薨，廢朝五日，羣臣詣延英奉慰，如渾瑊故事。大臣之喪，羣臣表慰，乃曠典，非常例也。

又按貞元十五年（七九九），汴州軍亂，蔡州吴少誠興兵，徐州張建封卒，十六年（八〇〇）杜佑兼領徐泗濠節度。十九年（八〇三），佑入相。據本集子劉子傳，禹錫爲杜佑掌書記是在兼領徐泗時，傳云：涉二年而道無虞，前約乃行，調補京兆渭南主簿，則與佑同時入京也，此卷代佑所作諸表皆在貞元十六（八〇〇）至十八年（八〇二）間。

劉禹錫集箋證卷第十二

表章二

爲淮南杜相公佑修，凡十一首。

謝冬衣表

臣某言：中使王國清至，伏奉聖旨慰勞臣及將佐官吏僧道耆壽百姓等，并賜臣墨詔及冬衣兩副、大將衣四副者。大明昭回，遠燭下土。殊錫稠疊，延及偏裨。慶抃失圖，捧戴相賀。云云。臣謬承委寄，獲守藩條。灰琯屢移，塵露無補。陛下至仁天覆，玄化風薰。頒以兼衣，賁兹瑣質。降自天府，光於轅門。緘縢既開，覩綵章之盛飾；蹈舞而服，發温燠於祁寒。愧塵補衮之名，更荷解衣之賜。恩波下浹，將校同霑。共戴殊榮，咸思竭節。生成是荷，雨露難酬。無任懇悃慙荷之至。

【校】

〔冬衣〕紹本冬作將。

〔相賀〕崇本此下注中謝二字，無云云二字，以下各篇同，較合唐人謝表體製。

【箋證】

按：本卷皆代杜佑所撰之文。

又按：全唐文六〇二此上又有謝賜冬衣表二篇，與禹錫所撰各表微不類，疑是他人之作誤入。

〔耆壽〕唐會要五九：「天寶十二載（七五三）七月十三日勅，諸郡父老宜改爲耆壽。」此耆壽之稱所由來。

謝濠泗兩州割屬淮南表

臣某言：伏奉十一月二十九日詔書，其濠、泗兩州令臣依前收管。臣謬承寵光，作鎮淮海。位均九伯，權總十連。内省無堪，常恐不逮。豈謂恩私曲被，封略有加？慙無報政之勤，重受分憂之寄。伏以兵戈方息，閭里未安。謹當奉宣皇風，慰彼黔首。且責成於牧宰，期不失於澄清。伏惟聖明，俯賜照鑒。無任感戴屏營之至。

【校】

〔題〕全唐文謝下有詔許二字。

〔無任〕全唐文上有臣字。

【注】

〔十連〕禮記王制：五國以爲屬，屬有長，十國以爲連，連有帥。

【箋證】

按：徐州所領之濠、泗兩州割屬淮南，是張愔授徐州留後時事。據舊唐書一四〇張建封傳，貞元末年，愔雖已正授武寧軍節度使，仍未以濠、泗兩州歸之。其初次割屬蓋在杜佑初奉命討徐之時，此表稱詔書依前收管，乃承前而言也。據紀，貞元十六年（八〇〇）九月癸亥，以虔王諒爲徐州節度大使，張愔爲留後。十一月癸亥，詔泗州、濠州宜隸淮南節度使。癸亥正爲是月之二十九日，即此詔也。

謝曆日面脂口脂表

臣某言：中使霍子璘至，奉宣聖旨存問臣及將佐官吏僧道耆壽百姓等，兼賜臣墨詔，及貞元十七年新曆一軸，臘日面脂、口脂、紅雪、紫雪并金花銀合二、含稜合二。

皇明遠燭，殊錫薦臻。抃舞失容，捧戴無措。伏惟皇帝陛下，立極御人，順時布政。禮崇大蜡，澤浹遐藩。臣叨榮日深，竊位時久。謬回宸眷，猥降王人。天書下臨，覩三光之照耀；玉曆爰授，知四時之環周。雕匳既開，珍藥斯見。膏凝雪瑩，含液騰芳。頓光蒲柳之容，永去癘疵之患。命輕恩重，上答何階？無任感抃屏營之至。

【校】

〔口脂表〕全唐文脂下有等字，是。

〔含稜合〕崇本、畿本、英華、全唐文含均作金，紹本作含。

〔殊錫〕崇本殊作恩。

〔無措〕崇本措下有中謝，紹本有云云。

〔御人〕全唐文人作天。

〔四時〕紹本、崇本、全唐文時均作氣。

〔感抃〕英華無此二字。

【箋證】

按：表云貞元十七年（八〇一）新曆，則表作於十六年之杪，與前篇相次，宜矣。

〔面脂口脂〕丹鉛總録二一云：「杜子美臘日詩：口脂面藥隨恩澤，翠管銀罌下九霄。唐制臘日宣賜脂藥，李嶠有謝臘日賜口脂表云：「青牛帳裏，未輟鑪香；朱鳥窗前，新調鉛粉。揉之以辛夷甲煎，燃之以桂火蘭蘇。」令狐楚表云：「雪散耀紅紫之名，香膏蘊蘭蕙之氣。合自金鼎，貯于雕匳。」劉禹錫有代謝表云：「宣奉聖旨，賜臣臘日口脂、面脂，紫雪、紅雪。雕匳既開，珍藥斯見，膏凝雪瑩，含液騰芳。可補杜詩注之遺。」據此，紅雪、紫雪，蓋藥散之名。又元氏長慶集有謝賜金石凌紅雪狀。

謝墨詔表

臣某言：中使陳日華至，奉宣聖旨存問，兼賜臣墨詔，又以臣所奏羅珦及裴靖政理有方，今各賜手詔激賞者。恩降重霄，澤流下土。義存獎勸，榮冠等夷。臣昨以羅珦、裴靖勵精吏理，效用著明。人咸説安，俗致殷阜。急須甄録，以勸在官。輒獻封章，具陳成績。伏蒙叡鑒，俯亮愚衷。載嘉理行之尤，光示絲綸之旨。守道者益以固誌，懷慝者由是悛心。激俗化人，於兹爲大。臣謬司廉問，職在澄清。幸遇旌善之時，獲免蔽賢之責。無任欣感之至。

【校】

〔等夷〕崇本下有中謝，紹本下有云云，下同。

〔急須〕崇本急作恐。

〔載嘉〕畿本無載字，旨上有深字。

〔謬司〕崇本謬上無臣字。紹本謬作繆。

【箋證】

按：此墨詔爲杜佑疏薦管内刺史二人而降也。據本卷所列各表之次第，當是貞元十七年（八〇一）所作。所薦二人見後。

〔羅珦〕按：新唐書一九七羅珦傳云：「羅珦，越州會稽人。寶應初，詣闕上書，授太常寺太祝。曹王臯領江西、荆襄節度使，常署幕府，累遷副使。臯卒，軍亂，劫府庫，珦取首惡十餘人斬以徇，環棘庭中，俾投所劫庫物，一日皆滿，乃貰餘黨。召爲奉天令。中官出入傒道，吏緣以犯禁，珦榜笞之，雖死不置，自是屏息。擢廬州刺史。民間病者，捨醫藥，禱淫祀，珦下令止之。修學宫，政教簡易，有芝草白雀。淮南節度使杜佑上治狀，賜金紫服，再遷京兆尹，請減平糴半，以常賦充之，人賴其利。以老病求解，徙太子賓客，累封襄陽縣男，卒謚曰夷。」與此表合。

〔裴靖〕據世系表，南來吴有裴靖，舒州刺史。舒州與廬州同爲淮南巡屬，故知即其人也。

論廢楚州營田表

臣某言：中使曹進玉至，奉宣聖旨存問，兼賜臣墨詔，以楚州營田廢置事令臣商量奏來者。跪奉天書，恭承叡旨。道存致用，義在隨時。云云。伏以本置營田，是求足食。今則徒有糜費，鮮逢順成。刈穫所收，無裨於國用；種糧每闕，常假於供司。較其利害，宜廢已久。比來循守舊制，不敢輕有上陳。皇明鑒微，特革斯弊。取其田蓄，授彼黎蒸。仍俾薄租，誠爲至當。但以田數雖廣，地力各殊。須量沃埆，用立程度。臣已追里正臣與商量利便，謹具别狀奏聞。伏惟聖慮，俯賜詳擇。無任震越屏營之至。

【校】

〔糜費〕崇本、結一本、中山集糜均作縻，紹本作糜。

〔鑒微〕畿本微作徵。

〔薄租〕結一本薄作簿，據紹本、崇本改。

〔沃埆〕畿本、中山集、全唐文埆均作瘠。

〔里正臣〕畿本，全唐文正下均無臣字。

【箋證】

按：鄭吉楚州新修南門記（見全唐文七六三）云：「泝淮而上達於潁，而州兵之益團練者纚聯五郡焉。楚最東爲名郡，疆土緜遠，帶甲四千人，征賦二萬，計屯田五千頃。」此即楚州營田之由來。據此表文意，蓋當時有人陳奏楚州營田積弊，故令杜佑商量存廢所宜。楚州亦淮南巡屬也。考太平廣記三七三引祥異集檢云：「長慶元年（八二一）春，楚州淮岸屯官胡榮家有精物。」似楚州營田至長慶時亦未廢。又據金石續編，楚州使院題名石柱，大和九年（八三五）以前刺史皆帶淮南營田副使，開成以後無。皆可參證。

又：新唐書食貨志云：「唐開軍府以扞要衝，因隙地置營田，天下屯總九百九十二，司農寺每屯三頃，州鎮諸軍每屯五十頃，水陸腴瘠播殖地宜，與其功庸煩省收率之多少，皆決於尚書省。」據地理志，楚州寶應縣：「證聖中開置屯田。西南四十里有徐州涇、青州涇；西南五十里有大府涇。長慶中，興白水塘屯田，發青、徐、揚州之民以鑿之。大府即揚州。」杜佑此表當上於貞元十七年（八〇一），所謂別狀奏聞，未知如何耳。

〔里正〕按：通典三：「大唐令：諸户以百户爲里，每里置里正一人，掌按比户口，課植農桑，檢察非違，催驅賦役。諸里正縣司選勳官六品已下白丁清平强幹者充。」然按唐制，田野應置村正，此蓋以營田特置里正也。

請朝覲表

臣某言：臣聞臣之事君，有犯無隱。懇誠所至，敢不罄陳？伏惟聖明，俯賜矜察云云。臣代受國恩，忝承門蔭。脱巾筮仕，敢期榮名？陳力效官，靡樹聲績。始因孤直，驟歷清班。復加朝獎，作藩外府。遠違輦下，十有四年。恪守淮瀆，逮今一紀。犬馬懷戀，寢興匪遑。蒲柳易衰，遲莫俄及。竊位時久，妨賢愧深。況歷官已來，四十八考。祇奉朝謁，時纔二周。服勤郡符，荏苒垂老。屏營魏闕之思，夢想承明之遊。如迫餒寒，不忘衣食。伏惟叡鑒，俯亮愚衷。早賜擇人，與臣交代。授受之際，冀無可虞。然後脂車，奔赴京輦。微願斯畢，雖死猶生。臣頃以戎務方殷，猥加宰輔。今既事罷，實慙此名。爲有藩鎮同時，未敢輕上印綬。伏以聖朝赫赫，左右惟賢。漢愧得人，周慙多士。臣才略既短，齒髮又衰。柄用之地，甘心自絕。所冀退歸舊里，沐浴皇風。絶鐘鳴漏盡之譏，展維桑與梓之敬。匪惟名器不假，實貴骸骨可全。知止之心，神祇所鑒。無任懇悃怔營之至。

【校】

〔事君〕纖本君作居，誤，英華此句作事君之道，下有犯作有死。

〔代受〕崇本代作伏，似誤。

〔朝獎〕崇本獎作章。

〔郡符〕英華、全唐文符均作府。

〔之遊〕纖本、全唐文遊均作迹。

〔交代〕全唐文作爲替，下授受作交受，英華交代作交替。
〔猶生〕英華生作且。
〔赫赫〕畿本、全唐文均作赫奕。
〔又衰〕英華、全唐文又均作且。
〔可全〕英華、全唐文可均作獲。
〔所鑒〕英華、全唐文所作可。
〔懇悃怔營〕英華作懇款屏營。全唐文作悃款怔營。

【注】

〔有犯〕禮記檀弓：事君有犯而無隱。
〔鐘鳴〕三國志魏書田豫傳：年過七十而以居位，譬猶鐘鳴漏盡而夜行不休，是罪人也。
〔維桑〕詩小雅小弁：維桑與梓，必恭敬止。

【箋證】

按：表云：「臣頃以戎務方殷，猥加宰輔，今既事罷，實慙此名。」自是貞元十六年（八〇〇）十二月至十七年（八〇一）春之語氣。又云：「遠違輦下，十有四年。」據杜佑本傳，貞元三年（七八七），自尚書左丞出爲陝虢觀察使，五年遷淮南節度使，蓋即赴新任，未再入覲，至貞元十六年（八〇〇）正爲十四年也。佑之出爲陝虢，蓋替李泌，泌以貞元三年（七八七）六月入相。

〔代受國恩忝承門蔭〕據杜佑本傳，曾祖行敏，荆、益二州都督府長史，南陽郡公。祖慤，右司員外郎，詳正學士。父希望，歷鴻臚卿，恒州刺史，西河太守，贈右僕射。佑以蔭入仕，補濟南郡參軍，故云。

〔爲有藩鎮同時未敢輕上印綬〕據舊紀，佑與淄青節度使李師古同加同平章事，故云。

〔齒髮又衰〕據杜佑本傳，元和七年（八一二）卒，年七十八，則此表上時年六十五六。

謝春衣表

臣某言：中使陳日華至，伏奉聖旨慰勞臣及將佐官吏僧道耆壽百姓等，并賜臣墨詔及春衣兩副，大將衣四副。王人捧詔，御府降衣。寵光不隔於遐藩，慶賜猥霑於裨將。臣素乏器能，謬膺驅使。每慙效薄，常懼食浮。陛下覃以至仁，均其厚施。宰元和而布澤，順時律以頒衣。出自禁中，賫於臣下。執領襘而抃舞失次，被纖柔而顧盼增輝。舉體動容，既安且吉。在身不稱，恐招鵜翼之譏；居位無功，叨受鶴紋之賜。下延將校，同荷生成。

【校】

〔耆壽〕英華、全唐文壽均作老，按：不合唐制，非。下同。

〔居位〕英華、全唐文位均作任。

【箋證】

按：此表當是貞元十七年（八〇一）春所上。

〔領繪〕左傳昭十一年：「衣有繪，帶有結。」注：「繪，領會也。結，帶結也。」釋文云：「説文云：帶所結也。」禹錫蓋用杜義，不從許説。

〔鵜翼〕詩曹風候人：「維鵜在梁，不濡其翼。彼其之子，不稱其服。」毛傳：「梁，水中之梁，鵜在梁可謂不濡其翼乎！」鄭箋：「鵜在梁，當濡其翼，而不濡者，非其常也。以喻小人在朝，亦非其常。」今考唐語林二云：「劉禹錫云：與柳八、韓七詣施士匄聽毛詩，説維鵜在梁。梁，人取魚之梁也。言鵜自合取魚，不合於人梁上取其魚，譬之人自無善事攘人之美者，如鵜在人之梁，毛注失之矣。」是禹錫於此詩有別解。唐語林蓋采自劉賓客嘉話録。

謝賜門戟表

臣某言：臣得進奏官裴溝狀報，本月九日軍器使梁延專奉宣進止付所司，准省牒賜臣門戟十二竿者。恩降雲天，榮加門户。承旨慶抃，省躬慙惶。伏以禮著等威，朝有命數。是昭懋賞，必在疇庸。臣謬荷寵光，素無績效。旌旄之寄，已忝外藩。棨戟爰列，更光私第。賁於棖闑，慶及子孫。覩兹盛儀，實愧虚受。無任欣戴屏營之至。

【校】

〔本月〕紹本、崇本、全唐文本均作今，按：較合唐人文字習慣。

〔延專〕紹本、崇本、畿本、全唐文專均作壽。

〔進止〕崇本止作旨，非。

【箋證】

按：唐兩京城坊考二：「舊唐書杜佑傳，甲第在安仁里，權德輿杜佑墓誌：啓手足於京師安仁里。」門戟當即設於其私第。此表乃佑未離淮南任時所上。

〔軍器使〕通鑑二三八胡注云：「唐中世以後，設内諸司使，以宦官爲之，軍器庫使其一也。宋白曰：軍器本屬軍器監，中世置軍器使。貞元四年（七八八）廢武庫，其器械隸於軍器使。」

按：内諸司使亦如南衙之諸使，非正官，故其品秩亦無一定。

〔奉宣進止〕宣進止猶言宣諭也。進止爲唐代公文中習用語。由於習用日久，不復考察二字之原意，遂有以進止爲進旨者。通鑑二三一胡注云：「自唐以來，率以奉聖旨爲奉進止，蓋言聖旨使之進則進，使之止則止也。程大昌曰：今奏劄言取進止，猶言此劄之或留或却，合稟承可否也。唐中葉遂以處分爲進止，而不曉文義者習而不察，概謂有旨爲進止。如玉堂宣底所載，凡宣旨皆云有進止者，相承之誤也。」又云：「沈存中曰：唐故事，中書舍人職掌詔誥，皆寫四本，一本爲底，一本爲宣。此宣謂行出耳，未以名書也。晚唐樞密使自禁中受旨出付中書，即謂之宣。中書承受，録之於籍，謂之宣底，如今之聖語簿也。余謂宣者，因奉宣上旨而得名，或以口傳爲宣，或以行文書爲宣，口傳爲宣，多命中官。」又：石林燕語四云：「臣僚上殿，劄子末概言取進止，猶言進退也。蓋唐日輪清望官兩員於禁中以待召對，故有進止之詞。崔祐甫奏，待制官候奏事官盡，然後趨出，於内廊賜食待進止，至酉時放，是也。今乃以爲可否取決之詞，自三省大臣論事皆同一體，著爲定式，若爾自當爲取聖旨，蓋沿唐制不悟也。」

〔門戟〕按：唐會要三二云：「天寶六載（七四七），勑改儀制令……上柱國、柱國帶職事三品，上護軍帶職事二品，若中都督，上州，上都護，門十二戟。又貞元五年（七八九）十二月十九日，中書門下奏，應請列戟官，準儀制令：正一品、開府儀同三司、嗣王、郡王，并勳官上柱國、柱國等，帶職事三品已上，并許列戟。」此表中賜門戟十二竿，即用此制。此後勳階濫賤，立戟者多，不得不予限制，于是元和六年（八一一）十二月勑，立戟官階勳悉至三品然後申請，仍編於格令。

謝男師損等官表

伏見今月一日制授臣長男師損祕書省著作郎，次男式方太常寺主簿，又得進奏官裴遘狀報，伏承聖恩特降中使送官告到臣宅分付師損者。寵渥非常，授任不次。驚躍無措，靦懼失容云云。臣謬分重寄，獲守外藩。受恩既深，無績可紀。男師損等，器惟凡品，教闕義方。早沐叡慈，已階官次。每懷塵忝，常誡滿盈。豈謂鴻霈曲覃，大明私照？寬臣尸素之責，念臣葵藿之誠。下延胤息，叨踐班級。天書出禁，中貴臨門。榮冠等夷，慶流宗族。況著作乃論撰之地，唯才吏是居；太常實禮樂之司，非儒者勿履。顧兹庸昧，忽此超昇。內省慙惶，若墜冰谷。伏以聖朝立制，建官惟賢。名實無乖，輪轅盡適。微臣父子，獨爲幸人。非據踰涯，自中徂外。虛受丘山之賜，實增負乘之憂。進退彷徨，不知所據。無任戰汗屏營之至。

【校】

〔伏見〕崇本見作覩，英華、全唐文見均作奉。

〔一日〕紹本一作二。

〔分付師損〕崇本無分字，損下有等字。
〔才吏〕崇本作才史，畿本、全唐文均作史才，似是。英華作吏才。
〔庸昧〕英華、全唐文昧均作謬。
〔所據〕英華據作履。
〔戰汗〕英華汗作荷。

【注】

〔著作郎〕舊唐書職官志祕書省著作局著作郎二人，從五品上。
〔主簿〕舊唐書職官志：太常寺主簿二人，從七品上。

【箋證】

按：西溪叢語云：「僕以杜氏家譜考之，襄陽杜氏出自當陽侯預，而佑蓋其後也。佑生三子：師損、式方、從郁。師損三子：詮、愉、羔。式方五子：惲、憓、悰、恂、惱。從郁二子：牧、顗。羣從中悰官最高，而牧名最著。」敍佑之世系最爲詳晰。佑之三子皆見舊唐書本傳，其一云：「師損嗣位，終司農少卿。」謂嗣岐公爵也。其二云：「式方字考元，以蔭授揚府參軍，轉常州晉陵尉。浙西觀察使王緯辟爲從事，入爲太子通事舍人，改太常寺主簿。明練鐘律，有所考定，深爲高郢所賞。時父作鎮揚州，家財鉅萬，甲第在安仁里，杜城有別墅，亭館林池爲城南之最。昆仲皆在朝廷，與時賢遊從，樂而有節。既而佑入中書，出爲昭應令。丁父憂，服闋，遷司農少卿，賜金紫，加正議大夫，太僕卿。時少子悰選尚公主，式方以右戚，移病不視事。久之，文宗即位，（按：新唐書作穆宗立，文宗二字蓋舊唐書誤刊。）轉兼御史中丞，充桂管觀察都防禦使。長慶二年（八二二）三月，卒于位。」其三云：「從郁以蔭，貞元末，再遷爲太子司議郎。元和初，轉左補闕，諫官崔羣、韋貫之、獨孤郁等以從郁宰相子，不合爲諫官，乃降授左拾遺。羣等復執曰：拾遺之與補闕，雖資品有殊，皆名諫列，父爲宰相，子爲諫官，若政有得失，不可使子論父。乃改爲秘書丞，終駕部員外郎。」據此表，式方授太常寺主簿與傳合，師損授祕書省著作郎，可補史闕。

〔進奏官〕按：通考職官考云：「唐藩鎮皆置邸京師，以大將主之，謂之上都留後，大曆十二年（七七七），改爲上都知進奏院官。」新唐書百官志，觀察使下有進奏官一人。

謝端午日賜物表

臣某言：中使劉光弼至，奉宣聖旨慰勞臣及將佐官吏僧道耆壽百姓等，兼賜臣墨詔，并衣一副，金花銀器三事，綵絲一軸，大將衣四副，綵絲五軸。寵光薦至，慶賜曲霑。抃舞失容，捧戴無力。伏以朱明仲月，端午佳辰。萬國被薰風之和，九天垂湛露之澤。臣幸逢休運，獲守外藩。叨承叡慈，猥受榮賚。發詔而煥窺宸象，振衣而頓失炎威。色絲表祥，載光於佩服；珍器充玩，盡飾於圓方。恩輝既盈，喜懼交集。下延禆將，共荷鴻私。無任感戴之至。

【校】

〔光粥〕崇本光作元。

〔銀器〕崇本無銀字。

〔綵絲〕畿本此下注云：一作絲索，英華、全唐文均與一作同。

〔宸象〕英華、全唐文象均作翰。

〔載光〕結一本載作戴，誤。

【箋證】

〔謝端午日賜物表〕按：全唐文此下尚有謝端午賜衣及器物等第二表，及謝勑書賜臘日口脂等表。殊不合杜佑口吻，亦必爲他人之作誤入。

〔綵絲〕李肇翰林志云：「每歲内賜春服三十匹，暑服三十匹，緜七屯，寒食節料三十匹，酒、餄、杏酪粥、屑肉啖、清明火、二社蒸餪，端午衣一副，金花銀器一事，百索一軸，青團鏤竹大扇一柄，角糉三服粆蜜，重陽酒、糖粉糕，冬至歲酒，兔、野雞。」證以此表，則中外百官大抵同頒，不獨翰林也。又唐會要二九載：「龍朔元年（六六一），上曰：我見一記有云：五色絲可以續命，刀子可以辟兵，此言未知真虛，然亦俗行其事，今之所賜，住者使續命，行者使辟兵也。」按：竇叔向有端午日恩賜百索詩云：「仙宮長命縷，端午降殊私。餘生倘可續，終冀答明時。」表中所云綵絲即百索，亦即所謂續命辟兵之符，蓋道教中荒誕之説。又：唐會要同卷載大和五年（八三一）勑：端午節辰，方鎮例有進奉，其雜綵匹段許進生白綾絹。知所賜各物乃以答方鎮之進奉耳。

謝墨詔表

臣某言：中使陳日華至，奉宣聖旨慰勞臣及將佐官吏僧道耆壽百姓等，兼賜臣墨詔。恩降紫泥，澤流下土。跪奉自天之命，遥馳捧日之心。云云。伏以皇帝陛下，凝旒穆清，軫念黎獻。已洽雍熙之化，尚存宵旰之勤。遠降王人，特紆宸翰。慰安稠疊，曉諭便蕃。任重力微，不知上答。應緣戎旅庶務，謹具別狀奏聞。伏乞皇明，俯賜照鑒。無任感戴屏營之至。

【校】

〔遥馳〕纖本馳下注云：一作傾，全唐文與一作同。

〔特紆〕結一本紆作迂，誤。

〔慰安〕全唐文安作問。

【箋證】

按：此表專謝墨詔慰勞，其詔中所詢之事，則在別狀中，不得見矣。考貞元十七八年（八〇一、八〇二）年無軍事，不知所慰勞者何事。

又按：全唐文此上尚有謝手詔慰撫及謝恩存問二表。

劉禹錫集箋證卷第十三

表章三

爲杜司徒讓度支鹽鐵等使表

臣某言：伏奉制書，授臣檢校司徒、同中書門下平章事、充度支及諸道鹽鐵轉運等使者。臣久塵高位，尸素已多。更受新恩，滿盈爲懼。云云。伏惟皇帝陛下，紹登寶位，光纂鴻猷。擢用之間，華夷聳聽。況利權所在，宜適變通。國計是資，須明輕重。當至化鼎新之日，是微臣遲暮之年。將何以上副宸衷，下成庶務？進退惟谷，冰炭在懷。輒罄愚誠，冀回天監。陳力無補，庶遵周任之言；循涯若驚，敢飾范宣之讓？慙惶跼蹐，倍萬常情。謹奉表陳讓以聞。

【校】

〔云云〕崇本無此二字，下同。

〔是微臣〕崇本是作在。

〔惟谷〕崇本谷作咎。

〔在懷〕崇本在作是。

〔倍萬〕崇本萬作百。

【注】

〔范宣〕左傳襄十三年：范宣子讓，其下皆讓。

【箋證】

按：舊唐書杜佑傳略云：貞元十九年（八〇三）入朝，拜檢校司空同平章事，充太清宮使。德宗崩，佑攝冢宰，尋進位檢校司徒，充度支鹽鐵等使，依前同平章事。紀繫此事於三月丙戌，但云司空，不云司徒。通鑑亦但載十九年（八〇三）加檢校司空事。權德輿所撰杜公淮南遺愛碑（見全唐文四九六）亦稱是年登拜司空。據此表知當以傳爲正。通鑑云：「先是叔文與其黨謀，得國賦在手，則可以結諸用事人，取軍士心以固其權，又懼驟使重權，人心不服，藉杜佑雅有會計之名，位重而務自全，易可制，故先令佑主其名，而自除爲副以專之。」此據順宗實録之詞。叔文意在自握利權，固顯然可知。禹錫於佑爲舊僚，於叔文爲新附，周旋其間，必有難處者，此表措詞介於辭與受之間，想見其甚費斟酌。佑於禹錫晚節相失，無足怪也。又吕温亦有此表（見全唐文二六八），前後數語略同，或温亦嘗擬作，或參用二稿也。

〔度支鹽鐵等使〕新唐書百官志云：「宰相事無不統，故不以一職名官。自開元以後，常以領他職，實欲重其事，而反輕宰相之體。故時用兵，則爲節度使，時崇儒學，則爲大學士，時急財用，則爲鹽鐵轉運使。」據通鑑二一六胡注：「楊國忠領四十餘使，其拜相制中但稱判度支，尚無度支鹽鐵等使名。」又二一九載：至德元載（七五六），第五琦加山南等五道度支使。注云：「度支使始此。宋白曰：故事，度支案，郎中判入，員外判出，侍郎總統押案而已。官銜不言專判度支。開元已後，時事多故，遂有他官來判者，乃曰度支使，或曰判度支，或曰知度支事，或曰勾當度支使。雖名稱不同，其事一也。」又二二一載：上元元年（七六〇），以京兆尹南華劉晏爲户部侍郎，充度支鑄錢（舊紀有鹽鐵二字）等使。注云：「鹽鐵使乾元元年（七五八）以命第五琦。會要：開元二十五年（七三七），監察御史羅文信充諸道鑄錢使，其後楊慎矜、楊國忠相繼爲之。」今考代宗紀，寶應元年（七六二），以通州刺史劉晏爲户部侍郎兼御史大夫京兆尹，充度支轉運鹽鐵諸道鑄錢等使。此爲度支、轉運、鹽鐵同入銜之始。其後第五琦亦繼之。永泰二年（七六六），劉晏充東都畿、河南、淮南、江南東、西道、湖南、荆南、山南東道轉運常平鑄錢鹽鐵等使，第五琦充京畿、關内、河東、劍南（似脱東字）西道轉運常平鑄錢鹽鐵等使，則除度支以一人專判外，轉運鹽鐵仍分屬兩使。德宗即位之初，以户部侍郎判度支韓滉爲太常卿，吏部尚書劉晏判度支鹽鐵轉運等使。紀云，初，晏與滉分掌天下財賦，至是晏都領之。未及一年，至建中元年（七八〇），詔：「東都、河南、江淮、山南東道等轉運租庸青苗鹽鐵等使左僕射劉晏，頃以兵車未息，權立使名，久勤元老，集我庶務，悉心瘁力，垂二十年。朕以征税多門，鄉邑凋耗，聽于羣議，思有變更。將置時和之理，宜復有司之制。晏所領使宜停，天下錢穀委金部倉部，中書門下揀兩司郎官，準格式調掌。」此正月事也。及三月，紀又云：「以諫議大夫韓洄爲户部侍郎判度支，令金部郎中杜佑權勾當江淮水陸運使，一如劉晏、韓滉之則，蓋楊炎之排晏也。」二年（七八一），又以權鹽鐵使户部郎中包佶充江淮水陸運使，而杜佑則爲户部侍郎判度支。旋以趙贊代佑，而元琇繼之。三年（七八二），初分置汴東西水陸運兩税鹽鐵使，從趙贊請也。興元元年（七八四），以汴東水陸運等使左庶子包佶爲刑部侍郎，户部侍郎判度支元琇兼諸道水陸運使，則非但分領汴東西之制廢，度支轉運亦歸一人矣。貞元二年（七八六），又詔：「天下兩税錢物委本道觀察使、刺史差人送上都，其先置諸道水陸轉運使及度支、巡院、江淮轉運等使並停。」此宰相崔造之謀也。然其年十二月，復以鎮海軍節度使韓滉兼度支諸道鹽鐵轉運使。此爲以浙西潤州治所總理財賦之新制。然滉以三年（七八七）二月卒，此制又廢。五年（七八九），以御史中丞竇參爲中書侍郎平章事，兼轉運使，以户部侍郎班宏爲户部尚書，依前度支轉運副使。此則宰相兼度支轉運使之新制。八年（七九二），竇參失勢，又以户部尚書班宏判度支，户部侍郎張滂爲諸道鹽鐵轉運使。此後王緯、李若初、李錡先後仍以浙西觀察兼使，復韓滉之制。錡傳云：「德宗復於潤州置鎮海軍，以錡爲節度使，罷其鹽鐵使務。」新唐書方鎮表繫此事於元和二年（八〇七）。皆誤也。通鑑考異已據實録辨之（詳見下）。據通鑑二三六，永貞元年（八〇五）三月丙戌，加杜佑度支及諸道鹽鐵轉運使，以浙西觀察使李錡爲鎮海節度使，解其鹽鐵轉運使。然則佑此時以宰相兼度支、鹽鐵、轉運三司，乃奪之於李錡之手，而復劉晏之舊，視竇參、班宏之任有過之。在唐代三司制度之沿革中具有重要關鍵，不可不詳考也。又：佑之領三司不在德宗朝，通鑑考異引實録云：「八月辛酉（此是憲宗實録之語，當在元和元年八〇六）詔曰：頃年江淮租賦，爰及榷税，委在藩服，使其平均。太上君臨之初，務從省便，令使府歸在中朝。」故知收回利権之舉確在順宗朝，此表宜列於讓淮南立去思碑之次。據此，並可證王叔文以佑領使而自爲其副，實有改革財政之遠大意圖。

爲杜司徒謝追贈表

臣某言：伏奉制書褒贈臣亡父先臣某官尚書左僕射者。時逢霈澤，禮極徽章。云云。臣家受國恩，至臣累葉。常懼不克負荷，以忝前人。豈意多幸遭逢，猥居高位？陛下應乾御極，作解庇人。恩浹寰區，禮成宗廟。垂仁布德，自葉流根。紫書忽降於重霄，蜜印榮加於厚夜。星霜增感，蒸嘗有輝。非臣殞越，所能上報。無任感咽屏營之至。

【校】

〔某官〕崇本官下尚有某字。

〔猥居高位〕英華作獲居台輔。

〔禮成〕英華、全唐文成均作崇。

〔星霜〕崇本作霜露。

【箋證】

按：佑本傳，曾祖行敏，荆、益二州都督府長史，南陽郡公。祖慤，右司員外郎，詳正學士。父希望，歷鴻臚卿，恒州刺史，西河太守，贈右僕射。故表云：「家受國恩，至臣累葉。」

爲杜司徒讓淮南立去思碑表

臣某言：伏見淮南節度使王鍔所奏當道將吏僧道耆壽等請爲臣立去思碑，伏奉聖旨允其所奏。臣内惟菲薄，聲績無聞。祇荷恩私，慙懼交至云云。臣伏蒙先朝過獎，累典方隅。頃鎮江都，十有四載。數周星紀，水旱備經。境接淮瀆，兵戈時起。

至於邑里，粗免流離。非臣所能，悉禀聖化。在唐堯可封之日，奚假吏師？當漢宣責實之時，皆承詔旨。王鍔與臣交代，輒有上聞。況以去思爲名，慙無可紀之績。伏以建碑有制，甲令垂文。苟非至公，翻益貽誚。臣伏覽故事，宋璟自廣州都督入爲尚書，南海之人請爲刊石。璟自遜讓，至於再三。雖勒其文，竟從降制。著在國史，垂爲美談。璟非苟榮，人益見德。臣才誠不逮，心實慕之。伏乞聖慈，賜寢前命。臣情非飾讓，義在徇公。云云。

【校】

〔王鍔〕崇本鍔作諤，與史異。

〔耆壽〕崇本此下有百姓二字。

〔境接〕畿本接作捲，注云：一作接。

〔吏師〕英華、全唐文師均作才。

〔漢宣〕結一本宣作室，誤。

〔有制〕全唐文、英華均作示後。

〔入爲尚書〕全唐文、英華爲均作拜。

〔請爲刊石〕英華作請刊樂石。

〔國史〕崇本史作典，英華此二句作在於國史，舉爲美談。下句全唐文垂作舉。

〔臣情非〕全唐文無臣字。

〔徇公云云〕英華云云作無任懇款之至，謹奉表陳讓以聞。

【注】

〔可封〕見卷十上杜司徒書。

〔漢宣〕漢書宣帝紀贊曰：孝宣之治，信賞必罰，綜核名實。

【箋證】

按：權德輿有杜公淮南遺愛碑（見全唐文四九六），略云：「貞元十九祀（八〇三），淮南節度觀察使左僕射相國杜公政成入覲。迺三月壬子朔，登拜司空，秉鈞居中，間一歲，上皇承末命，越八月，皇帝受神器。初公之入輔也，制詔副節度使兵部尚書爲左僕射，（紀云：以淮南行軍司馬王鍔檢校尚書右僕射兼揚州大都督府長史、淮南節度使）代居師帥，州壤鄉部，鰥孤幼艾，蒙公之化也久，感公之惠也深，鬱陶詠歎，願刻金石。王公累章上請，公輒牢讓中止。至是復以邦人不可奪之誠達於聰明，且用季孫行父請史克故事，故德輿得類其話言而鋪其馨香云。」是佑之讓在貞元末，禹錫在京，故仍以故吏爲之草奏，而卒於元和初立碑也。德輿之文所敍不過常事泛語，且旁及其刺撫州及鎮嶺南，殊於遺愛二字有愧。

〔宋璟〕新唐書一二四宋璟傳云：「徙廣州都督……召拜刑部尚書。開元四年（七一六），遷吏部，兼侍中。廣人爲璟立遺愛頌，璟上言：「頌所以傳德載功也。臣之治不足紀，廣人以臣當國，故爲溢辭，徒成諂諛者，欲釐正之，請自臣始。有詔許停。」此用其事。

爲京兆李尹賀遷獻懿二祖表　實

臣某言：伏見詔書以今月某日奉遷獻祖、懿祖神主祔於德明興聖皇帝廟，盛禮云畢，宗祧永安。云云。伏以太祖景皇帝膺期撫運，啓封於唐。爲百代不遷之宗，開三靈眷命之兆。頃以本朝初建，清廟備儀。二祖冠西室之先，景皇闕東向之位。諸儒獻議，歷載未行。陛下濬發叡謨，旁延正論。爰詔多士，會於中臺。酌三禮之前文，參百王之故事。講貫斯定，詢謀僉同。撰日展儀，考祥視履。配貴神於遠祖，正尊位於始封。廟貌有嚴，禘嘗允穆。示人以孝，得禮之中。既觀秩秩之容，必降穰穰之福。臣職居内史，屬忝本枝。躬導盛儀，獲申誠敬。無任感說屏營之至。

【校】

〔題〕畿本京兆上有爲字，此下數篇同此例，英華有代字。

〔云云〕全唐文作誠感誠悦頓首頓首。

〔前文〕崇本前下注云：一作全。

〔撰日〕纖本日下注云：一作備物，英華、全唐文均與一作同。英華考祥作至立。

〔職居〕崇本、全唐文居均作爲。

〔躬導〕崇本導作道，英華作遵。

【注】

〔獻祖〕以下均詳箋證中。

〔秩秩〕詩小雅賓之初筵：「左右秩秩。」傳：「秩秩然肅敬也。」

〔穰穰〕詩周頌執競：降福穰穰。

〔内史〕按漢書百官公卿表及地理志均云：京兆秦稱内史。

〔本枝〕「文王孫子，本枝百世」，詩大雅文王語。舊唐書一三五李實傳，實，道王元慶玄孫。

【箋證】

按：此代李實作。實已見本集卷十爲京兆李尹答于襄州書。舊唐書實本傳，貞元十九年（八〇三），以司農卿爲京兆尹。實爲道王元慶玄孫，故云屬忝本枝。禹錫此文應列在代韋夏卿名文之後，餘參見本集卷十爲京兆李尹答于襄州二書。

〔獻懿二祖〕舊唐書禮儀志：「貞元十九年（八〇三），詔曰：國之大事，式在明禋。王者孝饗，莫重於禘祭，……敬以令辰奉遷獻祖宣皇帝神主，懿祖光皇帝神主祔于德明興聖皇帝廟。」參以新唐書禮樂志，德宗初年即有獻、懿立廟之議，貞元中議者益紛，十九年（八〇三），始定遷祔興聖。興聖，臯陶也。至是太祖始於禘祫時以不祧之宗正東向之位。此表中所謂配貴神於遠祖，正尊位於始封，始封謂太祖李虎始封於唐也。獻祖爲李熙，懿祖爲李天賜。

爲京兆韋尹賀雨止表 夏卿。

臣某言：今月某日中使吴文政奉宣聖旨，緣今年雨多，恐傷苗稼，諸有靈跡處並宜祈禱者。臣謹檢尋祀典，方議徧祠。惟德動天，倏已澄霽。伏以至教惠農，兆人務本。今歲宿麥，茂於常年。爰自季春，遂逢多雨。蓋陰陽常數，有以推遷。而隴畝之間，未聞傷敗。陛下勞謙思切，覆育恩深，或慮成災，先期軫念。昭薦未陳於方社，叡誠已格於上玄。文明焕開，陰曀潛埽。有年之慶，實兆於兹辰；先天不違，敻超於前代。臣謬司京邑，虔撫蒸黎。欣抃之誠，倍百羣品。無任踴躍屏營之至。

【校】

〔恐傷〕崇本傷作損，下多麥字。

【箋證】

按：韋尹謂韋夏卿，舊唐書一六五、新唐書一六二均有傳。德宗紀，貞元十七年（八〇一）十月庚戌，以吏部侍郎韋夏卿爲京兆尹。夏卿於執誼爲從兄弟，於元稹爲婦翁（見韓愈所作稹妻韋氏墓誌〉，故禹錫與之雅故。此表云：「爰自季春，遂逢多雨。」似應在夏卿任京兆之次年，即貞元十八年（八〇二），若至十九年（八〇三）春，則李實繼任京兆尹矣。然新、舊書五行志十七、十八年皆無雨水之紀載。

又按：唐語林三載夏卿二事，其一云：韋獻公夏卿有知人之鑒。因退朝於街中逢再從弟執誼，從弟渠牟、丹三人……語執誼曰：汝必爲宰相云云。其二云：嘗于東都留守辟吏八人，而路公隨，皇甫崖州鏄皆爲宰相，張尚書賈，段給事平仲，衞大夫中行，李常侍翺、李諫議景儉，李湖南詞皆至顯官。所列諸人多與禹錫有淵源。

爲京兆韋尹賀祈晴獲應表

臣某言：今月十七日中使某奉宣聖旨，以霖雨未晴諸有靈跡，並令祈禱者。臣當時於興聖寺竹林神親自祈祝，兼差官城外分路徧祠。伏以神祇效靈，景物澄霽。兆庶覩動天之德，大田俟多稼之期。臣謬荷恩輝，忝司京邑。抃說之至，實倍常情。

【校】

〔靈跡〕崇本、畿本、全唐文跡下均有處字。

〔澄霽〕崇本澄作開。

〔忭説〕崇本此下八字作無任。

【箋證】

按：此表即前篇同時所作。

〔興聖寺〕唐會要四八：「興聖寺在通義坊，本高祖潛龍舊宅，武德元年（六一八），以爲通義宫，貞觀元年（六二七），立爲尼寺。」又唐兩京城坊考四謂興聖寺在朱雀門西第二街通義坊，引舊唐書楊收傳，寺有高祖寢堂。

爲京兆韋尹謝許折糴表

臣某言：伏奉詔旨以臣所請畿内折糴，宜令度支計會定數奏來者。天慈廣被，人瘼是求。臣自理京邑，不先威刑。唯務便安，所期富庶。每因賜對，常奉德音。府縣之閒，巨細令奏。伏以聖明在上，風雨應時。順成之年，穀糴常賤。若無輕重之法，必利兼并之家。輒敢上聞，請行折糴。天光下燭，人隱無遺。宣付所司，允臣所奏。事關理本，惠及生靈。臣忝尹京，倍百欣荷。無任歡躍屏營之至。

【校】

〔是求〕崇本此下有中字，按：乃中謝之缺。

〔人隱〕崇本人作幽。

〔尹京〕畿本京下有邑字。

【箋證】

按：唐會要八三：「開元二十五年（七三七）三月三日敕：關輔庸調，所稅非少，既寡蠶桑，皆資菽粟，常賤糶貴買，損費逾深。又江淮苦變造之勞，河路增轉輸之弊。每計其運脚，數倍加錢。今歲屬和平，庶物穰賤，南畝有十千之獲，京師同水火之饒，均其餘以減遠費，順其便始農無傷。自今已後，關内諸州庸調資課，並宜準時價變粟取米，送至京逐要支用，其路遠處不可運送者，宜所在收貯，便充隨近軍糧。其河南河北有不通水利，宜折租造絹以代關中調課。」此表略同其意。蓋豐歲穀價過賤，折糴可冀稍減傷農之害而已。

爲京兆韋尹賀元日祥雪表

臣某言：伏以去冬已來，久無雨雪。臣每於内殿，親奉德音。以宿麥未滋爲虞，以兆人生疾爲念。聖情所屬，神理潛通。獻歲發春，佳雪肇降。當夷夏會同之日，觀天人合應之徵。迎喜氣於三元，浹歡心於萬國。癘疵永息，豐阜可期。臣以疾疹未平，步趨有阻。伏蒙恩貸，已具奏聞。謹於光宅寺中管當本務，不獲隨例，稱慶明庭。

既覩嘉祥，益彰聖德。無任欣躍屏營之至。

【校】

〔題〕崇本賀元日祥雪作元日賀雪。

〔内殿〕全唐文、英華均作殿内。

〔潛通〕結一本潛作階，按：蓋沿英華之誤。他本皆作潛。

〔觀天人〕紹本、崇本、中山集觀均作覩。

〔三元〕英華元作光。

〔可期〕英華期作徵。

〔疾疹〕崇本疹作沴，畿本、全唐文均作疢，似勝。

〔步趨〕崇本二字乙。

〔管當〕紹本、崇本管作勾，似是。按：宋南渡後勾字多避高宗嫌名改。

【箋證】

按：德宗紀：貞元十八年（八〇二）正月戊午朔，大雨雪，罷朝賀。與此表正合。

〔光宅寺〕唐會要四八：光宅寺在光宅坊。儀鳳二年（六七七），掘得石盌，得舍利萬粒。遂於此地立爲寺。又唐兩京城坊考三：朱雀門東第三街，横街之北光宅寺。引酉陽雜俎云：「七寶甚顯，登之四極眼界，其下層窗下有吴道元畫。丞相韋處厚自内庭至相位，每歸輒至此塔焚香瞻禮。」按：此文云「於光宅寺中管當本務」，疑京兆尹以養疾之故暫居此寺，仍理職務。

爲京兆韋尹賀春雪表

臣某言：伏奉詔旨充某郡主禮命使。謝恩之日，親承德音。以春初已來，雨雪猶少。慮妨農事，有軫睿慈。今當下嫁之辰，克致上玄之感。雲生河漢，及佳期而降祥；雪滿寰區，應豐年而呈瑞。臣官當撫字，職在肅雍。慶抃之誠，實倍常品。

【校】

〔禮命使〕結一本命下有賜字，誤衍。

【箋證】

按：此表必與前表不在一年，當是貞元十九年（八〇三）春所上，夏卿三月即去位矣。

爲京兆李尹賀雨表

臣某言：伏奉進旨，以時雨愆候，有妨耕農，應諸有靈跡處並令祈請者。德音才發，膏雨驟飛。滂霈已周，動植咸説。云云。伏以久愆時澤，上軫聖慈。爰命禱祈，俾申誠敬。神應如響，天且不違。未興雲漢之詩，已致桑林之雨。臣謬司京邑，虔撫黎蒸。覩豐年之可期，同比屋而稱慶。無任欣抃之至。

【校】

〔進旨〕全唐文進作聖。按：旨當作止。

〔耕農〕崇本二字乙。

【箋證】

按：李尹謂李實，已見前。

爲李中丞謝賜紫雪面脂等表 汶

臣某言：中使某乙至，奉宣聖旨賜臣紫雪紅雪面脂、口脂各一合，澡豆一袋。特降王人，俯臨私第。銜恩慶抃，省己慙惶。云云。臣謬荷寵私，素無績效。空變星霜之候，猥霑慶賜之恩。跪捧雕奩，榮觀珍藥。功能去疾，永絶於癘疵；澤可飾容，頓光於蒲柳。生成是荷，雨露難酬。無任感戴。

【校】

〔銜恩〕畿本銜作御，非。

【箋證】

按：新唐書二〇〇陳京傳有御史中丞李汶名，正當貞元中，當即其人。

爲李中丞謝鍾馗曆日表

臣某言：中使某乙至，奉宣聖旨賜臣畫鍾馗一，新曆日一軸。恩降雲霄，光生里巷。雖當歲莫，如煦陽和。云云。伏以將慶新年，聿循故事。續其神象，表去癘之方；頒以曆書，敬授時之始。微臣何幸？天意不遺。無任感戴屏營之至。

【校】

〔臣畫〕崇本臣作神。

〔聿循〕全唐文循作修。

〔續其〕中山集續作績，誤。

【箋證】

按：此表疑與下篇同爲貞元二十年（八〇四）所上，參見下。

〔鍾馗〕夢溪筆談補載：「禁中有吴道子畫鍾馗，其卷首有唐人題記……熙寧五年，上令畫工摹搨鐫板，印賜兩府輔臣各一本。」石林燕語亦載此事。圖畫見聞誌則云：「吴道子畫鍾馗，有得之以獻蜀主者。」蓋唐代以畫鍾馗爲節物點綴，故臣下多得此賜，流傳至五代北宋，遂貴重之，以爲吳道子真蹟矣。夢溪筆談又云：「歲首畫鍾馗於門，不知起自何時。」可見宋時猶沿唐俗，故此表以鍾馗與新曆日並賜也。

爲杜相公謝鍾馗曆日表

臣某言：高品某乙至，奉宣聖旨，賜臣鍾馗一，新曆日一軸。星紀方回，雖逢歲盡；恩輝忽降，已覺春來。云云。伏以圖寫威神，驅除羣癘。頒行肆曆，敬授四時。施張有嚴，既增門户之貴；動用協吉，常爲掌握之珍。瞻仰披尋，皆知聖澤。無任欣戴之至。貞元二十一年十二月日。

【校】

〔題〕全唐文杜上有爲淮南三字。

〔方回〕崇本方作分。

〔歲盡〕全唐文盡作暮。

〔肆曆〕紹本、崇本、英華、全唐文肆均作律。

【箋證】

按：此文末語貞元二十一年（八〇五）十二月日數字爲後人妄加，蓋貞元二十一年即永貞元年，是年十二月，禹錫已貶官矣。或當爲二十年（八〇四），誤衍一字耳。

爲武中丞謝新茶表 元衡。

臣某言：中使竇國安奉宣聖旨，賜新茶一斤。猥降王人，光臨私室。恭承慶賜，跪啓緘封。云云。伏以方隅入貢，采擷至珍。自遠爰來，以新爲貴。捧而觀妙，飲以滌煩。顧蘭露而慚芳，豈蔗漿而齊味？既榮凡口，感倍丹心。無任歡躍感恩之至。貞元二十年三月日。

【校】

〔國安〕崇本、英華安均作晏。

〔爰來〕崇本、英華爰均作貢。

〔蔗漿〕紹本、崇本、畿本、中山集蔗均作柘，是。按：漢書禮樂志：「泰尊柘漿析朝酲。」正用此語。作蔗者後起之字，非此文所本也。

〔感倍〕紹本、崇本、畿本、全唐文均作倍切。

【注】

〔武中丞〕謂武元衡，集中屢見。

〔蘭露〕本集卷二十五西山蘭若試茶歌：木蘭墜露香微似。

【箋證】

按：舊唐書一五八武元衡傳：貞元二十年（八〇四）遷御史中丞。禹錫是時方爲監察御史，故此表上時元衡除中丞未久。禹錫殆以與其弟儒衡同舉進士之故，與之雅故。及次年順宗即位，元衡即改官右庶子矣。傳云「嘗因延英對罷，德宗目送之，指示左右曰：元衡真宰相器也。順宗即位，以病不親政事，王叔文等使其黨以權利誘元衡，元衡拒之。時奉德宗山陵，元衡爲儀仗使，監察御史劉禹錫，叔文之黨也，求充儀仗判官，元衡不與，其黨滋不悦，數日罷元衡爲右庶子。憲宗即位，始册爲皇太子，元衡贊引，因識之。及登極，復拜御史中丞。」新唐書一五二本傳所載同。禹錫與元衡有怨，今分論之於本集各篇。傳中所言，不爲無因。惟是時杜佑以宰相爲山陵使，山陵使遠在儀仗使之上，禹錫何至轉而甘爲元衡之儀仗判官？觀本卷中各篇，禹錫於貞元二十年（八〇四）一年之中屢爲草表，其相處之融洽可知，疑禹錫實有欲爲叔文結納與黨之意，不惜身自趨走其下，而不料元衡則有所圖，棄順宗而附憲宗也。

又按：柳河東外集有爲武中丞謝賜新茶表，舊注云：「武元衡字伯蒼，貞元二十年（八〇四）遷御史中丞，公時爲監察御史，乃其屬也。正集有爲武中丞謝賜櫻桃表，此當次其後。」謝賜櫻桃表注云：「公集有諸使兼御史中丞廳壁記，曰：武公以厚德在位，甚宜其職，遂命其屬書之。明年二月，公已遷禮部，元衡亦罷爲右庶子，此表當在二十年（八〇四）夏作。」劉、柳同爲御史，元衡竟以屬僚視之，分命草奏。於體制未免稍亢矣。大唐新語載：「李承嘉爲御史大夫，謂諸御史曰：公等奏事須報承嘉知，不然，無妄聞也。諸御史悉不禀之，承嘉厲而復言，監察蕭至忠徐進曰：御史人君耳目，俱握雄權，豈有奏事先諮大夫！設彈中丞大夫，豈得奉諮耶？承嘉無以對。」此雖指奏事而言，中丞固不當視御史爲僚吏。

爲武中丞謝春衣表

臣某言：中使某乙奉宣聖旨，賜臣春衣一副。王人臨第，御府降衣。抃舞失容，捧戴無措。云云。伏以律當春莫，慶洽時邕。萬物被薰風之和，九天垂湛露之澤。受任非次，速尤是虞。方懷匪服之憂，更荷解衣之賜。恩加畫飾，拖朱紫而爲榮；受非以庸，顧形影而增愧。丹誠徒罄，玄造難酬。無任踴躍屏營之至。

【校】

〔律當〕崇本律下衍曆字。

〔受任〕崇本、全唐文受上均有臣字，是。

〔而爲〕崇本而作以，重下以字，非。

〔增愧〕英華增作知。

〔屏營〕英華、全唐文均作感恩。

【箋證】

賜春衣當與賜新茶爲同時事。

爲武中丞再謝新茶表

臣某言：中使某乙奉宣聖旨，賜臣新茶一斤。猥沐深恩，再霑殊錫。承旨慶抃，省躬慙惶。伏以貢自外方，珍殊衆品。效參藥石，芳越椒蘭。出自仙廚，俯頒私室。義同推食，空荷於曲成；責在素餐，實慙於虚受。

【校】

〔虚受〕崇本下有無任二字。

【箋證】

按：全唐文六〇二此下有謝賜廣利方表。

爲武中丞謝新橘表

臣某言：中使某乙至，奉宣聖旨，賜臣新橘若干顆。特降寵光，猥頒慶賜。珍踰百果，榮比兼金。伏以丹實初成，苞貢爰至。芬馨味重，方列於御筵；雨露恩深，忽霑於賤品。感同推食，事等絶甘。豈唯適口爲珍？實冀捐軀上答。

【校】

〔寵光〕崇本、纖本、英華、全唐文寵均作恩。

〔兼金〕崇本下有中謝，下二篇同。

〔爲珍〕英華、全唐文下均有臣無任感戴之至一句。

爲武中丞謝柑子表

臣某言：中使某乙至，奉宣聖旨，賜臣柑子若干顆。特降殊私，再頒名果。自遠稱貴，以新爲榮。伏以方貢外來，人閒未覩。黄苞輝穎，彫俎增華。芬芳初佐於大庖，慶賜遂霑於凡口。甘踰萃實，剖食既同於楚謡；寒比蔗漿，析酲何慙於漢史。感恩思效，倍百常情。

【校】

〔柑子〕全唐文作新柑。

〔稱貴〕崇本貴作責，誤。

〔方貢〕英華、全唐文此上尚有「果實既成，南方有貴；瓊茅合貢，中禁爲珍」四句。又方貢外來，英華、全唐文作方外貢來。

〔大庖〕崇本、全唐文大均作天。

〔遂霑〕全唐文遂作忽。

〔析酲〕全唐文酲作醒，誤。詳見前。

〔感恩〕全唐文此二句作「恩光斯重，尸素彌彰，誓當捐軀，以申上荅。臣無任感戴之至」。崇本無無任以下。

爲武中丞謝冬衣表

臣某言：中使某乙至，奉宣聖旨，賜臣冬衣一副。恩降重霄，榮加陋質。承旨慶抃，省躬慙惶。臣受任已來，微效莫著。每更時律，慙曠官常。豈謂玄造曲成，鴻私薦及？念兹戒寒之候，錫以禦冬之衣。抃舞失容，顧盼增飾。鶴文是錫，遠慙晉代之賢；鵝翼不濡，實懼曹風之刺。無任感戴屏營之至。

【箋證】

按：以上爲武元衡所撰謝表皆當作於貞元二十年（八〇四）自春至冬時，禹錫殆以身在臺中，不得不爲之供筆札也。

又按：本卷各篇先後不一，最早者爲代韋夏卿所作，爲貞元十八年（八〇二）。本集卷十七爲京兆韋尹降誕日進衣狀，崇本注云：貞元十八年（八〇二）四月十七日，自當爲同時。最晚者爲貞元二十年（八〇四）代武元衡所作，據元衡爲中丞不得早於二十年，而二十一（八〇五）年之春即已變故迭起，亦不得有代爲草奏之暇也。自十八年至此，禹錫皆在京任監察御史。

劉禹錫集箋證卷第十四

表章四 牋附

爲容州竇中丞謝上表 羣。時在朗州相逢，因以見託。

臣某言：伏奉某月日制書，授臣容州刺史，兼御史中丞、充本管經略招討等使。臣發開州日已差某官某乙奉表陳謝。伏以道途遐阻，水陸縈紆。臣以今月某日到本任上訖。謹宣聖旨，慰諭遠人。臣本書生，素無吏術。頃因多幸，賁自丘園。累沐聖慈，驟居清貫。識昧通變，動乖事宜。愧無善狀，以塞公責。伏惟叡聖文武皇帝陛下，凝旒穆清，洞照寰海。推共理之義，分寄股肱。念蒸人之勤，溥沾遐邇。察臣前任事實，恕臣本性朴愚。賜以恩輝，拔於廢棄。遠辭偏郡，重委方隅。捧印綬以爲榮，望闕庭而增戀。雖到官之始，惠未及人；而率下之誠，務先克己。凡施政教，皆稟詔條。參以土宜，遂其物性。可行必守，有弊必除。使蠻夷生梗之風，慕臣子盡忠之道。力誠不足，心實在兹。伏乞聖明，俯賜照鑒。無任感戴屏營之至。元和八年云云。

【校】

〔題〕崇本無注。

〔制書授臣〕崇本無書字。又授作受，誤。又無兼御史中丞五字。

〔臣發〕以下十五字崇本無。

〔臣本〕此上紹本有云云，崇本有中謝，下同不復出。

〔清貫〕纖本貫作貴，誤。

〔穆清〕崇本二字乙，非。

〔推共理〕崇本、英華均無此下二十四字。

〔拔於〕崇本拔作被。按：竇羣自黔中左遷開州刺史，今復授觀察，故有此語，作拔爲是。

〔之誠〕崇本之下有人字，非。

〔政教〕結一本政作正，誤。

〔使蠻夷〕崇本使作便，非。

〔伏乞〕崇本此下無。

【箋證】

按：竇中丞爲竇羣，已見本集卷十答容州竇中丞書。據憲宗紀，羣以元和六年（八一一）九月貶開州刺史。八年（八一三）四月，除容管（刊本誤作邕管）經略使，替房啓。蓋其兄常正以是時爲朗州刺史，故羣道過朗州，得託禹錫代草謝表也。題下注云：「時在朗州相逢，因以見託。」蓋禹錫自注。

〔容州〕舊唐書地理志，容州下都督府，隋合浦郡之北流縣，武德四年（六二一），平蕭銑，置銅州，貞觀元年（六二七）改爲容州，以容山爲名，開元中升爲都督府，置防禦經略招討等使，所統十州爲容、辯、白、牢、欽、禺、湯、瀼、巖、古，自湯州以下，等於羈縻州。羣之此授有缺望之意，次年即召還，必有爲之奧援者。

〔驟居清貫〕唐制臺省供奉官爲清望官。羣非進士出身而授拾遺，故有此語。

謝中使送上表

臣某言：中使吐突仕曉至，奉宣聖旨慰諭，并送臣至本任者。深山遠郡，忽降王人。跪受恩榮，仰瞻宸極。伏以發自巴峽，至于南荒。涉水陸湍險之途，當炎夏鬱蒸之候。山川縈轉，晨夜奔馳。幸無他疾，得至本管。九重結戀，遥傾捧日之心；萬里獲安，皆荷自天之祐。無任感戴屏營之至。

【校】

〔送上〕崇本上作至郡。

〔深山〕崇本深作徐，誤。

【箋證】

按：表中有「發自巴峽至于南荒」語，自是指竇羣自開州授容管，題上當脱「爲容州竇中丞」六字，或蒙上篇而省文，或誤以爲禹錫自作，則大謬矣。

賀收蔡州表

臣某言：伏見詔書，以唐州節度使李愬生擒逆賊吴元濟獻俘，文武百僚於興安門列班稱賀者。天威遠被，元惡就誅。一方既平，萬國咸慶。伏惟叡聖文武皇帝陛下，德超邃古，道合上玄。臨御已來，天人協贊。削平吴蜀，埽蕩塞垣。車書大同，夷狄來貢。蕞爾元濟，敢懷野心。輒聚犬羊，苟偷時月。陛下聖謨獨運，叡感潛通。天助神兵，人生勇氣。既擒凶逆，遂正刑書。伏三紀之逋誅，成九衢之壯觀。宗社昭告，華夷式瞻。行弔伐而在禮無違，烜威聲而何城不克？楚氛改色，淮水安流。漢上疲人，盡霑雨露；汝南遺老，重覩昇平。凡在具臣，孰不欣抃？臣久辭朝列，恭守遐藩。不獲稱慶闕庭，陳露丹悃。仰瞻宸極，倍萬羣情。無任踴躍慶快之至。元和十二年十二月二十三日。

【校】

〔邃古〕紹本、中山集邃均作遂，誤。

〔遂正〕全唐文、英華遂均作爰。

〔成九衢〕崇本成作誠。

〔華夷〕崇本夷作夏。

〔烜威〕崇本烜作但，按此因避宋欽宗諱缺筆而誤。

〔楚氛〕崇本氛作氣，誤。

〔疲人〕崇本疲作成，誤。

〔恭守〕畿本、全唐文恭均作忝。

〔稱慶〕結一本二字乙，誤。

〔丹悃〕紹本、崇本悃均作慊。

〔羣情〕紹本、崇本情均作品。

〔無任〕以下崇本無，下同。

【注】

〔李愬〕舊唐書一三四、新唐書一五四各附其父李晟傳中。

〔吴元濟〕舊唐書一四五、新唐書二一四各附吴少誠傳中。

〔興安門〕唐兩京城坊考一：大明宫，丹鳳門次西興安門，南當皇城之啓夏門。劉闢、吴元濟獻俘皆於此門。

〔叡聖文武〕憲宗元和三年（八〇八）所受尊號。

〔吴蜀〕吴謂李錡，蜀謂劉闢。

【箋證】

按舊唐書憲宗紀，元和十二年（八一七）十一月丙戌朔，御興安門受淮西俘。此表蓋因頒詔州郡而作，禹錫方在連州刺史任。本集卷二十五之平蔡州及城西行亦作於是時。

〔伏三紀之逋誅〕此語謂自貞元十五年（七九九）討吴少誠不克，至是元和十二年（八一七）約二十年。云三紀者，蓋自貞元二年（七八六）少誠已不奉朝命也。

賀赦表

臣某言：伏奉今月一日制書，大赦天下者。聖德廣運，浹於華夷。天光下臨，照彼幽蟄。伏惟叡聖文武皇帝陛下，神扶寶祚，天贊鴻猷。意有所之，事無不克。當淮右凱旋之後，是域中慶幸之時。順陽和以發生，施霈澤於寰海。網開三面，危疑者許以自新；耳達四聰，瑕累者期於録用。求碩畫於庶位，慮遺材於放臣。旌忠烈之家，賞勳庸之胤。仁及枯骨，無隔於寇戎；榮加顯親，普沾於存没。恤刑已責，實廩蠲徭。頒錫彰有客之詩，崇儒協宗子之望。岳瀆咸秩，耆艾飲和。大僚承任子之恩，武旅荷賜金之寵。斯皆禹、湯、文、武之遺美，高祖、太宗之耿光，集於聖朝，然後大備。德音所至，和氣隨之。歡謡上徹於九天，福祚永延於億載。能使遠夷屈膝，豈惟小醜革心？率土人臣，不勝大慶。臣久辭闕下，恪守海隅。犬馬之誠，倍百常品。無任抃躍屏營之至。

【校】

〔題〕全唐文作連州賀赦表。

〔淮右〕畿本右下注云：一作甸，全唐文與一作同。

〔域中〕崇本域作城。

〔耳達〕崇本耳作德。

〔普沾〕畿本普作晉。

〔太宗〕崇本宗作常，誤。

【箋證】

按：憲宗紀，元和十三年（八一八）正月乙酉朔，御丹鳳樓大赦天下。此表即指元日所下赦書，禹錫時在連州。

賀赦牋

使持節連州諸軍事、守連州刺史劉某惶恐叩頭。伏見今月一日制書大赦天下者。伏以獻歲布和，皇恩遠降。乾坤交泰，寰海廓清。伏惟皇太子殿下，道冠元良，德兼忠孝。承顔拜慶，榮輝古今。某職守有限，不獲隨例稱賀宮庭，無任欣説之至。元和十三年正月二十九日。

【校】

〔題〕崇本赦下有上皇太子箋四字。

〔榮輝〕紹本、崇本輝均作曜。

【箋證】

按元日赦書於正月下旬經都府達州，足見唐代馳驛之速。

賀雪鎮州表

臣某言：伏見四月二十七日德音，以王承宗效順著明，復其官爵，所獻二郡，別置藩垣。聖德動天，鴻恩及物。瑕累咸滌，蒸黎永安。伏惟叡聖文武皇帝陛下，自承寶位，克振皇綱。既以四海爲家，每念一夫不獲。昨因大慶，爰降殊私。廣宥過之科，開自新之路。綸言一發，神聖潛通。遂令迷誤之徒，頓釋憂危之慮。命亂子以入侍，獻名都以效誠。臣心既明，天網爲解。因析四郡，別爲一方。惟懷永圖，盡去前弊。大河以北，化爲禮樂之鄉。率土之濱，重見昇平之日。臣恪居官次，遐守嶺隅。不獲稱慶闕庭，無任踴躍屏營之至。

【校】

〔殊私〕崇本殊作昧，誤。

〔神聖〕紹本、崇本聖均作理。

〔迷誤〕畿本迷作註。

〔因析〕畿本析作祈，誤。

【注】

〔德音〕唐人稱大赦詔書爲德音，以赦詔不止宥免罪犯，且有修廢舉墜，行慶施惠各種措施，故以德音二字概之也。

〔王承宗〕元和中成德軍節度使，成德軍治鎮州。餘詳箋證中。

【箋證】

按：舊唐書一四二王武俊傳附承宗事云：士真長子，河朔三鎮自置副大使，以嫡長爲之。承宗累奏至鎮州大都督府右司馬、知州事、御史大夫、充都知兵馬使、副大使。元和四年（八〇九）三月，士真卒，三軍推爲留後，朝廷伺其變，累月不問，承宗懼，請割德、棣二州以獻。遂以承宗爲成德節度，以薛昌朝爲德棣節度，而承宗遽虜昌朝因之。憲宗怒，以吐突承璀爲招討使，師無功，承宗亦以送昌朝入朝而罷。此元和初第一次討承宗而復赦之也。討淮西之役，承宗陰爲吴元濟援，朝廷命田弘正出師臨其境，諸軍觀望，乃權罷河北用兵，并力淮西。十三年（八一八），淮西平，承宗懼，復獻德、棣二州，於是復承宗官爵，而以鄭權爲德棣滄景節度使，此元和末第二次討承宗而復赦之也。此表云四月二十七日德音，正是第二次事。表中「因析四郡，别爲一方」二語即指德、棣、滄、景四州，「昨因大慶，特降殊私」二語即指是年元日以淮西平受賀大赦。此德音專指赦承宗。

賀平淄青表

臣某言：伏見制旨，魏博節度使所奏逆賊李師道并男二人並梟斬訖，以二月十六日御宣政殿受賀者。聖德玄運，兵威神速。旬月之内，鯨鯢就誅。泰嶽既寧，登封有日。伏惟叡聖文武皇帝陛下，有征必克，舉意無違。天地協神算之期，雷霆助成師之氣。蠢爾孽豎，敢生野心。繡斧一臨，妖氛自滅。皆由聖慈廣被，叡略潛通。獻俘者盡許生還，得地者復令安堵。感我仁化，激其深衷。凡是脅從，盡思效節。五紀巢穴，一朝蕩夷。遂使齊魯之鄉，復歸仁壽之域。捷書既至，傳首繼來。備文物於明庭，告殊勳於清廟。百辟陳賀，萬方會同。從此止戈，所以爲武，西周士庶，方觀飲至之容；東嶽煙雲，已望告成之禮。臣恪居遠服，嘗忝班行。慶快之誠，倍萬羣品。無任踴躍屏營之至。元和十四年三月二十四日。

【校】

〔繡斧〕紹本、崇本、畿本、全唐文繡均作蕭，似是。按：蕭斧見文選左思魏都賦注引桓譚新論。

〔仁化〕崇本脱化字。

〔捷書〕崇本書作音。

〔從此止戈〕結一本作此止從戈，誤。

〔西周〕全唐文、畿本周均作州。

〔踴躍〕以下崇本無。

【箋證】

按：舊唐書憲宗紀：「元和十四年（八一九）二月壬戌，田弘正奏，今月九日，淄青都知兵馬使劉悟斬李師道并男二人首請降，師道所管十二州平。甲子，上御宣政殿受賀。」此表云恪居遠服，前表云遐守嶺隅，皆在連州刺史任時所作。

〔宣政殿〕唐兩京城坊考一：大明宮，丹鳳門内正牙曰含元殿，含元殿後曰宣政殿，天子常朝所也。

〔五紀巢穴〕此謂淄青一道不受朝命，歲月已久。李師道爲淄青節度使李正己孫，李納子。舊唐書一四二本傳略謂自正己至師道竊有鄆、曹等十二州六十年，懼衆不附己，皆用嚴法制之，故能劫其衆，父子兄弟相傳。元和十年（八一五），師道與淮西吴元濟相首尾，刺殺宰相武元衡。淮西既平，師道懼，表獻三州，既而反復，遂下詔討伐。其將劉悟反戈擒斬之，送於田弘正。表云：「五紀巢穴，一朝蕩夷。」指此。傳又云：「初，東軍諸道行營節度擒賊將夏侯澄等共四十一人，詔釋之，仍却遞送魏博及義成行營，各委節度收管驅使。及澄等至行營，賊覘知傳告，叛徒皆感朝恩。」表中所謂獻俘者盡許生還，指此。

夔州謝上表

臣某言：伏奉某月日制書，授臣使持節都督夔州諸軍事守夔州刺史。跪受天詔，神魂震驚。伏惟文武孝德皇帝陛下，垂衣穆清，叡鑑旁達。三統交泰，百神降祥。浹於華夷，盡致仁壽。臣家本儒素，業在藝文。貞元年中，三忝科第。德宗皇帝記其姓名，知無黨援，擢爲御史。在臺三載，例遷省官。權臣奏用，分判錢穀。竟坐連累，貶在遐藩。先朝追還，方念淹滯；又遭讒嫉，出牧遠州。家禍所鍾，沈伏草土。禮經有制，羸疾僅存。甘於畎畝，以樂皇化。伏遇陛下大明御宇，照燭無私。念以殘生，舉其彝典。獲居善部，伏感天慈。臣即以今月二日到任上訖。峽水千里，巴山萬重。空懷向日之心，未有朝天之路。無任感恩戀闕之至。長慶二年正月五日。

【校】

〔仁壽〕 畿本壽作位。

〔記其〕 崇本脱姓名知無四字。

〔感恩〕 以下崇本無。

【注】

〔穆清〕史記太史公自序：「受命於穆清。」集解引如淳曰：「受天地清和之氣。」

〔例遷省官〕按禹錫自監察御史轉屯田員外郎，判度支鹽鐵案，時王叔文爲度支鹽鐵轉運副使，故云：「權臣奏用，分判錢穀也。」

〔沈伏草土〕按此謂禹錫在連州任内遭母喪。

【箋證】

按：唐制，非節度觀察州，則刺史只有謝上一表，此後即不得上表，故幽閑鼓吹云：「宣宗視遠郡謝上表，左右曰：不足煩聖慮也。上曰：遠郡無非時章奏，只有此謝上表，安知其不有情懇乎？吾不敢忽也。」禹錫所守夔、和、蘇、汝、同五州謝上表均存集中，其連州謝上表則編在外集卷九。

又按：柳宗元以元和十四年（八一九）卒，禹錫在母喪中，見外集卷十祭柳員外文。夔州之授在長慶元年（八二一）之冬，故此表云以二年正月二日到任。禹錫必甫免母喪，夔州雖非名郡，然已較永貞貶謫諸人之量移者爲優，不知出於何人之力。蓋最知己之崔羣已於元和十四年（八一九）罷相，令狐楚之初次入相，禹錫亦尚在喪制中，而長慶元年（八二一）之諸相，若蕭俛、杜元穎，皆似無深交，王播尤非其倫。頗疑元稹在翰林，與有力焉。

〔使持節〕魏晉以後，大州刺史皆帶使持節，其次持節，其次假節。至唐而因仍其習，凡州刺史全銜一律稱使持節都督某州諸軍事、某州刺史。此是具文，與唐代之大都督府及中下都督府之都督截然兩事。故舊唐書職官志云：「後魏北齊，總管刺史則加使持節諸軍事，以此爲常。隋開皇三年，罷郡，以州統縣，刺史之名存而職廢。（按：此謂隋之刺史即前之郡守）而於刺史太守官位中不落持節之名，至今不改，有名無實也。」此制直至宋代猶然未改。又使持節都督某州諸軍事文義始完，而唐宋公牘往往節去都督二字，蓋欲避都督之名，而不顧文義之謬矣。

〔文武孝德皇帝〕穆宗紀，長慶元年七月壬子，羣臣上尊號曰文武孝德皇帝。

〔三忝科第〕卷十五蘇州謝上表云：「謬以薄伎，三登文科。」與此篇同。舊唐書一六〇禹錫本傳云：「貞元九年（七九三），擢進士第，又登宏詞科。」蓋進士登科以後，試於吏部，宏詞拔萃皆中式也。通典一五云：「選人有格限未至而試文三篇，謂之宏詞，試判三條，謂之拔萃。拔萃亦曰超絶，詞美者得不拘限而授職。」是宏詞拔萃與進士試雖分屬吏、禮二部。其以文詞爲重則同，故得云三登文科。

賀册皇太子表

臣某言：伏見制書以十二月二十日册皇太子。盛禮斯畢，德音遐宣。萬國以貞，庶類咸説。伏惟文武孝德皇帝陛下，體元立極，垂訓御時。既闡王猷，思安國本。

前星位定，拱宸極以昭彰；蒼震氣宣，與天地而長久。禮先匕鬯，澤被華夷。宗祏有無疆之休，生靈懷莫大之慶。臣恪居官次，遐守巴南。不獲稱賀闕庭，無任踴躍屏營之至。長慶三年正月日。

【校】

〔制書〕以下九字崇本無。

〔禮先〕紹本、崇本、中山集、英華先均作光。

〔稱賀〕英華賀作慶，下無闕庭二字。

〔長慶〕以下崇本無，下同。

【注】

〔皇太子〕謂敬宗。

〔巴南〕謂夔州。

【箋證】

按：穆宗紀，長慶二年（八二二）十二月丙午，御宣政殿册皇太子，受册畢，百寮謁太子於東宮。故本卷兼有賀皇太子箋。

又按：唐會要二六：「景龍三年（七〇九）二月，有司奏，皇帝踐阼及加元服，皇太后加號，皇后太子立，及元日，則例：諸州刺史都督若京官五品已上在外者，並奉表疏賀，其長官無者，次官五品已上者表賀。當州遣使，餘並附表令禮部整比送中書録帳總奏。」

慰國哀表

臣某言：上天降禍，大行皇帝奄棄萬國，奉諱號擗，糜潰五情。伏惟皇帝陛下，孝思至性，攀號罔極。臣忝守所部，不獲陪位西宮。伏增感慕之至。謹奉表陳慰以聞。長慶四年二月日。

【校】

〔忝守〕紹本、崇本、中山集忝均作恭。

〔西宮〕結一本西作兩，今依各本改。按：西宮指史所云大行遷於西内也。

【注】

〔大行〕風俗通：天子新崩，未有謚號，故總其名曰大行皇帝。漢書霍光傳注：韋昭曰：大行，不返之辭也。

〔奄棄萬國〕按帝王下世，飾其詞曰棄羣臣，棄天下，棄萬國，自漢以來常見於文字。

【箋證】

按：穆宗以長慶四年（八二四）正月壬申卒，見紀中，故此表以二月上。禹錫時尚在夔州。

賀龍飛表

臣某言：伏見詔書，正月二十六日皇帝陛下嗣登寶位，萬國同歡。日月繼明，乾坤交泰。伏惟皇帝陛下，欽承顧命，惟懷永圖。以大孝奉宗祧，以至仁蘇品物，洞照寰海，統和神人，聖祚延長，從今無極。羣生鼓舞，自此大寧。臣守遐藩，恪居官次。不獲奔馳拜舞，稱賀闕庭。無任抃躍屏營之至。長慶四年二月日。

【校】

〔龍飛〕纖本、全唐文作登極。
〔大寧〕紹本、崇本、中山集大均作太。
〔臣守〕纖本、全唐文守上有限字，是。
〔不獲〕以下崇本無。

【箋證】

按：舊紀，穆宗以長慶四年（八二四）正月壬申卒，敬宗以次日柩前即位，與前表同時上。

賀皇太子牋

使持節都督夔州刺史劉某叩頭。伏惟皇太子殿下，祗膺詔册，光啓儲闈。展至性於三朝，承本枝於百代。宗祐永固，神人以和。四嶽仰維嵩之高，百川承少海之潤。某限以職守，不獲隨例稱慶宫庭。無任抃躍之至。

【校】

〔維嵩〕崇本作摇山。按當作瑶山，於太子尤切。舊唐書玄宗紀：「開元十九年（七三一），裴光庭上瑶山往則，維城前軌各一卷。上令賜太子諸王各一本。」

【箋證】

按此即長慶二年（八二二）册皇太子之賀箋也。據唐會要二六：開元二十三年（七三五）八月儀制令：「百官及東宫官對皇太子皆稱殿下，百官自稱名，宫官自稱臣。」此文於式甚合，但都督下仍當有「夔州諸軍事」五字，恐刊者誤删。

賀赦表

臣某言：伏見今月三日制書大赦天下者。大明初昇，萬物咸覩。涣汗一發，神人以和。伏惟皇帝陛下，天資叡聖，神啓昌期。端拱受萬國之朝，承顔奉兩宫之慶。初嗣大位，克揚孝心。三光協明，和氣來應。臣伏讀赦令，首於奉園陵，盡誠敬，親九族，蘇兆人。次及定章程，止進獻，已逋責，滌夙瑕。内照於九重，則歸嬪嬙，放鷹犬；外明於四目，則求隱士，開直聲。柔遠以仁，則還其係虜；賞延以禮，則澤及後昆。菲食遵夏禹之規，弋綈法漢文之儉。墜典咸舉，舊章再明。昇平之期，正在今日。發號之始，疾於春風；殊私所及，霈若時雨。臣幸逢昌運，歷事五朝。出守遐藩，僅垂二紀。欣承雷雨作解之澤，不勝犬馬戀主之誠。瞻望帝鄉，無任屏營懇悃之至。長慶四年三月二十七日。

【校】

〔昌期〕崇本昌作聖，誤。

〔初嗣〕崇本嗣作副。

〔賞延〕崇本延作近。

〔僅垂〕纖本垂作重，誤。

〔戀主〕崇本作懷戀。

〔懇悃〕以下崇本無。

【箋證】

按：敬宗紀：長慶四年（八二四）二月敕：没掖庭宫人，先配田園宫人，並宜放出，任其所適。三月壬子，御丹鳳樓大赦天下，京畿夏青苗錢並放，秋青苗錢每貫放二百文，天下常貢之外不得進獻。皆此表中所有之事。

〔歷事五朝〕按：禹錫始仕德宗朝，歷順、憲、穆、敬共爲五朝。

〔僅垂二紀〕僅有多義，唐人文字所習用，其例不勝枚舉。自貞元九年（七九三）禹錫登第至長慶四年（八二四），凡三十一年，二紀，舉成數也。

賀册太皇太后表

臣某言：伏見制書以二月十八日册立太皇太后。徽章克備，慶賜遠行。榮冠古今，澤周寰海。伏惟皇帝陛下，纘承列聖，歡奉兩宫。太皇太后含飴保和，重光疊慶。漢儀盛於長信，周祚興於太任。方之聖朝，彼有慚德。臣遠守巴峽，不獲稱賀闕庭。無任抃躍屏營之至。長慶四年三月日。

【校】

〔十八〕紹本、崇本八作七。按：敬宗紀：二月己亥册太皇太后，是月辛巳朔，己亥乃十九日也。

〔遠行〕崇本遠作遂。

〔太任〕紹本、崇本、畿本、全唐文太均作大，非。

〔長慶〕崇本無無任以下各字，全唐文無年月。

【注】

〔長信〕三輔黄圖：后宫在西，秋之象也；秋主信，故宫殿皆以長信、長秋爲名。按漢太后所居宫稱長信，見百官公卿表張晏注。

〔太任〕周文王母。

【箋證】

按：太皇太后即憲宗之懿安皇后郭氏，子儀之孫女，穆宗生母也。敬宗紀：長慶四年（八二四）二月己亥，册大行皇帝皇太后爲太皇太后。

〔歡奉兩宫〕謂敬宗生母恭僖太后王氏，與懿安后並稱兩宫。

賀册皇太后表

臣某言：伏見制書，以二月二十五日册立皇太后。盛禮畢陳，德音遠被。一人有慶，萬國同歡。伏惟皇太后稟靈作合，誕聖表祥。徽號極域中之尊，慈仁爲天下之母。陛下君臨有國，子道無違。長樂宮中，永獻南山之壽；濯龍門上，再揚東漢之風。率土臣子，不勝歡抃。臣遠守荒服，不獲稱慶闕庭。無任踴躍屏營之至。

【校】

〔作合〕崇本合作配。

〔之尊〕崇本尊作君。

〔慈仁〕畿本慈下注云：一作至，全唐文與一作同。崇本作遵，誤。

〔歡抃〕崇本歡作欣。下無。

【注】

〔長樂〕按漢長安二宮，西爲未央，東爲長樂，惠帝以後，皆居未央，而以長樂居母后。見雍録。

〔濯龍〕後漢書馬皇后紀：帝幸濯龍中，並召諸才人。注：濯龍，園名，近北宮。

【箋證】

按：敬宗紀：長慶四年（八二四）二月乙巳，上率羣臣詣光順門册皇太后。此穆宗之恭僖皇后王氏，敬宗之生母也。以上均禹錫在夔州所上。

和州謝上表

臣某言：伏奉制書，授臣使持節和州諸軍事，守和州刺史。臣自理巴賓，不聞善最。恩私忽降，慶抃失容。伏惟皇帝陛下，丕承寶祚，光闡鴻猷。有漢武天人之姿，稟周成叡哲之德。發言合古，舉意通神。委用得人，動植咸説。理平之速，從古無倫。微臣何幸？獲覩昌運。臣業在詞學，早歲策名。德宗尚文，擢爲御史。出入中外，歷事五朝。累承恩光，三换符竹。在分憂之寄，禄秩非輕；而素蓄所長，效用無日。臣聞一物失所，前王軫懷。今逢聖朝，豈患無位？臣即以今月二十六日到所任上訖。伏以地在江淮，俗參吴楚。災旱之後，綏撫誠難。謹當奉宣皇恩，慰彼黎庶。久於其道，冀使知方。伏乞聖慈，俯賜照鑒。臣遠守藩服，不獲拜舞闕庭。無任懇悃屏營之至。謹差當州軍事衙官章典奉表陳謝以聞。長慶四年十月二十六日。

【校】

〔善最〕織本最下注云：一作政，崇本、英華、全唐文均與一作同。

〔策名〕崇本策作榮，非。

〔三换〕紹本三作五，誤。

〔皇恩〕紹本恩作思，誤。英華、全唐文恩均作風。

〔黎庶〕崇本作蒸黎。

〔臣遠〕以下崇本無。

〔章典〕紹本、畿本、中山集、全唐文典均作興，崇本各表均删去末段，故不可考。

【箋證】

按：唐會要七〇，和州於元和六年（八一一）九月升爲上州。禹錫自夔州下州升授，而表中有「素蓄所長，效用無日」之語。唐人重京秩而輕外任，隨處可見。

又按：謝上表差使之制，據唐會要二六：「天寶十載（七五一）十一月五日勑：比來牧守初上，準式附表申謝，或有便使，或有差官，事頗勞煩，亦資取益。自今已後，諸郡太守等謝上表宜並附驛遞，務從省便。至十三載十一月二十九日詔：自今已後，每載賀正及賀赦表並宜附驛遞進，不須更差專使。」今觀集中諸謝上表仍是專差，未知天寶勑不行，抑其後别有勑也。

〔三换符竹〕謂連、夔、和州三任刺史。

〔災旱之後〕新唐書五行志：寶曆元年（八二五）秋，荆南、淮南……等州旱。舊唐書則止載長慶三年（八二三）秋洪州旱蝗。蓋史不備載，或前後不能甚準確也。

〔軍事衙官〕集中刺史謝上表多遣軍事衙官某官某人，蓋刺史皆帶使持節某州諸軍事，故有軍事衙官。衙官之階賜有皆在刺史以上者，如李吉甫忠州刺史謝上表（見全唐文五一二），其所遣衙官爲朝散大夫試兗州長史賜紫金魚袋宇文僎。乍觀之似覺官秩之尊卑過於懸絶。此即通鑑所稱：凡應募入軍者一切衣金紫，至有朝士僮僕衣金紫稱大官而執賤役者。（通鑑二一九，至德二載）又據唐會要三一載軍中有以金魚袋臨時行賞之制，所謂衙官之賜紫金魚袋者，蓋即指此，與朝官之賜金紫者名同而實不同。

賀改元赦表

臣某言：伏見今月七日制書，大赦天下者。帝遊出震，聖澤如春。神人以和，天地交泰。伏惟皇帝陛下，丕承鴻業，光闡叡圖。吉日展嚴配之儀，告天陳太平之盛。九廟成禮，百神降祥。鑾輅旋衡，風雲改色。殊私廣被，再弘莫大之恩。寶曆惟新，更啓無疆之祚。兩宮承慶，四海永寧。率土臣子，上千萬壽。臣恪居官次，不獲稱賀闕庭。無任屏營之至。謹差當州軍事衙官試慈州吉昌府別將徐倫奉表陳賀以聞。

寶曆元年二月十六日。

【校】

〔嚴配〕崇本配作祀。

〔臣恪〕以下崇本無。

〔寶曆〕全唐文無年月日。

【箋證】

按：敬宗紀：「寶曆元年（八二五）正月乙巳朔辛亥，親祀昊天上帝于南郊，禮畢，御丹鳳樓大赦，改元。」此表以二月十六日上而表云「今月七日制書」，辛亥爲七日，不誤，則今月當作去月，或作正月，方合。表在和州上。

〔試慈州吉昌府別將〕舊唐書職官志：「諸府折衝都尉各一人，左右果毅都尉各一人，別將各一人。上府別將正七品下，中府從七品上，下府從七品下。」據新唐書地理志，慈州有府三，吉昌其一，與此表合。蓋此時府兵之制久存空名，軍官猶假此以敍資，正如宋初之某縣令某縣簿尉以至京曹諸官皆非實職。此人名爲慈州吉昌府之別將，實則仍求禄於諸州，軍事衙官乃其實職也。考唐會要五九：「元和六年（八一一）八月，中書門下奏……所管諸府自折衝以下總多料錢，例多闕乏，空有府額，其鎮戍官等，或有任者，不過數員，縱使停減，並無損益，……」即折衝以下至元和時即僅存空名之證。

又按：金石萃編一一三：「符璘碑後，中書省□□□官昭武都尉守京兆周城府折衝上柱國邵建和鐫字。」按同書一一四，圭峯禪師碑後云：「大中九年十月十三日建，鐫玉册官邵建初刻字。」則中書省下所闕之三字即鐫玉册三字也。建和建初當是碑文小泐致有歧誤。此又足證諸司差遣小吏多以折衝果毅入銜。

夔州論利害表

臣某言：伏準元和十二年四月十八日赦敇，諸州刺史如有利害可言者，不限持節，任自上表聞奏者。臣伏見貞觀中詔許羣臣各上書言利便。馬周時一布衣，遂因中郎將常何，獻策二十餘事，太宗深奇之，盡行其言，擢周爲御史。至龍朔中，壁州刺史鄧弘慶進平索看精四字堪爲酒令，高宗嘉之，亦行其言，遷弘慶爲朗州刺史。則知苟有所見，雖布衣之賤，遠守之微，亦可施用。況臣早受國恩，德宗朝忝爲御史，逮今歷事四朝，頻領藩條。當陛下至明之時，是微臣竭節之日。伏以守在遐郡，不敢廣有所陳。謹準敕上利害及當州公務，各具别狀以聞，伏乞聖慈，俯賜照鑒。無任感激屏營之至。謹差當州軍事衙官守易州安義府别將員外置同正員雲騎尉馮隨謹奉表以聞。長慶三年十一月七日。

【校】

〔敕敕〕紹本、崇本、畿本、全唐文均無赦字。

〔持節〕紹本、崇本持均作時。

〔時一〕崇本無一字。

〔中郎〕崇本郎作節，誤。

〔平索〕全唐文索作素。

〔四朝〕英華、全唐文朝均作聖。

【箋證】

按：唐會要六八：「元和十二年（八一七）四月勑：自今已後，刺史如有利病可言，皆不限時節，任自上表陳奏，不須申報節度觀察使。」此表即據此勑，至禹錫所陳利病，蓋即本集卷二十奏記丞相府所言罷州縣釋奠移作學校經費事。

〔中郎將常何〕常何事見舊唐書七四馬周傳。

〔壁州刺史鄧弘慶〕唐語林八：「壁州刺史鄧宏慶飲酒至平索看精四字，酒令之設，本骰子卷白波律令，自後聞（間）以鞍馬香球或調笑抛打時上酒招摇之號，其後平索看精四字與律令全廢，多以瞻相下次據上酒絶，人罕通者，下次掘一曲子打三曲，此出于軍中，邠善師（疑當作邠師善）酒令聞于世。」（據守山閣叢書本）以上文字多有脱誤，不能盡解。卷白波見白居易東南行注，云：「骰盤卷白波皆當時酒令。」

又按：韋絢劉賓客嘉話録云：「飲酒四字著于史氏，出於則天時壁州刺史鄭弘慶者進之，人或知之。以三臺送酒，當未盡曉，蓋因北齊高洋毁銅雀臺，築三箇臺，宫人拍手呼上臺，因以送酒。三臺送酒必以四字酒令同行也，今不可曉矣。」鄧、鄭必有一誤。

夔州論利害表二

臣某言：伏準今年正月五日德音，宜令諸道觀察使刺史各具當處利害附驛以聞者。伏惟皇帝陛下，叡哲自天，纘成列聖。善述先志，發揚德音。率土人臣，不勝慶幸。臣虔奉詔旨，宣示蒸黎。伏以華夏不同，土宜各異。詳求利病，謹具奏聞。伏乞聖慈，俯賜照鑒。臣伏覽國史，竊見開元十八年，朝集使至京，玄宗臨軒親問利害，時宣州刺史裴耀卿上便宜事論轉輸甚詳，竟不行下。至二十一年，耀卿爲京兆尹，再以前事奏論，方見允納。比及三年，漕運七百萬石，省脚三十餘萬貫。當耀卿前不見納，必有人非之，及後數年，方展其效。臣僻守遠郡，敢望言行？祗奉詔書，或冀萬一。伏惟明主擇之。無任懇悃屏營之至。長慶四年五月十四日。

【校】

〔正月〕全唐文、英華正作四。

〔宜令〕英華宜作宣。

〔纘成〕崇本、全唐文、英華成均作承。

〔土宜〕崇本土作士，非。全唐文作事。

〔比及〕崇本比作此，誤。

〔漕運〕紹本、畿本運作輸。

〔方展〕英華方作得。

〔無任〕以下崇本無。

【注】

〔朝集使〕按外集卷八歷陽書事詩有「好令朝集使，結束赴新正」之語，謂諸州每歲有朝正之使，即漢代郡國上計之遺意。

〔裴耀卿〕開元中宰相，舊唐書九八、新唐書一二七有傳。

【箋證】

按：表中所引開元十八年（七三〇）裴耀卿上便宜事，見舊唐書食貨志。通鑑不於十八年下敍第一次所陳江淮漕運艱困諸弊，而但載二十一年（七三三）所奏，殊爲詳略失倫。禹錫云：「前不見納，必有人非之。」自是洞見癥結之論。今録十八年（七三〇）耀卿之奏於下，以見牧守之於當地利害知之較切，且以見禹錫所陳亦必非泛泛者，惜其陳奏之文不傳矣。耀卿奏云：「江南户口稍廣，倉庫所資，唯出租庸，更無征防。緣水陸遥遠，轉運艱辛，功力雖勞，倉儲不益。竊見每州所送租及庸調等，本州（宣州）正二月上道，至揚州入斗門即逢水淺，已有阻礙，須留一月已上，至四月已後，始渡淮入汴。多屬汴河乾淺，又般運停留，至六七月始至河口，即達黄河，水漲不得入河，又須停一兩月，待河水小，始得上河入洛。即漕路乾淺，河艘隘鬧，般載停滯，備極艱辛。計從江南至東都，停滯日多，得行日少，糧食既皆不足，欠折因此而生。又江南百姓不習河水，皆轉雇河師水手，更爲損費。伏見國家舊法，往代成規，擇制便宜，以垂長久，河口元置武牢倉，江南船不入黄河，即於倉内便貯。鞏縣置洛口倉，從黄河不入漕洛，即於倉内安置。爰及河陽倉、柏崖倉、太原倉、永豐倉、渭南倉，節級取便，例皆如此。水通則隨近運轉，不通即且納在倉，不滯遠船，不憂久耗，比於曠年長運，利便一倍有餘。今若且置武牢、洛口等倉，江南船至河口，即却還本州，更得其船充運，并取所減脚錢，更運江淮變造義倉，每年剩得一二百石，即望數年之外，倉廩轉加。其江淮義倉，下濕不堪久貯，若無船可運，三兩年色變，即給貸費散，公私無益。」此奏新唐書食貨志略載之，而云耀卿朝集京師，玄宗訪以漕事，蓋即表中所云玄宗臨軒親問利害也。〔各具當處利害〕當處猶言本處。元和十二年（八一八）敕，刺史如有利害可言，任自上表聞奏，已見前條所引。蓋此敕久等具文，故重申之也。惟敬宗紀，長慶四年（八二四）三月壬子，上御丹鳳樓，大赦天下。壬子爲三月四日，此表云「正月五日德音」，未詳何指，其時穆宗猶在位也。表末月日爲「五月十四日」，當非指五月之赦詔。

劉禹錫集箋證卷第十五

表章五 牋附

爲裴相公賀册魯王表

臣某言：伏見制書，以今月日册魯王禮畢。皇家有慶，寶祚無疆。既榮本枝，克固盤石。伏惟皇帝陛下，德符列聖，道冠前王。孝敬承兩宮之歡，虔恭奉九廟之祀。先崇大禮，慶浹天人。次念建封，事兼家國。伏以魯王夙承叡訓，特禀天姿。爰擇吉辰，光膺寵册。既示之以君親之道，又錫之以禮義之邦。寰海聞風，室家相慶。臣自嬰疾疹，已歷旬時。不獲展禮明庭，拜舞稱賀。

【校】

〔爲裴相公〕崇本爲作代，下同。

〔之祀〕結一本祀作化，誤。

〔擇吉〕崇本作以告。

〔疾疹〕崇本疹作病。

【注】

〔禮義之邦〕史記項羽本紀：「楚地皆降漢，獨魯不下，漢乃引天下兵欲屠之，爲其守禮義，爲主死節。」漢書地理志：「孔子閔王道將廢，乃修六經，以述唐虞三代之道，弟子受業而通者七十有七人，是以其民好學，上禮義，重廉恥。」故自古以魯爲禮義之邦也。

【箋證】

按：舊唐書一七〇裴度傳載：寶曆二年（八二六），自興元徵入，復知政事。文宗即位後，度年高多病，疏辭機務。大和四年（八三〇）六月，詔授司徒平章軍國重事，待疾損日，每三五日一度入中書。上此表時必在病告中，故有「自嬰疾疹已歷旬時」之語。是年禹錫爲禮部郎中直集賢院，故以賀表屬之。

〔魯王〕魯王即文宗之長子永，後册爲太子，謚莊恪，被讒而死者。據舊唐書一七五文宗二子傳，大和四年（八三〇）正月封魯王。

爲裴相公讓官第一表 并批答

臣某言：臣去冬得疾，近日加劇。西夕之景，豈能久留？及其未亂，披露誠懇。

臣犬馬之齒六十有七，壽雖不長，亦不爲短。位忝公台，近十五年，皆由際會，非以才進。常懼官謗，以招國刑。今被病得死，保其始終。爲幸甚厚，豈復嗟咨？所恨者，遇聖明之君，不得佐成太平之化，自量氣力，忽恐奄然。則有微素，無階上達。伏惟聖慈照鑒，憐而察之。伏以三公非曠職之地，宰相非卧理之官。伏枕之初，已有陳乞，請罷真食，兼辭貴階。伏蒙優詔，纔遂一事。頻降中使，慰勉再三。專令御醫，旦夕診視。苟安名器，不覺經時。主恩則深，公議不可。伏思陛下臨御之始，宰臣四人，逮今零落，忽已一半。臣且危惙，餘年幾何？唯易直外鎮，獨得無恙。竊推此理，權位難居。伏乞賜臣停官，許在家養疾。就閒辭禄，或冀有瘳。害盈福謙，固是神理。儻天眷綢厚，念以伏事多年，臣之所陳，未蒙便遂，則國朝勳舊以疾辭位者，皆得致仕官，使其家居，足以頤養。既有成例，著於舊章。伏望天恩，特賜哀允。

省表具知。夫爵位崇高，以酬勳德。君臣協契，諒在始終。斯乃前王之命圖，有國之彝典也。況卿輔相憲祖，逮於朕躬。履歷四朝，夷險一致。服事君之大節，推濟物之深誠。道光朝倫，行滿天下。倚注之意，豈同他人？屬朕纂曆御乾，興師伐叛。騷動累歲，端憂靡遑。及河朔載寧，郊丘畢事，方欲咨詢元老，康靖生靈。不虞寒暑所侵，勤勞遇疾。雖國醫診視，中使省臨。憂屬之誠，頃刻在念。忽覽章奏，退讓官榮。雖知止之心，則思避寵；而謀猷之體，斯乃爲時。寢食之間，勉加頤養。其所陳乞，非朕意焉。

【校】

〔去冬〕纖本冬作久，誤。

〔加劇〕崇本加作方。

〔嗟咨〕紹本、崇本、纖本、英華二字均乙。

〔奄然〕崇本、英華然均作時。

〔三公〕崇本公作台。

〔真食〕纖本真下注云：一作直，全唐文與一作同。按：真食謂食實封也，作直似非。

〔忽已〕結一本已作以，誤。

〔竊推〕纖本、全唐文推作惟，英華作持。

〔綢厚〕纖本綢作稠。

〔致仕〕結一本仕作事，非。全唐文此句作皆得以致仕，下句無官字。

〔具知〕紹本、崇本知均作之，誤。

〔憲祖〕纖本憲作睿，非。按：此爲文宗批答之詞，故稱憲宗爲憲祖，四朝者，專指憲、穆、敬、文，而德、順兩朝未爲輔相，故不計及。

〔濟物〕崇本濟作致。

【箋證】

按：舊唐書度本傳：度年高多病，上疏懇辭機務，恩禮彌厚。文宗遣御醫診視，日令中使撫問。此表中所謂「臨御之始，宰臣四人，逮今零落，忽已一半」，蓋指大和元年（八二七）之宰相王播、韋處厚、竇易直及度。處厚二年（八二八）十二月，播四年（八三〇）正月，先後以暴疾卒，易直則二年（八二八）十月出鎮山南東道。從知此表定爲四年（八三〇）所上。答詔中「河朔載寧」一語指平滄景李同捷之亂，是三年（八二九）四月事。「郊丘畢事」一語指三年十一月，親祀南郊，禮畢御丹鳳門大赦。餘詳下篇。

〔位忝公台近十五年〕裴度以元和十年（八一五）入相，至大和四年（八三〇），正十五年。

〔請罷真食，兼辭貴階〕度本傳言以贊導之勳，進階特進，又言賜實封三百户，似即指此。特進爲正二品文散官。

〔易直〕此謂竇易直。舊唐書一六七、新唐書一五一均有傳。

〔纂曆御乾興師伐叛〕文宗紀，大和元年（八二七）七月，李同捷除兖海不受詔，八月，詔削奪同捷在身官爵。所謂興師伐叛指此。

爲裴相公讓官第二表 并批答

臣某言：臣所獻章表，發於至誠。伏奉批答，未蒙允許。外負公責，内迫私情。祈於必遂，敢守難奪。臣束髮已來，號爲强力。及其晚節，亦未甚衰。一朝被病，遂至緜惙。臣自思省，得其端倪。非因飲食不節，無有霧露之犯。蓋由才微而任重，功薄而賞厚。竊位既久，妨賢則多。以積年之過幸，致今日之沈疾。不能酌損，所以生災。悟雖已晚，情實非矯。伏惟陛下念其委使之久，察其危苦之詞。特降深恩，救臣不逮。無冒榮之咎，得遂性之宜。物議不形，病心自泰。忍死俟命，披肝再陳。伏乞聖慈，俯賜容納。無任迫切懇禱之至。

省表具知。卿勳績崇高，誠節忠藎。秉心一德，宣力四朝。訏謨緝熙，弼予於理。勤勞事國，啓沃匪躬。功格道光，常所嘉尚。所疾未瘳，勉於善養。勿藥之喜，佇即痊平。台衮之司，倚卿爲重。乃累陳退讓，殊謂不然。宜體朕懷，即斷來表。

【校】

〔允許〕崇本作俞允。

〔非因飲食〕結一本脱因字。
〔懇禱〕紹本、中山集、全唐文禱均作倒。
〔具知〕紹本、崇本知作之。
〔崇高〕崇本二字乙。
〔忠藎〕崇本藎作盡。
〔予於〕紹本、崇本均作于予。
〔道光〕結一本光作先，非。
〔善養〕崇本作繕食。
〔乃累〕此句崇本作及累陳讓。

【箋證】

按：文宗紀，大和四年（八三〇）六月，除裴度守司徒平章軍國重事，即是度頻表讓官之時。其年九月，便出爲山南東道節度使。則此表所云：「伏事陛下五年於兹。」似微不合，蓋自寶曆三年文宗即位之年數之則可云五年也。以此益知此表必不在四年（八三〇）以前。考度本傳云：「度素稱堅正，事上不回，故累爲姦邪所排，幾至顛沛。及晚節稍浮沉以避禍。初，度支鹽鐵使王播廣事進奉以希寵，度亦掇拾羨餘以效播，士君子少之。復引韋厚叔、南卓爲補闕拾遺，俾彌縫結納，爲自安之計。而後進宰相李宗閔、牛僧孺等不悦其所爲，故因度謝病罷相位，復出爲襄陽節度使。」及五年（八三一）二月而有宋申錫之事，九年（八三五）十一月而有甘露之變，度蓋深以不在其位爲幸矣。表中有「竊位既久，妨賢則多」之語，似與傳所云「累爲姦邪所排」者隱相合。又云：「束髮已來，號爲强力，及其晚節，亦未甚衰。」亦暗示不盡因病乞休也。

爲裴相公讓官第三表 并批答

臣某言：得疾踰年，在假三月。再有陳請，未蒙允從。慮其奄忽，銜愧入地。伏惟聖慈哀而信之。臣聞君之使臣，在知其心而聽其言，不以容尸禄爲惠也。臣之事君，在無隱情而盡忠節，不以受非據爲榮也。然後上下交感，終始可詠。臣伏事陛下，五年於兹。葵藿微誠，已蒙識察。桑榆暮景，所冀哀憐。豈令危惙之時，更懼滿盈之禍？雖有藥石，安能調和？聖日難逢，生涯漸短。體羸無拜舞之望，心在有涕戀之悲。臣伏覽國史，備見前事。太宗朝李靖，高宗朝劉仁軌，皆自宰臣，乞骸致政。其後知猶可用，復起於家。進退之間，曲盡情禮。君臣之際，良史美談。伏望陛下悉臣至誠，念臣羸病。許遂頤養，以保餘年。俟其有瘳，或報萬一。無任懇款遑迫之至。

省表具悉。謝病之制，雖起於昔賢；盡瘁之詞，亦標於古典。况卿有功於國，作相累朝。自匡輔眇身，又勤勞數載。豈可以微疾去位，以重望辭榮？章疏徒來，延遲彌切。至如太宗朝許李靖致政，高宗朝遂仁軌乞骸，朕非不知，事則有異。何者？時當明聖在上，理道已成。宰臣優遊，因得自便。今則生物尚困，庶工未修，言念勳賢，方深倚注。惟此故事，恐難遽行。卿宜體朕誠懷，力更頤養。必有多福，以扶大忠。無至確然，復陳章表。

【校】

〔國史〕紹本、崇本史作書。

〔至如太宗朝〕紹本、崇本均無朝字，下高宗朝亦同。

〔李靖致政〕結一本靖作請，誤。

〔因得〕紹本、崇本因作固，非。

〔未修〕崇本修作循，非。

〔體朕〕紹本、崇本、畿本朕均作是。

【箋證】

按：文宗紀，度以大和四年（八三〇）六月除守司徒平章軍國重事，而九月出爲山南東道節度使。此表云在假三月，又第一表云去冬得疾，似即正李宗閔、牛僧孺入相之時。堅卧不起，其爲不慊於二人，略可知矣。自度復入知政事至此四年有餘，禹錫實受其優睞，而卒不能得位以行其志，其故亦不難懸揣。故此三表亦當時重要文字，不當作尋常辭讓觀也。

〔李靖〕舊唐書六七李靖傳云：「上表乞骸骨，言甚懇至。……乃下優詔，加授特進，聽在第攝養……國官府佐並依舊給，患若小瘳，每三兩日至門下中書平章政事。」據此，度之平章軍國重事或即援靖之成例。然名爲平章軍國重事，實即不使與聞政事，雖似優禮而愈使之不安矣。

〔劉仁軌〕舊唐書八四劉仁軌傳云：「永隆二年（六八一），兼太子太傅，未幾以老乞骸骨，聽解尚書左僕射，以太子太傅依舊知政事。……則天臨朝，加授特進，復拜尚書左僕射同中書門下三品，專知留守事，仁軌復上疏辭以衰老，請罷居守之任……尋進封郡公，垂拱元年（六八五），從新令改爲文昌左相同鳳閣鸞臺三品，尋薨。」與此文微不合。

蘇州謝上表

臣某言：伏奉制書授臣使持節蘇州諸軍事、守蘇州刺史。始從郎署，出領郡章。承命若驚，省躬增感。伏惟皇帝陛下，受上玄之眷佑，揚列聖之耿光。大康黎元，慎擇牧守。德音每發，品物咸蘇。臣本書生，素無黨援。謬以薄伎，三登文科。德宗皇帝擢爲御史。在臺三載，例轉省官。永貞之初，權臣領務。遂奏録用，蓋聞虛名。唯守職業，實無朋附。竟坐飛語，貶在遐藩。憲宗皇帝後知事情，卻授刺史。凡歷外任，二十餘年。伏遇陛下應運重光，初無廢滯。收拾耆舊，塵忝班行。既幸逢時，常思展效。在集賢院四換星霜。供進新書二千餘卷。儒臣之分，甘老於典墳；優詔忽臨，又委之符竹。分憂誠重，戀闕滋深。石室之書，空留筆札；金閨之籍，已去姓名。本末可明，申雪無路。豈意聖慈弘納，不隔卑微？面辭之日，特許升殿。天顔咫尺，臣禮兢惶。不敢盡言，空懷誠懇。謝恩而出，生光於九陌之閒；受訓而行，布政於五湖之外。臣即以今月六日到任上訖。伏以水災之後，物力索空。臣謹宣皇風，慰彼黎庶。臣聞有味之物，蠹蟲必生；有才之人，讒言必至。事理如此，古今同途。了然辨之，唯在明聖。伏惟陛下察臣此言，則天下之人無不幸甚。江海遠地，孤危小臣。雖雨露之恩，幽遐必被；而犬馬之戀，親近爲榮。大和六年二月六日。

【校】

〔郡章〕全唐文章作長，誤。

〔增感〕崇本增作知。

〔每發〕結一本每作海，誤。

〔領務〕畿本務作物，非。

〔初無〕紹本、崇本初均作物。

〔二千〕崇本千作十。

〔面辭〕畿本面作而，非。

〔六日〕崇本六上有初字。

〔索空〕畿本、全唐文索均作素。

〔謹宣〕全唐文宣作揚。

〔爲榮〕崇本此下有無任二字，無年月。下同。

【箋證】

按：禹錫之刺連州，仍是貶秩，自連州丁憂，服闋後除夔州轉和州，皆外任也，非由郎官正授。此次始以禮部郎中出刺蘇州，故表云：「始從郎署，出領郡章。」蘇州雖是大郡，而禹錫資歷已深，正郎館職，不難即踐卿階，入參綸誥，則貴顯可期。重赴外官，則内擢無望矣。表有「本末可明，申雪無路」之語，本集卷十六謝加章服表亦云：「微勞未宣，薄命多故。又離省署，重領郡符。」其爲受人排斥，意已躍然。又云：「有才之人，讒言必至。事理如此，古今同途。」表末復云：「伏惟陛下察臣此言，則天下之人無不幸甚。」其激切如此，得非李宗閔、牛僧孺排去裴度之後，於禹錫有餘怒耶？白居易和夢得詩云：「綸閣沉沉無寵命，蘇臺籍籍有能聲。……所嗟非獨君如此，自古才難與命爭。」其爲禹錫惋惜甚切。蓋禹錫升沉之判，不判於元和十年（八一五）再貶之時，而判於蘇州之出，自此即無内參政要之望矣。

又按：舊唐書一五九韋處厚傳云：「文宗勤於聽政，然浮於決斷，宰相奏事得請，往往中變。處厚嘗獨論奏曰：陛下不以臣等不肖，用爲宰相，參議大政。凡有奏請，初蒙聽納，尋易聖懷，若出自宸衷，即示臣等不信，若出於横議，臣等何名鼎司？」則禹錫所言「了然辨之，唯在明聖」者，誠有所爲言之也。

〔在臺三載〕本集卷十七舉崔監察羣自代狀，文末題「貞元十九年（八〇三）閏十月」，知禹錫以是年入臺，至永貞元年（八〇五）爲三年。

〔凡歷外任二十餘年〕永貞元年（八〇五），禹錫外謫，至寶曆二年（八二六）罷和州，約二十三年。

〔供進新書〕唐會要六四：「大和五年（八三一）正月，集賢殿奏，應校勘宣索書籍等，伏請准前年三月十九日勅，權抽秘書省及春坊、弘文館、崇文館校正，作番次就院同校，其廚料請準元勅處分，事畢日停。從之。」即禹錫在集賢院時事，所云供進新書二千餘卷亦實録也。

〔特許升殿〕唐會要六八云：「開成元年（八三六）閏五月，中書門下奏，伏準舊例，刺史授官後，皆於限内待延英開日，候對奏發日。詳度朝旨，蓋重治人之官，欲陛下觀其去就，察其言語，亦所以杜塞宰相陳情。故除刺史並往往進狀便辭（此處疑稍有脱誤），蓋恐奏對之時，錯失乖誤。自今已後除刺史，並望延英對了，奏發日，地近限促，不遇坐日，亦望許於臺司通狀，待延英開日辭了進發。」此即新除刺史延英奏對之制。

〔水災之後〕舊唐書文宗紀：大和四年（八三〇），京畿江南……等道大水害稼。五年（八三一），淮南、浙江東西道……並水害稼，請蠲秋租。是蘇州連年皆遭水災之實事。

蘇州謝振賜表

臣某言：伏奉去年二月十五日敕，蘇州宜賜米一十二萬石，委刺史據户均給者。恩降九天，澤流萬姓。伏以臣當州去年災沴尤甚。水潦雖退，流庸尚多。臣前月到任，奉宣聖旨。闔境老幼無不涕零。詢訪里閭，備知凋瘵。方具事實，便欲奏論。聖慈憂人，照燭幽遠。特有振卹，救其災荒。蒼生荷再造之思，儉歲同有年之慶。臣忝爲長吏，倍萬常情。無任感激抃躍之至。大和六年三月二十四日。

【校】

〔去年二月十五日〕「年」字衍。按：此表上於三月二十四日，斷無越一年餘始謝振賜之理。詳箋證。

〔宜賜〕崇本、全唐文宜均作宣。按：唐代詔勅習用語當作宜。

〔萬石〕崇本、全唐文石均作碩。按：唐代公文多書石作碩。
〔流庸〕崇本庸作亡，恐係校者所改，全唐文作傭。
〔便欲〕結一本便作使，誤。
〔特有〕纖本特作時，非。
〔之思〕紹本、纖本思作恩，是。
〔常情〕全唐文常作恒，蓋追改避唐諱之字。
〔大和〕崇本、全唐文均無年月。

【箋證】

按：表云伏奉去年二月十五日勅，蘇州宜賜米一十二萬石，末云大和六年（八三二）三月二十四日。豈有給振逾年始表謝之理？明去年之年字爲不明唐制者妄加。唐公牘文字，凡敍以前之月日皆加去字，如外集卷九謝上連州刺史表，伏奉去三月七日制授云云，即是上表之年三月七日也。此例甚多，本集卷十六各表均同此誤，不可不辨。

蘇州賀册皇太子表

臣某言：伏奉制書，以今月十日册皇太子。德音遐布，盛禮畢陳。國本永安，人心同慶。伏惟皇帝陛下，以繼天之聖，有知子之明。義兼君親，禮重宗祏。龍樓肇建，展嘉禮於三朝；鳳曆延長，固本枝於萬乘。臣守在遐郡，不獲稱慶闕庭。無任踴躍屏營之至。大和七年八月十七日。

【校】

〔今月十日〕紹本、崇本十均作七。

〔萬乘〕紹本、崇本、畿本、全唐文乘均作葉。

【箋證】

按：文宗紀：大和七年（八三三）八月甲申朔，御宣政殿册皇太子永。永於開成三年（八三八）卒，謚莊恪。表云今月十日册皇太子，而表於八月十七日上，豈七日之間制書即能至蘇州，立即奉表乎？今月十日自是今月一日之誤。

又按：唐會要二六：「景龍三年（七〇九）二月，有司奏，皇帝踐阼及加元服，皇太后加號，皇后太子立，及元日，則例：諸州刺史都督若京官五品已上在外者，並奉表疏賀，其長官無者，次官五品已上者賀表當州遣使，餘並附表，令禮部整比，送中書録帳總奏。」

蘇州賀册皇太子牋

朝議大夫、使持節蘇州諸軍事、守蘇州刺史、上柱國劉某叩頭叩頭。伏惟皇太子殿下，允膺上嗣，光啓東朝。蒼震發前星之輝，黄離表重輪之瑞。位居守器，禮重承祧。萬國以貞，九圍咸説。某限以守郡，不獲稱慶宫庭。無任踴躍屏營之至。

【校】

〔册皇太子〕崇本作皇太子受册，目同。

〔九圍〕結一本圍作囿，誤。按：此用詩商頌長發：「帝命式于九圍。」

【注】

〔朝議大夫〕舊唐書職官志，朝議大夫爲正五品下階。禹錫有酬嚴給事賀加五品詩，（外集卷六）蓋其初加朝散階時，此後兩晉階也。

〔蒼震〕易説卦：「帝出乎震」，又「震東方也」。蒼爲東方之色，故曰蒼震。

〔黄離〕易離卦：「黄離元吉。」按古人以明兩作離喻太子。

劉禹錫集箋證卷第十六

表章六

蘇州謝恩賜加章服表

臣某言：伏奉去年十一月二十七日詔書，加臣賜紫金魚袋，餘如故者。恩降重霄，榮沾陋質。虚黷陟明之典，恐興彼己之詩。寵過若驚，喜深生懼。中謝。臣起自書生，業文入仕。德宗朝爲御史，以孤直在臺。順宗朝爲郎官，以緣累出省。憲宗皇帝後知其寃，特降敕書，追赴京國。緣有虚稱，恐居清班。務進者争先，上封者潛毁。巧言易信，孤憤難申。俄復一麾，外轉三郡。伏遇陛下膺期御宇，大振滯淹。哀臣宿舊，猥見收拾。職兼書殿，官忝儀曹。微勞未宣，薄命多故。又離省署，重領郡符。延英面辭，親承教誨。銜命即路，星言載馳。到任之初，便逢災疫。奉宣聖澤，恭守詔條。上禀叡謀，下求人瘼。才術雖短，憂勞則深。幸免流離，漸臻完復。皆承聖化所及，遂使人心獲安。豈由微臣薄劣能致？臣素乏親黨，家本孤貧。年衰無酒食之娱，性拙無博弈之藝。自領大郡，又逢時災。晝夜苦心，寢食忘味。曾經誣毁，每事防虞。唯託神明，更無媒援。豈期片善，上達宸聰。回日月之重光，燭江湖之下國。絲綸褒異，苦節既彰。印綬煒煌，老容如少。望雲天而拜舞，豈盡丹誠？視環玦以裴徊，空嗟白首。無任感激屏營之至。大和七年十二月十六日。

【校】

〔題〕崇本下注大和七年四字。

〔伏奉去年〕年字衍，説詳卷十五蘇州謝振賜表。

〔虚黷〕䥫本虚下注云：一作既，英華、全唐文均與一作同。

〔入仕〕紹本仕作化。

〔緣有虚稱恐居清班〕結一本作緣有虚忠，稱居清班，非。稱讀去聲。

〔膺期〕英華膺作應。

〔御宇〕結一本宇作字，誤。

〔微勞〕英華勞作績。

〔才術〕畿本才作方。
〔酒食〕紹本、崇本食均作色，畿本均注云：一作色，英華、全唐文與一作同。
〔之娱〕畿本娱作誤，非。
〔自領〕英華領作理。
〔誣毁〕英華誣作讒。
〔江湖〕畿本湖下注云：一作湘。全唐文與一作同。

【注】

〔陟明〕書堯典：黜陟幽明。
〔彼己〕此用詩曹風候人：「彼其之子，不稱其服也。」彼其之子，始見於王風揚之水，傳云：「其或作記，或作己，讀聲相似。」故用己字。
〔書殿〕謂充集賢殿學士。
〔儀曹〕謂官禮部郎中。
〔災疫〕見卷十五蘇州謝上表注。

【箋證】

按：唐制服色以階官爲準，蘇州刺史雖是從三品職事官，以階官未至三品，不得依三品以上紫衣之例。惟刺史有政績者得特賜金紫。唐會要五一：「大中三年（八四九）五月，中書門下奏：增秩賜金紫雖有故事，如觀察使奏刺史善狀，並須指事而言，不得虚爲文飾。」此宣宗重視章服不輕加賜，前此之刺史加金紫由觀察使奏請可知。蘇州隸浙西觀察使，大和七年（八三三）任浙西觀察使者爲王璠，據文宗紀，璠以六年八月任，禹錫之得賜，或是由璠之奏請。

又按：此表多禹錫自訴之詞。禹錫永貞之貶，事由王、韋，固無論矣。至元和十年（八一五）既召還，復緣何貶授遠郡，事殊可疑。通鑑但云：「執政有憐其才欲漸進之者，悉召至京師，諫官争言其不可，上與武元衡亦惡之，皆以爲遠州刺史。」舊唐書本傳則云：「會程异復掌轉運，有詔以韓曄（刊本誤作韓臯）及禹錫爲遠郡刺史，屬武元衡在中書，諫官十餘人論列言不可復用而止。然後敍元和十年自武陵召還，宰相復欲置之郎署。」則是未召還之先已有欲用之意，而諫官争沮之。與通鑑并敍爲一事者不合。今據此表云：「特降敕書，追赴京國。緣有虚稱，恐居清班，務進者争先，上封者潛毁。」則無論爲一事爲二事，召還以後，忌之者恐其復入郎署，參禁近，故有進讒之奏。情事顯然，較之自傳尤爲明白。史所言諫官争言其不可，皆不爲無因。然所謂執政，所謂宰相，究爲何人，何以不能明指，千載之下，終成疑案。元和九年（八一四），當國之宰相爲李絳、李吉甫，皆先後或罷或卒矣，繼之者爲張弘靖、韋貫之，此二人皆不似愛才者，禹錫亦不似與之有往還。其始終在相位，資望出二人之上者乃武元衡也。元衡惡禹錫等，固可沮之於詔追之時，何待召還而假諫官之排擊耶？惜當時封事不傳於外，而禹錫又不明著其言，不知所潛毁者爲何等語矣。

〔俄復一麾〕夢溪筆談四：「今人守郡謂之建麾，蓋用顔延年詩：一麾乃出守。此誤也。延年謂一麾者，乃指麾之麾，非旌麾之麾也。延年阮始平詩云：屢薦不入官，一麾乃出守。謂山濤薦咸爲吏部郎，三上，武帝不用，後爲荀勉（即荀勗，沈氏避宋神宗嫌名改。）一擠，遂出始平，故有此句。延年被擯，以此自託耳。自杜牧登樂遊原詩始謬用一麾，自此遂爲故事。」按：沈説實本於文選李注，然以守郡爲手把一麾，亦未爲不可。禹錫此處但云俄復一麾，則視牧之詩尤穩適無可議，且用顔氏五君詠，尤與己身情事相合。

〔延英面辭〕唐會要六八云：「元和三年正月，許新除官及刺史等假内於宣政門外謝訖進辭，便赴任，其日授官，於朝堂禮謝，並不須候假開。國朝舊制，凡命都督刺史，皆臨軒册命，特示恩禮。近歲雖無册拜，而牧守受命之後，便殿召對，仍賜衣服。蓋以親民之官，恩禮不可廢也。時新除河南尹裴復求速之任，適遇寒食休假，李吉甫，復求之甥也，（按：世系表裴復字茂紹，河南少尹，求字當衍）特爲奏請，遂兼刺史有是命，非舊典也。」是刺史朝辭，以延英面對爲正。餘詳前卷蘇州謝上表。

蘇州賀皇帝疾愈表

臣某言：臣得本道觀察使報，伏承聖躬痊愈，已於紫宸殿視朝者。一人有慶，萬國同歡。伏惟皇帝陛下，外親萬務，内奉三宫。常懷宵旰之勤，遂失寢興之適。上玄降祐，列聖表靈。百神奔走以來扶，四海精誠而致感。勿藥有喜，如山永安。宗廟保無疆之休，寰瀛申莫大之慶。臣恪居官次，遐守江干，不獲稱賀闕庭。無任踴躍屏營之至。

【校】

〔題〕崇本下注云：大和八年（八三四）正月二十八日，按：此必是原本末有年月，而傳刻脱去，賴此以存。

〔同歡〕崇本下有中謝二字。

【注】

〔本道〕蘇州隸浙江西道，是時觀察使爲王璠。

【箋證】

按：文宗紀：「（大和七年十二月）庚子，幸望春宫，聖體不康，八年春（八三四）正月癸丑朔丁巳，聖體痊平，御太和殿見内臣，甲子，御紫宸殿見羣臣。」此表緣此而作。

〔紫宸殿〕唐兩京城坊考一：大明宫，宣政殿後爲紫宸殿，天子便殿也。不御宣政而御便殿曰入閤。

〔三宫〕舊唐書五一后妃傳：「大和中，太皇太后居興慶宫，寶曆太后居義安殿，皇太后居大内，時號三宮太后。上五日參拜，四節獻賀，皆由複道幸南内，朝臣命婦詣宮門起居，上尤執禮造次不失。」寶曆太后即敬宗生母恭僖皇后王氏，皇太后即文宗生母貞獻皇后蕭氏。而太皇太后乃穆宗之母郭氏。

汝州謝上表

臣某言：伏奉去年七月十四日詔書，授臣使持節汝州諸軍事、守汝州刺史、兼御史中丞、充本道防禦使，餘如故者。臣久居遠服，戀闕常深。忽降新恩，近鄉爲貴。承旨慶抃，省躬慙惶。臣某誠歡誠喜，頓首頓首。伏惟皇帝陛下，垂衣穆清之中，旁照寰瀛之内。車書所及，動植咸安。昨離班行，遠守江徼。延英辭日，親奉德音。知臣所部災荒，許臣到任條奏。共承叡旨，宣示羣黎。減其征徭，頒以振賜。伏蒙聖澤，救此天災。疲羸再蘇，幼艾同感。二年連遭水潦，百姓幸免流離。交割之時，户口增長。雖才術不足，於事未周；而憂勞則深，爲衆所悉。臣本業儒素，頻登文科。臨時命遭回，再領軍郡。即以今月二十七日到任上訖。謹當奉宣皇化，慰彼蒼生。臨汝水之波，朝宗尚阻；望秦城之日，回照何時？無任感激屏營之至。謹差防禦押衙韋禮簡奉表陳謝。

【校】

〔伏奉去年〕年字衍，説同前。

〔臣某〕此句十字崇本作中謝，表中或以云云二字代，或逕删去，無一定，後不贅。

〔交割〕崇本交上有比之二字，非。

〔不足〕崇本、英華足均作至。

〔時命邅回〕畿本時下注云：一作帝，邅下注云：一作遽。全唐文與一作同。

〔皇化〕全唐文皇作聖，英華此二句作奉宣聖化，撫慰蒼生。按：唐人多借皇作黄以對蒼字。

〔汝水〕崇本、英華水均作海，似勝。按：唐人常稱汝州爲汝海，用文選七發：「南望荆山、北望汝海。」李注：「汝稱海，大言之也。」

【箋證】

按：唐制有六雄十望州。汝州爲望州，轄七縣，又近接都畿，故帶中丞加防禦使。舊唐書一五四吕元膺傳載：「舊例留守賜旗甲，與方鎮同，及元膺受任不賜，諫官論列，援華、汝、壽三州例。上（憲宗）曰：此數處並宜不賜。」知汝州在元和以前體制特隆於諸州。禹錫自蘇移汝，是爲遷秩，幾有節鎮之望矣。然唐人終以内召爲榮，故表中有「朝宗尚阻，回照何時」之語。

〔本道防禦使〕據新唐書方鎮表，貞元元年（七八五），廢東都畿汝州節度使，置都防禦使，以東都留守兼之，旋又改爲都防禦觀察使，五年，罷東都畿汝州觀察使，置都防禦使，汝州置防禦使。又通考五九云：「天寶中，安禄山犯順，大郡要地當賊衝者，置防禦守捉使。代宗即位，諸州防禦使並停，明年，授田承嗣魏博等州都防禦使，俄遷節度使，蓋防禦之名不廢也。大率防禦隸所治州，歲以八月考其治否，以無虞爲上考，清苦爲中考，政成爲下考。」此防禦使設置之大略。

〔二年連遭水潦〕蘇州以大和四年、五年（八三〇、八三一）連被水災，已見本集卷十五蘇州謝上表。

〔户口增長〕唐會要六九：「會昌六年（八四六）勅節文，刺史增加一千户以上者，超資遷改。」此唐時以户口增減爲刺史考課之則。

同州謝上表 并批答

臣某言：伏奉去年十月二十三日制書，授臣使持節同州諸軍事、守同州刺史、兼御史中丞、充本州防禦長春宫等使。恩降九重，榮忝三輔。承旨慶抃，省躬慙惶。臣某伏惟皇帝陛下，丕承列聖，光闡鴻猷。氛祲埽除，乾坤交泰。臣幸逢昌運，累沐殊私。空荷生成之恩，寧酬雨露之澤？即以今月二日到本州上訖。謹宣叡旨，安慰蒸黎。伏以本州四年已來，連遭旱損。閭閻凋瘵，遠近共知。臣頃任蘇州之年，亦遭大水之後。面辭之日，親奉德音。至於撫綏，皆承聖教。二年之後，百姓獲安。今本部災荒，物力困涸。忝爲長吏，敢不竭誠？即須條疏，續具聞奏。臣恪居官次，幸接王畿。不獲拜舞彤庭，陳露丹悃。犬馬懷戀，寢興匪寧。瞻魏闕之容，朝天尚阻；望長安之路，近日爲榮。無任感激屏營之至。謹差防禦知衙官試殿中監楊克乂奉表陳謝。大和九年十二月二十一日。

批答：省表具知。卿任居三輔，職奉六條。累聞問俗之勞，載覽勤人之志。言惟顧行，深慰朕懷。勉弘故經，以副憂寄。所謝知。

【校】

〔伏奉去年〕年字衍，説同前。

〔二十三日〕英華、全唐文三均作二，英華下今月二日作二十日。

〔條疏〕紹本疏作流。按：條流爲唐人公牘中習用語，刊本往往混作條疏，以校者多見條疏，少見條流之故。

〔丹悃〕紹本、崇本、畿本、中山集、全唐文悃均作慊。按禮記鄭注，慊有自足之意。

〔尚阻〕紹本尚作無。

〔無任〕以下崇本删。

〔楊克乂〕紹本克作充。

〔批答〕全唐文無。具知，紹本、崇本作具之，誤。

〔故經〕紹本、崇本故均作政。

【注】

〔三輔〕柳宗元集三八爲劉同州謝上表舊注：漢世左馮翊、右扶風、京兆謂之三輔，馮翊即同州郡名。按唐同州轄境略與漢馮翊同，故有此稱。

〔氛祲〕舊唐書文宗紀：大和九年（八三五）十一月壬戌，中尉仇士良率兵誅宰相王涯等，是爲甘露之變。文意指此。

〔旱損〕舊唐書文宗紀：大和八年（八三四），河南府、鄧州、同州、揚州並奏旱蝗傷損秋稼。蓋偶然載於史者，不及此文之詳。

〔試殿中監〕舊唐書職官志，殿中省監一員，從三品。唐代試官無職事。

【箋證】

按：禹錫甫以大和八年（八三四）七月除汝州刺史，其時首相爲王涯，而李德裕猶未出鎮，李宗閔未入相，令狐楚雖不居相位，方以吏部尚書在朝，蓋亦得其助力。至九年（八三五），朝局愈紊，李宗閔、楊虞卿之獄起。白居易代楊汝士爲同州，而居易辭不赴任，殆以與王涯有宿嫌之故，禹錫復代居易，是執政之有意調劑，抑有意阻其進用，殊不可知。禹錫奉除書尚在甘露變前，上此表時則已在變後，故以氛祲掃除四字括之。甘露變在十一月壬戌即二十日，此表正在一月以後。又按：文宗紀，大和七年（八三三）正月壬子詔略云：「如聞關輔、河東去年亢旱，秋稼不登，今春作之時，農務又切，若不振救，懼致流亡。京兆府振粟十萬石，河南府、河中府、絳州各賜七萬石，同、華、陝、虢、晉等州各賜十萬石，並以常平義倉物充。」又閏七月乙卯詔略云：「陰陽失和，膏澤愆候，害我稼穡，災于黔黎」云云。八年（八三四）六月壬午，以旱詔諸司疏決繫囚，又九月，陝州、江西旱無稼，河南府、鄧州、同州、揚州並奏旱蟲傷損秋稼。表中所云「四年已來連遭旱損」，蓋謂此。

〔伏奉去年十月二十三日制書〕文宗紀，大和九年（八三五）十月，禹錫爲同州刺史，代白居易。居易以是年九月授而未上也。此表所署年月爲大和九年（八三五）十二月二十一日，自奉命至上官約爲兩月，去年之年字顯爲衍文。據紀，授同州之制爲乙未日，距月朔癸酉，恰爲二十三日。

〔長春宮使〕新唐書地理志，同州朝邑縣有長春宮。清一統志：長春宮在朝邑縣西北，隋書地理志，朝邑有長春宮。元和志：長春宮，北周武帝置。大業十三年（六一七），高祖起義兵，自太原舍於此宮，休甲養士而定京邑。武德二年（六一九），於此置陝東大行臺，太宗居藩作鎮。寰宇記：長春宮在强梁原上，周武帝保定五年（五六五），宇文護所築，初名晉城，建德二年（五七三），置長春宮。隋開皇十二年（五九二），增構殿宇。唐時牧此州多帶長春宮使。

又唐會要五九云：「開元八年（七二〇）六月，同州刺史姜師度兼營田長春宮使。二十年（七三二）三月，左衛郎將皇甫惟明攝侍御史充長春宮使。天寶六載（七四七）三月，御史中丞王鉷兼長春宮使。上元元年（七六〇）六月四日，殿中監李輔國充長春宮使。寶應元年（七六二），殿中監樂子昂充長春宮使。至大曆九年（七七四），宋詢除同州刺史兼長春宮使，自後遂令同州刺史充長春宮使也。」又云：「開元九年（七二一）十二月十七日勅：同、蒲、絳、河東西并沙苑内，無問新舊注田蒲萑，並宜收入長春宮，仍令長春宮使檢校。」此同州刺史兼長春宮使之制所由來。惟元稹與裴度同罷宰相，諫官上疏言責稹太輕，遂削長春宮使。見舊唐書一六六元稹傳。

〔知銜官〕知銜官蓋防禦使下之銜官，其人結銜爲試殿中監，當亦是武將。

賀梟斬鄭注表

臣某言：伏奉前月二十五日詔書，示逆賊鄭注已梟首訖。氛妖殄滅，華夏乂安。伏以逆賊鄭注本出細微。潛懷梟獍之心，兼結兇狂之黨。人倫共棄，神理不容。陛下叡略感通，天人合應。重臣協力，禁旅齊心。指顧之間，猖狂自潰。乾坤交泰，日月增明。凡在人臣，不勝慶快。臣恪居官次，不獲稱賀闕庭。無任欣歡抃躍之至。

大和九年十二月二日。

【校】

〔氛妖〕崇本妖作袄。全唐文二字乙。

〔梟獍〕紹本、崇本獍作鏡。按：作鏡者依漢書郊祀志。獍乃後起字，可見宋人猶存古誼，未被後人改竄也。

〔叡略〕崇本略作哲。

【箋證】

按：舊唐書一六九鄭注傳，甘露變起，自鳳翔率親兵五百餘人赴闕，聞事敗而還。監軍使張仲清得密詔誘而殺之，傳首京師，家屬屠滅。此表云「十一月二十五日詔書」，七日即到，以同州路近故也。注傳云：始以藥術遊長安權豪之門，本姓魚，冒姓鄭氏。故表云本出細微。然目仇士良爲重臣，雖形之官牘不得不如此，終不免曲詞之過甚矣。

賀德音表

臣某言：伏見今月十六日德音，布告遐邇。天道下濟，人情大安。伏惟皇帝陛下，凝旒思理，垂意擇材。以日月無私之光，照寰區有截之内。貴使下情盡達，寧虞厚貌潛謀？一昨李訓、鄭注等，敢有逆心，兼連兇黨。陛下叡謀神斷，左右協同。頃刻之間，埽除已定。重臣畢力，禁旅竭忠。氛祲廓清，華夷咸説。言念正刑之外，或有詿誤之徒。再發德音，廣宣聖澤。當星紀回天之日，迎陽和照物之光。懷危疑者如山之安，欲告訐者望風知懼。非同謀者一切不問，未結正者三宥從寬。含生之倫，普天同感。臣恪居官次，不獲稱慶闕庭。云云。謹差防禦知衙官、朝議郎、權知容州都督府司馬孫惕奉表。

【校】

〔下濟〕紹本下作不。

〔垂意〕崇本意作衣，纖本注云：一作衣。全唐文與一作同，是。

〔正刑〕崇本、英華正均作政。

〔照物〕紹本、崇本、纖本、全唐文照均作煦。

〔稱慶〕崇本、全唐文慶均作賀。

〔孫惕〕纖本惕作揚。

【箋證】

按：大和九年十一月甘露變後，次年元日下大赦詔以前，專爲李訓、鄭注餘黨發此特赦，故此表以後復有賀改元赦表。考舊唐書一七二李石傳：「是時踰月，人情不安，帝謂侍臣曰，如聞人心尚未安帖，比日何如？石對曰：比日苦寒，蓋刑殺太過，致此陰沴。昨聞鄭注到鳳翔，招募士卒，不至捕索誅夷不已，臣恐邊上聞之，乘此生事，宜降詔安喻其心。從之。」紀同而語尤略。通鑑二四五云：「十二月丁亥，詔逆人親黨，自非前已就戮及指名收捕者，餘一切不問，諸司官雖爲所脅從，涉於詿誤，皆赦之，他日無得相告言及相恐愒，見亡匿者勿復追捕，三日内各聽自歸本司。」十二月朔爲壬申，丁亥正爲十六日，即此表所謂今月十六日德音也。

〔權知容州都督府司馬〕舊唐書職官志，都督府司馬自從四品下至從五品下。今奉表差官，而其人之職爲同州防禦使下之知衙官，官則權知容州都督府之司馬，乍視之，殊覺渺不相涉。蓋都督府之職事已爲經略使所移，司馬亦成具員，假以敍資，不爲實任矣。與武官之借補折衝府果毅，同爲名不副實。白居易江州司馬廳壁記云：「給事於省寺軍府者遥署之。」此容州司馬正所謂遥署也。

賀赦表

臣某言：伏奉今月一日制書，改大和十年爲開成元年，大赦天下者。雷雨作解，人神説隨。澤及八荒，網開三面。臣某誠歡誠喜，頓首頓首。伏惟皇帝陛下，上承乾綱，下立人極。用含弘光大之澤，副夷夏會同之心。獻歲改元，惟新景祚。先明首罪，次及羣妖。述叡情以曉萬方，施鴻霈以蘇庶物。恤辜宥過，已責弛征。郡縣之舊弊悉除，賦税之新規咸備。停藩方節獻之禮，以惠疲人；回榷管餘羡之財，以資京邑。命使展澄清之志，察言求讜直之材。弓旌賁於丘園，粟帛頒於耆艾。爰以初吉，御宇明庭。德音一發於九天，和氣騤周於四海。開物成務，實表於建元；應天順人，永延於億載。臣幸居近輔，先受殊恩。不獲稱慶闕庭，陪榮班次。衆星列位，常拱北辰之光；新歲拜章，遥獻南山之壽。無任抃躍屏營之至。

【校】

〔之澤〕英華、全唐文澤作德，注云：集作澤，非。

〔恤辜〕英華辜作刑。

〔御宇〕全唐文宇作於，是。

〔騤周〕英華周作同。

【箋證】

按：文宗紀，開成元年（八三六）正月辛丑朔，帝常服御宣政殿受賀，遂宣詔大赦天下，改元開成。考舊唐書一七二李石傳：「開成元年（八三六）改元大赦，石等商量節文，放京畿一年租税，及正、至、端午進奉並停三年，其錢代充百姓紐配錢，諸道除藥物、口味、茶果外，不得進獻，諸司宣索製造並停三年。赦後，紫宸宣對，鄭覃曰：陛下改元御殿，全放京畿一年租税，又停天下節鎮進奉，恩澤所該，實當要切，近年赦令皆不及此。上曰：朕務行其實，不欲崇長空文。石對曰：赦書須内置一本，陛下時省覽之。十道黜陟使發日，付與公事根本，令與長吏詳擇施行，方盡利害之要。石以從前德音雖降，人君不能守，姦吏從而違之，故有内置之奏以諷之。」此表陳賀之詞亦有異於常，良以石等之陳謨也。

謝恩賜粟麥表

臣某言：伏奉今月一日制書，以臣當州連年歉旱，特放開成元年夏青苗錢，并賜斛㪷六萬石，仰長吏逐急濟用，不得非時量有抽斂於百姓者。恩降九天，澤周萬姓。優詔纔下，羣情頓安。臣某誠歡誠喜，頓首頓首。伏以災沴流行，陰陽常數。物力既竭，人心匪遑。輒敢奏聞，本求貸借。皇恩廣被，玄造曲成。既免在田之征，仍頒發廩之賜。臣謹宣赦文節目，彰示兆人。鼓舞歡謡，自中徂外。臣初到所部，便遇儉時。今蒙聖慈，特有振恤。主恩及物，已爲壽域之人；衆意感天，必有豐年之應。臣恪居官業，不獲拜舞闕庭。無任感激之至。

【校】

〔元年〕崇本無元字。

〔萬石〕崇本、全唐文石作碩。

〔長吏〕中山集吏作史。

〔貸借〕畿本、全唐文均作賑貸，按：語意微不合，蓋所請爲借而制書云賜，即不須償還也。

〔既免〕崇本免作貸。

〔特有〕結一本特作將，誤。

〔無任〕此句中山集、全唐文均作臣無任感激。

【箋證】

按：同州連年歉旱，已見謝上表。此表云伏奉今月一日制書，蓋即開成元年（八三六）正月朔之大赦。

〔青苗錢〕新唐書食貨志：大曆元年（七六六）……天下苗一畝稅錢十五，市輕貨給百官手力課，以國用急，不及秋，方苗青即征之，號青苗錢。又有地頭錢每畝二十，通名爲青苗錢。

慰淄王薨表

臣某言：臣得進奏官楊惕狀報，淄王薨，輟朝三日。伏惟皇帝陛下，德邁前王，情深近屬。憫枝葉之謝，諒切神衷。割肌膚之愛，何堪聖念？萬方知化，九族歸仁。凡受國恩，伏深悽惻。臣恨以藩守，不獲奔慰闕庭。無任屏營之至。

【校】

〔三日〕崇本此下注云中慰，按：較合唐時體製。

〔神衷〕紹本、崇本、全唐文神均作宸。

〔恨以〕紹本、崇本、畿本、全唐文恨均作限。

【注】

〔進奏官〕按通考職官考云：唐藩鎮皆置邸京師，以大將主之，謂之上都留後，大曆十二年（七七七）改爲上都知進奏院官。宋緣舊制皆本州鎮補人爲進奏官，逐州就京師各置進奏院。同州爲近輔，帶防禦使，比藩鎮，故得有進奏官。新唐書百官志，觀察使下有進奏官一人。

【箋證】

按：舊唐書一七五憲宗諸子傳，淄王協，憲宗第十四子，長慶元年（八二一）封，開成元年（八三六）卒，於文宗爲叔，故云情深近屬。

謝恩放先貸斛斗表

臣某言：臣奉五月二十九日敕牒，據度支所奏諸道節度觀察使及州府借便省司錢物斛斗等數内當州欠三萬六千二十三貫石並放免者。殊私忽降，逋責滌除。藩方永安，遐邇咸説。臣某誠歡誠喜，頓首頓首。伏以關輔之間，頻年歉旱。田租既須矜放，公用又不支持。承前長吏例有借便，以救一時之急，皆成積欠之名。既未支填，常懷憂懼。聖恩周洽，洞見物情。爰命有司，使之條奏。去其舊弊，衆已獲安。嚴立新規，人皆知措。臣恪居官次，不獲拜舞闕庭。無任抃躍屏營之至。

【校】

〔題〕崇本謝下有受字，斗作㪷。

〔又不〕紹本又作交，崇本作遂。

〔借便〕畿本便作使。按：借便即唐人語所謂方圓，近世所謂融支也。

〔皆知措〕紹本、崇本、全唐文均作知所措。

【箋證】

按：以上皆禹錫任同州刺史時所上表。禹錫以大和九年（八三五）之末至同州，次年即罷。自傳但言後被足疾，改太子賓客分司東都，而未明言何時離去同州，觀此表云「奉五月二十九日勅牒」，則上表時必在六月，離任必在秋間矣。外集卷四自左馮歸洛下酬樂天兼呈裴相公詩有云：「華林霜葉紅霞晚，伊水晴光碧玉秋。」大略可知。

謝分司東都表

臣某言：伏奉今月十九日制書，授臣太子賓客分司東都者。寵命自天，戰越無地。臣發迹書生，以文爲業。出身入仕，四十餘年。頃自集賢學士出守吴郡。面辭之日，親承德音。念百姓水潦之餘，示微臣政理之法。臣祗膺聖旨，夙夜竭誠。閭里獲安，流庸盡復。猥蒙朝獎，錫以金章。及遷同州，又遇歉旱。悉心綏撫，幸免流離。今荷天慈，憫臣耆舊。列名賓護之職，分司河洛之都。老馬沾束帛之恩，枯株蒙雨露之澤。獲居榮秩，以畢餘年。顧此微軀，實爲厚幸。伏以臣始爲御史，逮事德宗，今忝宫寮，幸逢聖日。舉四海之内，賢能則多。求六朝之臣，零落將盡。雖迫桑榆之景，猶傾葵藿之心。臣無任感恩惕抃之至。

【校】

〔祗膺〕英華、全唐文膺均作承。

〔分司〕紹本、崇本、畿本、全唐文司均作局。

【箋證】

按：此表無月日，雖有今月十九日制書一語，僅能測知其爲開成元年（八三六）秋間而已（參前篇），考是年賓客分司者，李紳遷河南尹，李珏自江州、李德裕自滁州授。